Ben Berkeley
Ich bin dein Mörder

D1866081

PIPER

## Zu diesem Buch

Sam Burke hat mit seiner FBI-Vergangenheit abgeschlossen, von jetzt an zählen für ihn nur noch seine Psychologie-Professur und seine Beziehung mit Klara. Doch ein anonymer Brief macht ihm einen Strich durch die Rechnung – er ist von einem Mörder, der Sam direkt auffordert, ihn zu suchen …

Zur gleichen Zeit versucht Pia Lindt, Adrians Stiftung vor dem finanziellen Ruin zu bewahren. Doch ihr Zweck, das Aufdecken bisher unbekannter Mordserien, ist für Spender anscheinend wenig attraktiv. Bis ein unbekannter Wohltäter anbietet, eine enorme Summe aufzubringen – unter einer Bedingung: Keine Untersuchung von Fällen im Zusammenhang mit Hyannis Port in den Jahren 1962 bis 1984. Für was soll Pia sich entscheiden – das dem Wohl der Stiftung oder ihrem unerschütterlichen Instinkt, sich immer in die richtig komplizierten Fälle zu stürzen?

*Ben Berkeley,* Jahrgang 1975, wurde als Sohn deutscher Einwanderer in Palo Alto geboren und wuchs in der Bay Area auf. Nach einem Psychologie-Studium wurde er Berater des FBI und ist einer der führenden Experten für Medien- und Täterpsychologie. Ben lebt in Santa Barbara, Kalifornien und Tel Aviv, Israel. Nach »Judaswiege« ist »Ich bin dein Mörder« sein zweiter Thriller.

Ben Berkeley

# ICH BIN DEIN MÖRDER

Piper München Zürich

*Mehr über unsere Autoren und Bücher:*
*www.piper.de*

Von Ben Berkeley liegt bei Piper vor:
Judaswiege

MIX
Papier aus verantwortungsvollen Quellen
FSC www.fsc.org FSC® C083411

Originalausgabe
September 2013

Umschlaggestaltung und -motiv: Hauptmann und Kompanie Werbeagentur, Zürich, unter Verwendung eines Fotos von plainpicture/Arcangel
Satz: Satz für Satz. Barbara Reischmann, Leutkirch
Gesetzt aus Stempel Garamond
Papier: Munken Print von Artic Paper Munkedals AB, Schweden
Druck und Bindung: CPI – Clausen & Bosse, Leck
Printed in Germany ISBN 978-3-492-30092-6

# Prolog

*Lieber Sam,*

*werden wir das, was wir sind? Oder sind wir das, was aus uns geworden ist? Ich persönlich muss daran glauben, dass die Erste ein Unfall war und dass es nicht meine Entscheidung war, dass alles so gekommen ist. Vielmehr hat mich aus heiterem Himmel ein Schicksal ereilt, das jeden anderen hätte treffen können. Und so war dieser erste Mord auch keineswegs unausweichlich. Im Gegenteil. Tatsächlich hätte der Flügelschlag eines Schmetterlings ausgereicht, alles zu verändern. Dann hätte ich mein Leben nicht dem Tod widmen müssen. Ja, ich betrachte alles, was danach kam, tatsächlich als Notwendigkeit. Zumindest seit jenem schicksalhaften Moment im Jahr 1994 gab es für mein Leben kein Zurück mehr. Seit diesem Tag treibt mein Leben mit mir auf den Tod zu, in mehrfacher Hinsicht. Nicht nur mein eigener Tod ist unausweichlich, sondern auch der vieler anderer, die meinen Weg kreuzen. Zwölf Tode insgesamt, um genau zu sein. Aber ich greife vor. Beizeiten wirst du alles erfahren, was du wissen musst. Aber ich möchte uns die Gelegenheit geben, einander kennenzulernen, und dafür darf ich*

*dir nicht alles auf einmal verraten. Es würde dich und mich überfordern. Möglicherweise möchte ich, dass du mich verstehst, obwohl das natürlich unmöglich ist. Vielleicht ist das aber auch nicht so wichtig, vielleicht zählt nur, was wir glauben.*
*Ich schreibe diese Zeilen nicht grundlos in einer Kirche, was dir ob ihres Inhalts seltsam vorkommen mag. Aber verrate mir etwas über dich: Wann warst du zum letzten Mal in einer Kirche? Hast den Duft von Weihrauch und kaltem Stein eingeatmet? Roch es nach Leben oder roch es nach Tod? Hast du die kunstvollen Schnitzereien betrachtet, die auf den ersten Blick wirken, als huldigten sie dem Leben, und doch zeigen sie nichts als den Tod? Oder hast du nur gehofft, dass das kirchliche Zeremoniell, das dir fremd geworden ist in deinem Alltag, möglichst schnell vorübergehen möge? Betrachte die Figuren einmal genauer:*
*Sie sollen uns erklären, was unser Innerstes zusammenhält. Hörst du noch den Chor aus dem Seitenschiff? Leise und doch kraftvoll? Sie besingen den ewigen Kreislauf. Der Tod ist das Einzige, was unser Leben zusammenhält. Darf ich deshalb nicht hier sein? Weil ich sein Bote bin? Sollte ich deshalb etwa gar nicht erst sein? Ich bin nicht im tieferen Sinn religiös, aber mir gefällt die Nähe zum Tod, die ich in Kirchen deutlicher spüre als auf jedem Friedhof, sei er jüdisch, muslimisch oder christlich. Vermutlich liegt das daran, dass der Tod hier auf die Hoffnung trifft. Du wirst dich mittlerweile fragen, warum ich dir diesen Brief schreibe. Möglicherweise möchte ich alldem ein Ende*

*setzen, dem, wohin sich mein Leben gewandt hat. Aber eigentlich glaube ich das nicht. Wahrscheinlicher ist, dass ich möchte, dass die Gesellschaft eine faire Chance bekommt. Eine faire Chance gegen das vorzugehen, was aus mir geworden ist. Gegen jemanden, dessen Leben dem Tod gewidmet ist. Denn eines habe ich mich während der vergangenen fünfundzwanzig Jahre immer wieder gefragt: Warum sucht Ihr mich nicht? Ich habe so viele Frauen umgebracht, und Ihr habt sie einfach vergessen. Warum suchst du mich nicht, Sam? Ich sehe, wie eine der gespendeten Kerzen erlischt, genau in diesem Moment. Ich muss gehen. Das nächste Mal erzähle ich dir von Betty.*

*Tom*

## Kapitel 1

**Sing Sing Correctional Facility, Ossining, New York**
Freitag, 8. Juni

Sam stellte die lederne Aktentasche auf den ausgeblichenen Linoleumboden des Beobachtungsraums, direkt unter das Fenster mit der verspiegelten Scheibe. Er warf der Tasche einen kurzen Blick zu, oder besser, ihrem Inhalt. Denn auf den Unterlagen zum ›Praxisseminar Gewaltverbrecher II‹ lag der Brief, der heute Morgen zwischen seinen Rechnungen gesteckt hatte. Unscheinbar. Weißer Umschlag, ein gedruckter Adressaufkleber. Kein Absender. Er schluckte. Ein ganz normaler Brief? Im Gegenteil. Er wusste nicht, was er davon halten sollte. Vermutlich ein Spinner. Egal. Und doch schien ihn der Brief aus seiner Aktentasche heraus anzustarren.

Dreißig Augenpaare blickten erwartungsvoll, abwechselnd auf ihn und auf die verspiegelte Scheibe, doch das Verhörzimmer auf der anderen Seite des Fensters war leer. Noch stand Sam im Besucherraum vor seinen Studenten, aber das würde sich in Kürze ändern. Er blickte in das Befragungszimmer, das ihm vertraut vorkam: in seiner Mitte eine weitere Glasscheibe. Überall Trennwände. Zwischen dem Draußen und dem Drinnen, zwischen dem Guten und dem Bösen. Eine schmale Resopalplatte auf jeder Seite, an der Wand zwei Telefone, eines für ihn und eines für den Insassen. Mit dem Boden verschraubte Metallstühle mit Plastiklehnen, hart und unbequem, warteten auf ihn und den Verhörten. Supermax. Höchste Sicherheitsstufe. Mehrfachmörder, Vergewaltiger, Terroristen. Die dreißig Augenpaare gehörten Studenten der Forensischen Psychologie, Harvard. Die Besten ihres Jahrgangs. Sie waren die Zukunft des NCAVC, des National Center for the Analysis of Violent Crime, neben der Antiterroreinheit eine der profiliertesten Abteilungen des FBI. Und was für die achtzehn Frauen und zwölf Männer die Zukunft bedeutete, gehörte für Sam zur Vergangenheit. Er war früher einer der leitenden Ermittler am NCAVC gewesen. Aber jetzt hatte für ihn und Klara ein neues Leben begonnen. Keine Serienmörder mehr, keine Verstümmler, keine Sadisten. Und wenn, dann ausschließlich zu Forschungszwecken. Nur noch Theorie – wenn es sein Lehrplan erforderte. Erlaubt waren nach dem Versprechen, dass er sich selbst und Klara gegeben hatte, nur solche Psychopathen, die in den sichersten Gefängnissen des Landes einsaßen. Wie heute. Wo ihn eine zentimeterdicke Scheibe Plexiglas von dem Bösen trennte. Von Karel Maria Snow. Einem zwanzigfachen Mörder.

»Ihr alle habt die Akte zu Mr Snow gelesen, nehme ich an?« Keine ernsthafte Frage. Einer der Vorteile, in Harvard zu lehren, war, dass man sich um die Motivation seiner Studenten nicht zu sorgen brauchte. Allgemeines Nicken.

»Ich habe Sie den weiten Weg fahren lassen, weil ich Ihnen etwas zeigen will, das man mit keiner Vorlesung, keinem Skript, keinem Buch demonstrieren kann: das pure, schiere Böse.«

Das pure, schiere Böse. Deswegen waren sie gekommen. Deswegen galt sein Seminar als eines der beliebtesten des zweiten Jahrs. Live! Und in Farbe! Die Faszination des Unvorstellbaren. Und trotzdem waren sie nicht vorbereitet. Niemand war auf eine schwarze Seele wie die von Snow vorbereitet. Auch er nicht.

»Es gibt drei wichtige Dinge, die Sie von Snow lernen können. Und ich rate Ihnen, diese drei Dinge niemals zu vergessen.«

Einige zückten einen Stift, was sich als überflüssig herausstellen würde. Wer Snow gesehen hatte, würde es nicht vergessen. Niemals. Deshalb fuhr er mit ihnen den weiten Weg von Boston bis ins nördliche New York.

»Erstens: Serienmörder entsprechen möglicherweise nicht im Mindesten dem Bild, das Sie von ihnen haben mögen. Und hüten Sie sich Ihr gesamtes restliches Leben vor jedem diesbezüglichen Stereotyp. Keiner ist wie der andere. Und deshalb kann der Nächste genau der sein, von dem Sie es am wenigsten erwarten.«

Einige Stifte kritzelten seine Worte auf Papier. Sam lächelte. Ein wenig. Dann fiel ihm der Brief in seiner Tasche wieder ein, und das Lächeln gefror zu einer Maske.

»Zweitens: Verabschieden Sie sich von der Annahme, Sie könnten sie fassen, indem Sie denken wie sie. Ein reines Klischee. Natürlich erstellen wir Psychogramme von ihnen, aber wir können uns nicht in ihre Gehirne hineinversetzen, weil sie anders funktionieren als unsere. Wenn Sie ein Profil erstellen, müssen Sie entweder aus dem Erfahrungsschatz der Vergangenheit schöpfen, was in manchen Fällen funktionieren wird und in anderen weniger gut. Und wenn es keine Präzedenzen gibt, dann müssen

Sie versuchen, Ihr Gehirn auszuschalten. Denken Sie stattdessen wie ein Tier. Werden Sie zum Löwen, dessen Instinkte für die Jagd ausgebildet sind. Oder zur Zecke, die nichts riechen kann außer Schweiß und dahinter um das Blut weiß, das sie zum Leben braucht. Sie müssen lernen, Ihre Urinstinkte zu wecken. Sonst bleiben Ihre Profile leere Blaupausen, die nicht die Seele des Täters einfangen. Und Snow werden Sie dann niemals verstehen.«

Längeres Gekritzel. Sam war bewusst, dass der zweite Aspekt etwas abstrakt klang, aber Snow würde sich seinen Studenten ins Gehirn brennen, wenn er von seinem Ersatzteillager erzählte.

»Und drittens: Vergessen Sie Hollywood. American Psycho, Hannibal Lecter, Bone Collector. Sind das realistische Figuren für einen Serienmörder? Der hochintelligente Serienmörder, der mit uns ein Spielchen spielt?«

Ein Stich fuhr ihm in die Magengegend. »Warum suchst du mich nicht, Sam?« Er warf einen flüchtigen Blick auf den Koffer und hoffte, dass sein Unbehagen den Studenten nicht auffiel.

Die Frage stand immer noch im Raum. Und wie es zu erwarten war, erntete er Kopfschütteln. Natürlich nicht! Wie hätte er denken können, dass sie sich von Hollywood verführen lassen würden?

»Doch, meine Damen und Herren angehende forensische Psychologen, die ihr noch einen weiten Weg vor euch habt. Doch, das sind sie.«

Weiter im Text, Sam.

»Sie sind durchaus realistisch, die meisten von ihnen basieren auf Vorbildern, die es tatsächlich gab. Aber es ist höchst unwahrscheinlich, dass Sie in Ihrer Laufbahn auf einen solchen Täter treffen werden. Denn glücklicherweise sind die allermeisten Serienmörder eher unterdurchschnittlich intelligent, wie Sie gleich an Mr Snow live studieren können. Glücklicherweise für uns, weil wir sie dadurch schnappen können. Den Opfern dürfte es ja gleichgültig sein.«

Der Galgenhumor, der unter Ermittlern sehr verbreitet ist, brachte ihm ein paar vorsichtige Lacher ein, die ersten, seit sie das Gefängnis betreten hatten. Die klinische Atmosphäre, die Wachleute mit den großen Tasern und die zuschlagenden Gitter ließen keinen Platz für Heiterkeit.

Snow hatte einen Intelligenzquotienten von 82. Er hatte seinen Opfern die Organe entnommen, weil er glaubte, ein Ersatzteillager für sich anlegen zu müssen. Dass er niemals einen Arzt finden würde, der ihm seine Organe einpflanzen würde, oder die Frage nach der passenden Blutgruppe war ihm nie in den Sinn gekommen. Oder dass eine Leber kaum in einer einfachen Essiglösung erhalten werden könnte. Intelligente Serienmörder sind selten, wiederholte Sam noch einmal – nur für sich selbst und an den Brief gerichtet. Der absolute Ausnahmefall. Die Dunkelziffer. Das einzig Unrealistische an Hannibal Lecter war, dass der Film mit ihm hinter Gittern beginnt. Hätte es Hannibal Lecter wirklich gegeben, den mordenden Psychologieprofessor, das Genie im Teufelsgewand: Es wäre nicht sehr realistisch, dass das FBI ihn je gefasst hätte. Zu jeder Zeit laufen zwischen vierzig und achtzig Serienmörder frei herum, denen es gelungen ist, ihre Mordserien erfolgreich zu verschleiern. Psychologie besteht zu 60 Prozent aus Statistik. Das ist die Realität. Die Ausnahme, aber auch die gehört zur Realität. Noch nicht für die Studenten im zweiten Jahr, aber für dich, Sam. »Nicht nur mein eigener Tod ist unausweichlich, sondern auch der vieler anderer, die meinen Weg kreuzen.« Er spürte Stiche im Magen. Der Brief. Die ganz seltene Ausnahme?

Hinter sich hörte er ein scharrendes Geräusch aus dem Lautsprecher, der das Verhör mit Snow übertragen sollte. Er kam. Showtime. Vergiss den Brief, Sam. Das ist bestimmt nur ein Spinner, der deinen Namen letztes Jahr in den Zeitungen gelesen hat. Dunkelziffer. Und wenn nicht? Später, Sam. Seine Studenten hatten jetzt nur noch Augen für das Spektakel, das auf der anderen Seite der Scheibe beginnen sollte. Ein Wärter öffnete die Tür, und Snows massige Gestalt betrat den Raum. Er blickte gleichgültig auf die Fesseln zwischen seinen Füßen. Snow würde die Studenten nicht enttäuschen. Der Wärter, der den Gefangenen durchaus sanft auf den Stuhl drückte, nickte dem Spiegel zu. Die meisten der Angestellten im Hochsicherheitstrakt kannten Sam, er hatte für das FBI die Anklage gegen Karel Snow mit vorbereitet. Sam erwiderte den Gruß, obwohl ihn der Beamte natürlich nicht sehen konnte. Ein zweiter Wärter fixierte Snows Fußfesseln am Stuhl. Eine weitere Kette führte zwischen seinen Beinen nach oben und war mit den Handschellen verbunden. Sie war so kurz, dass er seine Arme maximal bis zum Herzen heben konnte. Niemand ging mit Snow ein Risiko ein. Karel ließ alles über sich ergehen. Karel wusste, dass er die Hauptrolle spielte. Snow war immer bereit für die Show.

»Eines noch«, mahnte Sam die gereckten Hälse. Dreißig Augenpaare konzentrierten sich wieder auf ihn. »Egal, wie freundlich er aussieht, egal, wie wenig clever er sein mag, egal, wie überlegen Sie sich ihm gegenüber fühlen hinter der Scheibe. Vergessen Sie niemals: Karel Snow ist ein sehr gefährlicher Mann.«

---

Als ihr Tross über den Parkplatz der Sing Sing Correctional Facility lief, schwiegen die Studenten. Zu frisch war der Eindruck des Mannes, der aussah wie ein Tankwart oder der Hausmeister einer Highschool, der seelenruhig erklärte, wie er versucht hatte, ein Organ, das er nicht mehr brauchte, weil er ein schöneres gefunden hatte, auf einem Flohmarkt zu verkaufen. Der dabei ohne jede Regung sprach, mit wulstigen Lippen, keuchend, wegen seiner 140 Kilogramm, die ihn nur noch harmloser aussehen ließen. Dessen Augen beim Gedanken an seine Organsammlung nervös in ihren Höhlen umherwanderten. Der manchmal spuckte, wenn er erzählte, wie schwierig es war, die Organe sauber mit dem Küchenmesser seiner Mutter zu entfernen. Und wie sich das Blut über den Küchenboden ergoss wie ein Eimer roter Farbe.

Als sie den Bus erreichten, der sie zurück nach Cambridge bringen sollte, hörte Sam ein vertrautes Wummern. Ein großer V8-Motor. Tief, grimmig und wenig kompromissbereit. Nicht der gemütliche Reisebus. 444 PS. Der ›Boss‹. Es kam von einem nicht einsehbaren Parkplatz. Er grinste. Für einen kurzen Moment dachte er an seine Studenten, die nun alleine nach Boston zurückfahren würden. Die jetzt ohne seine Hilfe mit Snow fertigwerden mussten. Aber früher oder später mussten sie es lernen. Menschen wie Karel Snow waren ihr Beruf. Den Sam aufgegeben hatte. Auf dem Höhepunkt seiner Karriere, als einer der profiliertesten Serienmörderjäger des FBI hatte er hingeschmissen. Für die Frau, die mit dem Boss hinter dem Bus auf ihn wartete. Klara ›Sissi‹ Swell. Die so zerbrechlich aussah wie die österreichische Kaiserin. Keine 1,68 groß. Lockige Haare, mehr Muskeln, als man so einem zierlichen Körper zugetraut hätte. Allerdings deutlich älter, als man die Kaiserin in Erinnerung hatte. Und der Boss passte auch nicht wirklich zum Image einer Prinzessin. Er verabschiedete sich von seinen Studenten und lief um den Bus herum. Er freute sich, sie zu sehen. Wie jeden Tag, wenn er nicht in Boston sein musste, sondern in ihrer gemeinsamen Wohnung in New York. Er pendelte jetzt seit etwas über einem Jahr, einen Ruf von Harvard lehnte man schließlich nicht ab. Natürlich nicht. Als er die Front des Busses umkurvt hatte, blendete ihn die Sonne. Seine Augen brauchten einen kleinen Moment, um sich auf das gleißende Licht einzustellen, aber dann sah er sie an der riesigen Motorhaube lehnend. Spöttisch grinsend, wie immer. Lederjacke, Sonnenbrille, Jeans, Bikerboots. Dazu mehr Rennmaschine als Auto. Ford Mustang Boss 302. Das neueste Modell. Ein vollkommener Überfluss an Leistung. Es sah aus wie ein Spielzeugauto. Wenig kaiserlike, aber er musste zugeben, es passte zu ihr. Klara liebte schnelle Autos. Und er liebte nun mal Klara. Sie stellte sich auf die Zehenspitzen, als er sie umarmte. Er schob eine goldblonde Locke hinter ihr rechtes Ohr: »Du holst mich ab?«

»Wenn du schon einmal in New York bist. Außerdem war ich gerade in der Gegend, bei einem furchtbar langweiligen Kunden.«

Eine kurze Pause. Dann der Nachsatz: »Wie ich das ständige Rumgegurke hasse.«

Sam schwieg. Seit sie beide ihre Jobs beim FBI aufgegeben hatten, war ihre Arbeit als Privatdetektiv ein ständiges Streitthema. Scheinbar konnte sie sich nur schwer damit abfinden, nicht mehr im Rampenlicht zu stehen. Das hatte er ihr allerdings nur einmal und nie wieder in dieser Deutlichkeit gesagt. Statt darauf einzugehen, begnügte sich Sam mit Small Talk. Klara gab Gas, und er wurde tiefer in seinen Sitz gedrückt. Als sie auf den Highway fuhren, schnallte Sam sich an. Man konnte ja nie wissen. Mitten in einem selbst für Klaras Verhältnisse halsbrecherischen Überholmanöver, bei dem der Boss um ein Haar den rechten Außenspiegel eingebüßt hätte, fragte sie beiläufig und mit leicht ätzendem Unterton: »Und, Schatz? Wie war dein Tag?« Zum ersten Mal seitdem sie mit Snow fertig waren, dachte Sam wieder an den Brief in seiner Tasche auf dem Rücksitz. An IHN. Was, wenn ihn sein Gefühl nicht täuschte? Was, wenn der Brief authentisch war? Klara durfte auf keinen Fall von dem Brief erfahren. Er würde nach dem Wochenende entscheiden, wie er damit umgehen sollte.

»Die Studenten waren so schockiert, wie ich mir das erhofft hatte. Ansonsten war Boston langweilig wie immer«, log Sam.

## Kapitel 2

**Manhattan, New York**
Montag, 11. Juni

Adrian von Bingen starrte ins Leere und lauschte dem Summen der Klimaanlage, die sich mit dem heißesten Sommer seit vierzig Jahren redlich abmühte und den Kampf nicht gewinnen konnte. Auf dem Schreibtisch in der kleinen Kammer neben seiner Restaurantküche, die er als Büro bezeichnete, stapelten sich Rechnungen von vier Monaten. Als hoffnungslos betrachtete er das Schlamassel jedoch nicht – zumindest öffnete er die Briefumschläge noch. Pia hatte ihn gewarnt, dass zwölf Plätze für ein Restaurant einfach nicht ausreichten, egal, wie gut er kochte. Welch eine Ironie: Gäste mussten Monate im Voraus reservieren, die Restaurantkritiker beschwerten sich unisono über den winzigen Gastraum, aber über den Service in Wohnzimmeratmosphäre oder seine Kochkünste mokierte sich niemand, im Gegenteil. Kaufen konnte er sich von den positiven Rezensionen allerdings auch nichts, und die für nächste Woche geplante Stiftungsgründung fiel natürlich ins Wasser. Pia und ihr Chef, der Anwalt Thibault Stein, hatten die Verträge über Wochen ausgearbeitet. Alle standen in den Startlöchern, nur er nicht. Was zum einen am Restaurant lag und zum anderen daran, dass er sich weigerte, seine Eltern um das Startkapital zu bitten. Seit er mit Pia zusammen war, lief es besser zwischen ihm und seinem Vater. Oder zumindest nicht mehr unterirdisch schlecht. Aber das Geld für die Stiftung würde er trotzdem alleine besorgen. Ich muss das einfach schaffen, sinnierte er und nahm eine zwei Monate alte Rechnung seines Bäckers zur Hand, als sich ein riesiger Styroporkarton durch die Tür schob. Außer zwei kleinen fleckigen Händen war nichts Menschliches zu erkennen, als sich das Ungetüm wie von selbst auf den Papierstapel fallen ließ. Der Turm geriet ob des unachtsam platzierten Neulings ins Rutschen und wäre direkt in seinem Schoß gelandet, wenn er nicht eingegriffen und das wackelige Konstrukt mit der zweimal gefalteten Bäckerrechnung stabilisiert hätte.

»Shushu, was soll das?« Jeder nannte den winzigen Chinesen so, obwohl er Xǔ Shu hieß und ein »Mister« vor seinen Unternehmensnamen gesetzt hatte: Mister Xǔ Shu Fish Co. Einer der zuverlässigsten und besten Fischlieferanten der Stadt. Und für alle eben Shushu, was ausgesprochen wie Schuh-Schuh klang.

»Der feine Herr zahlt seine Rechnungen nicht«, beschwerte sich Shushu hinter seinem Karton. Er klang verärgert. Aber er lieferte noch, das war eine gute Nachricht. Adrian roch die vertraute Meeresbrise allerfrischester Angelware aus dem Atlantik. Premium-Qualität. Die ihren Preis hatte. Aber Shushus Fische waren jeden Preis wert.

»Shushu, kein Problem.« Adrian stemmte sich aus dem verbogenen Schreibtischstuhl, dessen eine Lehne nur noch wackelig an der Seite herunterhing, und griff in die Hosentasche seiner Jeans. Er ging um die Styroporbox herum und öffnete sie, beugte sich über das Eis, unter dem die bestellten Flundern und der Thunfisch schlummerten. Er inhalierte tief, um Shushu gegenüber seine Bewunderung für dessen Handwerk zum Ausdruck zu bringen. Ein äußerst wichtiger Aspekt, wenn seine Strategie aufgehen sollte. In der engen Tasche seiner Jeans zählte er fünf Scheine von einem Bündel der gestrigen Tageseinnahmen. Links Zwanziger, rechts Hunderter. Er zog die linke Hand aus der Tasche und zerknüllte die Scheine ein wenig, damit sie nach mehr aussahen, und drückte Shushu den viel zu kleinen Betrag in die Hand. »Toller Fisch, Shushu. Du bist der Beste.«

Shushu starrte auf das Bündel in der Hand. »Ich habe Sie gegoogelt, Sie sind ein Baron oder so etwas. Ich dachte immer, die haben Geld wie Heu.«

Adrian fragte sich zum wiederholten Mal, ob er trotz oder wegen seines Titels ständig pleite war. »Nix mehr da, Shushu. Seit hundert Jahren heißt so ein Titel nichts, gar nichts mehr.«

Die Augen des Chinesen finden an zu leuchten: »Hattet ihr eine Revolution?«

»Na ja, das leider gerade nicht«, antwortete Adrian wahrheitsgemäß. »Aber so etwas Ähnliches.« Historische Akkuratesse brachte ihn sicherlich nicht weiter. Shushu nickte. »Okay, zahlst du den Rest nächstes Mal.« Adrian blickte versöhnlich. Er hörte die kurzen Schritte durch sein Restaurant eilen, packte sich die Styroporkiste und trug sie in die Küche. Es war noch keiner da, sein Spüler war wieder zu spät. Aber Adrian hatte noch einen Termin, den er auf keinen Fall versäumen wollte, obwohl er nicht gerade angenehm auszugehen drohte: Er würde Pia und

Thibault Stein erklären, dass sie das Stiftungsprojekt vorerst auf Eis legen müssten.

Beim Rausgehen schnappte er sich die Bäckereirechnung, einen Stift und Klebeband. Auf der Rückseite des Umschlags notierte er einen Hinweis für seine Lieferanten, alles beim Nachbarn, einem furchtbar bunten Esoterikladen, abzugeben, dessen Besitzer einen großen Bart und viel Zeit hatte und in dem es stark nach Patschuli roch. Aber ein paar Stunden würden seine kostbaren Lebensmittel schon nicht kontaminieren. Obwohl man bei kalifornischen Hippie-Räucherstäbchen nie wissen konnte, dachte Adrian und zog das weiße Hemd aus der Jeans. Hier draußen, auf der Straße, brauchte er jede Luftzirkulation, die er kriegen konnte. Langsam lief er die Driggs hinunter Richtung U-Bahn. Wenigstens arbeitete er nicht zwischen den Wolkenkratzern in Midtown, sondern im eher beschaulichen Williamsburg, wo der mäßige Verkehr den Smog auf einem erträglichen Niveau hielt und wenigstens dann und wann ein Baum etwas Schatten spendete. Und die Straßen einspurig waren und der Hudson die Hektik in den Finanzhaifischbecken von Lower Manhattan hielt, wo sie hingehörte. Außerdem hätte er sich woanders ein eigenes Restaurant ohnehin nicht leisten können. Was für ein Glück, dass ich nicht zum Problemewälzen neige, dachte Adrian noch, als ein schwarzes Auto neben ihm plötzlich langsamer wurde und hupte. Eine dieser Limousinen, die man bestellen konnte wie in anderen Ländern ein Taxi, das erkannte er am Nummernschild. Der Fahrer stieg aus, ein Mexikaner mit Anzug und dunkler Krawatte.

»Mr von Bingen, Sir?«, fragte er. »Zu Thibault Godfrey Steins Kanzlei?«

Einen kurzen Moment war er überrascht, dann nickte er. Wahrscheinlich lief im Inneren des Wagens die Klimaanlage auf vollen Touren. Die U-Bahn nach Manhattan würde einem Höllentrip gleichkommen mit ihren Stahlkolossen in den endlosen Röhren. Luftfeuchtigkeit wie im ecuadorianischen Dschungel. Den Mann schickte der Himmel.

»Mr Stein sagt, Sie seien bald Stiftungsvorstand und als solcher privilegiert.« Er hielt ihm sogar den Schlag auf. Wenn der wüsste, dachte Adrian ein wenig verbittert. Aber nur ein wenig. Eine Welle kühler Luft wehte ihm entgegen.

»Wie überaus aufmerksam«, murmelte Adrian und glitt auf den Rücksitz. Der Mexikaner ließ die Tür ins Schloss fallen und lief um die Motorhaube herum. Adrian konnte nur hoffen, dass Stein die Limousine vorab bezahlt hatte. Der Fahrer fuhr los und fädelte auf die Brooklyn Bridge ein, die sie nach Manhattan bringen würde, wo die Kanzlei lag. Adrian seufzte und fischte das Telefon aus der Brusttasche seines Hemds, um Pia wenigstens eine halbe Stunde vorab zu informieren, dass es endgültig nichts werden würde mit der Stiftung. Die Bilanz des Restaurants der letzten sechs Monate, die er gerade heute Morgen erst gemacht hatte, ließ keinen anderen Schluss zu. Ja, natürlich habe ich es vor mir hergeschoben, weil ich wusste, dass es nicht gut aussieht, dachte Adrian verärgert über sich selbst, als er die Nummer wählte. Ja, ich bin ein Feigling. Ein Wegläufer. Aber ich werde es trotzdem schaffen, wartet es nur ab. Er hielt das Handy ans Ohr und räusperte sich. Aber nichts geschah. Das Handy funktionierte nicht. Er warf einen Blick auf die Anzeige: Kein Empfang. Mitten in New York? Mitten auf der Straße? Verfluchtes AT&T. Er probierte es noch einmal. Immer noch nicht. Er versuchte, ein Straßenschild zu erkennen, um sich zu orientieren, als er feststellte, dass ihn der Mexikaner im Rückspiegel mit zusammengekniffenen Augen beobachtete. Auf einmal kam ihm sein Gesicht gar nicht mehr so freundlich vor.

»Ich befürchte, Mr von Bingen, dass Ihr Handy hier drinnen nicht funktioniert.«

»Weil wir in Afghanistan sind?«, fragte er verärgert. Was meinte er damit?

»Nein, Sir. Sie können derzeit keine Anrufe tätigen, weil dieses Auto eine spezielle Abschirmung besitzt. Was im Übrigen, technisch gesehen, keine besonders komplizierte Angelegenheit ist.«

Redet so ein mexikanischer Limousinenfahrer? Nein, entschied Arian. Was ging hier vor? Wollte ihn der Mann entführen? Ein Entführer, der einen mit Sir anspricht? Und bei seinem Kontostand ohnehin ein grandioser Scherz. Außerdem sind Limousinen registriert, und seit dem 11. September waren George Orwells Überwachungsvorstellungen aus »1984«, verglichen mit der Überwachung der Stadt New York, nichts.

»Fahren Sie rechts ran«, verlangte Adrian.

»Ich befürchte, Sir, das ist derzeit nicht möglich.« Ein Blick nach draußen bestätigte: Sie fuhren nicht zur Kanzlei. Sondern quer durch Manhattan weiter nach Westen.

Langsam, aber sicher erfasste ihn ein Anflug von Panik. Er rüttelte am Türöffner. Verschlossen. Natürlich. Der Wagen stoppte an einer Ampel. Er warf sich mit dem Rücken gegen die Tür. Trat vor Wut dagegen. Was wollte der Mexikaner von ihm?

»Mr von Bingen«, sagte der Fahrer, seine Stimme war jetzt tonlos. »Es ist zwecklos. Bitte begreifen Sie das.« Adrian trommelte gegen die Scheibe, versuchte, den Fahrer eines Lieferwagens auf sich aufmerksam zu machen, der neben ihnen stand und mit den Fingern im Takt zu einer Musik auf die Wagentür trommelte. Er blickte beinah in ihre Richtung, ohne Adrian in die Augen zu sehen. Er musste ihn doch sehen! Adrian winkte noch verzweifelter und schlug mit der Faust gegen die Scheibe.

»Sir, ist Ihnen nicht aufgefallen, dass die Scheiben von außen verdunkelt sind?«

»Verdammt!«, schrie Adrian und ließ sich in den Sitz fallen. Noch einmal griff er nach dem Handy, suchte den einzigen Eintrag, von dem er annahm, dass er ihm jetzt helfen könnte: Klara Swell. Sie würde wissen, was zu tun ist. Und sie hatte eine Knarre. Aber das Handy blieb tot. Null Balken. Kein Empfang. Nichts. Adrian ballte die Hand zur Faust und ließ sich in den Sitz sinken. Was sollte er auch tun? Er brauchte eine zündende Idee.

»So ist es besser, Sir. Bitte glauben Sie mir, dass Sie nicht in Gefahr schweben. Mein Auftraggeber möchte nur in Ruhe mit Ihnen reden.«

»Das hätte er aber auch einfacher haben können«, giftete Adrian nach vorne. Er glaubte ihm nicht. Ganz und gar nicht. Und wer sollte das überhaupt sein, dieser ominöse Auftraggeber? Ein Lieferant, der sich für die unbezahlten Rechnungen rächen wollte? Er hatte bisher gedacht, dass er nicht von der Mafia beliefert würde, sondern nur von ehrlichen Händlern wie Shushu. Shushu würde ihm aber keinen Wagen schicken, Shushu würde ihm höchstens einen vergammelten Fisch vor die Tür des Lokals legen.

»Da bin ich mir nicht so sicher«, erwiderte der Mexikaner. »Wie Sie sehen werden, hat er eine sehr spezielle Vorstellung von Diskretion.«

Adrian starrte auf sein nutzloses Handy. »Langsam bekomme ich eine Ahnung davon«, murmelte er zu sich selbst.

»Bitte, Sir, genießen Sie die Fahrt, so gut es Ihnen in dieser für Sie sicherlich verwirrenden Situation möglich ist. Und wenn es Ihre Zeit erlaubt, lesen Sie den Vertrag.«

Was für einen Vertrag?, fragte sich Adrian. Er fingerte am Klappmechanismus der Mittelarmlehne herum. Tatsächlich lag dort ein brauner Umschlag mit einem Aufkleber darauf: Lost Souls Foundation. Stiftung der verlorenen Seelen. Seine Stiftung. Deren Name nicht einmal zwanzig Leute kannten. Die noch nicht einmal gegründet war. Mit einem letzten Funken Hoffnung warf er noch einmal einen Blick auf sein Handy und öffnete dann mit zitternden Fingern den Umschlag.

# Kapitel 3

## Hillsborough, New Jersey

Montag, 11. Juni

Klara startete den Boss, als sie den riesigen Geländewagen ihres Zielobjekts im Rückspiegel bemerkte. Der weiße Lincoln Navigator bog aus der steilen Einfahrt auf die Straße und fuhr langsam an ihr vorbei. Der starke V8-Motor ihres Mustangs brummte hungrig, aber trotz seiner Übermotorisierung würde er dem Mann im Suburban nicht auffallen. Denn aufgrund ihrer Überwachungsaufträge hatte sie sich für eine einfarbige Standardlackierung entschieden statt des grellen Oranges oder giftigen Grüns, den regulären Boss-Farben. Ein weiterer Kompromiss für ihren neuen Job und ein weiterer Grund, ihn besonders aufregend zu finden. Ich sollte weniger Kompromisse machen, dachte Klara, als sie den Gang einlegte. Sie ließ ihm gute hundert Meter Vorsprung, um sicherzugehen. Obwohl nicht zu erwarten war, dass er sie bemerkte. Er hatte keinen Grund, sich verfolgt zu fühlen. Und wenn doch, würde er nach einem roten Voyager Ausschau halten, dem Van seiner Frau. Klara wusste bereits, mit wem er sich treffen würde. Was ihr jedoch fehlte, waren Beweise. Fotos. Sie verfolgte die Ehemänner hysterischer, aber dafür umso reicherer Frauen, damit diese vor Gericht einen höheren Preis für ihre Scheidung erzielen konnten. Manchmal war auch ein Auftrag für Thibault

Stein, einen alten Anwalt, dabei, die interessanter klangen, als sie tatsächlich waren. Alles in allem war aus der einstigen FBI-Ermittlerin eine sehr durchschnittliche Privatschnüfflerin geworden. Was zum Teil an Sam lag, der nach den Erfahrungen aus dem letzten Jahr nichts mehr von lebensgefährlichen Einsätzen wissen wollte. Sie hatten ihre Beziehung auf ernsteren Boden gestellt. Was aber nicht nur an Sam lag, musste Klara zugeben. Der Navigator bog zur Interstate 287 ab. Wie erwartet, fuhr der Inhaber einer gut gehenden Plastikpflanzenfirma nach Manhattan. In ein anonymes Hotel. Kein billiges, aber auch kein Luxusschuppen. Er traf sie nicht erst seit gestern. Und wenn es heute klappte mit den eindeutigen Bildern, wäre der Fall endlich abgeschlossen. Dann musste sie nur noch die Abschlussbesprechung mit seiner Frau überleben, ihr geheucheltes Geheule, wobei sie doch längst einen eigenen Lover unterhielt. Und die mit ihrem Mann, den sie seit Highschoolzeiten kannte, in etwa so viel Gemeinsamkeiten hatte wie ein Affe mit einem Schnabeltier.

Der Verkehr wurde dichter, und Klara beschleunigte auf der mittleren Spur, um sich ein paar Autos näher an ihn heranzupirschen, mehr aus beschäftigungstherapeutischen Gründen als aus Notwendigkeit. Nein, es lag nicht nur an Sam. Sie hatten es gemeinsam entschieden, dass er nicht mehr für das FBI arbeiten würde. Ihre eigene Kündigung hingegen war nicht gerade freiwillig erfolgt, sodass auch Michael Marin, ihren ehemaligen Chef, eine ordentliche Portion Schuld an ihrer Situation traf. Ekelhafter Karrierist, dachte Klara, als sie auf den Turnpike wechselte. Sie trommelte mit den Fingern auf dem Lenkrad herum und betrauerte die verschwendeten PS, ihr verschwendetes Talent und einige weitere Vergeudungen, bis sie sich endlich daran erinnerte, wie gern sie diesen Mistkerl hatte. Den Psychologen, ehemaligen Chefermittler der NCAVC und einen der besten Polizisten, die sie kannte. Jeder muss sein Opfer bringen, damit wir funktionieren, dachte Klara. Ich weiß, Sam. Sie seufzte und wartete auf das Ende der einstündigen Autofahrt.

Es wurden anderthalb eintönige Stunden daraus, davon eine im chaotischen Nachmittagsverkehr der Innenstadt, bis der große SUV vor dem angekratzten Podest des hoteleigenen Valet Parking hielt, das 37 Dollar am Tag kostete. Dafür nahmen sie einem den Wagen ab und brachten ihn gegen Aufpreis auch gewaschen und ausgesaugt zurück. Klara ließ den Boss gegenüber in einer Ladezone stehen, was nun mal nicht zu ändern war, und beeilte sich, ihm in die Lobby zu folgen. Er war beruflich der Chef der Plastikpflanzen, die billige Büros und lausige Restaurants in ganz New York begrünten, und zudem ein lauter und unangenehmer Mann. Klara fand, dass er gar nicht so schlecht zu seiner Fönfrisurfrau passte, wie die beiden dachten. Aber das war nicht ihr Job. Ihr Job war es herauszufinden, in welchem Zimmer er abstieg. Er buchte immer die Zimmer für die beiden, was Klara eine weitere Verfolgung ersparte. Scheinbar gedankenverloren fischte sie aus dem Pult des Concierges, der unmittelbar an die Rezeption grenzte, den Flyer eines Broadway-Musicals: die größte Show seit »Der König der Löwen«! Der Junge hinter dem Computer fand die Reservierung schneller, als Klara es ihm zugetraut hätte. Zimmer 748. Noch bevor der Blumenchef sich auf den Weg zu seinem Zimmer machte, steckte Klara den Werbeprospekt zurück und lief zu den Aufzügen. Zwei Geschäftsleute mit schlecht sitzenden Krawatten betraten eine der vier Kabinen, und Klara schlüpfte hinein, kurz bevor sich die Türen schlossen. Die Krawatten wollten in den vierten und fünften Stock. Klara war es einerlei, denn die Zimmerverteilung in diesen auf Effizienz getrimmten Touristenblöcken in der Nähe vom Times Square war immer gleich. Darauf konnte sich eine Privatschnüfflerin ebenso verlassen wie eine Aushilfe beim Reinigungstrupp. Sie musste nur wissen, wo die 48 lag. Sie stieg mit den Krawatten im Vierten aus und fotografierte den Stockwerkplan, der praktischerweise und aus Gründen des Feuerschutzes direkt neben den Fahrstühlen hing. Die Krawatten beachteten sie nicht, es war ihr vollkommen gleichgültig, ob sie ihr dabei zusahen. Warum sollten sie Verdacht schöpfen? Außerdem tat sie ja nicht einmal etwas Illegales. Keine zwanzig Sekunden später trug der Fahrstuhl sie schon wieder nach unten. Klara, du hast den langweiligsten Job der Welt, stellte sie fest. Ist es das wirklich wert?

Zurück beim Boss, der dankenswerterweise von keinem der notorisch übellaunigen Verkehrspolizisten in ihren eiswagenartigen Minidreirädern abgeschleppt worden war, ärgerte sich Klara immer noch. Zimmer 748 lag Richtung Osten. Es wurde als »City View« vermarktet, was nichts weiter hieß, als dass die Gäste statt eines verheißungsvoll blinkenden Lichtermeers (Metropolitain View) Backsteinmietshäuser und Klimaanlagenschlote zu sehen bekamen. Für Klara, die derzeit um jedes My Adrenalin betteln musste, hieß das: kein Bürogebäude mit Wachschutz. Keine Glasfassade. Sondern einfach nur ein Mietshaus. Eine kurze Fahrt um den Block brachte ihr neben einer legalen Parkoption in einer Tiefgarage zu immerhin nur 15 Dollar die Stunde auch die Erkenntnis, dass es zumindest ein Gebäude gab, das hoch genug war, um ihr Fotos aus einem sinnvollen Winkel zu ermöglichen. Betrogene Ehefrauen wollen immer ganz genau sehen, mit wem ihr Mann sie hinterging. Und möglichst auch, wie. Warum das so war, erschloss sich Klara nicht. Masochistische Züge? Oder mussten sie einfach der Wahrheit ins Auge blicken? Sie hatte noch niemals in dem Jahr, den sie diesen lausigen Job machte, erlebt, dass sich einer der Typen eine genommen hätte, die schlechter aussah als seine Frau. Sie suchten schon eine Verbesserung für den ganzen Aufwand, das Geld, die Geschenke und das Scheidungsrisiko. Die Neuen waren zwar meist nicht klüger, gebildeter und in Klaras Augen durchaus nicht attraktiver als die Ehefrauen, bloß jünger. Und alberner. Sie musste bei Gelegenheit mal mit Sam über die Motivation der Ehemänner reden. Es interessiert mich tatsächlich, stellte Klara fest. Ein Lichtblick, dass mich mal etwas interessiert, was mit dem Job zu tun hat.

Bevor Klara den Boss am Parkhaus abgab, tauschte sie ihre Lederjacke gegen die Lieferantenweste eines Pizzadienstes. Die dünne Variante, denn außerhalb der angenehmen Kühle ihres Autos war es verdammt heiß in der Stadt. Sie zögerte kurz, ob sie auch den Motorradhelm mitnehmen sollte, und entschied sich dann dafür. Sie ging nicht davon aus, dass es einen misstrauischen Türsteher geben würde, aber man konnte nie wissen. Manche der Hochhäuser waren bereits renoviert, aber die meisten waren immer noch Sozialwohnungen, im gleichen Zustand wie seit 50 Jahren. Und je niedriger der Mietpreis war, umso weniger motiviert waren nun einmal die Sicherheitsleute. Einfach deshalb, weil es wenig zu stehlen und daher auch selten Probleme gab. Klara faltete zwei Pizzaschachteln, packte ihre Kamera und das kleine Stativ in die riesige Tasche mit dem Werbeaufdruck des Lieferservices und ihre Picks in die Hosentasche. Dann fuhr sie den Boss das kleine Stück die Straße runter und ließ sich den netten Mann vom Parkservice darüber wundern, wie ein Pizzabote zu einem Mustang Boss kommt und warum er sich beim Ausliefern ein Parkhaus für 15 Dollar leistet. Wenn das überhaupt einen Sinn ergeben hätte, aber Klara hatte die Erfahrung gemacht, dass sich Menschen im Schnitt keine 30 Sekunden über etwas wundern, dass sie nicht verstehen, und es dann vergessen. Das galt insbesondere für New Yorker.

Im Erdgeschoss saß tatsächlich eine Art Wachdienst, der jedoch seinen Namen nicht verdiente. Klara hätte es sich auch sparen können, sich im Vorbeigehen einige Namen aus dem sechsten Stock zu merken, in den sie gar nicht wollte, denn er hatte keine Fragen an den Pizzaboten, der einen Namen nuschelte und Schachteln trug, die in seiner Erwartungshaltung appetitlich dampften. Das menschliche Gehirn ist zu erstaunlichen Leistungen fähig, vor allem wenn es um die Erwartungshaltung geht. Eine von Sams Lieblingslektionen an der Uni, und sie war tatsächlich auch für die ganz praktische Polizeiarbeit hilfreich. Zum Beispiel, wenn sich ein Wachmann ganz sicher an den Geruch von frisch gebackenem Teig und Mozzarella erinnert, auch wenn die Pappschachteln niemals eine Margarita gesehen hatten. Wie schon erwähnt, hätte man sich dies alles heute sparen können, vermerkte Klara, als sie im achten Stock angekommen war. Selbst wenn er nach einer halben Stunde misstrauisch würde, da sie das Gebäude nicht verlassen hatte. Er würde im sechsten Stock mit seiner halbherzigen Suche anfangen. Mehr als genug Zeit für sie zu verschwinden. Diese Mechanismen, mit denen Klara in der Vergangenheit schon in wesentlich besser gesicherte Gebäude gelangt war und auch zweimal aus einem Gefängnis hinaus, waren ihr dermaßen in Fleisch und Blut übergegangen, dass sie nicht einmal mehr darüber nachdachte. Klara »Sissi« Swell, die Einbrecherkönigin des FBI. Mit Sam zusammen das erfolgreichste Team des New Yorker Büros. Gefeiert und belobigt – bis sie einmal erwischt worden war. Im Haus eines Senators mit sehr widerlichen Beweisen für seine Bestechlichkeit und noch viel widerlicheren Kungeleien in seinem Computer. Sie würde nie wieder in den Knast gehen, dachte Klara, als sie an der ersten Tür klingelte. 8G. Niemand antwortete. Sie klopfte. »Davini's Pizza, einmal Margarita, einmal Meeresfrüchte.« Die Tür knarzte und öffnete sich einen Spalt, bis sie von einer dünnen Kette zurückgehalten wurde. Ein alter Mann in einem blau-rot gestreiften Bademantel. Er hielt eine riesige Fernbedienung in der Hand. »Nix bestellt!«, blaffte er.

»Ist das nicht 8E?«, flötete Klara mit ihrem schönsten

Pizzabotinnenlächeln hinter dem Visier des Helms, der Authentizität willen.

»8G, Dummchen.« Da war die Tür schon wieder zu. Natürlich, wie konnte ich nur so dumm sein, dachte Klara und schellte an der nächsten Tür. Glück hatte sie jedoch erst bei der vierten. Als auch nach mehrmaligem Klopfen und Klingeln niemand öffnete, zog sie den Pick aus der Hosentasche. So viel zum Thema nie wieder Knast, dachte Klara und hatte das Schloss schon geöffnet.

Als der Schließmechanismus klickte, drückte Klara die Tür nach innen auf, und ihr schlug ein bestialischer Gestank nach verdorbenen Lebensmitteln entgegen. Irgendetwas blockierte die Tür, sodass sich Klara durch einen engen Spalt in die Wohnung zwängen musste. Überall in dem winzigen Flur lagen Müllsäcke. Kleine Schmeißfliegen waren aufgeschwirrt, als sie mit der Tür gegen die Plastiksäcke gestoßen war. Klara war heilfroh, dass sie den Helm aufhatte, ohne wäre sie vermutlich Gefahr gelaufen, in Ohnmacht zu fallen. Sie versuchte, so gut es ging in den Stoff zu atmen, und stakste über die Müllsäcke hinweg ins Wohnzimmer. Kein Zweifel: Sie hatte sich die Wohnung eines Messies ausgesucht. Das gesamte Apartment war vollgestellt mit Regalen, aus denen wertloser Tand und Abfall herausquollen. Alte Zeitungen, Plattenspieler, staubige Gefäße, nicht abgewaschenes Geschirr mit versteinerten Essensresten. Zu allem Überfluss bemerkte sie mindestens acht Katzen, die sich bemühten, ein Plätzchen in dem Chaos zu finden. Sie öffnete das große Fenster, ein Schwall klarer Luft strömte herein, sodass sie sich traute, den Helm abzunehmen. Klara bückte sich und kraulte ein besonders verwahrlost aussehendes Tier hinter den Ohren. Es war eine riesige grell orangefarbene Katze mit gelben Augen. Ein lautes Schnurren ließ erkennen, dass das schon viel zu lange niemand mehr gemacht hatte. In einem der Regale fand sie eine flache Schale, die außer einer dicken Staubschicht einigermaßen sauber aussah. Im Bad füllte sie Wasser hinein und räumte ein Stück Fußboden für die Katzen frei, indem sie einfach einige Zeitungen auf einen alten Plattenspieler warf.

Am Fenster überprüfte sie die Lage von Zimmer 748 im Gebäude gegenüber, und es zeigte sich, dass sie sich nicht verrechnet hatte. Der Pizzatasche entnahm sie ihre Nikon mit dem Teleobjektiv und schraubte sie auf das einbeinige Stativ. Sie musste sich einen weiteren Stapel Zeitungen suchen, um mit ihren 1,67 Meter einen anständigen Winkel auf den siebten Stock des Hotels zu haben, der ein wenig tiefer lag. Zimmer für Zimmer suchte sie die Fassade ab, bis sie ihr Ziel gefunden hatte. Der Ehemann kam gerade aus der Dusche, er trug einen Bademantel des Hotels. Sollte sie etwa zu spät gekommen sein? Laut seinem Terminkalender hatte er das »Kunden«-Treffen erst um vier. Sie warf einen Blick auf die Uhr. 3:55 Uhr.

Zehn Minuten später wurde Klara wieder einmal bestätigt, dass sich Terminkalender selten irren, zumindest was die Zeiten angeht. Um 4:04 Uhr öffnete der Plastikpflanzengeschäftsführer seine Hotelzimmertür. Tatsächlich immer noch im Bademantel, was Klara an seinen Qualitäten als Liebhaber zweifeln ließ. Sie schoss ein paar Bilder. Die Frau, die sein Zimmer betrat, sah aus wie eine Geschäftsfrau. Eine sehr gut aussehende Geschäftsfrau, wie Klara zugeben musste. Kurze rote Haare, perfekt geschminkt. Die Geschäftsfrau schien keinesfalls irritiert, ihn im Bademantel zu sehen. Im Gegenteil. Vermutlich kannten sie sich tatsächlich schon länger. Klara betätigte den Auslöser. Der Spiegel der Kamera klackte. Die Frau nahm einen Umschlag entgegen, lächelte verführerisch. Sie freute sich offenbar sehr, ihn im Bademantel vorzufinden, denn sie nahm ihn in die Arme und streichelte seinen Nacken. Schaute ihm tief in die Augen. Dann knöpfte sie ihre Bluse auf. Viel zu schnell für Klaras Geschmack. Aber sie hat sich auf das Treffen gefreut, merkte Klara. Sie trug vermutlich ihm zuliebe dunkle Wäsche, die sehr teuer sah. Wenn ich zwei und zwei zusammenzähle, murmelte Klara hinter ihrer Kamera, dann bist du keine reguläre Geliebte, Herzchen. Sondern eine Professionelle. Ihre Auftraggeberin würde ihre Bilder trotzdem bekommen. Und sie werden genauso oder gar noch ein wenig wertvoller sein. Mein Honorar hat sich gerade um fünfhundert Dollar erhöht, dachte Klara zufrieden.

Und der atemberaubend aussehende Escort hatte gehalten, was er versprochen hatte, dachte Klara, als sie eine halbe Stunde später aus dem Haus trat. Sie ließ sich den Mustang bringen und fuhr nach Hause. Auf dem Weg griff sie nach ihrem Handy, das sie im Handschuhfach gelassen hatte. Eine Nachricht von Pia: Ob sie wisse, wo Adrian stecke. Irgendeine Sache mit seiner Stiftung. Die reden auch von nichts anderem mehr, dachte Klara. Und klar, Pia, natürlich weiß ich, wo dein Verlobter ist, weil ich ja einfach alles weiß. Weil ich ja jetzt einfach die Informationstante bin. Und wenn ich etwas nicht weiß, kann man mir ja einfach ein paar Mäuse zahlen, und dann finde ich es schon für dich raus. Ich hasse diesen Job.

Dann suchte sie die Nummer der Tierrettung New York. Sie hatte sich vorgenommen, ihr Honorar zur Abwechslung in etwas wirklich Sinnvolles zu investieren.

## Kapitel 4

**Jersey City, New Jersey**
Montag, 11. Juni

Nach dem Holland Tunnel änderte sich das Stadtbild drastisch. Die tiefen Häuserschluchten von Manhattan wichen fünfstöckigen Wohnhäusern, die mit jedem weiteren Kilometer an Glanz verloren. Adrians Nerven hatten sich nach der Lektüre des Dokuments in dem braunen Umschlag einigermaßen beruhigt. Zumindest war er relativ sicher, dass er nicht entführt wurde, wobei es sich entschieden so anfühlte. Der mexikanische Fahrer warf von Zeit zu Zeit einen Blick in den Rückspiegel, offenbar um sich Adrians Geisteszustands zu versichern. Über Letzteren war er sich selbst nicht ganz im Klaren. Das Dokument gab mehr Rätsel auf, als es löste. Sicher war nur, dass, wer auch immer ihm die Limousine geschickt hatte, genauestens über seine Pläne informiert war, was die Lost Souls Foundation anging. Die Stiftung war Adrians wichtigstes Projekt, je nach Tageszeit kam sie knapp vor oder hinter dem Restaurant. Seit er im letzten Jahr seine Frau beerdigt hatte, nach acht quälenden Jahren, war in ihm der Entschluss gereift, etwas für die anderen zu tun. Denen zu helfen, die immer noch in der Situation steckten, die ihn selbst beinah umgebracht hätte: die nagende Ungewissheit. Seine geliebte Jessica war vor acht Jahren während ihrer Flitterwochen auf Hawaii von einem Badeausflug nicht zurückgekommen. Man fand ihren Wagen ausgebrannt am Rand eines Bambusdschungels. Aber keine Spur von ihr. Und deshalb hatte sich weder die Polizei von Maui noch das FBI, noch irgendeine andere Behörde sonderlich dafür interessiert. Erst hatten sie ihm versprochen, sie komme bestimmt zu ihm zurück. Später hatten sie mit den Schultern gezuckt und zähneknirschend zugegeben, dass sie Jessica ohne Leiche nicht als Mordfall behandeln konnten. So sei nun einmal das Gesetz. Und es wisse ja niemand, ob sie wirklich tot sei. Adrian war immer überzeugt davon gewesen, aber die winzige Hoffnung, dieser niemals weichende Prozentsatz einer Chance, und sei er noch so klein, hatte ihm fast den Verstand geraubt. Bis im letzten Jahr Sam Burke und Klara Swell den Täter gefasst hatten. Mehr oder weniger aufgrund eines Zufallstreffers ihres FBI-Computergenies bei einem Bilderabgleich von Internetfotos mit der Vermisstenkartei. Nach acht Jahren. Adrian stoppte seine Gedanken an die Videos, die sie von Jessica gefunden hatten. Ihre Qualen, schließlich ihr Tod. Er konnte die Bilder kaum ertragen. Und doch waren sie ein Grundpfeiler der Lost Souls Foundation, die sich um unerkannte Mordserien kümmern sollte. Die Stiftung würde dem Zufall systematisch auf die Sprünge helfen. Damit es endlich eine Institution gab, die sich um die Wahrheit hinter den Vermisstenfällen kümmerte. Um andere wie ihn. Um die zweite Reihe. Die Menschen hinter den Opfern. Offenbar hatte er sich das allerdings viel zu einfach vorgestellt. Anfangs hatte er angenommen, der Name seiner Familie würde ihm einige Türen öffnen, nur um festzustellen, dass die feine New Yorker Gesellschaft ihre eigenen Regeln hatte. Und ein europäisches Adelsgeschlecht nicht unbedingt als Eintrittskarte gewertet wurde, im Gegenteil. Pia hatte ihn bekniet, seinen Vater zu bitten, aber das kam für Adrian nicht infrage. Zwar waren sie dank Pias diplomatischer Fähigkeiten mittlerweile wieder in der Lage, gemeinsam ein Restaurant zu besuchen, ohne sich gegenseitig an den Kragen zu gehen, aber er hatte nicht vergessen, dass ihn sein Vater hochkant der Tür verwiesen und aus dem Testament gestrichen hatte, als er die Kochlehre begonnen hatte. Von Bingens wurden Juristen oder Firmenlenker, seinethalben noch Historiker mit ordentlicher Professur. Aber Koch? Adrian jedoch hatte seinen eigenen Weg gehen und seine Leidenschaft zum Beruf machen wollen. Zur Not gegen den Willen seiner herrschsüchtigen Familie. Er hatte sein Elternhaus nie wieder betreten. Und Jessica hatte seine Eltern deshalb nie kennengelernt. Nein, diesen Teil seines Lebens würde er ohne Hilfe seiner Verwandtschaft auf die Beine stellen müssen. Und vielleicht bot ihm der Inhalt des Umschlags, der bedrohlich und verheißungsvoll zugleich neben ihm auf dem Rücksitz lag, tatsächlich eine Gelegenheit.

Irgendwo in Jersey City, Adrian hatte längst jede Orientierung verloren, holperte der Wagen über einen Bordstein auf einen großen betonierten Platz. Sie hielten direkt in der Mitte. Adrian griff ohne viel Hoffnung zum Türöffner. Natürlich nicht. Der Mexikaner drehte sich zu ihm um.

»Sie haben das Dokument gelesen?« Adrian nickte. »Demnach werden Sie nicht fortlaufen, nehme ich an?«

Er schüttelte den Kopf. Nein, nicht mehr. Wenn sie ihn hätten entführen oder umbringen wollen, hätten sie das anders angestellt. Sie boten ihm etwas an, was er wollte. Und sie diktierten dafür die Bedingungen, auch wenn Adrian ein ungutes Bauchgefühl hatte, was derartige Methoden am Anfang einer Geschäftsbeziehung anging. Die Mafia? Möglich. Aber warum sollten ihm Verbrecher so etwas anbieten? Nein, es musste eine andere Erklärung geben. Und deshalb würde er abwarten.

»Nur eine Regel«, sagte der Mexikaner. Adrian schaute ihm auf den Bart. »Wenn er kommt, steigen Sie wieder ein.«

Adrian blickte sich um. Der Platz war menschenleer, und es sah nicht so aus, als käme im nächsten Augenblick ein Bus voller Jugendlicher, die ausgerechnet jetzt Basketball spielen wollten. Er nickte erneut. In der Tür klackte ein Mechanismus, als der Mexikaner entriegelte. Erleichtert stieg Adrian aus dem Wagen und wurde von einer Walze stickiger, glühend heißer Stadtluft erschlagen. Es musste noch um die vierzig Grad warm sein, selbst jetzt am Nachmittag. Und der Asphalt trug nicht gerade dazu bei, die Hitze zu lindern. Dünne Grashalme kämpften sich durch wie zufällig entstandene Risse, enger Maschendraht umzäunte das gesamte Areal. Am anderen Ende hingen zwei Basketballkörbe mit Netzen aus Ketten, in den Ecken standen mit Abfall vollgestopfte, verrostete Ölfässer. Adrian hörte das Ploppen von Tennisbällen auf den anliegenden öffentlichen Plätzen und den schwer arbeitenden Motor eines anfahrenden Lastwagens. Er blinzelte in die Sonne und lief um den Wagen herum, um sich die Beine zu vertreten. Und um sich das Nummernschild und den Aufkleber des Limousinenservices einzuprägen. Er war sich zwar nicht sicher, ob beides echt war, aber schaden konnte es nicht. Wie auch immer das hier ausging. Sein Fahrer hieß laut dem Ausweis am Handschuhfach Enrigo Hernandez. Falls er nicht gefälscht war. Alles erschien Adrian heillos kompliziert. Er hatte gerade seine möglichst entspannt wirkende Runde um das Auto beendet, als er bemerkte, dass eine zweite Limousine auf den Platz schaukelte. Sie war identisch mit der, in der er bis eben noch gesessen hatte. Enrigo klopfte aufgeregt an die Scheibe. Adrian warf einen letzten Blick zurück und stieg wieder in den Fond. Kaum hatte er die Tür geschlossen, hörte er das vertraute Klicken der Zentralverriegelung. Er war wieder eingesperrt. Der zweite Wagen rollte neben ihren und hielt ein kleines Stückchen weiter vorne. Ein Mann in einem Anzug stieg aus, er trug eine Sonnenbrille und bemühte sich auffällig, ihm unauffällig den Rücken zuzudrehen. Der Mann öffnete die Tür und glitt auf den Beifahrersitz. Ein dezentes, teures Parfum. Adrian starrte ihm auf den Hinterkopf und versuchte, sich seine Gefühle nicht anmerken zu lassen, was nicht leicht war, denn sie schwankten immer noch zwischen Neugier und einem sehr miesen Grummeln im Bauch.

»Ich vermute, Sie haben das Dokument gelesen?«, fragte der Mann. Ostküstenakzent. Sehr kultiviert. Gebildet. Höflich. Auch die Mafia war mittlerweile gebildet und bisweilen höflich, erinnerte sich Adrian. Er nickte mit trockenem Mund.

»Ich bin gekommen, um Ihre diesbezüglichen Fragen

zu beantworten«, fuhr der Unbekannte fort. Hernandez kaute währenddessen scheinbar abwesend einen Kardamomsamen. »Haben Sie Fragen zu unserem Angebot, Adrian?«

Adrian zog die Blätter aus dem Umschlag. »Vertrag zwischen der Soulmate LLP und der Lost Souls Foundation« stand auf dem Titelblatt.

»Na ja, wir könnten zum Beispiel damit anfangen«, begann Adrian, »dass Sie mir erklären, wer zum Teufel diese Soulmate LLP ist, die mir diesen Vertrag anbietet.«

Der Mann auf dem Vordersitz zeigte keine Regung. Sein Kopf blieb starr nach vorne gerichtet, er bewegte sich keinen Millimeter, während er ruhig antwortete: »Die Soulmate LLP ist eine Firma mit Sitz auf den Cayman Islands, die eigens für diese Investition gegründet wurde.«

Adrian lachte, halb aus Verzweiflung, halb aus Ungläubigkeit: »Sie wollen mir erzählen, dass jemand eine Firma gründet, damit sie meiner noch gar nicht gegründeten Stiftung zwei Millionen Dollar überschreibt?«

»Das ist korrekt.« Keine Regung. Weder der Stimme noch des Kopfes.

»Und warum sollte irgendjemand so etwas Verrücktes tun?«

»Das weiß ich nicht.« Der Mann war glatter als ein frisch gefangener Aal. Ein Faktum. Er weiß es nicht. So einfach ist das.

»Was soll das heißen, das wissen Sie nicht? Das heißt, Sie investieren nicht in meine Stiftung?«

»Doch. Ich bin der Geschäftsführer der Soulmate LLP.«

»Aber dann werden Sie doch wohl wissen, warum Sie investieren wollen.«

»Schauen Sie, Adrian. Glauben Sie wirklich, dass jemand, der zwei Millionen Dollar für einen guten Zweck ausgeben kann, die Zeit hat, sich hier mit Ihnen zu treffen?« Er schnippte zu den zwei Millionen mit den Fingern, um zu verdeutlichen, wie unbedeutend sie für den Wer-auch-immer waren.

»Wo wir dabei sind«, ätzte Adrian jetzt, »ich hatte nicht gerade um ein derartiges Treffen gebeten. Es gehört nicht unbedingt zu meinen Lieblingsbeschäftigungen, von einem wild gewordenen Mexikaner entführt zu werden.«

Hernandez grinste und schob den Kardamomsamen zwischen den Schneidezähnen hin und her. Der Hinterkopf zeigte keine Regung.

»Es war notwendig, denn es ist uns sehr wichtig, dass bei dieser Transaktion strikte Diskretion gewahrt wird.«

»Soso, Diskretion«, redete sich Adrian in Rage. »Und deshalb darf ich auch nicht wissen, wer mit mir Geschäfte macht und auf wen ich mich einlasse?«

Der Hinterkopf seufzte: »Schauen Sie, Adrian.« Er sagte offenbar gerne ›Schauen Sie‹. Vermutlich ein Anwalt oder ein Politiker. »Es ist doch ganz einfach: Wir geben Ihnen das Geld für Ihre Stiftung. Wir stehen hinter dem, was Sie tun. Wir möchten Sie unterstützen. Die Lost Souls Foundation soll ungeklärte Mordserien aufdecken? Sie haben unsere Unterstützung. Es gibt viele Gründe, warum reiche Menschen nicht möchten, dass man weiß, für welchen guten Zweck sie ihre Gelder spenden. Die

Steuerfahndung, die Presse, suchen Sie sich etwas aus. Aber es ist durchaus nichts Ungewöhnliches.«

Nicht ungewöhnlich? Klar, dachte Adrian. Genauso wie diese Limousine und der letzte Paragraf. Er blätterte bis zur hintersten Seite des Vertrags. Sonstige Bestimmungen.

»Die Lost Souls Foundation erklärt in ihrem Stiftungszweck unwiderruflich, keine Fälle zu untersuchen, die mit Hyannis Port, Connecticut, in Zusammenhang stehen. Der Ausschluss gilt für Vorfälle beginnend mit dem 01.01.1990 und endet mit dem 31.12.2005. Die Lost Souls Foundation erklärt bei Zuwiderhandlung eine vollständige, unverzügliche Rückzahlungspflicht sämtlicher Zuwendungen seitens der Soulmate LLP. Die Soulmate LLP ist ausdrücklich befugt, im Falle einer nicht fristgerechten Rückzahlung der Zuwendungen ein Insolvenzverfahren gegen die Lost Souls Foundation einzuleiten.«

»Und was ist mit Hyannis Port?«, fragte Adrian, nachdem er den Absatz noch einmal gelesen hatte. Für ihn als juristischen Laien schien das der einzige Haken des Vertrags zu sein.

»Wie Sie sicher gelesen haben, erklären wir gleichzeitig an Eides statt, dass es sich bei den ›Vorfällen‹ in Hyannis Port«, er setzte das Wort »Vorfälle« mit seinen manikürten Fingern in Anführungszeichen, »auf die sich dieser Absatz bezieht, keine ›Vorfälle‹ im Sinne des Stiftungszwecks sind.«

»Im Klartext?«, verlangte Adrian.

»Schauen Sie, Adrian. Wir reden über einen Menschen, der sehr viel Geld hat, denn er gibt Ihnen zwei Millionen für Ihre Stiftung. Ohne Konditionen, ohne den Steuervorteil für sich zu nutzen. Einfach so. Solche Menschen haben ein anders geartetes Bedürfnis nach Privatsphäre. Stellen Sie sich einmal vor, unser Geldgeber wäre George Clooney.«

Langsam geht mir der Hinterkopf ganz schön auf den Zeiger mit seinem blasierten Schauen-Sie-Getue, seiner Anwaltssprache und dem affektierten Akzent, ärgerte sich Adrian. Der Hinterkopf roch nach Geld. Viel Geld. Es war ein Geruch, den Adrian nicht mochte. Er kannte ihn von seinem Vater. Und er war immer mit dieser Arroganz gepaart, sich die Welt kaufen zu können.

»Natürlich ist es nicht George Clooney«, fuhr der Hinterkopf unbeirrt fort.

»Natürlich nicht«, sagte Adrian trocken.

»Aber nur einmal angenommen. Als Schauspieler hätte er ein riesiges Problem, wenn zum Beispiel rauskäme, dass er eine uneheliche Tochter in Hyannis Port hat, die er zwar seit Jahren finanziell unterstützt, aber die er noch nie gesehen hat. Die ein Teenagerunfall war vor über dreißig Jahren. Wenn das rauskäme, wäre sein Ruf dahin und die Einbußen für ihn persönlich – auch finanziell – immens. Verstehen Sie, worauf ich hinauswill?«

»Schon klar. Sie wollen mir zwar Geld geben, aber Ihr schönes Geheimnis soll gewahrt bleiben. Und anscheinend ist es Ihrem Herrn Geldgeber sogar zwei Millionen wert, dass dieses Geheimnis gewahrt bleibt, nicht wahr?«

Adrian glaubte, den Mann auf dem Vordersitz lächeln zu spüren.

»Das weiß ich nicht. Aber möglich wäre es.«

Adrian schluckte. Das Geld, die Stiftung. Vielleicht war es ja wirklich so, wie der Mann sagte, und es handelte sich einfach nur um eine Kleinigkeit. Juristisch lange verjährt, aber trotzdem für den Geldgeber persönlich unangenehm. Das Geld würde derart viele Probleme in Adrians Leben lösen, dass er es eigentlich nicht ablehnen durfte. Was sollte er tun? Trotzdem wurde er das Gefühl nicht los, dass er sich verkaufte, wenn er unterschrieb. Und was, wenn sie ihn nicht mehr zurückfahren ließen, wenn er sich nicht freiwillig in ihre Klauen begab? Würden Sie ihn einfach gehen lassen? Oder würde der Mexikaner eine Knarre ziehen und ihn in irgendeinem Waldstück erledigen? In einem Waldstück. Wie Jessica. Sein Magen krampfte sich bei dem Gedanken an die Vergangenheit zusammen. Er wollte es für sie tun. Die Stiftung war ihr Andenken. Er durfte nicht scheitern. Adrian wusste nicht mehr weiter.

»Ehrlich gesagt«, stammelte er schließlich nach gefühlten fünf Minuten Bedenkzeit, »weiß ich nicht, was ich sagen soll.«

Der Hinterkopf nickte ein paar Millimeter auf und ab: »Das hatten wir auch gar nicht erwartet, Adrian. Natürlich müssen Sie das nicht jetzt entscheiden. Es ist ein Angebot, nicht mehr und nicht weniger. Nehmen Sie sich so viel Zeit, wie Sie brauchen. Besprechen Sie das mit Ihrem Anwalt, wie ich hörte, haben Sie ja einen ziemlich guten. Und dann entscheiden Sie sich.« Er legte die Hand an den Türöffner. »Schicken Sie uns einfach den unterschriebenen Vertrag, wenn Sie sich entschieden haben. Die Adresse steht auf der Rückseite.« Der Hinterkopf stieg aus, und keine 30 Sekunden später rollte seine Limousine davon, woraufhin der Mexikaner die Türen wieder entriegelte. Adrian stieg aus. Ihm brummte der Schädel. Noch immer hielt er den Umschlag in der Hand und starrte ungläubig auf die Maschinenschrift, die vor seinen Augen verschwamm. In der Hitze wurde ihm schwindelig. Hernandez kam um das Auto gelaufen und fragte ihn, ob er ihn in die Stadt zurückfahren solle. Sein Atem roch so stark nach Kardamom wie ein indischer Kleinkramladen, dabei war er Mexikaner. Adrian winkte ab und bedeutete ihm, alleine zu fahren. Schulterzuckend setzte sich Hernandez hinters Steuer und fuhr mit quietschenden Reifen davon. Adrian war alleine auf dem großen Platz. Er setzte sich in die Mitte, auf den heißen Asphalt. Er wusste nicht, was er tun sollte. Dann fiel ihm ein, dass die Limousine weg war. Und mit ihr hoffentlich auch der Störsender. Er kramte sein Handy aus der Tasche und stellte fest, dass er sich nicht getäuscht hatte. Voller Empfang. Immer noch leicht benommen von der Hitze und dem Gespräch mit dem Hinterkopf, wählte er Pias Nummer.

# Kapitel 5

**Brooklyn, New York**
Dienstag, 12. Juni

Sam trank missmutig seinen Kaffee, wie jeden Morgen. Jeder Chronobiologe hätte großen Gefallen an ihm als Studienobjekt gehabt, denn Sam war kein Frühaufsteher. Die Chronobiologen, die Sam nicht konsultierte, weil der Zustand zwar chronologisch bedingt, aber eben auch chronisch war, würden ihn als klassische Eule bezeichnen. Im Gegensatz zur Lerche, die schon vor dem Morgengrauen fit und ausgeruht, möglicherweise sogar lächelnd aufstand. Sam atmete flach über der Tasse und schüttete die Honig-Nuss-gerösteter-Sesam-Spezialmischung Nummer fünf in den Joghurtbecher. Seit er nicht mehr für Quantico arbeitete, hatte er sein geliebtes Haus in Washington gegen ein überaus schmales und baufälliges für Klara und sich in New York eingetauscht, was für Boston unter der Woche nur noch ein minimales Budget übrig ließ. Trotzdem liebte er den kleinen dreistöckigen Ziegelbau, der ihm wie eine Hippie-Community vorkam. Ständig ging etwas kaputt, manchmal das Dach, manchmal die Heizung, aber die Räume waren hell, unaufgeräumt und überaus charmant. Und es war immerhin ein Haus. In New York. Dazu noch einigermaßen zentral. Wenn nicht ein Dachschaden oder eine Klempnerarbeit dazwischenkam, renovierte er eigenhändig ein Zimmer nach dem anderen, und das nicht nur aus Geldgründen, es war eine Art Therapie für ihn. Wenn er in demselben Tempo weitermachte, müsste in vier Jahren ein bewohnbares Zuhause entstanden sein, was Sam durchaus nicht zu lang vorkam. Er hatte ein halbes Leben Zeit, das Nest für sich und Klara perfekt zu gestalten. In diesem Moment zwitscherte seine persönliche Lerche ins Zimmer. Im Gegensatz zu ihm auch morgens um 7:05 Uhr bestens gelaunt. Er schaufelte einen Löffel Joghurt mit Nüssen in den Mund, um sie gar nicht erst in Versuchung zu bringen, eine Konversation anzufangen. Aber sie wusste es besser, legte nur kurz die Arme um seinen Hals und drückte ihm einen Kuss auf die Wange. Stumm goss sie sich einen Becher dickflüssig wirkenden Kaffee in ihren Becher, der natürlich größer sein musste als Sams, und verzog sich mit der Zeitung aufs Sofa. Sam schaute ihr nach. Die Morgensonne, die schon jetzt wieder einen drückend heißen Tag ankündigte, schien ihr auf die Locken, und trotz seiner schlechten Laune lächelte er.

»Sag mal, Klara …«, startete er, seine Stimme noch belegt. Sam räusperte sich kurz. Klara blickte verwundert von ihrer Zeitung auf.

»Nanu, Mr Burke! So früh schon ansprechbar?«

Sam setzte seinen leidvollsten Blick auf: »Du weißt doch selber, dass man da gar nichts machen kann mit den Zellen …«

»… und dass sie bei einer Studie nachgewiesen haben, dass ihr weder für eure Laune noch für eure eingeschränkte Fähigkeit, vor elf Uhr Maschinen zu bedienen, etwas könnt. Ich weiß, Sam.«

»Eben«, bemerkte er trocken. »Kann ich den Boss haben?«

»Wozu brauchst du ein Auto? Fährst du heute nicht nach Boston?«

»Ich habe noch was zu erledigen. Und der nächste Kurs ist erst morgen, und da dachte ich …«

»Was willst du denn in New York erledigen, für was du nicht mit der U-Bahn hinfahren kannst?«, fragte Klara.

»Ich wollte noch mal zu dieser Mall, weißt du? Wo wir neulich zusammen waren«, log Sam und hoffte, dass es einigermaßen glaubwürdig klang. Wenn du nicht sagen willst, wo du hinfährst, tu so, als würdest du ein geheimes Geschenk besorgen, dachte er bei sich. Schließlich hat sie nächsten Monat Geburtstag. Oder wir haben Jahrestag. Oder was auch immer. Wenn sie erst mal auf der Geschenkeschiene waren, war Frauen der Anlass wahrscheinlich vollkommen egal.

»Klar, nimm ihn ruhig. Ich werde sowieso den Vormittag vor dem Computer verbringen, um den Pflanzenmann im Auftrag seiner Ehefrau hübsch dokumentiert zu überführen.«

Bevor sie es sich anders überlegen konnte, schnappte sich Sam die Autoschlüssel vom Küchentresen und stopfte sie in die Tasche seines Bademantels. Mit einer Kaffeetasse und dem Joghurtbecher bewaffnet, trat er vor den Kleiderschrank, der ihm die Auswahl nicht gerade schwer machte. Sam besaß neun identische Anzüge in Schwarz, ein günstiges Kaufhausmodell, das knitterte, sobald man nicht hinschaute. Aber man konnte getrost Hosen und Jacken bei der Reinigung verwechseln, weil sie ohnehin alle zueinanderpassten. Sehr praktisch. Sam kaufte sämtliche Kleidung in großen, gleichen Blöcken: 25 Paar Socken (Fünfer-Vorteilspack), damit er nicht sortieren musste, 13 weiße Hemden, damit er sich nicht entscheiden musste, und sechs Paar identische Schuhpaare mit Ledersohlen in zwei Farben, wegen der Varianz. Er nahm den Dritten von rechts, denn bei seiner Strategie war es wichtig, darauf zu achten, dass sie sich nicht unterschiedlich schnell abtrugen. Krawatten hingegen trug Sam niemals, weil er das Gefühl hasste, wie sie ihm den Hals zuschnürten. Nachdem er endlich aussah wie immer und sich seine Laune einem straßentauglichen Niveau genähert hatte – er war ja nun ohnehin einmal wach –, gab er Klara einen Abschiedskuss. Sie murmelte ihm noch etwas über Menschen, die sogar im Anzug einkaufen gehen, hinterher, aber da war er schon halb aus der Tür.

Sam Burke fuhr nicht in die Outlet-Mall, um ein Geschenk für Klara zu kaufen. Das Einkaufszentrum lag im Norden der Stadt, und er steuerte den Boss ziemlich exakt in die entgegengesetzte Richtung. Er erreichte sein Ziel rekordverdächtige vier Stunden später und stand keine zehn Minuten nach seiner Ankunft auf dem Parkplatz eines großen Büros. Er nahm den Aufzug in die Chefetage.

Wenige Augenblicke später saß Sam auf einem teuren Drehstuhl und wartete auf einen Mann, den er nicht mochte, den er möglicherweise sogar verachtete. Aber er hatte keine Wahl. Seine Tasche hatte er auf dem Schreibtisch abgestellt. Sie stand damit ein Stückchen höher und wirkte wie ein unheilvoller Berg vor dem Himmel hinter der Glasfront. Sam wusste jedoch, dass es nicht die Tasche war, die unheilvoll auf ihn wirkte, sondern ihr Inhalt: der Brief. Er hatte die letzten drei Nächte in New York genutzt und ein erstes, rudimentäres Täterprofil erstellt. Erst hatte er sich mit einem Blick in ihr gemeinsames Schlafzimmer überzeugt, dass Klara schlief, dann hatte er ihn auf den Schreibtisch gelegt. Und ihn Wort für Wort auseinandergenommen und wieder zusammengesetzt. Hatte versucht, sich davon zu überzeugen, dass ihn sein Bauchgefühl getäuscht hatte.

»Sam, welch eine Freude, Sie mal wiederzusehen!«, platzte sein ehemaliger Chef, der Oberpolitiker des Hauses, ein Karrierist, wie es keinen schlimmeren gab, aufs Allerfreundlichste in seine Gedanken. Michael Marin. Natürlich war seine Freude nur aufgesetzt. Er konnte Sam genauso wenig leiden wie umgekehrt. Nur dass er es viel besser verstecken konnte. In Spanien verkaufte McDonald's ein frittiertes Fischstäbchen unter dem Namen McMarin. Sam hatte keine Ahnung, ob Marin das wusste, aber als er noch für ihn gearbeitet hatte, hatte er es jedem seiner Mitarbeiter erzählt.

»Michael«, sagte Sam und schüttelte ihm die Hand. »Es ist auch schön, Sie zu sehen. Leider in einer nicht sehr erfreulichen Angelegenheit.«

»Und ich dachte, Sie wären zum Plaudern gekommen«, sagte Marin und deutete mit einer gönnerhaften Geste auf den Stuhl, auf dem Sam bis vor Kurzem gesessen hatte. Die Tasche stand zwischen ihnen. »Dann legen Sie mal los, Sam. Was kann ich für Sie tun?«

Sam stellte die Tasche vom Tisch und zog den Brief hervor. Er hatte ihn in eine Klarsichthülle gesteckt, obwohl es für Fingerabdrücke oder andere Spurensicherungsgimmicks ohnehin zu spät war. Er legte ihn in die Mitte der großen Glasplatte.

»Letzte Woche erhielt ich diesen Brief. Und ich denke, er sollte Ihnen eine Untersuchung wert sein.«

Michael Marin nahm die Klarsichthülle in die Hand und überflog die Zeilen. Man konnte ihm vieles vorwerfen, aber nicht, dass er ein langsamer Leser wäre. Er ließ die Folie sinken.

»Sie halten das für echt?«, fragte Marin entgeistert.

Sam nickte: »Mittlerweile ja.«

»Aber dass er an Sie adressiert ist, spricht doch …«

»Erst mal dagegen, ich weiß«, unterbracht ihn Sam. »Aber schauen Sie sich die Formulierungen genauer an: ›Ich persönlich muss daran glauben, dass die Erste ein Unfall war und dass es nicht meine Entscheidung war, dass alles so gekommen ist. Vielmehr hat mich aus heiterem Himmel ein Schicksal ereilt, das jeden anderen hätte treffen können.‹

Hier spricht jemand, der sein eigenes Handeln reflektiert. Jemand, der sich damit auseinandersetzt, warum er geworden ist, wer er ist. Nehmen wir einmal für einen Moment an, dass dieser Mann tatsächlich ein perverser Trittbrettfahrer ist, der uns zum Narren halten will. Würde er sich tatsächlich im ersten Satz als Reflektierten zu erkennen geben?«

»Sie wissen doch genauso gut wie ich, wie selten dieser Typus ist, oder nicht, Sam?«

Sam seufzte. »Natürlich kenne ich die Statistik. Aber Sie wissen ebenso gut, dass zu jeder Zeit mindestens fünfzig aktive Serienmörder umherlaufen. Und um welche Typen handelt es sich dabei?«

Marin starrte auf die maschinengeschriebenen Zeilen. Also gut, dachte Sam. Weiter im Text: »›Zumindest seit jenem schicksalhaften Moment im Jahr 1994 gab es für mein Leben kein Zurück mehr. Seit diesem Tag treibt mein Leben mit mir auf den Tod zu, in mehrfacher Hinsicht. Nicht nur mein eigener Tod ist unausweichlich, sondern auch der vieler anderer, die meinen Weg kreuzen.‹

Er nennt uns seinen Auslöser«, sagte Sam. »Er beschreibt ihn nicht näher, aber er nennt ein Ereignis. Die meisten Laien nehmen an, wie es auch in der Trivialliteratur zumeist kolportiert wird, dass die Entwicklung zum Serienmörder eine lineare ist, die in der Kindheit beginnt. Die bei gewalttätigen und trinkenden Eltern beginnt und über das Töten von Tieren schließlich unausweichlich beim Ermorden von Menschen endet.«

»Halten Sie mir keinen Vortrag, Sam!«, ärgerte sich Marin. Sam ahnte, worauf das hinauslief. Und er konnte es ihm nicht mal verdenken, dass er sich an die Statistik klammern würde. Aber er hatte leicht reden, schließlich war es nicht Marin gewesen, der den Brief bekommen hatte. »Ihre Analyse wird ja immer abenteuerlicher! Auf wie viel Prozent der Serienmörder trifft Ihre Analyse denn jetzt noch zu? Ein organisierter Täter, was er ja zwangsläufig sein muss, wenn er uns seit Jahren durch die Lappen geht, und noch dazu ein reflektierter und einer mit einem späten Auslöser im Erwachsenenalter? Der ihm auch noch selbst bewusst ist? Wissen Sie, wonach sich das anhört, Sam?«

»Ich weiß, Michael«, sagte Sam frustriert. »Nach einer sehr, sehr kleinen Wahrscheinlichkeit.«

Marin war jetzt in Rage: »Und haben Sie eine Ahnung, wie groß die Stapel auf den Schreibtischen meiner Teams sind? Haben Sie eine Ahnung, was hier eigentlich läuft?«

Nein, natürlich nicht. Ich habe die Büros der NCAVC seit über einem Jahr nicht mehr betreten. Und genau hier liegt vermutlich auch das Problem: Ich bin einfach nicht mehr Teil des Teams. Und für Marin, dessen Politikergehirn ausschließlich verfeindete Lager kannte beim täglichen Kampf um die Vorherrschaft, war er nun der Feind, da er nicht mehr dazugehörte.

Marin las weiter vor: »›Wahrscheinlicher ist, dass ich möchte, dass die Gesellschaft eine faire Chance bekommt. Eine faire Chance, gegen das vorzugehen, was aus mir geworden ist.‹«

Du bist gerade dabei, die Chance zu verspielen, Michael Marin, dachte Sam. Wenn ich recht habe und das Unmögliche doch möglich ist. Dass wir es mit einem organisierten Serienmörder zu tun haben, der zwölf Frauen getötet hat. Und der mir sein Tagebuch schickt, nach dessen Lektüre wir alles über ihn wissen werden, ihn möglicherweise sogar verstehen werden, aber ihn dennoch nicht schnappen können? Was dann, Marin? Sam nahm ihm den Brief wieder ab, schnappte sich seine Tasche und ließ ihn allein. Im Türrahmen drehte er sich noch einmal um: »Ich habe eine letzte Frage, Michael.«

Marin hielt die Hand vor den Telefonhörer, den er abgehoben hatte, kaum dass Sam aufgestanden war. Er konnte sich einen genervten Blick nicht verkneifen.

»Wenn unser Briefschreiber kein Mörder ist … Was für ein Trittbrettfahrer würde uns vorgaukeln, ein besonders unwahrscheinlicher Fall zu sein?«

Er schloss die Tür, ohne Marins Antwort abzuwarten. Sein Besuch bei seinem Exboss war eine Art Versicherungspolice für ihn, dass er es zumindest versucht hatte. Er hatte nicht angenommen, dass Marin aufgrund eines Briefs alle Hebel beim FBI in Bewegung setzen würde. Zumal wenn es um die Nervensäge Sam Burke ging. Als er an Marins Sekretärin vorbeilief, murmelte er zu sich selbst die Antwort auf seine rhetorische Frage: »Ein Trittbrettfahrer würde niemals vorgeben, eine solch komplizierte Persönlichkeit zu sein. Weil es überhaupt keinen Sinn ergibt. Es sei denn, es ist die Wahrheit.«

---

Noch im Fahrstuhl klingelte Sams Handy. Das Display zeigte eine Nummer aus Quantico. Hatte es sich Marin anders überlegt? Er ging ran.

»Hey, Sam, die Spatzen pfeifen von den Dächern, dass du im Land bist!«

Bennett Steele. Sein ehemaliger Stellvertreter und sein Nachfolger. Ein großer schwarzer Mann, der in seiner Jugend ein recht passabler Verteidiger im Footballteam seiner Highschool gewesen war. Und ein Freund, wenn es das beim FBI überhaupt gab.

»Mal wieder Lust auf die besten Mac'n Cheese der

Stadt?« Er lachte sein tiefes, grollendes Lachen. Sam grinste. Der Makkaroniauflauf in der FBI-Kantine war bekanntermaßen der schlechteste Fraß in ganz Virginia. Aber natürlich würde er sich die Gelegenheit nicht entgehen lassen, wenn Bennett eine halbe Stunde erübrigen konnte.

Sam setzte sich mit einem großen Teller Salat an ihren alten Tisch. Hinterste Ecke am Fenster. Einige der Beamten nickten, als er an ihnen vorbeiging, andere warfen verstohlene Blicke in seine Richtung. Zumindest haben mich nicht alle vergessen, dachte Sam und stocherte im Salat, als er Bennett bemerkte. Er steuerte mit einem abenteuerlich beladenen Tablett auf ihn zu. Und er war nicht allein. Die Erscheinung in seinem Schlepptau war weiblich und sehr auffällig gekleidet. Sie trug ein langes, wallendes Seidenkleid über einer grauen Jeans und ein überdimensioniertes Kopftuch, das sie in klassischer muslimischer Tradition gebunden hatte. Der rot-weiße Stoff umrahmte ein stark geschminktes Gesicht mit tiefroten Lippen, sandelholzfarbener Haut und großen, dunklen Augen. Neben dem großen Bennett in seiner schwarzen Jeans, dem schwarzen Hemd und der schwarzen Haut sah sie aus wie ein expressionistisches Gemälde. Die Stoffe der Klamotten schienen sündhaft teuer zu sein und waren raffiniert geschnitten. Dazu trug sie hochhackige Prada-Stiefeletten in einem passenden Rotton, die Jeans war verblichen und sehr eng. Sie wirkte auf ihn wie eine Muslima vom Laufsteg in Paris. Bennett deutete auf Sams Salat: »Unter die Apostel gegangen, oder wie darf ich das verstehen?«

Sam verzog keine Miene: »Natürlich. Ich bin jetzt ein

freier Mann. Ich kann mich gesund ernähren, Sport treiben.«

Das ungleiche Paar setzte sich ihm gegenüber und Bennett stellte ihm die Erscheinung vor: »Das ist Shirin. Die Nachfolge von Wesley.«

Sam gab ihr die Hand: »Ich bin Sam.«

»Ich weiß, wer Sie sind«, sagte Shirin. Na, Gott sei Dank, dachte Sam. Wenigstens etwas. Möglicherweise gab es ja doch noch einen Funken Hoffnung, was seinen Ruf in den heiligen Hallen von Quantico anging.

Die Erscheinung begann zu essen, und die beiden Männer nahmen es als Startsignal.

»Nicht mal mehr Donuts?«, fragte Bennett zwischen zwei Bissen Nudeln.

»Hab was Besseres«, antwortete Sam und griff in seine Aktentasche. »Hier, schenke ich dir.« Eine Packung Mandeln mit Honig-Chili-Überzug, Mischung Nummer zwei flog auf den Tisch.

»Nüsse?«, fragte Bennett erstaunt.

»Ja, Nüsse. Ich liebe die Dinger.« Eine weitere Gabel Salat fand den Weg in seinen Mund, und er ertappte sich dabei, wie er Floyds Nudelteller neidisch beobachtete. Alles nicht so einfach mit der Diät, dachte Sam. »Macht Adrian für mich in seiner Restaurantküche.« Gute Miene zum bösen Spiel.

»Sie sind also die Neue?«, fragte Sam, um vom Thema abzulenken.

»Wieso habe ich das Gefühl, dass Sie das erstaunt?«, fragte Shirin mit klarer Stimme. Offenbar hatte sie keinerlei falschen Respekt vor vermeintlichen Autoritäten, obwohl sie mit ihrem Boss und dessen Exboss am Tisch saß. Sam gefiel die junge Frau, die gerade einmal fünfundzwanzig sein dürfte, wenn das Gesicht unter dem vielen Stoff nicht täuschte.

»Weil ich mir beim besten Willen nicht vorstellen kann, dass Michael Marin eine Muslima in sein Allerheiligstes lässt.«

Shirin grinste breit. Sie hatte das Zweideutige an seiner Bemerkung natürlich bemerkt und vermutlich auch, dass er Marin gerade als Rassisten angeprangert hatte, sah aber wohl keine Veranlassung, darauf einzugehen. Sie gefiel ihm immer besser. Stattdessen stieg Bennett darauf ein: »Natürlich hat er das auch nicht. Er hat alles getan, um Shirin zu verhindern, aber sie hat sich reingeklagt.«

Sam lachte. Viel zu laut. »Ist das Ihr Ernst?«, fragte er dann. Shirin grinste. »Dann darf ich Sie dazu herzlich beglückwünschen. Ihnen ist gelungen, was noch keinem beim FBI gelungen ist: Michael Marin am Nasenring durch die Arena zu führen.« An Bennett gewandt, fragte er: »Und wo ist Besser-Wesley?« Das unausweichliche Computergenie ihrer Abteilung. Keine kam heute mehr ohne eines dieser Wunderkinder aus. Sam hatte keine Ahnung, wie sie eigentlich früher ermittelt hatten, bevor sich alle Mautstellen einer Stadt binnen fünf Minuten abfragen ließen und alle Bankdaten spätestens nach 25 Minuten zur Verfügung standen.

»Die Wirtschaftskriminalität hat ihn uns weggeschnappt. Während der Bankenkrise haben die alles gekriegt, was sie wollten. Auch Wesley.« In Bennetts Tonfall lag ehrliches Bedauern.

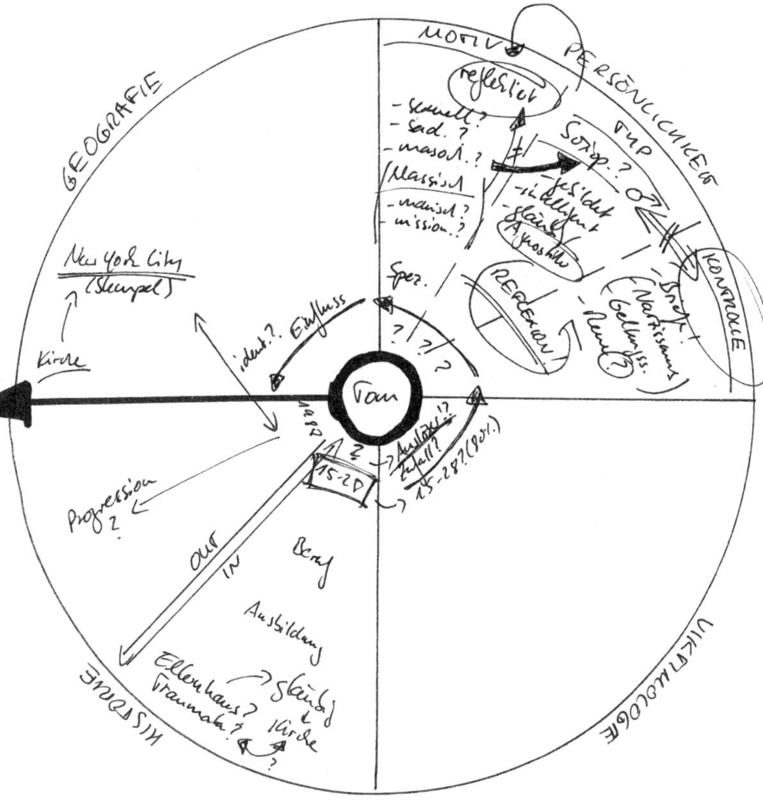


»Und?«, fragte Sam, ohne sich im Mindesten daran zu stören, dass Shirin ihm gegenübersaß. »Ist sie gut?« Er war sich mittlerweile sicher, dass sie sich nicht darüber aufregen würde. Natürlich musste sie gut sein, wenn sie beim NCAVC arbeitete. Und diese Frau war in vielerlei Hinsicht etwas Besonderes: eine offenbar traditionsbewusste Muslima, die sich in einen Männerberuf klagte in einem Land, das bei den meisten ihrer Glaubensbrüder gerade nicht besonders hoch im Kurs stand. Die sich kleidete, wie ihre Kultur es vorgab, aber dabei so stilvoll mit Farben und Stoffen spielte, dass sie auch auf das Cover der Vogue passen würde.

»Sie ist nicht gut, Sam, sie ist phänomenal.«

»Und können Sie ein Geheimnis bewahren?«, fragte Sam die junge Frau. Sie nickte nicht. Und vermittelte ihm dadurch, dass es überflüssig war, ihr diese Frage zu stellen. Stattdessen schaute sie ihn einfach neugierig an. Sie ist wirklich phänomenal, dachte Sam und erzählte den beiden, weswegen er um ein Treffen mit Michael Marin gebeten hatte. Am Ende des Gesprächs legte Sam die Plastikhülle mit dem Brief auf den Tisch der FBI-Kantine und ließ die beiden Agents lesen. Danach starrten sie ihn an. Und Sam starrte zurück.

## Kapitel 6

**Brooklyn, New York**
Mittwoch, 13. Juni

Klara Swell schlüpfte in eine Jeans und zog ein blaues Tanktop aus dem Schrank. Auf dem Weg zur Tür versuchte sie, im Gehen ihre Bikerboots anzuziehen, was beinah zu einem Sturz geführt hätte. Viel zu spät rannte sie mit nassen Haaren die kurze Treppe zur Straße hinunter. Zum Glück lag Adrians Restaurant keine vier Häuserblocks von ihrem neuen Haus entfernt, sodass sie den Boss stehen lassen konnte. Sie versuchte, etwas Zeit durch langsames Joggen aufzuholen, aber die Mittagssonne erdrückte ihren guten Willen im Keim. Dann kam sie eben zu spät zu dem Treffen mit Pia. Überhaupt wusste sie bis jetzt nicht, warum Pia sich mit ihr treffen wollte. Es sah ihr gar nicht ähnlich, aber seit einigen Wochen machte Pia aus allem ein großes Geheimnis.

Fünfzehn Minuten später, und damit zehn Minuten nach der verabredeten Zeit, erreichte sie die Straße, in der das Traiff lag. Es würde noch geschlossen haben, das Mittagsgeschäft lohne sich nicht, sagte Adrian. Klara wusste von Pia, dass sich das Restaurant weder morgens noch mittags, noch abends rechnete, weil es einfach zu klein war. Es war eine betriebswirtschaftliche Fata Morgana, die nur auf den alleroberflächlichsten Blick schwarze Zahlen schrieb. Ob Adrian Ärger mit Schutzgeld hatte?

Klara hatte läuten hören, dass sich einige der halbstarken Latinobanden aus Dumbo in letzter Zeit aufspielten. Noch während sie den Sinn des Treffens hinterfragte, bemerkte sie ein vertrautes Geräusch. Den leise und majestätisch grummelnden Motor eines Rolls-Royce Phantom IV. Das konnte nur eines bedeuten: Stein war auch da. Niemand fuhr heutzutage noch ein solches Auto, geschweige denn damit nach Brooklyn. Und tatsächlich stand Steins chromglänzender Anachronismus mit laufendem Motor vor dem Lokal, sein Chauffeur war über der aktuellen Ausgabe des New Yorker eingenickt. Die Tür vom Traiff war nur angelehnt. Instinktiv hielt Klara einen Moment inne und lauschte, sie konnte die Einbrecherin selbst bei ihren Freunden nicht ablegen. Über dem verheißungsvollen Gebläse der Klimaanlage hörte sie schon die Stimme des alten Anwalts.

»Also, wenn ihr mich fragt, ist der Vertrag in Ordnung. Geld stinkt nur in den seltensten Fällen. Und die Erklärung ist plausibel. Außerdem rettet ihr damit auch das Restaurant. Mir schwebt da so etwas wie eine Lieferantenbeziehung und Bürountermiete vor …«

Was für ein Vertrag?, fragte sich Klara. Und welches Geld? Wollte Adrian das Restaurant etwa verkaufen? Dann kämen harte Zeiten auf Pia und ihren Koch zu. Klara kannte das Gefühl, einen Lebenstraum endgültig beerdigt zu haben. Wenn man nicht mehr tun konnte, worin man gut war, konnte man ebenso gut gleich ganz aufhören.

»Und wenn ich Folgendes zu bedenken geben darf«, wandte eine vertraute Frauenstimme ein, »wenn wir das

Geld nicht nehmen, sind wir in weniger als drei Monaten pleite.«

Pia Lindt. Adrians Freundin, die gleichzeitig Steins Assistentin war. Eine groß gewachsene, blonde Anwältin, die ihren Chef um einen Kopf überragte und ihn zumindest optisch in jeder Hinsicht ausstach, auch wenn sie sich bei Klara ständig darüber beschwerte, dass es mit der Kleidergröße 40 langsam eng wurde. Dass sie trotz dieser vermeintlich positiven Attribute den heiß begehrten Job bei einem der bekanntesten Strafverteidiger des Landes bekommen hatte, sprach für ihre überdurchschnittlichen Fähigkeiten als Anwältin, denn Stein war für weibliche Reize nicht empfänglich. Zwanzig Jahre zu alt und fünf Jahre zu weise, sagte er immer.

»Vertrauen Sie uns beiden, und nehmen Sie an, Adrian. Nicht in Hyannis Port zu ermitteln ist kein allzu großer Preis für Ihre Zukunft. Und die der ...«

Klara öffnete die Tür und räusperte sich. Drei Augenpaare drehten sich zur Tür. Der uralte Thibault Stein trug wie immer einen grauen Anzug, seinen Gehstock hatte er quer über den Tisch gelegt. Adrian von Bingen saß in seiner weißen Kochjacke neben Pia auf der Bank.

»Entschuldige die Verspätung, Pia«, sagte Klara und setzte sich auf den Stuhl neben den Anwalt. »Ich wusste nicht, dass die Nationalversammlung einberufen wurde.«

»Miss Swell, wie schön, Sie zu sehen«, sagte Thibault, und Klara wusste, dass er es ehrlich meinte. Er hatte sie mehr als einmal vor Gericht rausgepaukt und es im letzten Jahr sogar geschafft, dass ihre Bewährungsauflagen gelockert wurden. Mit einer krachenden Niederlage für den Staat New York. Auch Adrian und Pia begrüßten sie herzlich. Aber das heikle Thema, das die drei vor ihrer Ankunft diskutiert hatten, schien vom Tisch, kaum dass Klara den Raum betreten hatte. Sie kam sich vor wie ein Eindringling. Aber Pia hatte schließlich den Termin mit ihr verabredet. Es folgten fünf Minuten angespannte Ablenkungsdiskussion über das Restaurant und den neuesten Stadtteilklatsch, doch das wurde Klara schnell zu bunt.

»Sagt mal, wieso habt ihr mich eigentlich herbestellt?«, fragte sie, an Pia gerichtet. Die Anwältin schaute auf Adrian. Auch Stein starrte gespannt zu ihm herüber. Irgendetwas war hier definitiv im Busch, bemerkte Klara und beschloss, einfach abzuwarten. Einige Sekunden vergingen, in denen das Surren der Klimaanlage das einzig hörbare Geräusch war. Dann seufzte Adrian und sagte: »Also gut.« Er nahm einen Stift aus seiner Kochjacke und unterzeichnete ein Papier, das vor ihm auf dem Tisch lag. Leider war für Klara nicht zu erkennen, um was es sich handelte, da nur die Seite mit der Unterschrift offen lag und Stein schnell alles zusammenschob und in seiner Aktentasche verstaute. Pia lächelte.

»Hab ich irgendetwas nicht mitbekommen?«, fragte Klara nun leicht angesäuert ob der Geheimniskrämerei.

»Ganz und gar nicht, Miss Swell«, antwortete Thibault Stein. »Es handelte sich nur noch um einige finanzielle Aspekte, die aber nun geklärt werden konnten. Adrian, wollen Sie?«

»Natürlich«, setzte Adrian an. Er sah nicht glücklich aus. »Klara, ich habe soeben eine Stiftung gegründet.«

»Eine Stiftung? Was denn für eine Stiftung?« Pia redete seit Wochen von nichts anderem, aber Klara wollte sie vor Adrian nicht unnötig brüskieren. Vielleicht wollte er nicht, dass sie andere in seine Pläne einweihte.

»Weißt du, ich trage die Idee schon seit dem letzten Jahr mit mir herum. Seit wir Jessica endlich beerdigen konnten. Auch dank deiner Hilfe.«

Klara rutschte unruhig auf dem Stuhl herum. Worauf sollte das hinauslaufen? Mit Lob oder Dank hatte sie noch nie gut umgehen können.

»Die Lost Souls Foundation soll sich um die Aufklärung nicht entdeckter Mordserien bemühen. Damit Schicksale wie Jessicas nicht unter den Aktenbergen von Kleinstadtsheriffs begraben werden.«

Ich verstehe ihn, dachte Klara. Er will damit an Jessica erinnern und trotzdem gleichzeitig mit ihr abschließen. Auf seine Art. Stiftung der verlorenen Seelen. Sie fand die Idee richtig gut.

»Und wir möchten ...«, fiel ihm Pia ins Wort, die vermutlich ahnte, dass Klara immer noch keine Ahnung hatte, warum sie eigentlich hier war. »... dass du die leitende Ermittlerin der Lost Souls Foundation wirst.«

Klara hob die Augenbrauen und starrte Pia an: »Ihr bietet mir einen Job an?«

Adrian nickte: »Zu deinen alten Bezügen beim FBI.«

Klara dachte an ihre Abmachung mit Sam. Nie wieder Serienmörder. Nie wieder Gewalt und Gefahr für Leib und Leben. Der clevere alte Mann schien ihre Gedanken gelesen zu haben: »Und, Miss Swell, nach unserer Satzung darf die Stiftung nicht selbst ermitteln. Wir versuchen nur, Mordserien aufzudecken, und überlassen die Jagd auf den Täter ausnahmslos den Behörden.«

Klara war sich nicht sicher, ob Sam das ähnlich optimistisch sehen würde.

»Und das Kapital dafür? Hast du das von deiner Familie?«, fragte sie Adrian. Der Adelsspross schüttelte den Kopf.

»Das Geld kommt von einem anonymen Spender, der nicht genannt werden möchte. Thibault hat die Verträge geprüft, und sie sind in Ordnung, wenn man nicht das Haar in der Suppe finden möchte.«

Und warum ist Adrian dann so wenig euphorisch? Klara witterte einen Haken. Bei einer solchen Summe, die zwangsläufig notwendig wäre, um eine private Investigativeinheit aufzubauen und gleichzeitig das Restaurant zu retten, gab es immer einen Haken.

»Wenn ich einen Vorschlag machen darf«, mischte sich Stein ein. »Lesen Sie die Stiftungssatzung und Ihren Anstellungsvertrag, und entscheiden Sie auf der Basis von Fakten.«

Zehn Minuten später war Klara wieder auf dem Weg nach Hause. Bei van Leuvens holte sie sich eine Zuckerrohreiscreme und setzte sich mit dem dicken Stapel Papiere, den Stein ihr mitgegeben hatte, auf die Stufen vor ihrem Haus. Das Eis schmolz schneller, als sie es essen konnte, und ein leichter Wind wehte ihr immer wieder die Locken in den Becher. Das Jobangebot würde bedeuten, endlich wieder etwas Sinnvolles zu tun. Endlich wieder wirklich helfen zu können. Statt dumm in der Gegend herumzufahren und Eitelkeiten zu befriedigen oder das

Gegenteil davon. Die unerkannten Mordserien. Das war die Königsklasse. Die Disziplin, in der sich selbst das FBI aufgrund mangelnder Ressourcen oftmals geschlagen geben musste, weil sie nicht einmal antreten konnten. Wenn es ihnen gelang, einen Fall aufzudecken, würde sie ihre Reputation wieder herstellen können. Möglicherweise würde sogar Marin …

Mitten in ihren Gedanken klingelte ihr Handy. Sam. Natürlich. Das war das Problem. Sie hatte nicht vor, ihre Absprache zu brechen. Aber hatte Thibault Stein nicht im Grunde recht? Sie durften gar nicht gegen den Täter vorgehen, dies war explizit ausgeschlossen. Oh Sam, ich weiß nicht, was ich tun soll. Sie warf einen Blick auf das Handy. Es klingelte immer noch. Sein Gesicht, aufgenommen an einem weintrunkenen Abend in ihrer Wohnung, lächelte sie vom Display aus an. Oh Sam, es war gelogen, dass ich nicht weiß, was ich tun soll. Ich weiß, was ich tun werde, mein lieber Sam. Ich kann nicht anders. Es tut mir leid, Sam.

Dann nahm sie das Gespräch an.

## Kapitel 7

### Der zweite Brief

*Lieber Sam,*

*ich hatte versprochen, dir von Betty zu erzählen. Mit Betty kam das, was ihr vermutlich als Stressfaktor bezeichnen würdet. Aber für mich war Betty etwas ganz Besonderes. Wir begegneten uns zum ersten Mal, als ich meinen über zehn Jahre alten Chevy Nova an einer Tankstelle im Rückwärtsgang gegen einen Betonpoller setzte. Ich fluchte und fummelte an der Automatik herum, und dann stand sie auf einmal neben dem Beifahrerfenster und lachte mich an. Ihre dunklen Haare, in die sie bunte Bändchen geflochten hatte, wehten ihr über die braunen, muskulösen Schultern. Sie hatte ein Piercing an der Lippe und einen Ring in der Nase. Sie sah umwerfend aus: stark und schön. Zwei Wochen später waren wir so etwas wie ein Paar. Sie war schon zwanzig, drei Jahre älter als ich, und an meiner Schule kannte sie keine Menschenseele. Keiner der Jungs an meiner Schule kannte ein Mädchen wie sie. Ich fühlte mich privilegiert, weil sie ausgerechnet mich ausgewählt hatte. Das erste Mal schliefen wir auf der Rückbank meines Novas miteinander. Wir fuhren über den alten Highway ins Lan-*

*desinnere, der Verkehr war nicht besonders dicht. Sie lüftete ihren langen Wickelrock – sie trug immer diese Hippie-Mädchen-Dinger – und ließ mich ihre braun gebrannten Schenkel sehen. Zu diesem Zeitpunkt fühlte sich meine Kehle schon staubtrocken an. Dann sagte sie mir, ich solle rechts ranfahren, und zwängte sich zwischen den Vordersitzen hindurch auf die Rückbank und zog mich hinterher. Es war eng, heiß und stickig, und es war schneller vorbei, als mir lieb war. Das zweite Mal lief besser. Das dritte Mal phänomenal, und beim vierten Mal versicherte mir ihr Höhepunkt, dass ich alles richtig machte. Ich hatte ja keine Ahnung. Ich war erst siebzehn Jahre alt und konnte vor Testosteron kaum laufen. Sie machte mich an, wie es ihr beliebte, und ich gab ihr bereitwillig, was sie wollte.*

*Zwei Monate später plante ich mit meinen besten Freunden einen Trip zur Spring Break nach Florida, aber Betty wollte mit mir alleine sein. In Mexiko waren ohnehin die besseren Partys, versprach sie mir, und ich war mir sicher, dass eine Party mit Betty immer besser sein würde als Saufen mit Chris und Pete. Wir fuhren Richtung Süden wie Bonnie und Clyde, tranken Bier und Bourbon, nach der Grenze Tequila. Wir hangelten uns weiter auf den Highways Richtung Cancún, den Partys entgegen. Nachts zelteten wir irgendwo in der Wildnis. Wir hatten es nicht eilig, nur das vage Ziel Ostküste, irgendwann. In Monterrey kaufte Betty bei einem Automechaniker an einer Tankstelle eine kleine silberne Pfeife und ein paar schmutzige Bröckchen. In Mexiko war Drogen kaufen kein Problem, die Polizei kontrollierte nur alibimäßig und nur in unmittelbarer Nähe zur Grenze, wegen der DEA. Sie legte mir den Zeigefinger auf die Lippen und verriet mir nicht, was es war. An diesem Abend zelteten wir am Ufer eines kleinen Sees mitten im Wald. Die Vögel zwitscherten in den Wipfeln, und das Obst, das wir am Straßenrand gekauft hatten, schmeckte köstlich zu den Teigfladen aus dem Supermarkt. Nach dem Essen zog Betty die Pfeife aus ihrer Jacke. Sie grinste, als sie eines der Bröckchen in den Kopf legte und es anzündete. Sie nahm den tiefsten Zug, den ich jemals gesehen hatte. Dann hielt sie mir das Teufelszeug hin. Ich konnte nicht ablehnen. Ich schaffte es einfach nicht, ihr etwas abzuschlagen. Sie hatte mir beschrieben, was sie danach mit mir machen würde, und gesagt, dass sie es sich so für mich wünschte, dass ich es auch erlebe. Es sollte sich herausstellen, dass sie nicht gelogen hatte, was den Sex auf Crack anging. Aber die Droge war eben eine Droge, und unsere Körper oder unsere Psyche wollten immer mehr. Von diesem Tag an wurde die Pfeife ein tägliches Ritual. Das Ziel Cancún löste sich in einem wohlgefälligen Rausch aus Drogen, Bequemlichkeit und Sex auf. Wir blieben einfach in unserem Zelt am See, fuhren nur in die Stadt, um Nachschub zu holen. Tequila, Essen und Crack. Am vierten Tag trieben wir es im See, weil Betty etwas Neues ausprobieren wollte. Sie lag in dem weichen Matsch, während ich zustieß und das Crack mir die Sinne aufbohrte. Später lachten wir sehr darüber, wie wildromantisch wir uns anstellten. Am nächsten Mittag zog mich Betty von unserem Lagerfeuer noch einmal ans Ufer. »Ich will, dass du mich runterdrückst«, sagte sie. Ich schüttelte den Kopf. »Ich will, dass du mich dabei unter Wasser drückst, bis ich komme«, sagte sie und versprach mir den besten Orgasmus, den ich je erlebt hätte. »Besser als das?«, fragte ich mit Blick auf die Pfeife. Sie zog sich aus und mich ins Wasser. Sie strampelte, während sie kam, und schlug um sich, aber ich hielt mein Versprechen. Als sie auftauchte, stand ihr das Glück noch ins Gesicht geschrieben. Und sie schlang ihren Körper um mich. Das hatte sie noch niemals gemacht.*

*Zwei Wochen später fuhren wir zum letzten Mal die Vorräte auffüllen. Wir hatten kein Geld mehr, ich war nicht einmal sicher, dass der mickrige Rest für den Sprit nach Hause reichen würde. Als wir in der Nacht an unserem See saßen und unsere letzte Crackpfeife teilten, sagte Betty, dass sie nach unserem Urlaub nach Texas gehen würde. Die Droge verhinderte, dass ich verstand, was das bedeutete. Ich lachte und forderte einen letzten Akt von ihr. Sie grinste, weil sie dachte, ich hätte ihre Entscheidung verstanden, oder weil ich einfach so geil auf sie war. Ich trug sie zum Ufer und legte sie ins Wasser. Ich begann ganz langsam und wurde dann immer schneller. Dann drückte ich sie unter Wasser, wie sie es mochte. Das Crack rauschte durch meine Adern. Und ich sah, wie sie zuckte und um sich schlug, wie schon einige Male zuvor. Und erkannte plötzlich, dass Texas bedeutete, dass sie mich verlassen würde. Und sah, wie sie kam. Und drückte sie tiefer in den Schlamm, tiefer ins Wasser, weiter in den See. Ihre Glieder zuckten noch immer, wehrten sich jetzt im Todeskampf. Aber ich konnte nicht aufhören. Und das Crack ließ mich glauben, alles wäre noch in Ordnung. Gasbläschen blubberten aus ihren Lungen. Ich schob sie tiefer, bis mein eigener Kopf unter Wasser tauchte. Ich konnte nicht mehr atmen und schaute ihr in die Augen. Sie erkannte mich. Wir erkannten uns. Und ihre Augen weiteten sich und traten aus ihren Höhlen. Und immer noch stieß ich zu. Meine Backen blähten sich. Ein letztes Mal mit Betty. Und sie kam ein zweites Mal, ein noch stärkerer Höhepunkt als jemals zuvor. Ihr Körper zuckte einen letzten Tanz. Dann lag sie still. Keine Luft. Alles in mir explodierte. Wie noch nie. Und mein Kopf schoss aus dem See und saugte gierig nach Leben. Etwas Krasseres konnte man nicht spüren. Der ultimative Kick. Und es war nicht das Crack. Ich griff nach Betty, bekam ein Bein zu fassen, es hing schlaff in meiner Hand. Dies war keine Chemie. Dies war die Droge des Teufels: der Tod.*

*Ahnst du, worauf das alles hinausläuft, Sam? Das nächste Mal erzähle ich dir von Charlene.*

*Tom*

---

Nachdenklich nahm Tom das Blatt aus dem Drucker und steckte es erst in einen einfachen Umschlag und diesen in eine Klarsichtfolie. Dann zog er die Handschuhe aus und griff nach der Fiji-Flasche, die auf seinem Schreibtisch stand. Versonnen blickte er auf das riesige Aquarium, das in der Mitte des großen Raumes stand, und beobachtete den Oktopus, der seine Tube aufblähte und sich millimeterweise über den Boden bewegte. Tom hatte drei Architekten verschlissen, bis ihm einer die gewünschte Größe eingebaut hatte, was irgendetwas mit der Statik zu tun hatte. Er interessierte sich nicht für Statik, aber dafür umso mehr für seine Mitbewohner. Besucher beschrieben sein Aquarium als spektakulär. Was möglicherweise auch darauf zurückzuführen war, dass ein echtes Meerwasser-Korallenriff in einem Haus in Neuengland eine Seltenheit sein dürfte. Für Tom wohnte ihm allerdings eine weit größere Faszination inne, als auf den ersten Blick zu erkennen war, denn seine Tiere gehörten zu den Giftigsten unseres Planeten. Er hielt neben dem Oktopus auch mehrere Steinfische und Feuerflossen. Bisweilen gab es unter den Bewohnern Verluste, aber das gehörte für Tom zum natürlichen Schauspiel. Oft saß er bis spät in die Nacht vor der dicken Glaswand und betrachtete die Jäger beim Lauern. Leben und Tod. Keinem der Jäger ist der Tod des anderen bewusst, die moralische Grenze zog nur der Mensch, und auch das erst seit etwa 200 Jahren. Früher hatte es zu jeder Zeit Teile der Welt gegeben, in denen das Töten zum Alltag gehört hatte. Erst seit einer erstaunlich kurzen Zeitspanne musste man dafür bis ans Ende der zivilisierten Welt reisen. Für wen würde sich der Oktopus heute Nacht entscheiden? Viel wichtiger als diese Frage war allerdings die Entscheidung, die er selbst treffen musste, und sie unterschied sich von der des Oktopus nur dadurch, dass er wusste, dass er sie fällte. Tom zog einen Aktenordner aus dem Regal und lief um das Aquarium herum zu den weißen Ledersofas, die vor der großen Fensterfront standen. Hinter den Fenstern lag der Ozean, sein Haus stand auf einem Hügel. Früher war es als Sommerresidenz genutzt worden, wie die meisten Häuser in der unmittelbaren Nachbarschaft. Tom mochte die Abgeschiedenheit während der langen Winter und die Privatsphäre, die sie mit sich brachten. Während der Sommermonate engagierte er sich in der Gemeinde, ging sogar auf Empfänge oder zu den privaten Grillpartys. Heute Abend stand das Lobster Festival auf dem Programm, eines der gesellschaftlichen Highlights der Saison. Nicht nur einmal war ihm unter der Hand die lohnende Partie einer Tochter aus altem Neuengland-Geldadel angeboten worden. Bisweilen ging er auch mit einer von ihnen aus, weil man ihn sonst schief angeschaut hätte. Sein Image war das eines ewigen Junggesellen, zu dem wegen seines guten Aussehens zwangsläufig ein trauriges Schicksal gehören musste, was in gewisser Weise ja auch zutraf. Und das seinen Nimbus bei den Frauen nur verstärkte. Nur dass es noch viel trauriger war, als seine perfekten Nachbarn es jemals erraten konnten. Vielleicht ahnte die eine oder andere der Nachbarstöchter, mit denen er im Laufe der Jahre geschlafen hatte, etwas davon. Sie mochte sich gewundert haben, dass er sich nur um ihre Lust kümmerte und die eigene zu ignorieren schien. Ob sie ihn als frigide bezeichneten, wenn sie mit ihren Freundinnen darüber sprachen? Er gab sich sehr viel Mühe bei den Treffen, verführte sie nach allen Regeln der Kunst. Nur ohne den Teil, der am wichtigsten war: das Herz. Vielleicht hatte die eine oder andere seine tiefe Traurigkeit gespürt. Natürlich hatte sie nicht verstanden, dass Tom traurig darüber war, dass er nichts empfand. Dass er nur auf den Winter wartete und auf das Tier, das erwachte, wenn die Tage länger und die Häuser um ihn herum leerer wurden.

## Kapitel 8

**Cambridge, Massachusetts**
Dienstag, 26. Juni

Sam hatte kaum die Gabel auf dem feinen Dekor des Fakultätsporzellans abgelegt, da beeilte er sich schon, sich von seinen Studenten zu verabschieden. Und das, obwohl sie das exklusive Essen mit ihm wirklich verdient hatten. Die drei hatten als Einzige den Zusammenhang zwischen Karel Snows Organsammelei und dem tragischen Tod eines Mitschülers erkannt. Eigentlich hätten sie zumindest diese eine halbe Stunde ungeteilte Aufmerksamkeit ihres Professors verdient, aber Sam hatte noch einen Termin. Einen unaufschiebbaren Termin. Vor dem Faculty Club, einer Art Offiziersmesse für den Harvard-Lehrkörper und in etwa so spießig, wie er sich anhörte, wandte Sam sich auf der Quincy Street nach rechts. Glücklicherweise führte ihn sein Weg nicht über den Campus, der wie immer von Touristenmassen verstopft war, die sich mit der Harvard-Gründerstatue fotografieren lassen wollten, obwohl sie nicht einmal den Gründer darstellte. Der tägliche Intellektuellenzoo mit putzigen Geschichten über Nackttanzrituale und Bibliotheken, in denen jeden Tag ein frischer Blumenstrauß für einen längst verstorbenen Stifter aufgestellt werden musste, wenn die Universität nicht eines ihrer beeindruckendsten Gebäude verlieren wollte. Im Falle jeder Zuwiderhandlung gegen den aberwitzigen Vertrag zurückzugeben an die Stifterfamilie. Thibault Stein hätte seine helle Freude an diesem Vertrag gehabt, so viel war sicher. Vielleicht hatte der alte Anwalt das legendäre Schriftstück aus dem Jahr 1915 sogar noch selbst für die Wideners ausgehandelt, dachte Sam grinsend, alt genug war er ja beinahe.

Er erreichte das Department of Chemistry zehn Minuten vor seinem Termin. Was für Sams Verhältnisse einer kleinen Pünktlichkeitssensation gleichkam. Aber es war wichtig. Und es war ein großer Gefallen, den er einforderte. Und wenn jemand schon seine Freizeit zur Verfügung stellte, um Sams Phantom nachzujagen, konnte er sich wenigstens Mühe geben, pünktlich zu sein.

Das Labor lag im zweiten Stock, und der Chemiestudent wartete schon auf ihn. Er trug einen weißen Kittel und polierte einen Glaskolben, als Sam den Raum betrat. Sam bemühte sich um einen möglichst unbeteiligten Gesichtsausdruck, als er ihm den zugeklebten Gefrierbeutel mit dem zweiten Brief reichte. Das nächste Zeichen von dem Mann, den Sam tatsächlich für einen aktiven Serienmörder hielt, auch wenn ihm das niemand glaubte. Und dessen Inhalt er bisher nicht einmal kannte, weil er es nicht riskieren durfte, wieder alle Spuren zu vernichten, die ihnen möglicherweise mehr über den Täter verraten könnten. Normalerweise hatten sie für so etwas eine eigene Abteilung beim FBI, aber nun musste Sam mit dem auskommen, was die Universität hergab. Und das waren nun einmal ein Übungslabor und ein Student. Es würde reichen müssen.

»Und Sie wollen wirklich das ganze Programm?«, fragte der Junge, der viel zu jung aussah, als dass er ihm eine ordentliche Analyse zugetraut hätte. Nicht, dass Sam jungen Leuten pauschal nichts zutraute, im Gegenteil. Aber wenn es sich um die erste forensische Schriftstückanalyse handelte, die jemand vornahm …

»Ja, alles, was Ihr kleiner Zauberkasten hergibt«, antwortete Sam und versuchte, so zuversichtlich wie möglich zu klingen. Die einzige Referenz des Chemiestudenten war die eines befreundeten Professors, der ihn in den höchsten Tönen gelobt hatte, vor allem was die Laborarbeit anging. Aber Sam fasste nun einmal nicht so leicht Vertrauen. Was teilweise mit seinem Beruf zusammenhängen mochte, größtenteils aber vermutlich darin begründet lag, dass er nicht mit Enttäuschungen umgehen konnte. Er baute lieber gar keine Bindung auf als eine falsche. Wenn er allerdings jemanden in sein Innerstes vorgelassen hatte, war er mit Herz und Seele verloren. Wie bei Klara.

Der Student begann, die Plastiktüte mit einem Skalpell aufzuschneiden. Sam hatte das dumpfe Gefühl, dass er sich linkisch anstellte. Während der Junge mit einer Pinzette an dem Umschlag herumfingerte, überkam Sam ein Anflug schlechten Gewissens. Hier stand er und sah zu, wie der Brief eines Serienmörders seziert wurde, der an ihn adressiert war. Was hieß das für seine Übereinkunft mit Klara? Vorerst gar nichts, entschied Sam. Natürlich durfte sie nichts von den Briefen erfahren. Gerade jetzt, wo er das Gefühl hatte, dass sie sich langsam mit ihrem neuen Job als Privatdetektivin angefreundet hatte. Seit zwei Wochen war ihre Laune nicht mehr ganz so mürrisch, und sie hatten sogar ein paar Momente in dem neuen Haus gehabt, in denen so etwas wie romantische Stimmung aufgekommen war. Sofern man das bei Klara als Romantik bezeichnen konnte, wenn sie ihm, eng an ihn gekuschelt und bei einem Glas Rotwein vor dem Kamin, von einem Typen erzählte, der seine Frau mit einer Prostituierten betrog, und einem Messi im Haus gegenüber, dessen Katzen sie hatte retten müssen. Klara mochte Katzen sehr und lag Sam immer wieder in den Ohren, dass ein Haustier das entscheidende Stück Leben in ihr Haus bringen würde, das noch fehlte.

---

Zwei Stunden später drückte ihm der Student eine fein säuberlich zugeklebte Tüte mit den Resten des Briefs in die Hand. Er hatte einige Ecken abgeschnitten und auch einige Buchstaben entfernt, aber größtenteils sah das Schriftstück intakt aus. Trotzdem musste er Sams Gesicht bemerkt haben, denn er zog grinsend einen USB-Stick aus der Tasche: »Geschenk des Hauses. Hochauflösende Scans. Soll mir ja keiner sagen, dass wir hier schlampig arbeiten.«

»Danke«, sagte Sam aufrichtig. »Sie haben mir sehr geholfen. Können Sie mir schon irgendwas sagen?«

»Na ja, jedenfalls möchte ich den Verfasser nicht unbedingt persönlich kennenlernen«, sagte der junge Mann. »Ich habe Sie gegoogelt, Professor Burke, und ich kann nur sagen: Hoffentlich kriegen Sie ihn.«

»Ich meinte eigentlich weniger den Inhalt. Und was das

Kriegen angeht: Das FBI ist nicht einmal überzeugt, dass er wirklich existiert.«

Der Student pfiff durch die Zähne: »Wow. Das ist ... krass.«

Sam nickte.

»Also, was die physischen Merkmale angeht: Fremdpartikel konnte ich nur auf dem Umschlag ausmachen, aber nichts, was man nicht erwarten würde. Bremsstaub, ein wenig Rußablagerungen. Sämtlich auf den Innenblättern nicht vorhanden, was mich zu der Annahme verleitet ...«

»... dass sie beim Transport durch die Post draufgekommen sind und dass er Handschuhe benutzt hat«, beendete Sam seinen Satz. Es überraschte ihn nicht, im Gegenteil. Wenn seine Vermutung stimmte, konnte es gar nicht anders sein. Nicht bei einem organisierten Täter. Kein Mensch hinterließ heute noch DNA-Spuren auf einem Beweisstück, geschweige denn, wenn man es direkt an die Polizei schickte. Oder an einen Expolizisten.

»Und können Sie etwas über die Schrift sagen?«, fragte Sam wenig hoffnungsfroh.

»Ein Computerausdruck, Times New Roman, zwölf Punkt. Eine Standardschriftart, die auf nahezu jedem System seit Anfang der Neunzigerjahre installiert ist.«

»Also auch eine Sackgasse ...«, resümierte Sam. »Oder war es etwa ein Farbdrucker?« Einige moderne Geräte lieferten auf ihren Ausdrucken eine Art digitalen Fingerabdruck mit, ein Muster in sehr hellen Gelbtönen, das automatisch mitgedruckt wurde, um das Fälschen von Dokumenten zu erschweren.

»Nun ja, das nicht gerade«, gab der Student zu. »Eher im Gegenteil. Ich glaube, dass der Brief auf einem sehr alten Drucker gedruckt wurde. Einem frühen HP-Modell. Lassen Sie mich noch ein paar Tests mit der Tinte machen, aber ich bin mir ziemlich sicher. Vielleicht kann ich Ihnen dann auch sagen, mit welchem Betriebssystem und Druckertreiber Ihr Mann arbeitet.«

»Im Ernst?«, fragte Sam. Das war mehr, als er erwartet hatte. »Irgendwas über das Papier?«

Der Student schüttelte den Kopf: »Nein, ein Standardbüropapier. Ich kenne mich da nicht aus, aber ich würde vermuten, dass es Ihnen kaum weiterhilft – bei den Mengen, die von den großen Herstellern als Massenware produziert werden.

»Der Stempel?«, fragte Sam mit letzter Hoffnung auf einen kleinen Durchbruch.

»Das Hauptpostamt von New York City.«

»Wie beim ersten«, seufzte Sam. Ein Einzugsgebiet von Millionen mit Tausenden Postkästen überall auf den Straßen. Zudem war nicht einmal sicher, dass Tom die Briefe selbst einwarf. Eine Sackgasse.

»Trotzdem vielen Dank«, sagte Sam schließlich. Und er meinte es ehrlich, denn der junge Student hatte ihm vor allem damit geholfen, dass er nicht mehr hatte herausfinden können: In Sams Augen verliehen gerade die fehlenden Spuren Toms Profil noch mehr Authentizität. Und er brannte darauf, endlich den Inhalt des Briefs zu lesen. Er musste sich Notizen machen, versuchen, ein erstes Profil zu erstellen. Er vermutete, dass er in seinem zweiten Brief seinen ersten Mord schildern würde. »Nächstes Mal er-

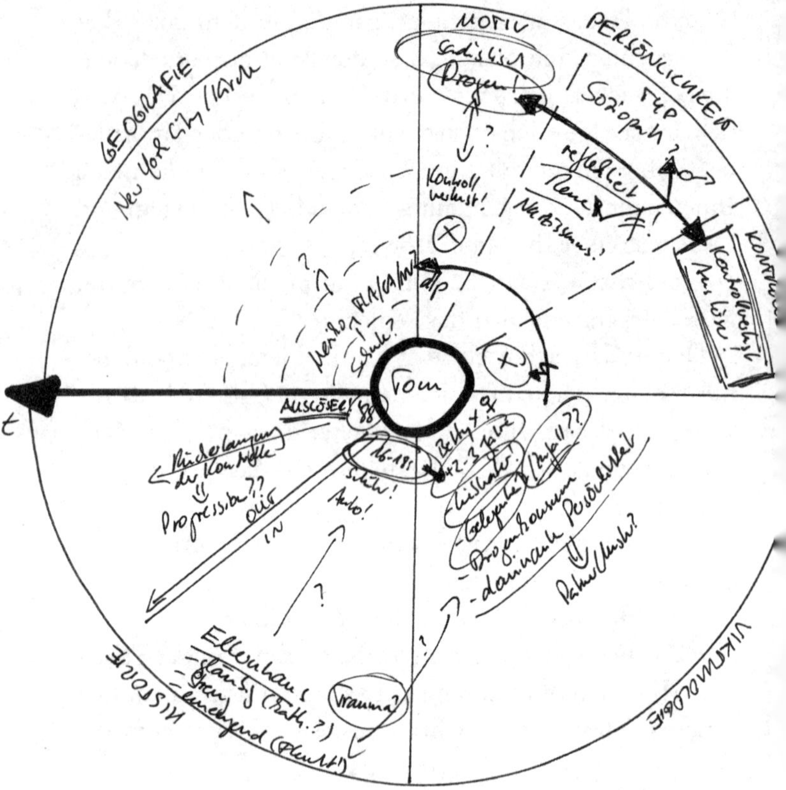


zähle ich Ihnen von Betty«, hatte der erste Brief geendet. Und eingangs hatte er behauptet, alles habe mit einem Unfall begonnen, der sein Leben aus der Bahn geworfen hatte. So fing es immer an. Mit dem Stressfaktor. Dem Auslöser. Mit irgendetwas, das einer labilen Seele zugestoßen war. Es machte seine Geschichte nicht besser. Nur glaubwürdiger. Sam schluckte, als er sich von dem jungen Mann verabschiedete, der versprach, sich wegen des Druckers so schnell wie möglich zu melden. Mit dem Brief sicher in seiner Aktentasche verstaut, ging Sam die zwei Blocks bis zu seinem Büro in einem schmucklosen Hochhaus am Rande des Campus. Die letzten Stufen bis in den vierten Stock nahm er fast im Laufschritt. Irgendetwas hatte seinen Jagdinstinkt geweckt. Das erste Profil eines neuen Falles. Er brannte darauf, von Betty zu erfahren.

## Kapitel 9

**Brooklyn, New York**
Dienstag, 26. Juni 2012

Klara Swell kippelte auf dem zerfledderten Bürostuhl und versuchte verzweifelt, unter Adrians Buchhaltungschaos die Tastatur des Computers zu finden. Seufzend griff sie nach dem nächsten Schwung unbezahlter Rechnungen und legte sie achtlos auf einen der anderen Haufen. Vermutlich brachte sie damit irgendein nicht erkennbares System durcheinander, aber es half nichts. Sie musste anfangen, einen Plan für die Stiftung zu entwickeln, und mit dem horrenden Betrag, den sie ab jetzt monatlich ans Traiff überwies, würde Adrian seine Schulden sukzessive abbauen können. Was sie immerhin zugeben musste: Die Verpflegung der Stiftungsmitarbeiter, die einen mittleren vierstelligen Betrag im Monat verschlangen, war ausgezeichnet. Im Gegensatz zum Kantineneinheitsbrei bekam sie jeden Mittag eine Art Personalessen des Traiff – zumeist Dinge, die Adrian selbst gerne mochte. Und wie fast alle Köche, die auf einen Stern hinarbeiteten, bevorzugte er Deftiges, das aber umso liebevoller zubereitet wurde. Heute gab es einen ungarischen Eintopf mit Sauerkraut und Hackfleisch, den ihr Adrian mit einem bissigen Kommentar über amerikanische Vorurteile den Deutschen gegenüber aufgetischt hatte: »Wenn Ihr uns deshalb Krauts nennt, bitte schön.« Den Teller auf ihren Knien, löffelte sie den Kartoffelbrei durch die sämige Masse aus Hackfleisch, Paprika-Tomaten-Sud, Sauerkraut und Schmand. Kein Mensch würde sich über die Höhe der Verpflegungszahlungen beschweren, zumindest nicht Klara Swell, und schließlich war sie die Geschäftsführerin der Stiftung.

Eine halbe Stunde nach dem Mittagessen hatte sie zumindest die Tastatur freigelegt und eine erste To-do-Liste angelegt, außerdem ein paar Telefonate mit befreundeten Polizisten geführt und einige Gefallen eingefordert. Sie hatten jetzt Zugang zur Vermisstendatei des FBI. Das brachte ihnen zwar nicht sonderlich viel, aber es war immerhin ein erster Schritt. Gerade spuckte der Drucker das letzte Blatt ihres Aktionsplans aus, als Adrian im Türrahmen stand.

»Kommst du zurecht?«, fragte er mit Blick auf das Schreibtischchaos

Klara lächelte spöttisch: »Eigentlich ein Wunder, dass dich überhaupt noch jemand beliefert. Aber keine Sorge, ich bin selbst nicht die Allerordentlichste und Büroarbeit liegt mir ohnehin nicht gerade im Blut.«

»Gut so. Und was die Lieferanten angeht, die lass mal meine Sorge sein. Shushu würde sich niemals wirklich trauen, uns nicht mehr zu beliefern.«

»Wer zum Teufel ist Shushu? Und bei deinen Außenständen finde ich das eine abenteuerliche Behauptung.«

»Shushu ist der Fischlieferant. Und er schimpft zwar wie eine Spottdrossel aus Szechuan, aber er hat ein Herz aus Gold. Erzähl mir lieber von der Stiftung. Kommst du voran?«

Männer sind doch alle gleich, dachte Klara. Das neue Spielzeug ist immer schöner als das alte. Kaum ist die Stiftung gegründet und das Restaurant vorläufig gerettet, kommen die Vermissten vor den Kochtöpfen. Trotzdem antwortete sie, wie es sich für die Geschäftsführerin einer Stiftung gehörte, die ein Gespräch mit dem Gründer führte. Sie mochte zwar mit Pia befreundet sein, aber das sollte nichts an ihrer Professionalität ändern: »Adrian, ich habe vor zwei Tagen angefangen …«

»Ich weiß«, sagte Adrian fröhlich, »aber wie ich sehe, hast du zumindest den Drucker wieder in Gang gekriegt.«

»Einschalten hilft«, antwortete Klara. »Aber im Ernst. Wir haben viel zu tun. Ich habe eine erste Liste mit Aufgaben erstellt, und wir haben Zugang zur Vermisstenkartei des FBI.«

»Wow. Wie hast du das hingekriegt? Bist du bei denen eingestiegen?«

Adrian spielte auf ihre leider mittlerweile stadtbekannte Vergangenheit an, die in einer Titelseite der New York Times mit der Schlagzeile »Die illegale Prinzessin« gegipfelt hatte. Klara lächelte: »Nein, nicht direkt. Sagen wir lieber, ich habe jemanden daran erinnert, was ich herausfinden könnte, und dieser Jemand zog es vor, sich kooperativ zu verhalten.«

»Das will ich gar nicht näher wissen. Ich bin übrigens wegen etwas anderem hier. Mir geht der Taxifahrer, der mich entführt hat, nicht aus dem Kopf, vielleicht könntest du mal ein wenig nachforschen. Enrigo Hernandez. Seinen Namen habe ich von der Lizenzplakett…«

In diesem Moment klopfte es. Nicht an der Tür, sondern auf den Boden. Ein Stock, der dreimal auf den Steinboden des Restaurants schlug. Hoher Besuch, wusste Klara. Niemand anderes als Thibault Stein. Adrian umarmte den alten Anwalt herzlich und verabschiedete sich danach schnellstmöglich in die Küche: »Ich lasse euch alleine. Es war nicht so wichtig, Klara. Wir können auch später darüber reden.«

»Ich höre mich mal um, was ihn betrifft. Kein Problem, Adrian«, rief sie ihm nach und beeilte sich, den Stuhl vor ihrem Schreibtisch freizuräumen. Der alte Mann ließ sich mit einem kaum hörbaren Ächzen darauf fallen, kaum dass sie die Akten daneben auf dem Fußboden zwischengelagert hatte.

»Miss Swell, ich bin mir sicher, Sie haben mittlerweile eine Idee entwickelt, wie Sie die Stiftungssatzung zum Leben erwecken wollen, oder nicht?«

Klara nickte und zog die druckfrische Liste aus dem Laserprinter. Sie reichte sie dem Anwalt über die Papierstapel hinweg, die er weder mit einem missfälligen Seitenblick noch mit einem Wort bedachte. Die wachen Augen in ihren faltigen Höhlen ruhten nur kurz auf ihrem Papier, für das sie mehrere Stunden gebraucht hatte. Dann blickte er sie belustigt an: »Hatte ich es mir doch gedacht, dass Sie von selbst darauf kommen würden, Miss Swell.«

»Auf welchen Punkt spielen Sie an, Thibault? Stimmt etwas nicht mit der Liste?«

»Ganz im Gegenteil, meine Liebe, ganz im Gegenteil. Ich hatte mir selbst meine Gedanken gemacht, insbesondere zu einem Aspekt, den Sie unter ›Mögliche Probleme‹ anführen.«

»Sie hatten schon immer ein Faible für Probleme, Thibault«, sagte Klara trocken. Womit sie durchaus recht hatte, denn Steins Kanzlei stand in dem Ruf, besonders gerne die aussichtslosen Fälle zu vertreten. Gerade das Unmögliche schien ihm besonderen Spaß zu bereiten. Und meist gewann er. Einige dieser Prozesse bildeten das Fundament seines legendären Rufs.

»Ich beziehe mich auf den von Ihnen genannten Aspekt einer gewissen ›Befugnislosigkeit‹ unserer Organisation.«

»Ich glaube, ich hatte ›Warum sollte uns irgendjemand irgendetwas sagen‹ notiert und es mit drei Fragezeichen versehen.«

»Das, meine liebe Miss Swell«, setzte der Anwalt an, »sei Ihnen ausnahmsweise verziehen, wobei ich die Inflation von Satzzeichen heutzutage nun wirklich nicht goutieren kann. Ich bin allerdings gewillt, das meiner altersbedingten Unflexibilität zuzuschreiben, ebenso wie das Unverständnis für neumodische Musik. Im Kern allerdings haben Sie natürlich vollkommen recht: Wir haben keinerlei Befugnisse, in aller Regel werden wir nicht einmal das Einverständnis der Angehörigen bekommen, da wir sie in einem frühen Stadium unserer Ermittlungen nur unnötig beunruhigen würden, wenn wir ihnen aus heiterem Himmel mitteilten, dass ihre vermissten Geliebten möglicherweise einem Gewaltverbrechen zum Opfer gefallen sind.«

Klara stöhnte innerlich. Stein monologisierte wieder. Genau wie vor Gericht. Und hinterher weiß keiner der Geschworenen mehr, was er überhaupt von einem wollte, aber man war sich sicher, dass der alte freundliche Herr recht hatte. Das hatte er nämlich immer. Zumindest hörte es sich so an.

»Und was schlagen Sie vor?«, fragte Klara. »Sie kommen doch nicht ohne Plan den ganzen Weg von der Upper East nach Brooklyn.«

»Mit dieser Annahme, Miss Swell, treffen Sie natürlich den Nagel auf den Kopf. Niemand würde sich ohne triftigen Grund nach Brooklyn begeben. Vor allem ich nicht. Die Brücken sind furchtbar, selbst Edward kriegt schweißnasse Hände am Lenkrad.«

»Ich wohne sehr gerne hier, Thibault.«

»Natürlich«, nuschelte er. »Natürlich. Aber zurück zum Punkt: Ich habe mir Gedanken darüber gemacht, wie Sie als Repräsentantin der Stiftung am besten gegenüber Behörden oder anderen Beteiligten an unseren Fällen auftreten sollten. Sie müssen Autorität ausstrahlen, am besten von einer Bundesbehörde kommen.«

Klara lachte: »Natürlich. Am besten wäre, ich käme einfach direkt vom FBI.«

»Korrekt, Miss Swell.« Der Anwalt faltete zufrieden die Hände über seinem Stock und lächelte. Klara ahnte, dass er eine Idee hatte. Und er wollte, dass sie sie ihm aus der knorrigen Nase zog.

»Keine Spielchen, Thibault. Bitte nicht mit mir. Sie wissen, wie sehr ich das hasse.«

»Also gut, Miss Swell. Ich denke, ich habe einen Weg gefunden, wie Sie vorgeben können, vom FBI zu sein, ohne tatsächlich vom FBI zu sein. Und das ganz legal. Oder zumindest so legal, dass ich Sie rausboxen kann, wenn Sie es wieder einmal übertreiben, wovon wir, denke ich, beide bereits fest ausgehen.«

Klara seufzte. Aber sie musste ihm recht geben. Wenn sie von ihm verlangte, seine üblichen Spielchen zu lassen, konnte er auch von ihr erwarten, dass sie nicht vorgab, auf einmal eine übervorsichtige Bürokratenermittlerin zu werden, die sich an jede noch so unbedeutende Regel hielt. Der Anwalt griff in die Tasche seine Jacketts und legte triumphierend ein Lederetui vor ihr auf einen Stapel Rechnungen. Sie hatte das Gefühl, als grinste er noch etwas breiter.

Klara schlug das Etui auf und blickte auf einen FBI-Ausweis. Oder zumindest etwas, das dem Original recht nahe kam. Und mit Sicherheit jeden täuschen würde, der nicht regelmäßig mit denen zu tun hatte. Für Klara sah es aus wie ein ganz normaler, gefälschter FBI-Ausweis. Und das war natürlich alles andere als legal.

»Und nun?«, fragte Klara deshalb. Sie hatte keine Ahnung, worauf Stein hinauswollte.

»Wenn Sie sich vorstellen, zeigen Sie diesen Ausweis vor und sagen: Klara Swell aus dem Büro in Quantico.«

»Jeder wird denken, ich bin von FBI, so weit kann ich Ihnen folgen. Aber wie soll das jemals vor Gericht standhalten? Und ich kann Ihnen versprechen, dass wir mit der Masche vor Gericht landen.«

»Davon gehe ich auch aus, Miss Swell. Und deshalb ist es sehr wichtig, dass Sie sich immer an den genauen Wortlaut halten: Klara Swell aus dem Büro in Quantico.«

Langsam begriff Klara, worauf er hinauswollte. Wirklich clever, Mr Staranwalt.

»Sie sagen niemals: aus dem Quantico-Büro, was implizieren würde, Sie meinten das Quantico-Büro des FBI. Sondern das Büro in Quantico. Verstehen Sie?«

In Klara Swells Meinung war das nichts anderes als Wortklauberei, aber genau davon lebte die Juristerei ihrer Erfahrung nach ausschließlich.

»Und das FBI-Logo? Meines Wissens ist alleine schon die Verwendung dieser drei Buchstaben in dieser Kombination illegal – und das Strafmaß nicht einmal sonderlich knapp bemessen.«

»Auch in diesem Punkt haben Sie vollkommen recht, Miss Swell. Nur dass diese drei Buchstaben gar nicht die Buchstaben F, B und I sind. Schauen Sie genau hin.«

Klara hielt den Ausweis ins Licht der Schreibtischlampe. Und tatsächlich hatten alle drei Buchstaben kleine Ecken und Kanten, die dort normalerweise nicht hingehörten, die aber bei einer oberflächlichen Betrachtung kaum auffielen. Zudem stand dort in sehr kleiner Schriftgröße statt Federal Bureau of Investigation etwas anderes, das sie nicht entziffern konnte.

»Bei den drei Buchstaben handelt es sich um vereinfachte chinesische Schriftzeichen, die ich bei einem Meistertypografen in Schanghai habe anfertigen lassen. Zwar sind sie auch für einen Chinesen kaum als solche zu erkennen, aber ich habe die eidesstattliche Versicherung von fünf der führenden chinesischen Universitäten, dass es sich um korrektes Kantonchinesisch handelt.«

Klara lachte. Der Anwalt hatte nicht alle Tassen im Schrank, aber der Plan gefiel ihr. »Und was bedeuten sie?«

»Mein Herz empfängt einen Hund auf einer Sommerwiese.«

»Nicht Ihr Ernst!«, bemerkte Klara.

»Doch. Und das steht sogar statt Federal Bureau of Investigation in kleinen Buchstaben in dem blauen Kreis. Allerdings, wie ich zugeben muss, kaum lesbar.«

Klara starrte entgeistert auf die Buchstaben, die sich im Wissen um ihre Bedeutung tatsächlich zu den angekündigten Worten zusammensetzten.

»Sie beziehen sich im Übrigen auf eine Firma in Quantico, die unter dem Namen ›Mein Herz empfängt einen Hund auf einer Sommerwiese Import & Export Ltd.‹ einen Lagerraum in der Innenstadt unterhält.«

»Thibault, Sie sind nicht bei Trost«, prustete Klara los. »Das ist die absurdeste Geschichte, die ich je gehört habe.«

»Sie mag sicherlich auf den ersten Blick absurd erscheinen, Miss Swell. Aber juristisch ist sie absolut wasserdicht. Und ich würde sagen, damit können Sie, was die Arbeitsweise der Stiftung angeht, einen Punkt von Ihrer Bedenkenliste streichen, oder etwa nicht?«

# Kapitel 10

## Der dritte Brief

*Lieber Sam,*

*eine Weile starrte ich in den mexikanischen Sternenhimmel und erwartete, dass sich etwas änderte. Dass der Höllenhund geritten käme oder der Tod mit einer Sense und mich gleich mitnahm. Oder Sirenen. Aber es geschah: nichts. Die Vögel zwitscherten munter, der Mond strahlte auf den See, und in den Baumwipfeln rauschte der Wind. Ich drehte mich zu ihr um. Die Vögel besangen ihren Tod. Der Mond schien ihr ins leblose Gesicht. Der Dschungel verneigte sich in Ehrfurcht vor ihrem kurzen Leben. Dann tastete ich nach ihrem Puls, wie ich es aus dem Fernsehen kannte. Ihre Lippen waren dunkler, ihr Körper kälter, ihre Augen stumpfer. Und meine Finger konnten kein Lebenszeichen finden, weder an den Venen ihres Handgelenks noch am Hals. Ich habe später gelernt, dass viele Menschen beim Anblick von Toten einen Ekel empfinden, sich übergeben müssen. Ich hatte keinerlei solche Gefühle, im Gegenteil. Betty war wunderschön. Ich streichelte ihre Wange und weinte, weil ich sie verloren hatte. Und weil ich doch wusste, dass wir beide kurz vor unserem Tod ein paar der glücklichsten Sekunden unseres Lebens geschenkt bekommen hatten. Dann legte ich mich neben sie in den Uferschlamm des Sees und nahm sie in die Arme, hielt sie fest umschlungen, bis ich eingeschlafen war.*

*Am nächsten Morgen wurde ich mir über die Konsequenzen klar. Ich würde für den Rest meines Lebens in den Knast wandern, wenn herauskam, was ich getan hatte. Selbst wenn man die Drogen als mildernde Umstände wertete. Wenn ich in Mexiko in den Knast ging, würde ich als Amerikaner keine fünf Jahre überleben. Zu Hause hätte ich wenigstens einen fairen Prozess zu erwarten und bekäme vielleicht nach vierzig Jahren noch einmal eine zweite Chance. Also musste ich über die Grenze. Ich musste das Land verlassen, bevor sie die Leiche fanden. Und vielleicht hatte ich sogar eine Chance, wenn es mir gelang, Betty zu verstecken. Niemand wusste, dass wir zusammen in Mexiko waren, wir hatten ein riesiges Geheimnis daraus gemacht. Was, wenn die Leiche gar nicht gefunden wurde? Oder erst in ein paar Monaten, wenn sich keiner mehr an das amerikanische Pärchen erinnerte. Vermutlich waren die Behörden in Mexiko auch nicht gerade scharf darauf, eine tote Amerikanerin in ihre Zuständigkeit fallen zu sehen. Glücklicherweise hatten wir kein Crack mehr, sonst hätte ich es bestimmt aufgeraucht, und all diese Gedanken wären mir niemals gekommen. Möglicherweise denken Sie jetzt, dass es besser gewesen wäre, wenn es so gekommen wäre. Und ich kann Ihnen das nicht verübeln.*

*Aber für mich persönlich war es ein Glücksfall. Ironischerweise ist die Tatsache, dass es die letzte Pfeife Crack war, die ich mit Betty geraucht habe, ebenso für ihren Tod wie auch für meinen weiteren Lebensweg verantwortlich.*

*Ich brauchte einen halben Tag, um sie weit genug vom Lager wegzukriegen. Ich zerrte sie an den Achseln über das dichte Unterholz, was wahnsinnig anstrengend war, weil sich ihre Muskeln versteift hatten, andauernd blieb ich irgendwo hängen. Aber mit der Zeit wurde es einfacher. Vermutlich wurde ich geübter darin, ein totes Mädchen durch den Wald zu schleppen. In der Mittagshitze rann mir der Schweiß über die Stirn und tropfte auf ihr Gesicht, das immer blasser wurde. Und fleckig. Allein die Verzweiflung über die Konsequenzen ließ mich die Strapazen aushalten. Dann begann ich mit dem Ausheben eines Grabs, tief genug, dass kein Tier sie ausgrub. Zum Glück hatte ich an Wasser, etwas Essen und einen Spaten gedacht, den ich tatsächlich noch im Kofferraum hatte. Es war früher Abend, als ich fertig war. Ich hob sie hinunter und legte sie auf den nassen Waldboden. Aus zwei Ästen und langen Grashalmen hatte ich ein Kreuz gebaut, sehr provisorisch natürlich. Ich wollte das richtig machen. Ich legte es ihr auf die Brust, obwohl ich keine Ahnung hatte, ob sie gläubig gewesen war. Ihr Körper war mittlerweile mit roten und blauen Flecken übersät, aber sie sah immer noch schön aus. Und friedlich. Wenn sie nicht tot gewesen wäre, hätte ich schwören können, dass sie glücklich aussah. Dann schüttete ich das Grab zu.*

*Ich kam erst gegen Mitternacht zu unserem Lagerplatz zurück, aber entgegen meinen schlimmsten Befürchtungen fand ich alles unverändert vor. Niemand hatte sich an unseren Sachen zu schaffen gemacht, kein Polizist hatte Absperrbänder zwischen die Bäume am See gespannt. Ich sammelte alles ein, auch die kleine Crackpfeife, und versuchte, die Feuerstelle mit Blättern abzudecken, was sich aber als unzureichend erweisen sollte. Nachdem klar war, dass sie nicht zu verbergen war, warf ich die Zweige zurück in den Wald und ließ einfach alles, wie es war. Es würde reichen müssen. Dann fuhr ich zurück nach Hause.*

*Tom*

---

Als Tom am nächsten Abend durch den kleinen Ort lief, den er seit Jahren sein Zuhause nannte, dachte er noch einmal an Betty. Er vermisste sie, und er fragte sich, ob sie dort, wo sie war, auch an ihn dachte. Und ob sie auf ihn wartete oder ihn verabscheute. Er wusste, dass es egoistisch war, aber er hoffte, dass sie ihm vergeben hatte. Er lief über die alte Zugbrücke und betrachtete ein Segelschiff, das auf seine Passage wartete. Er lief vorbei an den Läden für die Touristen, die bestickte Decken und hölzerne Leuchttürme verkauften, quer durch den Ort bis zur Oyster Bar. Heute Abend hatte Amelia Dienst, was Tom natürlich gewusst hatte. Er trank einen halben Liter Weißwein und dachte an die Frauen in seinen Aktenordnern. Amelia war charmant wie immer und ahnte nichts von seinen dunklen Gedanken. Dass er eine auswählen musste für den Winter. Für das Tier, das in ihm schlummerte, während er mit Amelia über die letzte Saison plauderte.

## Kapitel 11

**Manhattan, New York**
Mittwoch, 27. Juni

Klara Swell ahnte noch nicht, dass sie schon am nächsten Abend Gelegenheit dazu bekommen sollte, ihren neuen Ausweis einem Praxistest zu unterziehen. Gerade eben hatte sie von einem alten Bekannten beim NYPD die Adresse von Enrigo Hernandez erfahren, dem mexikanischen Fahrer der Limousine, die Adrian entführt hatte. Sie jagte den Boss über die 3rd Street Richtung Osten, mitten durchs East Village, das früher fast ausschließlich den Latinos gehört hatte. Auch heute saßen sie auf der Straße auf ihren billigen K-mart-Klappstühlen, die Bürgersteige waren ihr Gartenersatz. Mit jedem Block gen Hudson wurde die Gegend noch ein wenig ärmlicher und die Häuser ein paar Stockwerke höher. Die Menschen in diesem Teil von Manhattan lebten seit Jahrzehnten hier, meist wurden die Wohnungen von den Eltern an ihre Kinder weitergegeben. Vermutlich war auch Enrigo Hernandez auf diese oder ähnliche Weise hier gelandet. Oder er gehörte zu einem mexikanischen Kartell, was bedeutete, dass es noch einige weitere Möglichkeiten gab, aber Klara wollte nicht vorgreifen. Laut ihrem Kontakt bei der Polizei war sein Vorstrafenregister sauber und die Limousinenlizenz echt. Wobei das Nummernschild, das sich Adrian notiert hatte, nicht auf die Lizenz eingetragen war.

Das alleine war zunächst nichts Ungewöhnliches, viele Fahrer bedienten sich aus einem Fahrzeugpool. Und doch hatte Klara ein unerklärlich mieses Bauchgefühl.

Als sie die Adresse am nördlichen Rand der Lower East erreichte, sah Klara das typische blau-rote Flackern von Einsatzfahrzeugen. Ihr schwante nichts Gutes. Sie fuhr eine Runde um die Häuser und parkte auf der Südseite des Apartmentblocks. Dann lief sie denselben Weg auf der Straße zurück. Ein Polizeieinsatz ausgerechnet in der Nähe von Hernandez' Adresse war eine unwillkommene Komplikation. Sie hatte nur schnell einen Blick auf seine Wohnung werfen wollen, bevor sie nach Boston fuhr, um endlich herauszubekommen, was Sam so beunruhigte. Sie wusste mittlerweile, dass er ihr etwas verheimlichte. Immer wenn sie sein Büro betrat, zeigte der Bildschirm seinen E-Mail-Eingang. Er wollte nicht, dass sie sah, woran er arbeitete. Außerdem musste sie mit ihm über ihr Engagement für die Lost Souls Foundation sprechen. Sie war sich vollkommen im Klaren darüber, dass jeder Tag, an dem sie Sam ihren neuen Job verschwieg, ein Tag zu viel war. Irgendwie schienen sie sich in eine Situation manövriert zu haben, in der sie sich gegenseitig einiges zu verheimlichen hatten. Und es fühlte sich verdammt noch mal nicht richtig an. Aber war sie daran schuld? Klara nahm sich vor, auf der dreistündigen Fahrt nach Boston ihre Gedanken zu sortieren, um ein möglichst ruhiges Gespräch mit Sam führen zu können. Sie durfte nicht immer so früh laut werden, denn das spielte Sam, der bei jedem Konflikt stets irritierend ruhig und freundlich blieb, nur in die Karten.

Auf dem brüchigen Pflaster vor dem Hochhaus, in dem Enrigo Hernandez gemeldet war, musste sie feststellen, dass sich die Polizei für ihren Einsatz ausgerechnet sein Apartment ausgesucht hatte. Vor dem Eingang parkten mehrere Streifenwagen, und ihre zuckenden Lichter blendeten beinah so stark wie die Sonne, die sich auf ihren Windschutzscheiben spiegelte. Als sie die Haustür öffnete, kamen ihr mehrere Beamte entgegen, die sich über den Fall unterhielten. Sie sprachen von einer »mordsmäßigen Sauerei« und einem »kaltblütigen Scheißkerl«. New Yorker Polizisten waren einiges gewöhnt. Kein gutes Zeichen, wenn selbst sie zu so drastischen Worten griffen.

Klara begutachtete die Kabine des Fahrstuhls und entschied sich für die Treppe. Im dritten Stock erwarteten sie noch mehr Polizisten. Und sie standen vor Hernandez' Wohnungstür. Klara zückte ihren Ausweis. Wollen wir doch mal sehen, ob das gute Stück wirklich funktioniert, dachte Klara und marschierte mit vermeintlich standesgemäßer FBI-Arroganz auf die Beamten zu.

»Klara Swell vom Büro in Quantico«, verwendete sie pflichtgemäß exakt die von Stein vorgegebene Formulierung.

Die Beamten warfen nur einen flüchtigen Blick auf ihr Abzeichen. Aber passieren ließen sie Klara trotzdem nicht ohne Weiteres: »Und was bitte schön hat das FBI mit diesem Fall zu tun? Soweit wir das absehen können, handelt es sich nur um einen Taxifahrer.«

»Wir unterstützen die DEA im Rahmen eines Amtshilfeersuchens«, verwendete Klara die erstbeste Ausrede, die ihr einfiel. »Wir wissen noch nichts Genaues, und mein

Besuch ist auch eine rein informelle Angelegenheit, aber möglicherweise ist Mr Hernandez in Drogengeschäfte verwickelt.« Klara hoffte, dass das logisch klang. Sie hätte es vermutlich geglaubt. Viele weiße Polizisten in New York waren überzeugt, dass alle Mexikaner irgendwie in Drogengeschäfte verwickelt waren. Dass sie den Namen des Mannes kannte, dürfte ihr noch ein Quäntchen mehr Glaubwürdigkeit verleihen. Die Beamten traten zur Seite und nickten ihr nicht besonders freundlich zu.

Klara war sich mittlerweile im Klaren, was das Aufgebot an Polizei und Spurensicherung bedeutete. Letztere war glücklicherweise schon fertig, und so konnte Klara das Apartment betreten, ohne selbst Schutzkleidung anlegen zu müssen. Hernandez lebte ein einfaches Leben und war ein ordentlicher Mann, seine Wohnung war mit alten Möbeln aus den Siebzigerjahren eingerichtet, die aber allesamt sehr gepflegt aussahen. Im Flur standen eine lange Anrichte und ein Garderobenständer, die Jacken auf Bügeln. Daneben ein Schlüsselbrett mit sauber nebeneinanderhängenden Schlüsselbünden. Der Teppichboden war so platt getreten und trotzdem so sauber, dass Klara den jahrelangen Gebrauch von Hausschuhen vermutete. Auf der Anrichte lag ein in Leder gebundener Kalender. So ein altmodisches Ding mit einer Schnalle und Magnetschließe. Enrigo hatte sein Leben im Griff gehabt. Und seine Termine. Ein Pedant, der mit Sicherheit alles, was wichtig war, notiert hatte. Klara blätterte durch die linierten Seiten. Sie war nicht hinter den aktuellen Einträgen her, sondern suchte zielsicher nach dem 11. Juni, dem Tag, an dem Adrian von Hernandez aufgelesen worden war. Es gab einige Termine, auch an den Tagen davor und danach, die meisten sahen auf den ersten Blick einigermaßen kryptisch aus. Klara fotografierte die Seiten mit ihrem Handy und beschloss, es mit ihren neu gewonnenen Kompetenzen nicht gleich am ersten Tag zu übertreiben. Das Wichtigste war ohnehin herauszubekommen, was mit Hernandez passiert war. Im krassen Gegensatz zur peniblen Ordnung im Flur herrschte im Wohnzimmer ein heilloses Chaos. Möbel waren umgestürzt, und auf jedem freien Flecken in dem kleinen Raum schien ein Officer zu stehen. Klara hielt den Atem an. Mittendrin, auf einem Couchtisch, lag Enrigo in einer Lake aus getrocknetem Blut. Er trug einen Anzug, wie zu seiner eigenen Beerdigung. Sogar die Krawatte hing ihm noch um den Hals, blutverkrustet und mit seinem Hemd verklebt. Es roch nach Eisen und Kot. Seine Halsschlagadern waren aufgeschnitten, jede einzeln mit einem kurzen Schnitt. Das Werk eines Profis. Enrigo Hernandez war in seinem eigenen Wohnzimmer verblutet. Das Telefon lag, von einer Kommode heruntergerissen, neben ihm. Er hatte die Polizei nicht mehr erreicht, das konnte selbst Klara erkennen. Nicht nur Fliegen schwirrten um die Wunden und Aughöhlen, bestimmt wühlten sich schon Maden durch seine Eingeweide, auch wenn sie Klara von ihrem Posten im Türrahmen aus nicht mit bloßem Auge erkennen konnte. Und sie hatte keinerlei Absicht, etwas an diesem Abstand zu verändern. Sie hatte genug gesehen: Enrigo Hernandez war tot, und zwar seit deutlich mehr als ein paar Tagen. Ohne auch nur mit einem der Beamten zu sprechen, drehte sie sich um und lief aus der Wohnung, die Treppe hinunter, an die frische Luft. Es waren keine guten Nachrichten, die sie Adrian zu überbringen hatte. Denn es warf nicht gerade ein vertrauenserweckendes Licht auf seine Geldgeber. Wenn Klara ehrlich war, ließ es die ganze Sache sogar verdammt zwielichtig aussehen. Irgendetwas stank da zum Himmel, und es war nicht nur Hernandez' Leiche.

—

Sam Burke saß in einem kleinen, für seine Verhältnisse winzigen Pendlerapartment in Boston und versuchte, sich auf den Bildschirm seines Laptops zu konzentrieren. Was nicht unbedingt einfach war, denn in seinem Kopf spann sich das Profil des Täters weit größer auf, als es der kleine Monitor darstellen konnte. Deshalb verwendete er in seinem Büro mittlerweile eine ganze Wand als Projektionsfläche, auf der er nach Belieben Zettel kleben, umsortieren und wieder entfernen konnte. Zu Hause durfte er eine solche Wand natürlich nicht einrichten. Er ärgerte sich nur ein wenig, dass Klara sich verspätete. Was zum einen daran lag, dass er hier mit seinem Monitor vorliebnehmen musste, und zum anderen, weil er sich schon sehr auf sie freute. Es war lange her, dass sie von sich aus vorgeschlagen hatte, das Wochenende in Boston zu verbringen. Zur Feier des Tages hatte er ihren Lieblingskäse besorgt und Wein vom Russian River. Er hatte das Bad geputzt und eine CD rausgesucht. Und er hatte die Dateien mit seinem Profil und alles, was mit den Briefen zu tun hatte, auf einem USB-Stick gespeichert und von der Festplatte gelöscht. Man konnte nie wissen. Und mit seiner Liebsten war nicht zu spaßen, vor allem wenn sie aus heiterem Himmel anbot, nach Boston zu kommen, obwohl sie die Stadt sterbenslangweilig fand. Sam verdrängte Klaras nahende Ankunft und konzentrierte sich wieder auf sein Profil. Er nutzte dazu jede Gelegenheit, denn wie er zugeben musste, wurde sein Bild von Tom nicht nur klarer, sondern auch faszinierender. Sam scrollte zu dem zentralen Element seines Täterpsychogramms: einem Kreis aus mehreren Elementen, die Aspekte seiner Persönlichkeit darstellten. In der Mitte, im Zentrum des Kreises, stand nur ein Wort: Tom. Die Unterschrift aus den Briefen, wobei Sam natürlich klar war, dass es nicht unbedingt sein richtiger Name sein musste. Darum vier Segmente für seine Persönlichkeit, seine Historie, die Opfer und eines für Hinweise geografischer Natur. Dazwischen alle Details, die er bisher aus den Briefen hatte ableiten können, versehen mit den jeweiligen Referenzen zu den zwei Briefen. Sam wusste mittlerweile, dass es sich bei dem Täter um einen kontrollierten Soziopathen handeln musste. Einen Sexualsadisten, wenn auch nicht einen typischen. Vor allem weil ihn seine sadistischen Züge offenbar selbst überraschten und er sich ihrer bewusst war, wie auch seiner eigenen Abartigkeit, der Andersartigkeit, die ihn von aller Norm unterschied. Dennoch passte das mutmaßliche Täterprofil – mutmaßlich, daran musste sich Sam immer wieder selber erinnern, denn all seine Annahmen trafen überhaupt nur ansatzweise ins Schwarze, wenn der Täter tatsächlich existierte, wenn seine Geständnisse wahr waren und Sam keinem Phantom nachjagte. Zurück zum

Punkt, Sam, ermahnte er sich selbst. Seiner Erfahrung nach passte das Täterprofil dennoch in das Schema, das sie beim FBI für Serienmörder verwendeten. Zum Teil gerade weil es nicht »perfekt« war. Keine Tierquälereien in der Kindheit, die jede Internetseite als Voraussetzung für spätere Sexualsadisten propagierte, was nichts weiter als allereinfachste Küchenpsychologie war, die mit der Realität nur insofern zu tun hatte, als dass Tierquälereien tatsächlich überdurchschnittlich häufig in den Biografien von Soziopathen zu finden waren. Eine Voraussetzung für die Entwicklung einer solchen Störung waren sie aber natürlich nicht. Er dachte an Snow, der in seiner Jugend Katzen getötet, gehäutet und ausgekocht hatte. Und er dachte daran, wie selten ein Tätertypus wie der in seinem Profil vorkam. Und an Marin, der den Fall kategorisch abgelehnt hatte. Die statistische Unmöglichkeit. Aber die Briefe sprachen eine eigene Sprache: Tom war gebildet und intelligent. Nicht nur ein wenig, sondern weit überdurchschnittlich. Ein männlicher Weißer zwischen 38 und 45. Ein allein lebender, einsamer Mann. Sam betrachtete das kreisförmige Schaubild: ein erstes Profil, das weder vollständig war noch aktuell sein konnte. Schließlich beschrieb Tom in den aktuellen Briefen eine Phase seines Lebens, die vermutlich über fünfzehn Jahre zurücklag. Um ihn heute zu fassen, würde Sam seine Entwicklung verstehen müssen. Wie sich seine Phantasien und seine Strategie über die Jahre verändert hatten. Es blieb ihm nichts anderes übrig, als den nächsten Brief abzuwarten. Wobei sich Sam schmerzlich der Tatsache bewusst war, dass es nicht nur wahrscheinlich, sondern nahezu sicher war, dass dieser Tätertypus nicht aufhören würde zu morden. Möglicherweise unterbrach er seine Serie während der Zeit, in der er die Briefe verfasste, sofern sie ihm als Ventil dienten. Aber spätestens wenn er Sam seinen letzten Mord geschildert hatte, würde er weitermachen. Sadistische Soziopathen hörten niemals auf. Sie mordeten, bis sie erwischt wurden. Oft jahrelang. Deshalb war man bei dem legendären Zodiac-Killer davon ausgegangen, dass er gestorben sein musste, als die Morde aufhörten. Sei es durch einen Unfall oder eine Krankheit, jede andere Möglichkeit hatten die Ermittler in Kalifornien ausgeschlossen. Alles war wahrscheinlicher, als dass diese Serie unterbrochen wurde. Unterbrochen wurde in diesem Moment allerdings Sam, und zwar vom Schlüsselklimpern an der Wohnungstür. Klara. Hastig schloss er das Programm und klappte den Laptop zu. Er drehte die Lampe über seinem Schreibtisch aus und beeilte sich, in die Küche zu kommen, wo er schon zwei Gläser für den Weißwein vorbereitet hatte. Als er hörte, wie Klara im Flur ihre Boots auszog, nur um sie wie immer achtlos dort liegen zu lassen, wo sie auf den Boden gefallen waren, zog er den Korken aus der Flasche. Klara begrüßte ihn mit einer Umarmung, einem schnellen Kuss und einem noch schnelleren Griff nach dem Weinglas.

»Wir müssen etwas besprechen, Sam«, sagte sie mit einem dieser Blicke und lief ins Wohnzimmer.

»Aha«, sagte Sam und füllte Eiswürfel in einen Sektkühler. Er stopfte die Flasche dazwischen, nahm sein Glas und stellte sich in den Türrahmen. Klara lehnte an seinem

Schreibtisch. Als sie die Schreibtischlampe einschalten wollte, hielt sie kurz inne. »Woran hast du gearbeitet?«, fragte sie. Hatte die Frage neutral geklungen?, fragte sich Sam. Sie kann nichts ahnen. Vermutlich hatte sie nur die Restwärme der Glühbirne gespürt und einen Schuss ins Blaue abgegeben.

»An nichts Bestimmtem«, antwortete Sam und wusste, dass es dünn klang. Aber ihm fiel einfach nichts Passenderes ein, seine Gedanken waren immer noch bei Toms Profil.

»Sam, was verheimlichst du mir? Wo warst du vorletzte Woche?«

»Wie meinst du das?«, fragte Sam. »Wo soll ich gewesen sein?« Sam hatte angenommen, dass sie ihm etwas erzählen wollte. Dass sie deshalb nach Boston gekommen war und ihn seit ihrer Ankunft mit diesem Über-den-Glasrand-Blick belauerte. Wie war er in die Defensive geraten?

»Na ja«, sagte sie. »Vermutlich geht es mich nichts an, aber der Kilometerstand vom Boss …«

»Ich hab mich einfach verfahren, Klara. Und außerdem war ich noch mal bei Snow. Mir ging da einfach etwas nicht aus dem Kopf, was er mir gesagt hat, als ich mit meinen Studenten da war.«

Klara sagte eine Weile nichts, und Sam witterte seine Chance, dass er mit dieser Ausrede durchkam. Er würde es zumindest versuchen: »Worüber wolltest du eigentlich mit mir reden? Einen deiner Fälle?«

»Nicht ganz, Sam«, murmelte Klara. »Eigentlich müssen wir über Adrians Stiftung reden. Aber ich kriege es trotzdem noch nicht ganz aus dem Kopf, dass der Kilometerstand vom Boss zwar auch mit einem Abstecher zum Knast und zur Mall ungefähr hinkommen würde, aber dass es eben auch die Strecke nach Quantico sein könnte.«

In diesem Moment wusste Sam, dass sie ihm kein Wort glaubte. Und dass sie auch nicht glaubte, dass er wegen etwas »nicht Bestimmtem« vom Schreibtisch aufgesprungen war, als sie gekommen war. Ihm wurde in diesem Moment wieder einmal bewusst, was es hieß, mit Klara Swell zusammen zu sein. Er nippte an seinem Weißwein.

»Was gibt es denn Neues von seiner Stiftung?«, fragte Sam. »Hat er sie jetzt endlich gegründet?«

»Oh ja, Sam«, sagte Klara. »Und rate mal, wer die neue Geschäftsführerin ist.«

»Pia natürlich«, antwortete Sam wie aus der Pistole geschossen. »Wer denn sonst?«

Klara zog eine Augenbraue nach oben und starrte in ihr Glas. Die Erkenntnis traf Sam wie ein Schlag. Für einen Moment hatte er sogar die Briefe vergessen.

# Kapitel 12

## Manhattan, New York

Dienstag, 10. Juli

Adrian drückte zum dritten Mal auf die Klingel der Kanzlei. Das altehrwürdige Steinhaus an der noblen Upper East Side wirkte wie eine kleine Trutzburg, obwohl es nicht einmal besonders groß war. Nur gedrungen, gequetscht zwischen zwei andere, größere Stadtvillen. Man konnte Stein nicht nachsagen, dass er zum Protzen neigte. Die Kanzlei war in der Beletage, in den beiden Stockwerken darüber wohnte Stein selbst. Wobei das Gesamtensemble in dieser Lage natürlich trotzdem mindestens zwölf Millionen kosten würde – trotz der Immobilienkrise. Adrian griff zum Telefon und wählte die Nummer der Kanzleizentrale, er wusste, dass zumindest Pia da war. Eine Anrufbeantworterstimme riet ihm, in der Leitung zu bleiben. Danach ertönte blechern die Melodie von »Santa Claus is coming to town«, was angesichts des Schweißfilms auf seiner Haut wenig Sinn machte. Nach einiger Minute gab er auf und versuchte es zum vierten Mal an der Haustür.

Eine Minute später ertönte der erlösende Summer der Schließanlage, und Adrian drückte auf. Bereits im Hausflur erkannte er seinen Fehler: Im Türrahmen der Kanzlei stand Thibault Godfrey Stein, und nur seine überaus gutmütige Art verhinderte, dass die Verstimmung an seinem Mienenspiel abzulesen war.

»Thibault«, sagte Adrian, während er die letzten Stufen nahm. »Wann ändern Sie endlich Ihre Warteschleifenmusik?« Flucht nach vorne war das Einzige, was ihm in dieser Situation einfiel.

Der alte Mann drehte sich wortlos um, sein Stock tockte bei jedem Schritt auf den auf Hochglanz polierten Parkettboden.

»Warum sollte ich? Weihnachten ist doch eine großartige Zeit!«, antwortete Stein auf dem Weg durch den großzügigen Empfangsraum, an dessen Wänden Landschaften in Öl hingen. »Und außerdem glaube ich kaum, dass mich jemand wegen der Musik in meiner Warteschleife engagiert. Und wenn die telefonsüchtigen Sekretärinnen meiner Klienten genervt auflegen, ist das auch alles andere als ein Fehler.«

Thibault Stein, der wandelnde Anachronismus, hatte sein Büro erreicht. Es sah aus wie eine Bibliothek, mit hohen Bücherregalen und Wartesesseln mit Polo- und Segelmagazinen. Sportarten, die Stein sicher nicht mehr ausübte und nach Adrians Kenntnis auch niemals ausgeübt hatte. Es gab sogar noch kristallene Aschenbecher für Gäste auf seinem Schreibtisch. Das Büro sah aus, als wäre es in den Siebzigerjahren stehen geblieben. Nur die Bar mit Bourbon und Scotch für J.R. Ewings Mittagsdrink fehlte. Adrian lehnte sich an den dicken Türstock.

»Ist Pia nicht da?«, fragte er, während sich Stein in seinen mit grünem Leder bespannten Schreibtischstuhl fallen ließ.

»Mein lieber junger Freund«, sagte Thibault etwas versöhnlicher, da er wieder sitzen durfte. »Wenn Sie Ihre kleinen grauen Zellen nur etwas intensiver bemüht hätten, wäre Ihnen klar, dass sie telefoniert, wenn Sie die Warteschleife zu hören bekommen.«

Er hatte natürlich nicht ganz unrecht, dachte Adrian. Andererseits hatte jeder zweitklassige Verteidiger am Amtsgericht eine Sekretärin. Und beschränkte sich nicht auf eine Assistentin, die als Juristin mit Prädikat in alle seine Fälle eingebunden war und in aller Regel mehr zu tun hatte als Stein selbst.

»Wie ich Ihrem Schweigen entnehme, sind Sie mittlerweile zu demselben Schluss gelangt, Adrian. Da Sie immer noch vor meiner Bürotür herumlungern, darf ich annehmen, dass Sie zu mir wollen? Oder soll ich Ihnen nur die Langeweile vertreiben, bis Ihre Freundin Zeit für Sie hat?«

»Nein, natürlich nicht. Also ja, ich wollte zu Ihnen. Genauer gesagt, zu Ihnen beiden. Ich habe ein Problem.«

Stein, dessen Laune sich nach Adrians gewünschter Reaktion auf seinen beinah gerichtstauglichen Dialog gehoben haben dürfte, deutete auf die Besucherstühle.

»Miss Lindt?« rief Stein mit erstaunlich kräftiger Stimme, von der Adrian vermutete, dass sie ihm vor Geschworenen den einen oder anderen Vorteil verschaffte.

»Also, Adrian, was kann ich für Sie tun?«, fragte Stein wieder an ihn gewandt. Er hatte nicht einmal eine Antwort abgewartet. Adrian musste leicht irritiert gewirkt haben, denn Thibault fügte hinzu: »Sie kommt, wenn sie kann. Ihre Entscheidung.«

»Okay«, sagte Adrian und räusperte sich. »Also, ich … Klara Swell hat …«

»Eines nach dem anderen, Adrian. Nehmen Sie sich Zeit. Oder wir fangen mit etwas anderem an: Wie läuft das Restaurant?«

»Oh, gut. Pia hat mit mir einen Plan für die Rückzahlungen ausgearbeitet, und auch die Lieferanten spielen mit. Es sieht gut aus.«

»Dank Steins Idee mit dem Rahmenvertrag für die Verpflegung der Stiftungsmitarbeiter, die es bisher noch nicht einmal gibt und die trotzdem auf wundersame Weise jeden Mittag eine warme Mahlzeit bekommen«, sagte eine Frauenstimme, die wesentlich sanfter klang, als es der Inhalt ihrer Worte hätte vermuten lassen. Pia hatte ihr Telefonat beendet. »Was machst du denn hier?«, fragte sie.

»Adrian wollte zu uns«, sagte Thibault. »Offenbar gibt es ein Problem.«

»Mit dem Restaurant?«, fragte Pia, setzte sich neben ihn auf den freien Stuhl und berührte ihn sanft an der Hand.

»Nein«, sagte Adrian und schob ihre Hand zurück, wo sie hingehörte. »Nicht mit dem Restaurant. Mit der Stiftung. Klara hat herausgefunden, dass Enrigo Hernandez …«

»Moment«, unterbrach ihn der Anwalt. »Eines nach dem anderen, wenn ich bitten darf.«

»Also gut. Ich hatte doch den Namen und die Lizenznummer des Fahrers von der Limousine aufgeschrieben, der mich entführt hat.«

»Was heißt hier entführt, Adrian? Die Leute von der Soulmate LLP sind jetzt unsere Geschäftspartner.« Pia hatte von Anfang an versucht, seine Bedenken zu zerstreuen, ebenso wie Stein. Und sie hätten es auch beinah geschafft.

»Okay«, räumte Adrian ein. »Also der Fahrer, den meine neuen Geschäftspartner geschickt haben und dessen Namen ich mir notiert hatte. Sein Name war Enrigo Hernandez, und ich habe Klara gebeten, sich zumindest einmal bei ihren Freunden vom NYPD nach ihm zu erkundigen. Nur um sicherzugehen.«

»Und nun hast du herausgefunden, dass er ein Mafioso ist?«, fragte Pia lachend.

»Wenn es nur das wäre«, sagte Adrian und spürte einen Kloß im Hals.

»Adrian, wir haben uns die Soulmate LLP genauestens angesehen und auch ein paar Wirtschaftsprüfer aus Washington befragt, wo sie gemeldet ist, und es ist alles in Ordnung«, versprach Pia. »Wirklich. Etwas geheimniskrämerisch vielleicht, wenn man das Haar in der Suppe finden will …«

»Mit den Firmen mag ja alles in Ordnung sein, Pia. Was man von Enrigo Hernandez nicht wirklich behaupten kann.«

»Was ist passiert, Adrian?«, fragte der Anwalt, der im Gegensatz zu seiner so sensiblen Partnerin zu spüren schien, dass er nicht mit einer bloßen Verschwörungstheorie im Gepäck gekommen war. »Was hat Klara herausgefunden?«

»Enrigo Hernandez ist tot, Thibault. Er wurde in seiner Wohnung ermordet. Genauer gesagt, wurden seine Halsschlagadern aufgeschlitzt. Und zwar jede einzeln.«

»Oh mein Gott«, sagte Pia und schlug die Hände vor das Gesicht.

Der Anwalt schüttelte den Kopf: »Das ist wirklich ein großer Zufall. Ausgerechnet Ihr Fahrer. Allerdings finde ich, dass die martialische Methode tatsächlich eher wie eine Mafiamethode anmutet. Die Halsschlagadern einzeln aufgeschnitten, wo hat man denn so was schon einmal gehört?«

»Aber«, fragte Adrian fast flüsternd, »was, wenn nicht? Was, wenn das doch etwas mit uns zu tun hat?«

»Dann müssen wir das herausfinden«, sagte Pia entschlossen.

»Ich wäre da nicht so voreilig, meine Liebe«, sagte der Anwalt. »Haben Sie den Paragraphen vergessen, nach dem wir weder in Hyannis Port noch die Eigentümer der Soulmate ermitteln dürfen?«

»Bei einer Konventionalstrafe und unter Androhung eines Insolvenzverfahrens gegen die Stiftung, ich erinnere mich dunkel«, seufzte Pia.

»Aber wir können doch auch nicht einfach so tun, als wäre nichts passiert«, meinte Adrian. Er hatte sich das überlegt, bevor er sich entschlossen hatte, Stein und Pia einzuweihen. Er musste einfach wissen, mit wem er es zu tun hatte. Koste es, was es wolle.

Stein stemmte sich mit seinem Stock aus dem Schreibtischsessel. Er lief um seinen Tisch herum und dann im Kreis durch seine Bibliothek, wie er es häufig tat, wenn er sich konzentrieren musste. Sie vermutete, dass er sich vorkam wie bei einer Zeugenbefragung oder einem Abschlussplädoyer vor Gericht. Adrian und Pia warteten. Sie vertrauten darauf, dass der alte Fuchs wissen würde, was zu tun war. Nach einer Weile blieb er vor ihnen stehen, stützte sich auf den Silberknauf seines Stocks und sagte: »Nein, das können wir nicht. Wir müssen dem nachgehen, auch wenn es gefährlich werden könnte. Hat Klara noch irgendetwas herausgefunden?«

Adrian zog einen Zettel aus der Hosentasche. Es war eine ausgedruckte E-Mail von Klara, die zu Sam nach Boston gefahren war, um einige private Dinge in Ordnung zu bringen, und die hatte durchblicken lassen, dass sie möglicherweise ein erstes Stiftungsprojekt an der Hand hatte. Zwar noch nichts Konkretes, aber immerhin einen ersten Ansatz. »Klara hat ein paar Fotos von Hernandez' Terminkalender gemacht.«

Pia nahm ihm den Zettel aus der Hand: »Seine Fahrten in der Woche von Adrians Entführung.«

Adrian bemerkte, dass sie doch wieder das Wort benutzte. Entführung. Er ahnte, dass Pia innerlich bei Weitem nicht so überzeugt von ihrer Meinung über ihren Investor war, wie sie vorgab.

»Das meiste scheinen Kundennummern oder Initialen zu sein«, fuhr sie fort und reichte den Zettel an Stein weiter. »Dazu jeweils ein Abholort und ein Zielort, manchmal aber auch nur eine Zeitspanne. Die Firma, für die er fuhr, war zumindest in dieser Woche immer die gleiche. Es wird für Klara nicht allzu schwer sein, ein paar Namen herauszufinden. Allerdings hat sie ihren Sitz nicht in New York, sondern in Washington, was schon mal ungewöhnlich ist.«

Stein wanderte wieder hinter seinen Schreibtisch: »Sie

soll mal bei dieser Firma nachhaken, das ist keine schlechte Idee. Aber sagen Sie Klara, dass ich möchte, dass sie die Nachforschungen als Privatdetektivarbeit für die Kanzlei abrechnet, nicht über die Stiftung. Und dass sie eine fiktive Mitarbeiterin auf die Lohnzettel schreiben soll. Und sagen Sie ihr, dass sie vorsichtig sein soll.«

Adrian nickte. »Danke, Thibault«, sagte er, doch der alte Mann hatte sich schon wieder in seine Akten vertieft.

»Zeit für einen Kaffee?«, fragte Pia beim Rausgehen. Adrian warf einen Blick auf die Uhr. Ihm blieb noch eine Stunde, bis die Küchencrew eintraf und das Mise en Place fürs Abendgeschäft auf dem Plan stand. Außerdem konnte er Pia sowieso nichts abschlagen. Vor allem nicht in ihren spießigen Anwaltsklamotten. Pia war weder klein noch zierlich, aber das Zeug stand ihr ausnehmend gut. Es verlieh ihr eine gewisse Strenge.

In ihrem Büro, das wesentlich kleiner als das von Stein war, aber bis auf Pias eigentümliche schwarze Bleistiftzeichnungen an der Wand sehr ähnlich eingerichtet war, setzte sie sich auf die Schreibtischkante. Adrian blieb stehen und nippte an seinem Kaffee, der wie alle New Yorker Bürokaffees stark eingekocht und nahezu ungenießbar schmeckte.

»Was ist los, Adrian? War das nicht das, was du wolltest?«, fragte Pia.

»Doch, schon. Irgendwie. Aber Klara will unbedingt ein erstes Stiftungsprojekt anstoßen und fährt deshalb ständig nach Boston, weil sie vermutet, dass Sam heimlich an irgendeinem Fall arbeitet. Angeblich war er sogar schon bei den ehemaligen Kollegen in Quantico.«

»Sam war beim FBI? Warum?«

»Das hat Klara nicht gesagt. Ich glaube, sie weiß es selbst nicht. Ich habe das Gefühl, dass sie Sam noch nichts von dem Job bei der Stiftung erzählt hat.«

»Die beiden kommen mir manchmal vor, als würden sie sich gegenseitig observieren«, bemerkte Pia.

Adrian lachte: »Da könntest du sogar den Nagel auf den Kopf treffen. Jedenfalls hat Klara keine Zeit.«

Pia pustete in ihren Kaffee. Adrian ließ ihr die Zeit, von selbst drauf zu kommen. Sie starrte zu ihm herüber und sagte dann: »Und weil Klara keine Zeit hat, nimmst du jetzt die Sache selber in die Hand, nicht wahr?«

Adrian musste unwillkürlich grinsen: »Was hältst du davon, wenn wir am Wochenende einen Ausflug nach Washington machen?«

Pia hob abwehrend die Hände: »Du weißt selbst, dass das keine gute Idee ist. Wenn diese Leute wirklich für den Tod von Hernandez verantwortlich sind, dann ...« Sie ließ den Rest des Satzes wie eine Drohung im Raum stehen.

»Dann lassen wir die Finger davon«, antwortete Adrian. »Und außerdem hast du selbst gesagt, dass es nicht allzu schwer werden dürfte, etwas über diese Firma herauszufinden. Ich suche doch schon lange nach einem verlässlichen Limousinenservice fürs Restaurant, oder nicht?«

## Kapitel 13

**Cambridge, Massachusetts**
Dienstag, 10. Juli

Der Motor des Bosses erstarb in einer ruhigen Seitenstraße des Harvard-Campus nicht weit von Sams Büro. Vor einer halben Stunde hatte sich Klara Swell von ihm in seiner Wohnung verabschiedet. Er hatte sich darüber beschwert, dass sie so spät noch zurück nach New York fahren wollte, schließlich würde sie frühestens um drei Uhr morgens ankommen, aber sie hatte vorgegeben, einen morgendlichen Termin in der Stadt zu haben. »Ich möchte nicht in den Pendlerverkehr kommen«, hatte sie gesagt. Zu seinem Kommentar, sie sollte doch auch mal den Zug nehmen, hatte sie nur die Augenbrauen gehoben und ihm einen Kuss auf die Wange gedrückt. Sie würde frühestens um fünf Uhr morgens in Brooklyn sein, denn Klara gedachte, einen Zwischenstopp einzulegen, um in Sams Büro einzubrechen. Er hatte notgedrungen akzeptiert, dass sie für die Stiftung arbeiten würde, nachdem sie ihm erklärt hatte, dass sie vor die Hunde ginge, wenn sie die nächsten zwanzig Jahre Topfpflanzenmagnaten verfolgte. Nach gründlicher Lektüre der Stiftungssatzung, gepaart mit einem längeren Telefonat zwischen Sam und Thibault Stein, hatte er sich schließlich ihrem Wunsch gebeugt. Und Klara glaubte ihm, dass er es ehrlich meinte. Es war die Erkenntnis des Psychologen, dass eine Ablehnung sie nur auseinanderbringen konnte, möglicherweise sogar musste. Er tat es für sie, und sie wusste das zu schätzen. Und trotzdem missbrauchte sie sein Vertrauen, keine Stunde nachdem sie sich verabschiedet hatten, dachte Klara, als sie die dunkle, baumgesäumte Straße hinunterlief. Aber du hast mir nicht erzählt, was dich beschäftigt, Sam, spann sie ihre Logikkette weiter. Du hast mir nicht erzählt, was dich bedrückt. Denn dass dich etwas bedrückt, das spüre ich. Sie erreichte das schmale Hochhaus, in dem die Psychologische Fakultät untergebracht war. Die Fenster waren klein und lagen hauptsächlich zur Seite, was für diejenigen, die hier arbeiten mussten, weit unvorteilhafter war als für Klara Swell. Du hast einen Fall, Sam, und ich weiß es. Vielleicht ignorierst du es noch und redest dir ein, dass es das Problem von jemand anderem ist, aber du hast einen Serienmörder, Sam.

Klara umkreiste das Gebäude dreimal, aber es war kein Wachdienst zu sehen. Eine psychologische Fakultät galt eben nicht als Hochsicherheitsbereich. Vermutlich fuhr die Campuspolizei Streife, was bedeutete, dass etwa einmal in der Stunde jemand mit einem Wagen vorbeifahren würde. Klara hatte nicht vor, sich bemerken zu lassen, und hatte sich deshalb schon an einer Straßenecke in Boston umgezogen. Sie trug jetzt schwarze Turnschuhe und dunkle, enge Joggingklamotten ohne Reflektoren, für den Fall, dass sie erwischt wurde. Dazu eine schwarze Mütze, die ihre hellen Haare verdeckte. Ein letztes Mal umrundete sie das Gebäude, lief am Haupteingang mit seinen braunen Drehtüren vorbei, die ausschließlich von innen geöffnet werden konnten. An einer kleineren Servicetür, die der Architekt dankenswerterweise ziemlich versteckt in die Fassade eingefügt hatte, zog sie ihre Mütze noch ein wenig tiefer ins Gesicht und setzte den Pick ans Schloss. Architekten waren die besten Freunde von Einbrechern, denn sie verzichteten oftmals zugunsten der Optik auf ein Plus an Sicherheit. Die nächstbesten Freunde der Einbrecher waren die Hersteller von Schlössern, die in regelmäßigen Abständen neue Produkte verkaufen wollten und deshalb jährlich neue Modelle auf den Markt warfen. Und so war es natürlich kein Schloss der neuesten Generation, die meist nur mit erheblichem Aufwand zu knacken waren, sondern eines aus den Neunzigerjahren, das längst als überholt galt und für das Klara keine zwei Minuten benötigte.

In der Lobby, in der neben einem großen Tresen geduckte knallrote Sitzgruppen mit weißen eckigen Tischen standen, auf denen garantiert niemals jemand saß, sowie eine Empore mit einem putzig gezackten Geländer, orientierte sich Klara Richtung Treppenhaus. Weitere zehn Minuten, sechs Stockwerke und zwei weitere nicht eben hochwertige Schlösser später stand sie in Sams Vorzimmer. Eine Taschenlampe, wie sie Einbrecher in Filmen immer tragen mussten, damit man sie sah, verwendete sie natürlich nicht. Bis auf Höhlen oder Kellerräume bot nahezu jede Umgebung genügend natürliches Licht, in dem man sich auch nachts ohne künstliches Leuchtmittel orientieren konnte. Und Klara sah in der Dunkelheit ausgezeichnet. Ganz in ihrem Element öffnete sie Schubladen, ihre Finger tanzten über die Hängeregister. In ihrer langen Undercoverkarriere beim FBI hatte sie einen siebten

Sinn für das entwickelt, was Menschen verbergen wollen. In Sams Schreibtisch fand sie nichts. Ihr nächstes Ziel war die Schrankwand. Sie fand weitere Hängeregister, hinter einer der Türen sogar einen Anzug, zwei Hemden, Schuhe und frische Socken. Du änderst dich nie, Sam, dachte Klara beim Gedanken an seine Kleiderauswahl, dem stets gepackten Koffer und dem Feldbett in seinem ehemaligen Büro in Quantico. So wie du, Klara, dachte sie danach, und das schlechte Gewissen ließ sie für ein paar Sekunden innehalten. Was machst du hier, Klara?, fragte sie sich. Du spionierst deinen eigenen Partner aus, stellte sie fest. Weil er dich nicht einweiht. Weil er seinen Fall für sich haben will. Und obwohl sie wusste, dass er sie nur beschützen wollte, wusste sie auch, dass es ungerecht ihr gegenüber war. Ihr blieb noch eine Schranktür, hinter der sie ursprünglich sein Klamottenlager vermutet hatte. Eine raumhohe Einzeltür mit zwei Flügeln. Und sie war verschlossen. Klara schluckte. Entweder hast du nichts zu verbergen, Sam, wie mich dieses Büro eine halbe Stunde lang glauben lassen wollte, oder es ist hier drin. Das Schloss hätte sie sogar mit einer zurechtgebogenen Büroklammer aufbekommen, mit den Picks ging es so schnell wie mit dem passenden Schlüssel. Doch sie ließ sich immer noch nicht öffnen. Klara ging in die Hocke und fühlte am unteren Rand der Türen nach einem zweiten Mechanismus. Ein alter Einbrechertrick, den sie Sam einmal verraten hatte. Und sie wurde fündig. Klara musste sich flach auf den Boden legen, um das Bügelschloss zu inspizieren.

»Ich hasse dich, Sam Burke«, fluchte sie und setzte den Pick bei ihrem meistverhassten Modell an. Vor allem dafür, dass du alles vorausgesehen hast und mich dadurch auch noch demütigst, fügte sie in Gedanken hinzu. Sam wusste nur zu genau von ihren vielen Übungsstunden auf dem Sofa, wie ihr genau dieses Schloss immer wieder auf die Nerven gegangen war. Es ließ sich nur sehr schwer überlisten. Und diesmal benötigte Klara eine besonders lange halbe Stunde, zu der sie noch eine weitere Viertelstunde hinter Sams Schreibtisch hinzurechnen durfte, weil sie geglaubt hatte, ein Geräusch gehört zu haben, das sich als Kühlaggregat eines Getränkeautomaten im Aufenthaltsraum herausgestellt hatte.

Als sie die beiden Flügeltüren endlich öffnen konnte, atmete Klara ein und dann für eine volle Minute nicht mehr wieder aus. An den Innenseiten der beiden Flügeltüren klebte das, was sie die ganze Zeit vermutet hatte. Motivation, Viktimologie, Stressfaktoren, Kindheit – das psychologische Profil eines Serienmörders. Hier ist dein Fall, Sam. Überall auf dem Schaubild fanden sich Referenzen zu mysteriösen Briefen, auf die sich Klara keinen Reim machen konnte. Sie untersuchte den Rest des Schranks. Sam hatte neben dem Schaubild eine umfangreiche Stoffsammlung angelegt, ganz wie sie es früher beim FBI gehandhabt hatten. Offenbar hatte er sein Handwerk noch nicht verlernt. Aber das habe ich auch nicht, Sam. Sie fand die Briefe säuberlich in einzelne Folien abgeheftet und verklebt in einem eigenen Manilahefter. Und begann zu lesen. »Lieber Sam«, stand dort, und Klara lief ein kalter Schauer über den Rücken.

Als Klara eine halbe Stunde später die letzte Seite der Briefe gelesen hatte, war der Schauer noch kälter geworden. Wenn das echt war, und davon war Sam ja offenbar überzeugt, dann schrieb ihm ein unbekannter Serienmörder persönliche Briefe. Wie hatte er ihr das verheimlichen können? Sam sagte, sie sollten sich gegenseitig beschützen. Aber wie sollte sie ihren Teil des Jobs erledigen, wenn er nicht einmal mit so etwas zu ihr kam? Und wenn die Behauptungen in den Briefen stimmten, handelte es sich um eine der längsten unerkannten Mordserien in der jüngeren Geschichte der USA. Unerkannte Mordserien. Lost Souls. Das hier ist nicht länger nur dein Fall, Sam Burke. Das ist unser Fall. Und wir werden ihn gemeinsam lösen, auch wenn du davon nichts mitbekommst. Auch ich habe eine Verantwortung, Sam. Und ich werde mich ihr stellen. Klara starrte auf Sams Diagramm. Es beschlich sie das vage Gefühl, dass er etwas übersah. Und sie vermutete, dass es an ihr lag, dass sie ihm im Weg stand. Kein Wunder, wenn sich Sam genötigt fühlte, sein Profil in einer Schrankwand vor der Öffentlichkeit zu verstecken, und zu Hause jedes Mal den Computer runterfahren musste, wenn sie den Raum betrat. Nicht zu vergessen das zweite Schloss an der Schrankwand. Sam war sich sehr wohl bewusst, dass er mit Sprengstoff hantierte. Aber es schien eine Ebene des Profils zu geben, die Sam noch nicht entschlüsselt hatte. Leider blieb es auch nach einigen Minuten, die sie auf den Kreis mit seinen vier Segmenten starrte, bei dieser vagen Vermutung.

»Damit lasse ich dich nicht alleine, Sam Burke«, flüsterte Klara in der Stille seines Büros. »Damit nicht. Denn ab jetzt ist es etwas Persönliches.«

Klara zog eine schwarze Decke aus der Tasche ihrer Joggingjacke. Sie würde sie brauchen, um das Blitzlicht ihrer Kamera zu verbergen.

# Kapitel 14

## Der vierte Brief

*Lieber Sam,*

*als ich wieder zu Hause war, fiel ich in ein tiefes Loch. Ich wusste, dass Betty dort, wo sie war, glücklicher war, aber ich blieb nun allein zurück. Ich haderte weniger mit ihrem Tod als mit meinem Überleben, und es war einmal dem Zufall und ein weiteres Mal den Fähigkeiten eines Notarztes zu verdanken, dass ich Ihnen heute noch schreiben kann. Als ich im Krankenhaus aufwachte, mit Schläuchen in den Armen, und meinen eigenen Herzschlag zu dem monotonen Piepsen des Kardiomonitors spürte, begann ich, ernsthaft über meine Situation nachzudenken. Ich hatte zwei Selbstmordversuche hinter mir. Der dritte musste sitzen, oder ich musste mich entschließen weiterzumachen. Ich ahnte zu diesem Zeitpunkt noch nicht, was nach der Trauer kommen würde: das Verlangen.*
*Weil ich nichts Besseres mit mir anzufangen wusste, schrieb ich mich an der Uni ein. In Amerikanischer Geschichte. Tagsüber lernte ich Frauen kennen, die sich für mich interessierten, die ich aber nicht beach-*

*tete. Ich ahnte wohl, was ich mit ihnen anstellen würde, wenn ich mich auf sie einließ. Abends übte ich an mir selbst mit Plastiktüten und einem Gürtel. Selbststrangulation, Asphyxie heißt das wohl in der Fachsprache, und ich stellte fest, dass ich mich in bester Gesellschaft bewegte. Der Sänger einer bekannten Rockband hatte sich sogar eine Maschine konstruieren lassen, die ihm mit steigendem Erregungsgrad immer weiter die Kehle zuschnürte. Eine Weile ging es gut mit dem Ersatz. Aber wie bei jedem Verlangen, dem man nur zu einem gewissen Prozentsatz nachgibt, wuchs die Gier, unbemerkt und hinter verschlossenen Fensterläden, zu einem großen, unbezähmbaren Monster.*

*An dem Tag, an dem ich beschloss, das Unausweichliche zu tun, war der Müll nicht abgeholt worden. Ich weiß das, weil sich alles, was an diesem Tag passierte, wie auf Zelluloid in meinen Kopf gebrannt hat. Ich weiß, dass es auf der Straße nach Tacos roch und dass es regnete, als ich aus dem Haus trat. Als ich den Nova startete, zitterten meine Hände vor Aufregung, die Knöchel meiner Finger traten weiß hervor, als ich das Lenkrad umklammerte. Ich zog Handschuhe darüber, die Nächte wurden schon kalt.*

*Sie sahen aus, als würden sie auf den Bus warten oder auf einen Freund, der sie zum Kino abholen käme. Ich fuhr langsam an ihnen vorbei auf der flachen Straße, die kerzengerade durch eine endlose Zahl von Baumärkten und Gebrauchtwagenhändlern schnitt. Eine trug unter dem schwarzen Schirm einen mintfarbenen*

*Rock, Netzstrümpfe und Lackstiefel. Eine Brünette stand einfach im Regen und stemmte ihre Hand in die Hüfte, streckte einen Cowboyboot an einem hellen Bein in einer kurzen Jeans heraus. Ich konnte mich nicht entscheiden. Ich wendete bei einem mexikanischen Schnellrestaurant. Mein Mund wurde immer trockener, als ich die Straße wieder auf der anderen Seite zurückfuhr. Auch hier standen sie vor den geschlossenen Geschäften und auf den Parkplätzen. Aber ich wollte eine, die alleine stand. Nicht eine Gruppe. Obwohl ich mein Nummernschild gegen ein geklautes getauscht hatte. Ich wendete noch einmal, fuhr noch langsamer. Kurz vor der Brünetten mit der Jeans und den Cowboystiefeln setzte ich den Blinker. Meine Hände schwitzten in den Handschuhen, als sie die Tür öffnete. Sie kaute geräuschvoll ein Kaugummi und schob ihre Hüfte an die B-Säule, als sie mich fragte, ob ich Lust hätte, sie mitzunehmen. Ich hatte. Als sie die klemmende Tür endlich zugeschlagen hatte, setzte ich vorschriftsmäßig den Blinker und fuhr langsam die Straße runter.*
*»Ich würde gerne etwas Zeit mit Ihnen verbringen«, sagte ich. »Gegen eine kleine Entschädigung natürlich.« Ich hatte mich informiert. Ich wusste, wie es laufen musste, welche Formulierungen das Gesetz verlangte.*
*»Süßer, dass du kein Polizist bist, war mir klar, bevor du angehalten hast. Du kannst dir den Quatsch also schenken.«*
*Ich nickte.*

*»Fünfzig für eine halbe Stunde auf dem Parkplatz, Extras kosten extra. Alles nur safe, logisch.«*
*Ich nickte wieder. Meine Kehle war staubtrocken von der Heizungsluft.*
*»Ich gebe Ihnen hundert.«*
*»Für 'nen Hunderter kriegst du wahlweise blasen ohne oder eine ganze Stunde. Oder ein anderes Extra.«*
*Ihr Kaugummi knatschte bei jedem Vokal. Sie griff nach meiner Hand und legte sie auf ihr weißes Tanktop, ich konnte die einzelnen Rippen des Stoffes spüren und darunter ihr weiches Fleisch. Ein anderes Extra. Ich räusperte mich, um wieder ordentlich schlucken zu können.*
*»Fahr da rechts auf den Parkplatz von der Waschstraße«, sagte sie.*
*»Okay«, sagte ich. »Sieht uns da auch niemand?«*
*Sie lachte kehlig: »Kannst nicht, wenn dir einer dabei zusieht, oder? Mach dir keine Sorgen, da ist nie jemand. Die meisten anderen fahren zu den Autohändlern.«*
*Ich parkte den Nova hinter der Waschstraße, im Sichtschatten einer grünen Hecke. Ich streckte ihr den Hundert-Dollar-Schein entgegen, den sie misstrauisch musterte. Dann steckte sie ihn in eine dicke Geldbörse, wie sie normalerweise Kellnerinnen benutzen, und sah mich an.*
*»Du müsstest nicht dafür zahlen, so wie du aussiehst.«*
*»Doch, das muss ich«, gab ich zu. Ich versuchte, dabei zu lächeln.*

*»Zu meiner Collegezeit hätte ich vier notgeile Streberinnen mit Perlenohrringen und hübscher Unterwäsche gekannt, die dich nur zu gerne freiwillig rangelassen hätten.«*
*Sie wollte, dass ich mich gut fühlte, das spürte ich, obwohl ich wusste, dass sie recht hatte. Sie legte einen der Cowboystiefel auf das Armaturenbrett und warf den Hut daneben. Dann sah sie mich an. Mein erster Eindruck hatte mich nicht getäuscht: Sie war wirklich hübsch. Ihre braunen Haare waren streng zurückgekämmt und zu einem dicken Pferdeschwanz gebunden. Sie trug auffälliges Rouge, das ihre hohen Wangenknochen betonte.*
*»Das mag schon sein«, sagte ich leise. »Aber ich möchte dich.«*
*Sie lächelte: »Du siehst nicht nur gut aus, du bist auch charmant. Nur deine Augen sind so traurig.« Sie strich mir über die Wange wie eine echte Freundin. Sie machte ihre Sache gut.*
*Ich löste den Pferdeschwanz und streichelte ihr glattes Haar.*
*»Ich bin traurig«, flüsterte ich, »weil ich mir dich ausgesucht habe.«*
*Ich küsste sie, und ihre Lippen öffneten sich bereitwillig. Sie fragte nicht, was ich damit meinte. Ihr größter Fehler.*
*»Wie heißt du?«, fragte ich.*
*»Charlene«, sagte sie. »Willst du anfangen?«*
*»Ja, Charlene«, sagte ich und zog sie auf die Rückbank.*

*Am nächsten Morgen lag ich auf dem Bett meiner Einzimmerwohnung in der Innenstadt und wartete darauf, dass es an die Tür klopfte. Seit Betty wartete ich ständig darauf, dass sie an die Tür klopften, weil sie mich gefunden hatten. Aus einem Fachbuch über die Zeit des Bürgerkriegs, das ich eigentlich hätte studieren sollen, musterte mich Lincoln mit seinem gutmütigen konservativen Blick. Wenn Lincoln geahnt hätte, zu was ich fähig war, hätten sich seine Augen zu kleinen Schlitzen verengt. Zu groß war die Angst vor dem Klopfen. Dem »Polizei, machen Sie auf!«. Lincoln schaute immer noch gütig. Seit gestern gab es zwei gute Gründe für die Polizei, bei mir zu klopfen. Und der zweite lag nicht im Dschungel von Mexiko, sondern gewissermaßen direkt vor meiner Haustür. Natürlich war ich vorsichtig gewesen. Natürlich hatte ich die Leiche in eine der Mülltonnen vom Waschsalon gehievt und mit ein paar mitgebrachten Plastiktüten bedeckt. Natürlich hatte ich die Handschuhe und die geklauten Nummernschilder entsorgt. Aber ich hatte das Gefühl, dass mir jeder auf den ersten oberflächlichsten Blick ansehen konnte, was ich letzte Nacht getan hatte. Die Nachbarin aus dem ersten Stock mit ihrem Rollator, die Studentinnen-WG von gegenüber. Und meine DNA wäre überall an Charlene. In ihrem Mund, den ich geküsst hatte. Unter ihren Fingernägeln, mit denen sie mich gekratzt hatte. Ich beruhigte mich mit einem Text über den Rappahannock und der Tatsache, dass meine DNA nirgendwo gespeichert sein dürfte. Aber wer weiß? Vielleicht gab es Überwa-*

*chungskameras an der Straße? Vielleicht hatten die anderen Prostituierten etwas mitbekommen? Ich konnte mich einfach nicht konzentrieren. Ich klappte das Buch zu, damit sich der gütige Lincoln endlich verzog, und setzte mich auf, als ich plötzlich zusammenschreckte: Das schrille Klingeln der Gegensprechanlage riss mich aus meinen Gedanken. Sie kommen mich holen. Jetzt ist es so weit. Mit zitternden Knien lief ich über den rauen Holzfußboden. Sie haben das Recht zu schweigen. Wie in Zeitlupe drückte ich den Knopf. Sie haben das Recht, sich einen Anwalt zu nehmen.*

*»Mr Burke? Hier spricht die Polizei. Wir hätten ein paar Fragen an Sie.«*

*Ich sah das SWAT-Team durch das baufällige Treppenhaus stürmen, ich hörte sogar ihre schweren Schritte. Ich hörte das Klicken der Handschellen.*

*Es klopfte. »Mr Burke?« Eine Männerstimme. Befehlsgeübt. Bestimmt. Ich öffnete die Tür, was wäre mir auch anderes übrig geblieben.*

*»Mr Burke, in letzter Zeit häufen sich in Ihrer Nachbarschaft Fälle von nächtlichem Vandalismus. Wir wollten Sie fragen, ob Sie zufällig etwas beobachtet haben?«*

*Vandalismus. Wenn Sie sich keinen Anwalt leisten können, wird der Staat Ihnen einen stellen. Heute noch nicht. Ich erklärte den Beamten, dass ich leider mit einem besonders guten Schlaf gesegnet sei, aber dass ich gerne die Augen offen halten würde. Es sollte sich herausstellen, dass Vandalismus in einem bürgerlichen, nicht einmal besonders gut situierten Viertel deutlich mehr Engagement bei der Polizei weckte als der Tod einer sechsundzwanzigjährigen Prostituierten vom Straßenstrich.*

*Das nächste Mal erzähle ich dir davon, wie ich herausfand, was ich wirklich will. Interessierst du dich für die Geschichte, Sam? Ich hoffe doch. Und ich hoffe, dass du mittlerweile mit meinem Profil angefangen hast. Das hast du doch sicher, Sam, oder nicht?*

*Tom*

---

Tom fühlte sich seltsam erleichtert nach diesem Brief. Charlene war die, die sein Gewissen am meisten belastete. Dieser Mord hatte sich im Nachhinein als die unsinnigste seiner Taten herausgestellt, denn er war der einzig sinnlose geblieben. Und doch war es möglicherweise der wichtigste von allen, denn er hatte ihm gezeigt, was das Tier nicht wollte. Er hatte ab diesem Tag keinen Sinn mehr darin gesehen, jungen Frauen ihre Zukunft zu nehmen, die ihm nichts bedeuteten. Der Preis war zu hoch.

Er kostete von den Trauben auf seinem Wohnzimmertisch und starrte eine Weile auf die sich kräuselnden Wellen des Ozeans. An jenem Tag hatte er noch nichts von diesen Konsequenzen geahnt, aber sie würden weitreichend sein und sein weiteres Leben bestimmen. Es war eine Ironie des Schicksals, aber vermutlich hatte Charlene mit ihrem Tod an jenem Tag viele Leben gerettet.

Die Trauben schmeckten süß und saftig, und der Ozean war ein guter Zuhörer. Tom nahm den Brief vom Tisch und machte sich auf den Weg. Er konnte die Briefe gemäß seinem Plan nur in New York aufgeben. Was zusätzlichen Aufwand bedeutete, aber unausweichlich war. Denn auch darin hatte er Sam Burke nicht belogen. Er wollte tatsächlich nicht gefasst werden. Zumindest noch nicht. Nach dieser letzten Saison würde er in ein anderes Land ziehen. Aber diese eine Chance, auch das entsprach seinen ehrlichen Absichten, würde er seinen Jägern geben. Und er hoffte, dass Sam Burke sie ergriff. Um seinetwillen.

## Kapitel 15

### **Acela Express Boston – Washington**

Donnerstag, 12. Juli

Sam Burke starrte aus dem Fenster des Acela Express auf die Bucht von Mystic. Er betrachtete die kleinen Segelboote, die, an Holzstegen vertäut, im schummrigen Morgenlicht eines neuen Tages schaukelten. Sam kannte den kleinen ehemaligen Fischerort, in dem sich traditionell viele Kapitäne niedergelassen hatten, recht gut. Ein ehrlicher Ort, in dem in früheren Jahrhunderten aus einem Maurer mit hinreichend Mut zu einem Neuanfang ein reicher Mann hatte werden können. Es war eines jener Ostküstenstädtchen, in denen sich das Böse auf Sturmfluten beschränkte, denen sich die Gemeinschaft der Menschen vereint entgegenstellte. Eine starke Gemeinschaft. Und doch brauchte es nur einen wie seinen Briefschreiber, ein einzelnes Individuum, das das Böse in sich trug, um die heile Welt zu zerbrechen. Sam fragte sich, wohin Toms Reise führen würde, zu der er ungefragt eingeladen worden war. Wo würde er sich niederlassen nach seiner ersten Erfahrung mit dem Tod? Spätestens seit dem Mord an der Prostituierten, den er sogar noch zu vermeiden versucht hatte, indem er sich nicht mit seinen Kommilitoninnen einließ, war klar, dass er von seinen Zwängen geleitet wurde. Und Sam war sich sicher, dass Tom nicht mehr in der Stadt wohnte, in der er zu der Zeit studiert hatte, allzu freimütig hatte er diesbezügliche Hinweise preisgegeben. War ihm möglicherweise eine junge Frau aus Mystic, Connecticut, zum Opfer gefallen? Aus dem Ort, durch den er gerade fuhr? Welche Qualen hatte sie erleiden müssen? Es hatte etwas mit einem winzigen Moment zu tun, mit der Schwelle zwischen dem Leben und dem Tod, zwischen dem Diesseits und dem Jenseits. Für Tom hatte sich der Moment des Verlusts mit einem sexuellen Höhepunkt unheilvoll verschmolzen. Es ging ihm dabei vermutlich nicht nur um die Asphyxie, die Atemnot, die sowohl er als auch sie verspürt hatten. Tom hatte recht, er war mit seinem Asphyxiefetisch nicht alleine. Sie konnte die Lust steigern und galt als eine der ältesten sexuellen Praktiken der Welt. Es war eine gefährliche Waffe der Lust, besonders wenn Drogen im Spiel waren. Asphyxie war eine häufige Todesursache, allerdings für einen Arzt auch nicht gerade schwer zu erkennen. Die Pressmale am Hals, die typischen roten Flecken in den Augen. Den Erstickungstod zu erkennen gehörte selbst für Landärzte zur Grundausbildung. Was dafür sprach, dass Tom dem Muster seines ersten Mordes treu geblieben war und die Leichen versteckt hatte. Es bot zumindest einen Ansatz und war auch der Grund von Sams Zugfahrt nach Washington. Er gähnte und nippte an seinem Kaffee, um die Müdigkeit der frühen Stunde so gut wie möglich in Schach zu halten.

Als sie New Haven erreichten, beobachtete Sam einen Mann in den Vierzigern, der einen schweren Seesack hinter sich herschleppte, den er alle paar Meter absetzen musste. Er entsprach, aus reinem Zufall, wie Sam natürlich wusste, in etwa seinem Profil. Könntest du derjenige sein, der mir die Briefe schickt?, fragte sich Sam. Wärst du in der Lage, über 25 Jahre lang zu morden und damit davonzukommen? Eines der größeren Probleme beim Profiling war, dass man zwar mit der Zeit eine recht genaue Vorstellung davon bekam, wen man suchte, aber dass jede individuelle Aussage ohne konkrete Beweise vollkommen unmöglich war. Der Mann vor dem Fenster sah kräftig aus, er hatte Schwielen an den Händen, die von harter physischer Arbeit stammten. Da Sam noch nicht wusste, wie sich das Leben von Tom weiterentwickelt hatte, konnte er keinerlei Aussage über seine Berufswahl treffen. Manchmal ergaben sich aus dem Job, mit dem Täter ihr Geld verdienten, gute Hinweise: Fred Tergut hatte seine Opfer mit einer Nagelpistole auf den Fußboden getackert, es hatte sich herausgestellt, dass er Schreiner war. Arnfinn Nesset hat mindestens 22 Menschen vergiftet. Er hatte eine Ausbildung zum Krankenpfleger. Aber was Tom anging, hatte Sam trotz der Offenheit, mit der die Briefe verfasst waren, zu wenig Informationen. Der erste Brief enthielt wenig Substanzielles, eher vage Ankündigungen und pseudophilosophisches Gequatsche. Der zweite und dritte verrieten Sam zumindest den Auslöser. Ein etwas blumig gehaltener Bericht über einen Mord respektive Totschlag an seiner damaligen Freundin namens Betty. Und der letzte? Toms erstes geplantes Verbrechen, ein sexuell motivierter Mord an einer Prostituierten. Sam baute darauf, dass seine Kollegen in Quantico etwas gefunden hatten. Sie hatten versprochen, sich den Fall zumindest unter der Hand anzusehen.

Sam wurde von Shirin am Empfang abgeholt und mit dem obligatorischen Besucherausweis ausgestattet. Sam kam nicht umhin zu bemerken, dass sie wieder einmal umwerfend aussah. Sie trug eine Art kurzen Hijab, ein Kleid in sämtlichen Beerenfarben, das mit seiner angenähten Kapuze bis über den Kopf reichte. Dazu lilafarbene Sandalen mit skandalösen Absätzen und eine Jeans unter dem Hijab.

»Haben Sie genug gesehen, Sam Burke?«, fragte sie, als sie den Aufzug betraten.

»Ich will Ihnen nicht zu nahe treten, Shirin, aber ich glaube nicht, dass der Prophet auch nur die leiseste Vorstellung davon hat, was Frauen aus seinen Kleidervorschriften machen können«, lachte Sam und fragte sich insgeheim, ob seine Witze irgendwelche Religionsgrundsätze verletzten. Was vermutlich der Fall war, allerdings war das weniger wichtig als Shirins Reaktion, die ihn breit angrinste, aber ansonsten nichts weiter dazu sagte. Sam fragte sich, ob sie mit ihm auf Islamisch flirtete, und schloss es eine halbe Sekunde später wieder aus. Theoretisch, wenn auch sehr theoretisch, könnte sie seine Tochter sein. Sie brachte ihn zu Bennetts Büro, was nun wirklich nicht nötig gewesen wäre, schließlich war es vier Jahre lang sein eigenes gewesen, aber so lauteten nun einmal die Vorschriften. Sein Nachfolger war noch in einer Besprechung, aber Sam wollte nicht auf ihn warten.

»Wie ich Ihrem charmanten Personenschutz entnehme, hat Bennett Sie mit der Recherche beauftragt, oder?«, fragte Sam und lehnte sich an das Regal, in dem früher sein gepackter Koffer gestanden hatte. Bennetts Reisetasche war wesentlich größer, ein schwarzes Monstrum, was vermutlich an seinen Körpermaßen lag. Obwohl sich Sam nicht erklären konnte, warum ein Jackett in 96 wesentlich mehr Platz wegnehmen sollte als eines in 50.

»Ja«, antwortete Shirin. Sonst nichts weiter. Offenbar wollte sie, dass er ihr alles aus der Nase zog.

»Und? Haben Sie auffällige Häufungen von Erstickungstoden in den letzten zwanzig Jahren gefunden?«, fragte Sam.

»Nein«, sagte Shirin. »Nichts. Ich habe die Suche über alle Datenbanken laufen lassen, auch die der lokalen Polizeibehörden. Wenn Ihr Würger wirklich existiert, dann …«

»… muss er die Leichen fortgeschafft haben«, unterbrach Bennett Steele sie mit seiner dunklen Stimme und hängte sein zeltartiges Jackett über Sams Schreibtischstuhl. Beinah die gesamte Lehne verschwand darunter. Sam konnte sich nicht vorstellen, wie es sich anfühlte, so groß zu sein. Ebenso wenig begreifen konnte er, wie Bennett mit dem Chaos auf dem Schreibtisch zurechtkam. Sam hielt nichts von liegen gelassenen Akten. Seiner Erfahrung nach hatten sie die Eigenschaft, sich zu vermehren, wenn man nicht hinschaute. Wie die Karnickel.

»Setzt euch«, forderte Bennett sie auf und deutete auf den Konferenztisch in der Mitte des Raums. »Hast du mittlerweile ein erstes Profil erstellt?«

Sam nickte und zog einen Flipchartbogen aus der Aktentasche, den er sorgfältig zusammengefaltet hatte, damit die aufgeklebten Notizen hielten. Er breitete ihn auf dem Tisch aus und erklärte, warum er vermutete, dass

Tom junge Frauen im Alter zwischen 20 und 25 Jahren ermordete: Er versuchte, das Erlebnis mit Betty zu konservieren und wieder und wieder zu erleben. Er sprach von Asphyxie, den sadistischen Zügen seines Motivs. Und von den Lücken, von denen es in seinem vorläufigen Profil viel zu viele gab. Die Viktimologie war alles andere als vollständig, selbst die Frage, ob er geplant oder ungeplant vorging, konnte Sam nicht abschließend beantworten. Natürlich sprach die Länge der Mordserie für Ersteres, aber Bettys Tod war keineswegs geplant gewesen. Und bei der Prostituierten hatte er gegen seine Mordgelüste angekämpft. Noch. Die Drogen bedeuteten eine weitere Komplexität, sodass sein Profil im Moment eher einer Glaskugel glich, mit der er versuchen musste, die Inhalte der nächsten Briefe und damit dennoch die Vergangenheit vorherzusagen.

»Das größte Problem«, schloss Sam, »ist, dass wir das Profil sozusagen andersherum erstellen als üblich. Wir kennen seine Motive, sein genaues Vorgehen, den Ablauf der Tat. Aber wir haben dennoch keine Ahnung, wer er heute ist, weil sich die Ereignisse aus den Briefen vor Jahren zugetragen haben. Zudem fehlen genaue Datumsangaben, sodass wir alles nur grob schätzen können.«

»Und wenn du dich festlegen müsstest?«, fragte Bennett.

»Ich würde sagen, wir suchen einen weißen Mann, Anfang bis Mitte vierzig. Er ist kein Sadist im herkömmlichen Sinn, eher ein Sadomasochist. Er ist intelligent, gebildet, vermutlich studiert. Er kommt aus einem sehr strengen, vermutlich strenggläubigen Elternhaus und wuchs in gut situierten Verhältnissen auf. Dennoch muss er in der Kindheit ein traumatisches Erlebnis mit Bezug zu einem Erstickungstod gehabt haben. Ein Bruder, der ihn im Spiel unter Wasser drückte und ihn dabei fast ertränkte oder im Extremfall ein Elternteil, das ihn so regelmäßig bestrafte.«

Bennett nickte. »Irgendwas Geografisches?«

»Moment, Moment«, mischte sich Shirin ein. »Woher wollen Sie das alles wissen? Aus den drei Briefen?«

Bennett grinste: »Niemand hat gesagt, dass wir Sam freiwillig abgegeben haben.«

Sam war nicht in der Laune für Streicheleinheiten, und Shirin hatte natürlich recht. Für einen Laien konnte das sehr verwirrend sein, und sie war noch nicht lange im Team. Auch schon während seiner Zeit beim FBI hatte er jungen Menschen anderer Fachrichtungen zumindest Grundlagen der forensischen Psychologie vermittelt. Es störte ihn nicht, wenn sie Fragen stellten. Im Gegenteil. Und deshalb antwortete Sam ruhig und ausführlich:

»Sein ungefähres Alter ergibt sich aus der Tatsache, dass er bei seinem ersten Mord siebzehn oder achtzehn Jahre alt war und vorgibt, bis zum heutigen Tag eine ungenannte Anzahl Frauen ermordet zu haben. Wenn wir eine normale Progression, also eine Steigerung der Tatgeschwindigkeit, hineinrechnen, die es bei fast jedem Serienmörder gibt, landen wir etwa bei vierzig Jahren. Dass seine Eltern religiös waren, schließe ich aus der Tatsache, dass er über kirchliche Symbolik Bescheid weiß und sich gleichzeitig innerlich davon distanziert. Daher auch die Annahme, dass seine Eltern streng waren. Dafür spricht auch, dass er ein billiges Auto fährt, das er sich vermutlich selbst durch Nebenjobs finanziert hat. Eltern mit Geld würden ihrem innig geliebten Sohn vermutlich ein anderes Auto …«

»Okay, das reicht«, murmelte Shirin. »Ich hab's kapiert.«

Bennett grinste immer noch.

»Und was die Frage nach einem geografischen Profil angeht: Damit kann ich leider noch nicht dienen, Bennett.«

»Ich weiß, Sam. Aber wir haben auf dieser Basis nichts gefunden. Wirklich gar nichts.«

Sam schwieg. Alle am Tisch wussten, was das bedeutete.

»Es sei denn …«, begann Shirin scheinbar verunsichert.

»Was?«, fragte Sam viel schärfer, als er es wollte. »Alles kann wichtig sein, selbst die kleinste Kleinigkeit. Oder glauben Sie, mir macht es Spaß, jedes Wort, jede Satzstellung in diesen abartigen Briefen siebenmal umzudrehen?«

»Es lag im Rahmen der statistischen Toleranz«, sagte Shirin, »aber es gab eine Anomalie bei Todesfällen an der Ostküste. Bei natürlichen Todesfällen von jungen Frauen, die allerdings schwer krank waren. Es starben ein paar zu viele von ihnen in den letzten Jahren, nur passt das Alter der Frauen nicht. Ich denke nicht, dass es von Bedeutung ist.«

»Stimmt«, sagte Sam. »Natürliche Todesfälle passen nicht in Toms Profil. Ich bin mir sicher, dass die Asphyxie eines der zentralen Verlangen seiner Persönlichkeit geworden ist. Das ist seine Mordphantasie. Und Würgemale übersieht nicht einmal der dämlichste Hausarzt.«

Shirin und Bennett nickten zustimmend.

»Manchmal ist eine Anomalie auch einfach nur eine Anomalie, Shirin«, sagte Sam und hoffte, dass es beruhigend klang. Es war ohnehin ein hohes Risiko für die beiden, ihm entgegen Marins direkter Anweisung zu helfen. Und dafür zollte er insbesondere der jungen Muslimin Respekt. Mit Bennett hatte er so viel erlebt, wer, wenn nicht er würde einem alten Freund helfen? Aber für Shirin stand einiges auf dem Spiel.

»Und was heißt das jetzt für unsere Ermittlungen?«, fragte Shirin.

»Es bedeutet«, sagte Sam verbittert, »dass uns nichts weiter übrig bleibt, als auf den nächsten Brief zu warten.«

Und mit jedem Brief kommen wir dem nächsten Opfer ein Stückchen näher, fügte Sam in Gedanken hinzu. Die Ersatzbefriedigung, sein Spiel mit Sam, würde nur so lange halten, wie es eine Vergangenheit gab, die er mitteilen konnte. Sobald die Briefe in der Gegenwart angekommen waren, würde er die nächste Frau umbringen. Daran gab es nicht den leisesten Zweifel.

Als sie aufbrechen wollten, hielt Shirin sie zurück: »Eine Idee habe ich vielleicht noch.«

Bennett ließ sich in seinen Stuhl fallen, der sein Gewicht mit einem lauten Ächzen quittierte.

»Ich glaube, ich weiß, wo er damals gewohnt hat«, sagte sie.

Ein paar Sekunden vergingen, bis Sam sich gefangen hatte: »Und das sagen Sie erst jetzt?«, fragte er entgeistert.

Seine Verärgerung war nicht gespielt. Bennett grinste in seinem Sessel, als wüsste er, was jetzt käme.

»Sie haben mich nicht danach gefragt, Sam«, antwortete Shirin leichthin.

»Shirin sagt immer, man soll präzise fragen, dann kriegt man auch die richtigen Antworten, Sam. Ich vermute, dies soll eine Lektion für den Altmeister werden«, sagte Bennett.

Sam starrte sie mit offenem Mund an: »Wie meinen Sie das, ich habe Sie nicht gefragt?«

»Nun, Sie fragten zuerst, ob ich eine Häufung von Todesfällen durch Erwürgen in einer bestimmten Region gefunden hätte, was ich verneinte.«

Sam starrte immer noch.

»Dann fragte Bennett SIE nach einem geografischen Profil, das Sie nicht liefern konnten oder wollten. Danach wies ich Sie auf eine statistische Anomalie bei natürlichen Todesfällen hin, die wir als nichtrelevant abhakten, danach sagten Sie, dass er sich das nächste Opfer sucht, sobald er den letzten Brief an Sie abgeschickt hat.«

Sam schloss den Mund, weil er erkannte, dass sie recht hatte.

»Ich kann keine Frage erkennen, Sie etwa?«

Sam schüttelte den Kopf: »Egal. Wie sind Sie darauf gekommen?«

»Er hat sich an einer Uni für Amerikanische Geschichte eingeschrieben, das heißt entweder zum Wintersemester oder zum Sommersemester. Eine Weile ignoriert er die Frauen an seiner Uni, nehmen wir an, für ein paar Monate. Auf seinem Lehrplan stand der Sezessionskrieg, in

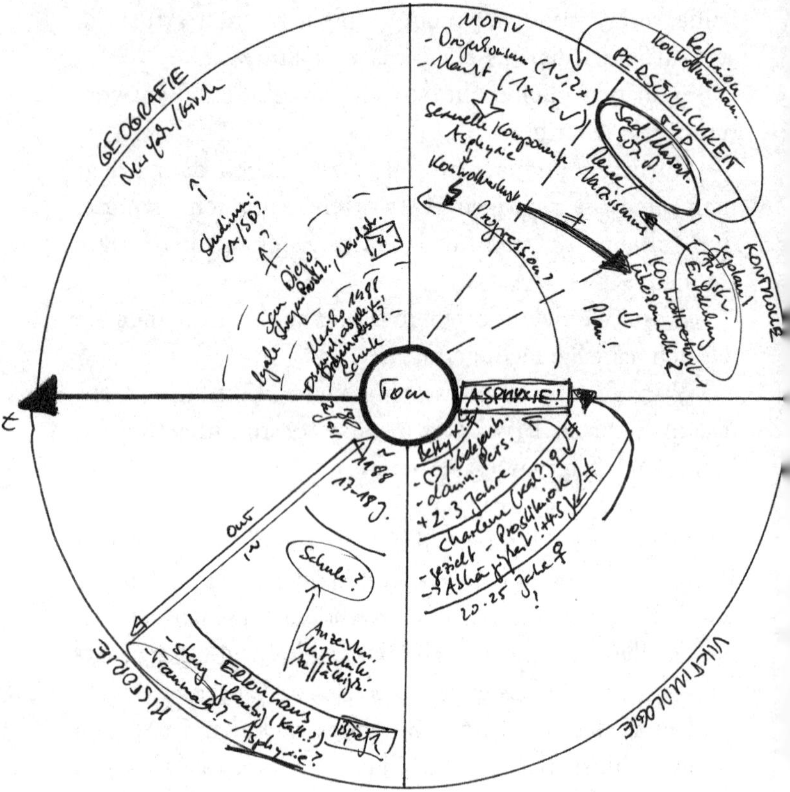


etwa zum Zeitpunkt des Mordes an der Prostituierten. Am Tag des Mordes beschreibt er uns das Klima als ›die Nächte wurden schon kalt‹, was impliziert, dass es Winter war, die Tage aber noch warm sind, was wiederum für eine Lage nahe einem Steppen- oder Wüstenklima spricht. Es gibt nicht viele Städte in den USA mit einer Politik, die einen offenen Straßenstrich in einer Großstadt duldet, aber immerhin ein paar. Vegas zum Beispiel. Er beschreibt uns die Straße als schnurgerade und nennt Möbelhäuser, Autoverkäufer und eine Waschstraße.«

»Man muss nur präzise fragen«, äffte Sam Shirin nach, um sie ein wenig aufzuziehen. Sie hatte ihm beweisen wollen, dass sie auf ihrem Gebiet genauso gut war wie er auf seinem. »Eins zu null für Sie. Und jetzt nennen Sie mir endlich die gottverdammte Stadt.«

»San Diego.«

»Lust auf eine Spritztour, Bennett?«, fragte Sam.

»Wenn das bis zum Wochenende warten kann«, antwortete der mit einem Blick an die Decke. Sam verstand. Marin hatte den Fall abgesagt. Sie konnten nach wie vor nur unter der Hand ermitteln.

»Soll ich raufgehen und ihn erschießen?«, fragte Sam.

## Kapitel 16

### Washington, D.C.
Freitag, 13. Juli

Das kleine Büro des Limousinenservice lag in einer Seitenstraße der Brentwood Road, gleich hinter den Bahngleisen. Eine für Washingtoner Verhältnisse unterirdische Adresse. Die kleinen geduckten Gebäude mit ihren winzigen Fenstern erstarrten im Bremsstaub der Güterzüge. Adrian von Bingen wusste, dass es keine gute Idee gewesen war herzukommen, als er ihren Mietwagen hinter einem Lastwagenauflieger abstellte. Diamond Limousines. Kohleklasse. Vor dem Maschendrahtzaun, der an einigen Stellen fast bis auf den Parkplatz herunterhing, standen einige blank polierte Town Cars, manche mit New Yorker, manche mit Washingtoner Lizenz. Wenigstens sahen die Autos einigermaßen gepflegt aus.

»Und jetzt?«, fragte Adrian.

»Warten wir, was sonst«, sagte Pia und stellte die Lehne ihres Sitzes nach hinten. »Milchshake?«, fragte sie fröhlich.

»Nein danke«, antwortete Adrian und zog die Kamera aus seiner Tasche. Er prüfte den Ladestand der Batterien und nickte zufrieden.

»Wollen wir nicht doch reingehen?«, fragte Pia.

»Du meinst, nach dem Motto: Guten Tag, liebe Diamond Limousines, wir vermuten, dass einer Ihrer Fahrer, der im Übrigen, wie Sie vielleicht wissen, gerade getötet wurde, in eine Verschwörung verwickelt ist, und da wollten wir Sie fragen, ob Sie etwas darüber wissen und ob Sie uns freundlicherweise eine Kundenliste ausdrucken könnten?«

»Paragraph elf der Stein'schen Prozessordnung lautet: Wenn du noch laufen kannst, geh ein Risiko ein. Wenn man das auf unsere Situation anwendet ...«

»Pia«, unterbrach Adrian sie. »Seine Prozessordnung gilt nur vor Gericht. Und außerdem ist sie hirnrissig.«

»Ach ja?«, fragte Pia leicht schnippisch. »Immerhin gewinnt er seit dreißig Jahren damit fast jeden Prozess.«

»Seit du mir das Pamphlet zum Lesen gegeben hast, kann ich das nicht mehr so ganz ernst nehmen. Wie dieses ›Ein leeres Glas hemmt den Strafverteidiger‹. Was war das noch mal? Paragraph neun?«

»Sieben. Das mit dem Glas ist die Sieben. Und was er eigentlich damit meint, ist, dass man vor Gericht immer etwas braucht, mit dem man eine logische Kunstpause einlegen kann, ohne dass das einer spitz...«

»Da kommt jemand«, unterbrach Adrian sie. Eine schwarze Mercedes-Limousine hielt vor dem Gebäude. Ein junger Mann in einem Anzug stieg aus, rote Haare, Sommersprossen, schütteres Haar. Adrian schoss ein paar Bilder.

»Kein Auto von dem Service, oder?«, fragte Adrian, als der Mann in der Tür verschwunden war.

»Nein«, sagte Pia. »Das ist ein normaler Privatwagen. Und sicher nicht sein eigener.«

»Woher weißt du das?«, fragte Adrian. »Hast du einen Polizeicomputer dabei?«

»Nein, aber sein Jackett ist sehr verknittert. Männer, die solch teure Autos fahren, tragen normalerweise einen feineren Zwirn. Und glaub mir, mit Männern, die europäische Autos fahren, kennt man sich als Steins Assistentin aus.«

»Das glaube ich gerne«, antwortete Adrian spöttisch. Der Rothaarige war schon wieder draußen, offenbar hatte er nur ein Paket abgeholt. Er öffnete den Kofferraum und legte es hinein. Es war in etwa so groß wie eine Umzugskiste und schien nicht sonderlich schwer zu sein.

»Da ist keine Leiche im Kofferraum«, bemerkte Adrian, als der Mercedes an ihnen vorbeigefahren war.

»Du spinnst«, sagte Pia. »Wo waren wir stehen geblieben?«

»Bei Paragraph Nummer sieben. Dem Wasserglasmanöver.«

»Ach ja. Stein meint, dass er in der Lage sein muss, den Geschworenen oder dem Richter Gelegenheit zu geben, über etwas nachzudenken, etwas sacken zu lassen. Und das geht nun einmal am einfachsten, indem er etwas trinkt. Fällt nicht auf, sind aber trotzdem manchmal fünf entscheidende Sekunden.«

»Okay, das ist einleuchtend. Aber was ist mit Parag...«

Weiter kam Adrian nicht, weil jemand von außen an ihre Scheibe klopfte. Ein Mann mit einer blauen Sportsonnenbrille, die den klaren Himmel spiegelte. Er trug trotz der Hitze einen dunklen Blouson. Adrian schaute ihn fragend an und zeichnete ein Fragezeichen in die Luft. Der Mann presste eine Dienstmarke gegen die Scheibe.

»United States Secret Service, öffnen Sie das Fenster!«,

forderte er sie auf. Das Metall seiner Marke klopfte dreimal unsanft gegen das Glas. Widerwillig setzte er ein »Sir« hinzu. Adrian fummelte nach dem Schalter, und das Fenster glitt mit einem leisen Quietschen nach unten.

»Was machen Sie hier?«, fragte der Agent.

»Auf Basis welches Fehlverhaltens fragen Sie uns das?«, gab Pia vom Beifahrersitz die Anwältin und legte Adrian beschwichtigend eine Hand auf den Arm. Der ließ dabei die Kamera möglichst unauffällig in ihre große Tasche gleiten.

Der Beamte schien für einen kurzen Moment irritiert und regierte dann umso ungehaltener: »Aussteigen! Alle beide!«

»Es kommt nicht infrage, dass Sie uns …«, begann Pia, bis der Mann seine Waffe zog und die Tür durch das offene Fenster von innen entriegelte. Er zog Adrian aus dem Sitz, packte ihn am Hosenbund und drückte ihn unsanft gegen die Dachreling. Der Lauf seiner Waffe wies in Pias Richtung: »Sie auch! Sofort!«

»Lass gut sein, Pia«, seufzte Adrian. Der Mann lief mit ihren Papieren, die sie ihm daraufhin mehr oder weniger freiwillig ausgehändigt hatten, zu einem dunklen SUV und telefonierte. Mittlerweile waren zwei weitere Beamte des Secret Service aufgekreuzt. Es folgten Fragen über den Zweck ihres Aufenthalts in der W Street, wie lange sie hier schon gestanden hatten und eine in Pias Augen vollkommen ungesetzmäßige Durchsuchung des Wagens. Eine halbe Stunde später waren Pia und Adrian auf dem Weg zurück nach Brooklyn. Ohne die Bilder von dem rothaarigen Mann und dem Mercedes, die Secret-Service-

Agenten hatten sie ohne Angabe von Gründen gelöscht. Selbst Pias Androhung eines juristischen Nachspiels hatten sie mit einem Hinweis auf die nationale Sicherheit abgetan.

»Hast du hier irgendwo den Präsidenten gesehen?«, fragte Adrian auf dem Autobahnzubringer.

»Die sind nicht nur für den Präsidenten zuständig«, antwortete Pia und tippte auf ihrem Smartphone herum. »Sie schützen auch viele andere Politiker und Berater auf Anordnung des Präsidenten. Und sie sind für Finanzkriminalität zuständig.«

»Und was heißt das jetzt für uns? Was hat Enrigo Hernandez mit dem Secret Service zu tun?«

»Ehrlich gesagt, Adrian, ich habe keine Ahnung. Wie ein Geldfälscher kam er mir nicht vor. Aber ich glaube, ich weiß, wer es für uns herausfinden kann.«

»Aber die Fotos sind weg«, sagte Adrian.

Pia tippte sich an den Kopf: »Stein'sche Prozessordnung Paragraph fünf: ›Der Mensch hat zwei Ohren, zwei Augen und eine Nase, nur ein Gedächtnis, das hat er meist nicht.‹«

»Du hast dir das Kennzeichen gemerkt?«

Pia nickte: »Und den Namen unseres freundlichen Herrn Secret Agent, der auf seinem Dienstausweis stand.«

Adrian grinste. Er wusste, warum er diese Frau heiraten wollte. Wenn sie nicht andauernd Nein sagen würde.

# Kapitel 17

## San Diego, Kalifornien

Samstag, 14. Juli

»Nüsse?«, fragte Sam nach links. Bennett Steele griff zu, ohne den Blick von der Straße zu nehmen. Sie fuhren langsam auf dem El Cajon Boulevard nach Osten. Palisanderholzbäume und Pinien mühten sich auf beiden Seiten der vierspurigen Straße um ein wenig Idylle, dahinter warben billige Einkaufszentren mit Sonderangeboten und Gebrauchtwagenhändler mit Leasingaktionen.

»Seit wann hast du nur diesen Tick?«, fragte sein Expartner. »Früher gab es wenigstens Donuts.«

Sam strich sich über den Bauch.

»Gebracht hat es nicht viel«, bemerkte Bennett mit einem Seitenblick.

Sam grinste: »Ich weiß. Aber Klara glaubt daran. Außerdem ist es viel gesünder. Sie auch?«, fragte er in Richtung Rückbank.

»Ohne Schweinefleisch, nehme ich an …« Shirin griff zu, und Sam dachte an früher. Beinah kam es ihm so vor, als hätte er das FBI nie verlassen. Sie folgten der Spur eines Mörders. Und sie kamen ihm näher. Zwar nur seinen Taten, die schon Jahre zurücklagen, aber immerhin. Sam versuchte, den letzten Rest Cola light aus seinem 1-Liter-Familienbecher zu schlürfen, für den er sich bei einem In-and-out zusammen mit einem Salat entschieden hatte.

Um Bennett und Shirin dabei zuzusehen, wie sie Cheesburger Animal Style – mit herausquellenden Extrasaucen und einem Berg Zwiebeln – in sich hineinstopften. Bei dem großen schwarzen Mann konnte sich Sam den Zusammenhang zwischen Kalorienbilanz und Körperumfang erklären, aber Shirin sah aus wie eine Bohnenstange. Die Welt war furchtbar ungerecht, fand Sam.

»Wenn noch mal ein In-and-out kommt, fährst du raus«, entschied er. Er sog noch einmal an dem Strohhalm. Ein paar Eiswürfel mussten schließlich mittlerweile geschmolzen sein.

»Wir sind da«, beendete Shirin Sams Hoffnungen auf eine zweite Chance und zeigte mit dem Finger aus dem Fenster. Und tatsächlich standen die ersten Prostituierten im Licht der Straßenlaternen. In diesem Moment sahen sie, was Tom gesehen haben musste. Zumindest in etwa. Was genau der Grund für ihren Ausflug an die Westküste war. Sam wollte versuchen, Tom zu ergründen. »Versucht nicht, euch in ihn hineinzuversetzen, wenn ihr einen Psychopathen jagt. Denkt mit den niedersten Instinkten.« Das sagte er seinen Studenten. Und es stimmte. Sam bedeutete Bennett, langsamer zu fahren, und versetzte sich zwanzig Jahre zurück.

Es regnete in dieser Nacht in San Diego. Sie trug Cowboystiefel und eine kurze Jeans. Es war zu kalt für San Diego. Hier regnete es fast nie. Er hatte Handschuhe angezogen, weil er wusste, was passieren würde. Er schwitzte in den Handschuhen. Er hatte sich nicht mit Kommilitoninnen eingelassen, weil er sich seiner Triebe bewusst war. Sie war die Erste, seine Initiation als Mörder, schoss es Sam durch den Kopf. Es war keine leere Behauptung, dass er ihm alles erzählen wollte. Und sie war ein wichtiger Bestandteil seiner Entwicklung. Sie kam direkt nach Betty. Die Erste, die kein Totschlag im Affekt gewesen war. Sam betrachtete die Prostituierten und schluckte. Sein Mund fühlte sich staubtrocken an. Er spürte jetzt Toms Erregung. Den Drang, es noch einmal zu erleben. Noch einmal eine zu würgen, bis er beobachten konnte, wie das Leben aus ihr wich.

»Shirin«, fragte Sam, ohne den Blick von den Frauen am Straßenrand zu wenden. Sie hatte Kopien aller vier Briefe auf dem Schoß liegen. »Gibt es irgendwo einen Hinweis auf Drogenkonsum bei dem Mord hier in San Diego?« Shirin blätterte, bis sie die entsprechende Stelle gefunden hatte. »Nein, Sam. Nichts.« Sam hatte die Briefe fast wörtlich im Kopf, aber seinen Verstand brauchte er in diesem Moment für etwas anderes. Seine Instinkte fraßen alle Fakten. Du hast aufgehört, Crack zu rauchen. Du triffst dich nicht mit Frauen aus deinem sozialen Umfeld. Und sie sagt, du siehst aus wie einer, der es nicht nötig hat, sich eine Frau zu kaufen.

»Halt an, Bennett«, forderte Sam ihn auf.

»Was, hier?«

»Ja, hier. Irgendwo. Bei der Nächsten.«

Bennett lenkte den Wagen auf den Bordstein, und Sam riss die Tür auf. Sie war wasserstoffblond, braun gebrannt und trug nichts weiter als eine rosafarbene Leggins und ein schlichtes Top. Sie sah eher aus wie ein Strandgirl aus Santa Monica. Bis auf ihr Gesicht, das von tiefen Furchen durchzogen war. Sie hatte es nicht geschafft, von dem

Stoff loszukommen, den sie nahm. Sam verlangsamte seine Schritte. Er wollte sie nicht verschrecken, denn er wusste, dass er aussah wie ein Cop. Er brauchte fünf Minuten, bis sie ihm glaubte, dass er sie nicht verhaften wollte, sondern ihr nur eine einzige Frage stellen wollte.

»Würden Sie einen Kunden bezüglich seines Aussehens anlügen? Würden Sie ihm sagen, dass er viel zu gut aussehe, als dass er dafür bezahlen müsste?«

»Wenn er dafür bezahlt«, sagte sie und zuckte gleichgültig mit den Schultern. Ihr Atem roch nach billigem Schnaps.

»So habe ich es nicht gemeint«, versuchte es Sam noch einmal. »Ich meine, ungefragt. Wie als Kompliment.«

Sie schüttelte den Kopf: »Die meisten wollen Sachen hören wie ›Du hast aber ein großes Teil‹. Kaum einer denkt, dass er wirklich gut genug aussieht. Was denkst du, wo du hier bist: im Edelpuff, oder was? Hierher kommt keiner, bei dem die Weiber Schlange stehen.«

»Das hatte ich mir gedacht.« Sam pulte einen Fünfzig-Dollar-Schein aus der Hosentasche und drückte ihn ihr in die Hand.

Zurück im Auto, fragte Shirin spöttisch nach seinem Ermittlungserfolg, aber Sam winkte geistesabwesend ab.

»Habt ihr die Akte von dem Mordfall von damals?«

»Klar«, sagte Shirin und reichte einen Schwarz-Weiß-Ausdruck nach vorne.

»Dann fahr uns jetzt hin«, verlangte Sam.

Seufzend gab Bennett Gas, und der Wagen rumpelte über den Bordstein zurück auf die Fahrbahn.

Sam blätterte in der alten Akte vom SDPD. Nach seinen

Vorgaben hatte Shirin in den infrage kommenden Jahren nach einem Mordfall gesucht, auf den die ihnen bekannten Parameter zutrafen: eine junge Prostituierte, die zumindest entfernt Ähnlichkeit mit Betty gehabt haben musste und die Tom einigermaßen präzise beschrieben hatte. Erwürgt oder erdrosselt. Abgelegt in der Nähe einer Autowaschstraße. In den Monaten November bis Dezember der Jahre 1985 bis 1995. Ein ungeklärter Mordfall. Und sie war fündig geworden. Wie Sam der Akte entnehmen konnte, war Lisa Marie Graham, gebürtig in Twin Falls, Idaho, am Morgen des 22. November 1990 tot aufgefunden worden. Sie lag in einem Müllcontainer von Joe's Super Fine Wash. Sam blätterte zu den Fotos. Sie hatten sie unter einer blauen Decke gefunden, ihre Hände sorgsam über dem Bauch gefaltet. Sie war hübsch, die braunen Haare lagen unter ihrem bleichen Gesicht wie ein Teppich.

»Hallo, Betty«, flüsterte Sam. Ihre Augen waren geschlossen, ihr Hals voller Blutergüsse. Er musste weit länger zugedrückt haben, als es nötig gewesen wäre. Und sie trug exakt die Kleidung, die Tom in seinem Brief beschrieben hatte, stellte Sam fest. Tom hatte sie also wieder angezogen. Die Polizei damals hatte aufgrund ihrer Tätigkeit angenommen, sie sei von einem Freier ermordet worden. Was genau genommen nicht ganz falsch war. DNA-Spuren waren haufenweise sichergestellt worden, mindestens von sechs verschiedenen Männern.

»Sam«, sagte Bennett neben ihm.

Die Polizei hatte den Fall schnell zu den Akten gelegt und ihren Eltern den geschundenen Leichnam von Lisa Marie in einem Plastiksarg geschickt.

»Sam!«, noch einmal Bennett. Diesmal ein wenig lauter. Sam schreckte hoch.

»Was ist? Ich versuche, mich zu konzentrieren.«

»Fragt sich nur noch, worauf«, ätzte die wissbegierige Shirin vom Rücksitz. Sie würde sich nur noch ein wenig gedulden müssen.

»Wir sind da«, verkündete Bennett.

»Tatsächlich?«, fragte Sam und stellte fest, dass sie stehen geblieben waren. Er stieg aus. Die Waschstraße firmierte immer noch unter Joe's Super Fine Wash, an derselben Stelle wie damals. Sie warb mit extra flauschigen Reinigungstüchern und hatte mindestens die letzten sechs fälligen Anstriche verpasst. Außerdem war sie geschlossen, was Sam recht war. »Kommt mit«, forderte Sam die beiden winkend auf. So schnell wie Shirin aus dem Wagen sprang, so sehr quälte sich der massige Bennett aus seinem Sitz. Vor der Hecke, die immer noch existierte und hinter der Tom Lisa Marie vor über zwanzig Jahren erwürgt haben musste, versammelte Sam sein kleines Team. Fast wie früher, dachte er zum zweiten Mal an diesem Tag.

»Ich glaube, ich weiß, warum wir keine weiteren Prostituiertenmorde gefunden haben, die auf unser Profil passen«, begann Sam. »Weil Tom ganz einfach keine mehr begangen hat. Er entwickelt sich von einem kontrollierten Täter langsam zu einem Kontrollfreak. Er hat aufgehört, Drogen zu konsumieren. Er versucht es mit einer Prostituierten, aber schon am nächsten Morgen denkt er nur an die Konsequenzen. Er legt ihre Leiche sorgfältig ab. Er schließt ihr die Augen, er bedeckt sie. Alles Anzeichen von Reue. Tom ist nicht unser regulärer Psychopath, der blind mordend von einem Opfer zum nächsten stolpert und immer gieriger wird. Er kontrolliert sich. Und er hat Angst. Angst, dass es wieder passiert. Angst, erwischt zu werden. Er ist ein psychopathischer Phobiker, wobei sich beide Teile seiner Persönlichkeit zu einer Einheit verschmelzen, indem sie sich gegenseitig kontrollieren. Das Verlangen verhindert, dass er sich in sich verschließt, wie es für einen Phobiker üblich wäre, der Phobiker hingegen wird verhindern, dass seine Psychopathie die Kontrolle übernimmt.«

»Klingt furchtbar«, bemerkte Shirin trocken. Bennett lächelte. Man merkte, dass sie noch nicht lange dabei war. Allerdings musste Sam zugeben, dass es sich wirklich um eine äußerst seltene Mischung handelte. Und eine erschreckende, insofern traf ihre Analyse ins Schwarze. Langsam bekam Sam eine Ahnung davon, wie Tom es geschafft haben könnte, so lange jeder Strafverfolgung zu entgehen.

»Außerdem können wir davon ausgehen, dass er sehr gut aussieht. Dass es ihm nicht schwerfallen wird, Frauen davon zu überzeugen, in sein Auto zu steigen.«

»Wie Ted Bundy«, warf Bennett ein, um Shirin ein Beispiel dafür zu liefern, dass so etwas häufiger vorkam, als man dachte. »Er war so attraktiv und hatte eine so anziehende Wirkung auf Frauen, dass er noch im Todestrakt massenweise Heiratsanträge bekam.«

»Passen Sie also auf, mit wem Sie das nächste Mal ausgehen«, bemerkte Sam, ohne zu wissen, ob Shirin überhaupt mit Männern ausging. Oder ob sie gerade jetzt einen unter ihrem Hijab versteckte.

»Und ich weiß endlich auch, warum er mir überhaupt diese Briefe schreibt: Es ist der Phobiker in ihm. Die Angst vor dem nächsten Opfer. Die Angst, erwischt zu werden, die sich langsam paart mit der Angst, niemals erwischt zu werden. Wenn ihr eine Prognose von mir hören wollt, dann glaube ich, dass er sich langsam zu einem ...«

Das laute Klingeln seines Handys unterbrach ihn in seinem Vortrag.

»Hallo?«, meldete er sich.

»Professor Burke, hier spricht Andy Fellon.«

»Ja«, sagte Sam, der in diesem Moment keine Ahnung mehr hatte, wer Andy Fellon war. Wenn er an einem Fall arbeitete, neigte er dazu, alles andere zu vergessen. Oder zu verdrängen.

»Sie hatten mich damit beauftragt, bei Ihnen nach der Post zu schauen.«

Der Junge aus dem Labor. Von der Uni. Wenn er ihn anrief, dann ...

»Ja?«, fragte Sam mit belegter Stimme.

»Ich sollte Sie anrufen, wenn wieder einer kommt, der aussieht wie der, den wir untersucht haben.«

Der nächste Brief. Und sie kamen Tom immer näher. Sam schluckte. Er musste so schnell wie möglich zurück nach Boston.

# Kapitel 18

## Der fünfte Brief

*Lieber Sam,*

*wenn man sich ernsthaft damit beschäftigt, ist Mord eine komplizierte Wissenschaft. Vielleicht die komplizierteste von allen, denn der Gegner ist nicht nur die Natur, sondern die anderen Wissenschaftler, die versuchen, deinen Erkenntnissen den Garaus zu machen. Ich nahm mir vor, die nächsten Jahre erst einmal zu lernen. Leute wie du, Sam, sind in diesem Geschäft die Gegner. Nach Charlene habe ich beschlossen, das Ganze logisch anzugehen. Man arbeitet wie in der Politik mit einer scharfsinnigen Opposition, die keine Fehler duldet. Ich wusste, dass ich viel dazulernen müsste, sonst würde ich niemals erfolgreich sein. Vor allem weil das Erlebnis mit Charlene – wie soll ich es ausdrücken, ohne sie herabzuwürdigen – letztlich unbefriedigend blieb. Ich schrieb mich in einem Fach ein, von dem ich mir versprach, dass es mich meinem Ziel näher bringen würde. In den nächsten zwei Jahren nahm ich an jedem zusätzlichen Kurs teil, der mir vielversprechend erschien, aber ich wechselte meine Studiengebiete wie meine Kommilitonen die Freundinnen. Ich besuchte Vorlesungen in*

*Medizin, Pharmakologie, Psychologie und Computerwissenschaften. Ich studierte nicht mit einem bestimmten Abschluss im Sinn, ich studierte ein Thema: den Tod.*

*Im zweiten Studienjahr absolvierte ich ein Praktikum am UCLA Medical und machte dort eine erstaunliche Beobachtung. Es war ein zweiter Juni, und ich erinnere mich, dass ich zur Mittagspause in die Kantine ging. Zwei Schwestern unterhielten sich am Nachbartisch über die üblichen administrativen Querelen eines Krankenhauses mit über 500 Betten. Die eine erzählte der anderen von einem Problem mit dem neuen Computersystem. Ich biss in eine überreife Banane und verfolgte ihr Gespräch. Die Blonde mit den kurzen Haaren und den Sommersprossen auf der Nase konnte sich nicht mehr in das Computersystem einwählen, weil sie ihr Passwort vergessen hatte. Sie war sich sicher, dass sie es irgendwo aufgeschrieben hatte, aber sie konnte sich beim besten Willen nicht daran erinnern, wo sie das gelbe Post-it angebracht hatte. Unter der Tastatur war es nicht, in ihrer Schreibtischschublade auch nicht, möglicherweise habe es die Reinigungskraft entfernt. Sie wusste es nicht. Und sie war wirklich verzweifelt. Umso erstaunlicher erschien mir die Reaktion ihrer Kollegin, die vorschlug, das IT-Department anzurufen. Es komme dauernd vor, dass Leute ihre Passwörter vergessen. Und es werde nicht viel nachgefragt, wenn sie von einem Krankenhaustelefon anriefe. Nur ihren Namen und ihre Dienstnummer müsse sie natürlich angeben. Als ich ging, warf ich die Bananenschale in einen großen Papierkorb mit einem blauen Plastiksack, auf einen leeren Kakaodrink mit dünnem roten Strohhalm, wie es sie schon damals nur noch in Kantinen gab. Die ganze Tragweite meiner Erkenntnis sollte mir erst zwei Tage später klar werden.*

*Ich hatte mich für die Kardiologische Ambulanz entschieden, weil ich ohnehin in der Nähe arbeitete und weil sie mir für meinen Zweck ebenso geeignet erschien wie einige andere der Abteilungen. Keine Sorge, Sam, es geht in diesem Fall nur um einen Testlauf, wie ich Ihnen bereits angekündigt hatte. Ich wollte mir Zeit nehmen, und mit einem klaren Ziel vor Augen schienen selbst die Dämonen in meinem Inneren eine Art Friedensabkommen mit meiner Lebensrealität geschlossen zu haben. Ich wartete also vor der Kardiologie und gesellte mich zu der ersten größeren Gruppe aus Schwestern und Ärzten, die gemeinsam zum Mittagessen aufbrachen. Es dauerte drei Tage, bis es mir gelang, einen Namen und eine Dienstnummer von demselben Ausweis abzulesen, und das auch noch mit einem schäbigen Trick in der Warteschlange vor dem Fach mit dem Obstsalat. Ich hatte also einen Namen und eine Dienstnummer von einem Pfleger der Kardiologischen Ambulanz.*

*Am nächsten Morgen ging ich sehr früh zur Arbeit, der Aufenthaltsraum meiner Abteilung lag noch im Dunkeln. Die Neonröhren flackerten und zirpten wie Grillen, als ich sie anschaltete. Ich lauschte. Aber es war niemand zu hören. Ich griff nach dem internen Telefonbuch, was in Form von laminierten Ausdrucken unter dem braunen Telefon lag, und wählte die Nummer des 24-Stunden-IT-Dienstes.*

*»IT, hier ist Zack, wie kann ich Ihnen helfen?« Er klang gelangweilt und müde.*

*»Hallo, Zack, hier ist Tim Carnell von der Kardiologischen.« Ich sprach ihn mit Namen an, weil ich vermutete, dass es besser war, eine Beziehung zu ihm aufzubauen.*

*»Was kann ich für Sie tun, Tim?«*

*»Ähm«, räusperte ich mich, »also, es ist mir sehr unangenehm, aber ich befürchte, ich habe mein Passwort verlegt. Also das für meinen Computer.«*

*»Das ist nicht gut«, stellte Zack fest.*

*»Nein?«, fragte ich.*

*»Nein.«*

*»Und jetzt?«*

*»Wir füllen ein Formular aus, das kann ich Ihnen schicken, oder Sie können es sich persönlich bei mir abholen. Dann schicken Sie es an uns zurück, und ich mache eine Aktennotiz in Ihrer Personalakte und vergebe ein neues Passwort für Sie. Dann gebe ich Ihr Formular einem Kollegen, und dann dauert es noch etwa einen Tag, bis Sie Ihr System wieder benutzen können.«*

*»Das«, stammelte ich, »ich befürchte, das geht nicht, Zack.«*

*»Das sagen alle«, gab Zack zu.*

*»Hören Sie, wir haben hier chronisch kranke Patienten, die auf ihre Medikamente angewiesen sind. Und*

*wenn ich nicht an die Akten komme, muss ich für alles Dr. Rossi fragen und ...«*

*Dr. Rossi war ein abteilungsübergreifend verschriener Arrogantling, dem es ohnehin kein Pfleger und ich vermutete auch keine IT-Abteilung recht machen konnte. Es half also auch, wenn man etwas mehr über die Organisation wusste, von der man die dringend benötigten Informationen besorgen wollte.*

*»Ich weiß. Nun ja ...« Zack wand sich wie ein Fisch an der Angel. Mein Vater hatte immer gesagt, das Leinegeben sei genauso wichtig wie das Einholen.*

*»Na gut«, seufzte ich noch einmal. »Ich verstehe das ja, wenn es nicht anders geht, dann komme ich eben jetzt bei Ihnen vorbei.«*

*»Na ja«, sagte Zack, und ich hörte, wie er auf einer Tastatur herumtippte. »Wie, sagten Sie noch gleich, war Ihr Name?«*

*Ich warf einen Blick auf meine Notizen: »Timothy E. Carnell«, nannte ich den vollständigen Namen.*

*»Personalnummer?«*

*»5592389.«*

*»Können Sie ein Geheimnis behalten, Tim?«*

*»Klar, aber ...«*

*»Hören Sie, ich kann Ihr Passwort nur mit dem Formular ändern. Aber ich kann Ihnen möglicherweise verraten, dass Sie eine bestimmte französische Stadt sehr gerne zu mögen scheinen, Tim. Ist Ihnen damit weitergeholfen?«*

*Ich schlug mir an den Kopf: »Natürlich, Zack. Ich danke Ihnen für Ihre Hilfe.«*

*»Gerne geschehen, Tim. Haben Sie einen schönen Tag!«*
*»Sie auch, Zack.« Ich legte auf. »Sie auch«, murmelte ich, während ich darüber nachdachte, welche Stadt wohl gemeint sein könnte. Ich sollte gefühlte zweihundert Versuche später feststellen, dass der Pfleger möglicherweise nicht nur französische Städte, sondern auch französische Weine mochte, denn mit dem Passwort »Bordeaux« eröffnete sich mir das Reich der Patientenakten.*
*Ahnen Sie schon, worauf das hinausläuft, Sam? Heute glaubt man, dass Hacken etwas mit Programmieren zu tun hat, aber damals waren es einfach nur ein paar Anrufe und die richtigen Namen zur richtigen Zeit. Ich sollte feststellen, dass man nicht nur Patientenakten aus einem Krankenhaus auf diese Art und Weise bekommt. Die Versicherungen haben sich als noch eine weitaus größere Fundgrube für meine weiteren Unternehmungen herausgestellt. Aber das hat viel mit Laura zu tun, und von der schreibe ich Ihnen beim nächsten Mal.*

*Tom*

---

Tom steckte den Ausdruck in einem Briefumschlag und verklebte die Lasche. Dann zog er die Latexhandschuhe aus und betrachtete den Aktenschrank zu seiner Linken. Säuberlich in einzelnen Ordnern angelegt, hütete er sein

Archiv wie einen Schatz. Jeder einzelne der schwarzen Ordner stand für eine Kandidatin. Er blickte die vier Meter bis zur Decke. Über die Jahre hatten sich über zweihundert Aktenordner angesammelt. Natürlich wurde nicht aus jeder Kandidatin ein Opfer. Er hatte sich strenge Kriterien auferlegt, welche Krankheiten infrage kamen. Sie mussten schließlich auch zu seiner Methode passen. Bald schon war es wieder Zeit, sie zu melken. Dann war es Zeit, sich festzulegen. Tom nahm drei der Aktenordner aus dem Schrank. Ebby, Tamara oder Susan? Er entnahm die Fotos und breitete sie auf dem Schreibtisch vor sich aus. Er hatte die Wahl. Wie immer. Und wie immer, war es das Schwerste von allem, eine auszuwählen.

Er nippte an seinem Weißwein, in den er wegen der Hitze ein paar Eiswürfel und ein in den Handflächen zerstoßenes Basilikumblatt gegeben hatte. Dann lehnte er sich zurück und betrachtete die Frauen, die er allesamt schon aus sicherer Distanz kannte. Tom spürte es kaum, aber sein Blick blieb öfter an Tamara hängen. An ihrem exotischen Teint und der Wärme ihres Körpers, wenn sie in ihrem Lieblingscafé einen doppelten Karamell-Macchiato bestellte und ihn dabei anlächelte. Tom hatte seine Entscheidung längst getroffen. Auch weil Tamara diejenige war, die ihn ausgewählt hatte, obschon sie sich dessen natürlich nicht bewusst war. Bei ihr müsste er nicht um ihre Zuneigung werben. Sie würde eine Weile brauchen, bis sie sich öffnete, das brauchten sie alle, seine Schicksalsdamen. Aber Tom hatte keine Eile. Noch nicht.

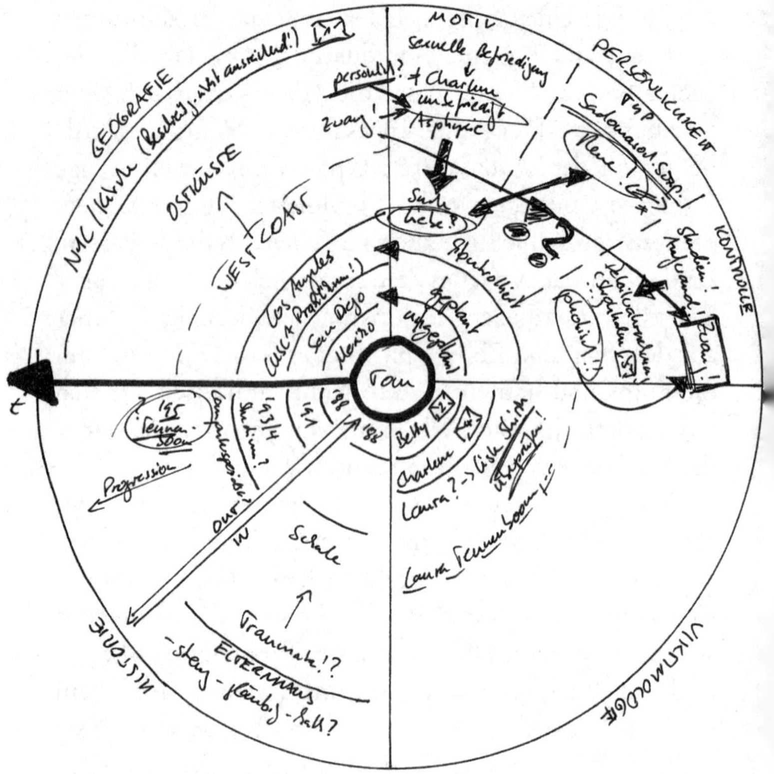

GEOGRAFIE
MOTIV
PERSÖNLICHKEIT
KONTROLLE
VIKTIMOLOGIE
HISTORIE
Tom
t
OSTKÜSTE
WEST COAST
Los Angeles
San Diego
Mexiko
Sexuelle Befriedigung
Charlene
Asphyxie
Zwang!
Sadomasoch. Sexp.
Schule
Progression
Traumata!?
Elternhaus
'88
'91
'93/4
'95
OUT
IN
Betty
Charlene
Laura

## Kapitel 19

**Brooklyn, New York**
Mittwoch, 18. Juli

»Du hast was?«, fragte Pia ungläubig.

»Und es ist illegal«, fügte Thibault Stein hinzu.

»Sam ist mein Verlobter«, gab Klara patzig zurück. Die beiden hatten ja keine Ahnung, was es für sie persönlich bedeutete, Sam zu hintergehen. Ihn zu bestehlen, um genau zu sein.

»Ihr seid verlobt?«, fragte Pia. »Wo ist der Ring?«

»Na ja, wir sind ungefähr verlobt. Genau genommen führen wir uns sogar auf wie ein altes Ehepaar. Wir erzählen uns von der Arbeit, aber wir geben nicht alles preis. Wir machen uns Versprechungen, die wir nicht halten. Er macht das auch.«

»Das ist kein Grund, bei ihm einzubrechen, Klara.«

Klara seufzte innerlich. Natürlich hatte Pia recht.

»Wie oft?«, fragte der alte Anwalt, als stünde sie im Zeugenstand seines Gerichtssaals.

Klara streckte eine Hand mit drei Fingern aus.

»Wann das letzte Mal?«

»Heute Nacht in Boston«, gestand Klara. »Er war wieder so komisch, da wusste ich, dass er einen weiteren Brief bekommen hat. Ich habe gesagt, ich müsste zurück nach New York und …«

»Genug, ich will nichts mehr davon hören«, sagte der

Anwalt. »Sie wissen, dass ich Sie jederzeit rausboxen würde, aber mir gefällt nicht, wie Sie mit Sam umgehen.«

»Ich weiß«, sagte Klara resigniert. »Es gefällt mir auch nicht. Aber er arbeitet an einem Fall, der auch für uns interessant sein könnte. Und er kommt mit seinen Leuten nicht weiter.«

»Du meinst, das FBI kommt mit einem Fall nicht weiter, und wir könnten natürlich mit unserer kleinen Stiftung alles zum Guten wenden? Bleib realistisch, Klara.«

»Das FBI hilft ihm nicht. Oder zumindest nicht offiziell. Sie stecken in einer juristischen Sackgasse. Und da dachte ich mir, vielleicht fällt einem von uns etwas dazu ein.«

Thibault Stein lächelte, und Pia grinste.

»Dachte ich es mir doch«, sagte Klara und zog einige Ausdrucke aus der Brusttasche ihrer Lederjacke. Sie zeigten Sams Profil. Alle beugten sich über den kleinen Schreibtisch in ihrem Büro, wobei sich Stein, der altersbedingt ihren Stuhl angeboten bekommen und akzeptiert hatte, abmühte, Halt an der herunterhängenden Lehne zu finden.

»Sam glaubt, dass ihn die phobische Seite seiner Persönlichkeit dazu treibt, sich zu einem Kontrollfreak zu entwickeln. Wie wir aus dem letzten Brief von vorgestern wissen, hat er angefangen, eine Naturwissenschaft zu studieren. Und er hat sich in die Leben fremder Menschen gehackt. Nicht über Computer, aber über ihre persönlichen Netzwerke, ihr habt das alle gelesen.«

Die drei nickten.

»Grundsätzlich gibt es zwei Möglichkeiten, mit einer

solch langen Mordserie durchzukommen: Entweder er hat eine perfekte Methode zur Entsorgung der Leichen entwickelt, oder er hat einen Weg gefunden, die Morde wie eine natürliche Todesursache aussehen zu lassen.«

»Wieso seid ihr euch da so sicher?«

»Sobald es eine Leiche mit einem Verdacht auf Fremdeinwirkung gibt, legen sich die Ermittlungsbehörden ins Zeug. Es gibt Datenbanken, auch auf Bundesebene, DNA-Profile, Fingerabdrücke. Es ist fast unmöglich davonzukommen, sobald die Toten erst mal entdeckt wurden. Zumal er Sam mit den Briefen verhöhnt. Er schreibt im ersten: ›Wieso sucht ihr mich nicht?‹ Das alles spricht dafür, dass entweder niemals jemand eine seiner Leichen gefunden hat oder dass sie einfach begraben wurden. ›Ihr habt sie einfach vergessen‹ stand auch noch im ersten Brief. Das könnte auf beides zutreffen.«

»Okay«, sagte Pia. »Was ist die wahrscheinlichere Variante?«

»Es ist viel komplizierter, eine Leiche verschwinden zu lassen, als man annimmt.«

»Säurebad?«, schlug Adrian vor.

»Wenn, dann Lauge«, antwortete Klara. »Aber ihr macht euch keine Vorstellung von der Sauerei, die das verursacht, und wie das stinkt. Nächster Vorschlag.«

»Vergraben.« Der kam von Pia.

»Möglich. Allerdings nicht sehr zuverlässig. Wer sagt, dass du nicht gesehen wirst, während du vier Stunden an einem Loch im Wald buddelst? Wer sagt, dass dich keiner dabei beobachtet, wie du den siebzig Kilo schweren Leichensack in den Kofferraum hievst, während der Plastiksack reißt und Blut raustropft? Viele Serienmörder wurden gefasst, weil sie eine Leiche im Kofferraum hatten. Das muss nicht passieren, aber bei einer wirklich langen Serie werden die Chancen des Täters immer schlechter. Und er scheint sehr selbstsicher.«

»Ich würde sie mit Beton versenken«, sagte der alte Thibault sehr leise.

»Man merkt, dass Sie schon einige Mafiabosse vertreten haben, Thibault«, sagte Klara grinsend.

»Niemals bei einem Auftragsmord. Darauf lege ich großen Wert.«

»Trotzdem scheinen Sie ihre Denkweise usurpiert zu haben. Die gute alte Mafiamethode. Die sehr zuverlässig funktioniert, allerdings nur, wenn Sie den gesamten Körper in Beton gießen und nicht nur die Füße. Sonst wird früher oder später ein Leichenteil von einem Haifisch abgebissen und angespült. Irgendwo. Mit Betonbett wiegt das Ganze dann eine halbe Tonne, für deren Transport Sie mindestens drei Leute benötigen. Sam ist sich sicher, dass Tom ein Einzeltäter ist.«

»Also doch die natürlichen Todesfälle?«, fragte Pia.

»Sam und das FBI nehmen es an. Obwohl das noch viel komplizierter zu bewerkstelligen ist. Wir wissen, dass er eine Naturwissenschaft studiert. Sam vermutet Pharmakologie oder Medizin, weil sie ihm am ehesten bei der Verwirklichung seines Ziels helfen würden. In diesem Fall wäre es schwierig, aber möglich. Natürlich kann Ihnen ein Arzt oder ein Apotheker sagen, mit welchen Mitteln man jemanden umbringen kann, ohne dass es auffällt. Was Sam jedoch bis gestern am meisten Kopfzerbrechen bereitet hat, ist die Frage, wie das mit seinem Opferprofil zu vereinbaren ist. Er steht auf junge Frauen, weil er versucht, den Mord an Betty nachzustellen. Das ist sein Antrieb. Er kann nicht einfach auf ältere Menschen ausweichen, bei denen ein Tod natürlich erscheinen würde. Wenn junge Menschen sterben, werden immer Fragen gestellt.«

»Sie sagten, bis gestern?«, fragte Stein.

»Shirin, die neue Analytikerin in Bennetts Team, hat im Computer eine statistische Anomalie festgestellt.«

»Eine Anomalie?«, fragte Pia.

»Ja«, sagte Klara. »Eine ungewöhnliche Häufung von Todesfällen bei todkranken Frauen unter vierzig.«

»Todesfälle bei todkranken Frauen?«, fragte Adrian.

»Auch Todkranke haben eine bestimmte Lebenserwartung. Einige sterben vor ihrer Zeit, andere danach. Es gibt eine Häufung von solchen, die vor ihrer Zeit starben. Das FBI weiß nicht, wie valide Shirins Daten sind. Aber Sam hat es in seinem Profil achtmal unterstrichen. Wir haben acht Namen. Ich weiß, was er denkt. Er denkt: Das ist er.«

»Und was sollen wir da tun?«, fragte Adrian.

»Was steht in der Satzung der Lost Souls Foundation?«, fragte Klara. Eine rhetorische Frage. Die Aufklärung nicht identifizierter Mordserien. Es gäbe nichts, was eher in den Aufgabenbereich der Stiftung fiele als Sams Briefe.

»Das Einzige, was uns verraten würde, ob Shirins Anomalie mit unserem Täter zu tun hat, wäre eine Exhumierung. Und hier sind dem FBI die Hände gebunden. Marin lehnt weiterhin jede Ermittlung ab, Bennett und Shirin bewegen sich ohnehin schon auf sehr dünnem Eis. Und

Marin wird niemals genehmigen, eine Exhumierung gegen den Willen der Angehörigen zu beantragen.«

»Sie wollen, dass wir mit denen reden? Eine gute Idee«, sagte Stein.

»Das perfekte erste Projekt für unsere Stiftung, Klara. Gute Arbeit!«, fügte Adrian hinzu.

Klara rutschte unruhig auf dem Besucherstuhl vor ihrem Schreibtisch herum. Sie wusste nicht, wie sie es ihnen beibringen sollte.

»Genau genommen ist das nicht das, was ich vorschlagen wollte.«

»Nein?«, fragte Adrian erstaunt. »Was denn dann?«

»Sam hat bereits mit den Angehörigen Kontakt aufgenommen und alles probiert, sie zu überzeugen.«

In dem kleinen Büro wurde es still. Schließlich fasste sich Thibault ein Herz: »Und was genau ist Ihr Vorschlag, Miss Swell?« Er benutzte ein scharfes ›s‹, es klang wie ein Tadel für das, was sie im Begriff war auszusprechen.

»Nun ja«, begann Klara. »Bei einer der Kandidatinnen weicht die Prognose über ihre Lebenserwartung am meisten vom tatsächlichen Todeszeitpunkt ab, und …«

Drei Augenpaare starrten sie ungläubig an.

»… sie hat keine Angehörigen mehr. Ihre Eltern starben vor vier Jahren bei einem Fährunglück vor Malta.«

»Sie … wollen vorschlagen, … dass wir …«, stotterte Stein, was Klara bei ihm noch niemals erlebt hatte. Sie nickte. »Sam und das FBI brauchen einen ordentlichen Tritt in den Hintern. Ich weiß, dass Sam den Fall auf Sparflamme fährt, weil er sich an unsere Absprache gebunden fühlt. Aber wenn er es nicht selbst in die Hand nimmt …«

»Er war und ist der Beste«, stellte Stein fest.

»Ja«, bekräftigte Klara. »Niemand kommt dem Täter so nahe wie Sam. Und außerdem ist er es, der die Briefe bekommt. Es ist sein Fall. Er weiß das. Und es macht ihm Angst.«

»Er will dich nicht verlieren, Klara«, sagte Pia.

»Ich weiß. Aber er braucht einen Tritt in den Allerwertesten. Diese Verstorbene ist unsere einzige Chance. Und: Es ist nicht gesagt, dass sie eines der Opfer ist. Sie könnte natürlich auch einfach eines natürlichen Todes gestorben sein. Wünschen Sie uns Glück, Thibault.« Der Anwalt bekreuzigte sich und murmelte: »Ave Maria, steh uns bei.«

## Kapitel 20

**Boston, Massachusetts**
Mittwoch, 18. Juli

Sam Burke saß an der Bar seiner neuen Stammkneipe keine fünf Gehminuten von seiner Wohnung im Bostoner Südosten und starrte auf einen ausgestopften Kaninchenkopf mit aufgestecktem Gamsgeweih, beides offensichtlich nicht echt. Vor ihm stand eine frisch geöffnete Flasche Peroni, ein italienisches Bier, eiskalt auf dem Tresen, der wie ein Parkettboden aus kleinen Stäbchen zusammengeleimt war. In seinen Gedanken hingen an den Enden des Gamsgeweihs kleine bunte Zettel mit Teilen seines Täterprofils. Die Schallplatten, die überall die Wände schmückten, wenn nicht ein schlecht gemalter Akt in die Quere kam, wurden zu den Opfern. Er versuchte wieder und wieder, sie in einen logischen Zusammenhang zu Toms Charakter zu setzen. Und er versuchte, sich Tom geografisch zu nähern. Die Geografie seiner Taten war einer der wichtigsten Bestandteile eines Profils. Neben dem Wie und Warum traf ein Täter bei jedem Mord auch eine Entscheidung über das Wo. Jeder Tatort erzählte den Ermittlern normalerweise seine Geschichte. Ein Spiegel konnte zerbrochen worden sein, ein Hinweis auf mangelndes Selbstwertgefühl oder Reue. Ein Spiegel konnte so gedreht worden sein, dass der Täter sich während der Tat selbst beobachten konnte. Ein Hinweis auf eine narzisstische Persönlichkeit oder auf ein Rachemotiv. Wenig Hinweise waren eindeutig, aber normalerweise ergab sich aus der Gesamtheit aller Einzelheiten ein klares Bild. Nur dass sie in Toms Fall keine Tatorte hatten, die sie untersuchen konnten. Deshalb blieben ihnen nur die Opfer – und eben die Geografie. Den wirklichen Durchbruch hatte ihnen Shirin geliefert: eine Liste unnatürlich gehäufter Todesfälle todkranker, aber junger Frauen. Alle an der Ostküste. Tom war nach seinen Studien umgezogen. Was zu seinem Profil als Planer passen würde. An einer Universität eingeschrieben zu sein hieß automatisch, Spuren zu hinterlassen. Shirin arbeitete bereits daran, die Server der Unis an der gesamten Westküste anzuzapfen. Du bist umgezogen, Tom. Aber wohin? Laura Tennenboom, 26, starb am 14. Oktober 1995 in ihrer Zweizimmerwohnung in Greenboro, North Carolina, angeblich an Herzversagen aufgrund einer Vorerkrankung, eines chronisch entzündeten Herzmuskels. Sie wurde von ihrer Schwester gefunden, der Hausarzt stellte den Totenschein aus, eine Obduktion wurde nicht veranlasst. Natürlich nicht. Andrea Higgs, 32, starb am 25. September 2002 ebenfalls an Herzversagen. Es gab vier weitere Fälle in New York, zwei in Connecticut. Natürlich war es möglich, dass einige dieser Frauen an ihren Krankheiten gestorben waren, aber Shirin hielt es für wahrscheinlich, dass einige auf Toms Konto gingen. Die meisten hätten noch ein paar Jahre haben sollen. Schöne Jahre. Sam hatte keine Fotos von den Frauen, was seine Arbeit stark einschränkte. Vor allem begriff er nicht, warum einige der Frauen älter waren als Toms frühere Opfer. Eine Konstante bei Serienmördern ist normalerweise ihr Opfertyp. Natürlich gab es Ausnahmen. Jeffery Dahmer zum Beispiel ermordete und verspeiste Schwarze wie Weiße. Heranwachsende wie Collegestudenten. Aber es war eine weitere Besonderheit auf Sams Liste mit Toms Charakteristika. Sam deutete auf die leere Peroni-Flasche. Mary zuckte mit dem tätowierten Schwert, das auf ihrer Schulter in Flammen stand, und öffnete ein weiteres Bier. Sam nickte ihr als Dank zu, als in die Feierabendidylle auf einmal Bewegung kam. Das konnte nur zweierlei bedeuten: Shirin und Bennett waren gekommen. Bennett hatte vor dem Bostoner Gericht zu einem alten Fall aussagen müssen und hatte Shirin als moralische Stütze mitgenommen. Weniger für den alten Fall als für den neuen, aber irgendetwas hatte er für Marin auf dem Reisekostenantrag schließlich angeben müssen. Sie polterten herein, dass es nur so nach Polizei schrie. Mary blickte skeptisch hinter der Bar auf, und das Flammenschwert zuckte noch ein wenig skeptischer, nachdem sie Shirin bemerkt hatte. Was daran liegen musste, dass sie wieder umwerfend arabisch aussah heute. Sie ist eben eine Erscheinung, Mary. Find dich damit ab. Und sie sieht um Längen besser aus als du. Natürlich sprach Sam das nicht laut aus.

»Meine Freunde vom Staatsdienst«, begrüßte Sam die beiden, ohne aufzustehen. In dieser Kneipe stand niemand auf, wenn jemand reinkam, den man kannte.

»Ist das deine neue Spelunke, Sam? Nicht gerade ein Aufstieg von Jay's.«

Jay war der Wirt seiner ehemaligen Stammkneipe in Washington, der zahllose Abende sinnloser Trinkerei hatte erleben dürfen. Inklusive der dazugehörigen Geschichten über die Probleme bei seinem aktuellen Fall. Er hatte nicht nur einmal etwas durchaus Sinnvolles dazu beigetragen, und dabei bezog sich Sam nicht auf seine Bierrationen.

»Jay ist nicht zu ersetzen, das weißt du«, murmelte Sam und hoffte, dass Mary es nicht hörte. Sie hatte sich entschieden, andere Gäste zu bedienen.

»Es riecht hier nach Klimaanlage und Hoisin-Sauce. Und das ist wirklich Ihre Lieblingsbar?«, fragte Shirin. »Haben Sie eine Ahnung, was für ein Licht das auf Sie wirft?«

»Ehrlich gesagt, nicht.«

»Herrgott, Sam. Hier gibt es nicht mal ein Fenster.«

Sam musterte die Wände mit den Platten und das von Butt Shaver signierte Notenblatt, den Elvisschrein und den sehr schlecht gemalten Akt: »Tatsächlich, keine Fenster«, stellte er fest. »Aber auf der Toilette gibt es Fresken von bedeutenden Künstlern.«

»Ist es eine Unisextoilette?«, fragte Shirin.

»Ja. Und irgendwo steht etwas über Schinken, das Töten und Schönheitschirurgie.«

»Hör auf, Sam«, bat Bennett.

»Ich werde sie mir ansehen«, versprach Shirin. Man wusste bei der Frau nie, wer eigentlich wen auf den Arm nahm. Was ihre faszinierende Ausstrahlung nur noch unterstützte.

»Okay«, sagte Sam. »Vielleicht bin ich etwas betrunken. Fangen wir an?«

»Klar«, seufzte Bennett und deutete auf Sams Bier.

»Ein Tonic mit doppelt Soda, zwei Eiswürfeln und einer Limette bitte«, orderte Shirin.

»Natürlich, Sie trinken nicht«, sagte Sam.

»Nur zwischen Viertel vor und Viertel nach zwölf.«

Sam sah sie verständnislos an.

»Sie sagt, dann weiß sie nicht mehr, ob sie gestern oder heute getrunken hat«, sprang Bennett ein.

»Sie sind verrückt«, sagte Sam zu Shirin.

»Ich weiß«, sagte sie. »Wollen wir nun anfangen?«

Leider hatte Shirin nicht viel Neues herausgefunden. Die Universitäten bewahrten größtenteils keine Unterlagen über belegte Kurse auf, sondern nur die Einschreibungsdaten und Prüfungsergebnisse. Tom hatte nach eigenen Angaben keinen Abschluss gemacht und auch keinen angestrebt, weswegen es kaum möglich sein dürfte, ihn auf diese Weise zu finden. Da er sich offenbar mit Computern und Datensystemen auskannte, musste ihm diese Tatsache bewusst gewesen sein, als er sich entschlossen hatte, die Informationen über seine Studien bereitwillig zu teilen. Sam hatte das bereits vermutet, sich aber an den Strohhalm geklammert, dass Shirin irgendwo in dem Datenstrom, der sich von der Sammelwut der Behörden nährte, etwas zu finden.

»Wenn ich an die Kreditkartendaten herankäme, könnte ich vielleicht etwas ausrichten«, sagte Shirin. »Aber ohne eine konkrete Verdächtigenliste dürfte das kaum durchführbar sein.« Sie hatte natürlich recht.

»Was ist mit seinem Namen? Wir wissen, dass er sich Tom nennt und dass er sich in dem Krankenhaus als ein Timothy ausgegeben hat.«

»Du meinst, dass er den absichtlich ausgesucht hat, weil die Vornamen ähnlich sind?«

»Zumindest wissen wir, dass Täter, die Pseudonyme verwenden, dabei häufig die Anfangsbuchstaben ihrer Namen behalten. Ich vermute, das dürfte auch auf Tom zutreffen.«

»Was die Suche natürlich enorm einschränkt«, wendete Shirin sarkastisch ein.

»Ich weiß, dass das nicht reicht«, sagte Sam und starrte wieder auf den Kaninchenkopf. »Was ist mit den Exhumierungen?«

Bennett lachte lauthals: »Glaubst du ernsthaft, dass ich damit bei Marin war? Das kann nicht dein Ernst sein.«

»Ich weiß, ich weiß«, seufzte Sam. »Es ist nur so ein Gefühl, aber ich glaube, dass wir nicht mehr viel Zeit haben.«

»Sie glauben, dass er, noch während er Ihnen schreibt, sein nächstes Opfer sucht?«

»Da bin ich mir sogar sicher. Wenn wir die beiden Studienjahre abziehen und annehmen, dass zwischen dem ersten und zweiten Mord etwa zweieinhalb bis drei Jahre lagen, dann dürfte er – eine übliche Progression eingerechnet – mittlerweile zweimal im Jahr einen Kick brauchen.«

»Progression?«, fragte Shirin.

»War es ein Fehler, dass sie die Agententrainingszeiten für IT-Spezialisten verkürzt haben?«, fragte Bennett.

»Nein«, sagte Shirin und versuchte, mit dem Strohhalm einen Eiswürfel aus ihrem leeren Drink zu fischen. »Ein Wort als Frage, ein Satz als Antwort, und wir können weitermachen.«

Sam grinste: »Normalerweise stumpfen Wiederholungstäter im Laufe ihrer Serie ab. Sie brauchen schneller neue Opfer, oder sie steigern die Brutalität ihrer Akte immer weiter. Da es sich bei Tom nicht um einen reinen Sadisten handelt, der immer mehr Lust an immer größeren Qualen seiner Opfer gewinnen kann, tippe ich auf eine Frequenzsteigerung. Ergo Progression.«

»Sehen Sie?«, fragte Shirin an Bennett gerichtet. »Ein Satz.«

»Genau genommen dreieinhalb«, präzisiere Bennett.

»Der erste Brief kam vor fünf Wochen«, fuhr Sam unbeirrt fort. »Wenn er seine Methode beibehalten hat, und dafür spricht alles an seinem Profil, dann hat er eine lange Vorlaufzeit für seine Taten. Er sucht seine Opfer sorgfältig aus, er hat nicht nur einen speziellen Typ im Sinn, sondern er braucht gewisse Krankheitsbilder, die nicht gerade häufig vorkommen. Und …«

»Du hast noch eine Theorie, Sam. Das sehe ich dir an. Immer wenn du so auf eine Flasche Bier starrst, ohne zu trinken, hast du eine Theorie.«

Bennett kannte ihn besser als sonst irgendjemand. Außer Klara natürlich, und zwischen den beiden wäre ein Fotofinish erforderlich.

»Ich bin mir noch nicht sicher …«

»Sam«, tadelte Bennett. »Wenn wir dir nicht glauben würden, wären wir nicht hier. Du kannst das nicht vor uns verheimlichen.«

Beide starrten ihn an.

»Ich fand auffällig, dass die gestorbenen Frauen auf Shirins Liste teilweise deutlich älter waren, als es Betty damals war. Normalerweise ändern sie ihren Typus nicht mehr, wenn sie sich einmal festgelegt haben …«

»Und das heißt?«, fragte Shirin.

»Seine Opfer werden älter. Wie Tom auch …«

»Lass dir nicht alles aus der Nase ziehen, Sam.«

»Ich glaube, dass er sich in sie verlieben muss, bevor er sie umbringt.«

»Nicht ich bin verrückt, Sie sind verrückt«, sagte Shirin.

Sam lächelte nicht. Mit einem Seitenblick zu Bennett vergewisserte er sich, dass sein Expartner auch nicht mehr lächelte.

»Und wenn ich mich mit seinem Profil nicht täusche«, setzte Sam hinzu, »dann kennt das Opfer, das an der Reihe ist, wenn die Briefe die Gegenwart erreichen, seinen Mörder schon.«

## Kapitel 21

**Chapel Hill, North Carolina**
Dienstag, 7. August

An einer Tankstelle suchte Klara Swell in ihrem Smartphone nach einem Sportgeschäft und programmierte das Navigationssystem. Als sie sich wieder in den Verkehr auf der 501 einreihte, dachte sie darüber nach, was ihr Pia nach der letzten Stiftungssitzung erzählt hatte. Secret Service. Das bedeutete Regierung. Höchste Kreise der Regierung. Klara konnte sich beim besten Willen nicht vorstellen, wie ein toter Chauffeur, der für eine Firma aus Washington in New York gefahren war, mit der Regierung zusammenhing. Das NYPD ging davon aus, dass es sich bei dem Tod des Mexikaners um einen Racheakt der Drogenkartelle gehandelt hatte. Und bisher hatte sie keinen Grund gehabt, daran zu zweifeln. Natürlich beunruhigte es Adrian und Pia, dass ihr Geldgeber in Drogengeschäfte verwickelt sein könnte, das war nur verständlich. Aber Bundesagenten? Das gab der Geschichte eine ganz andere Bedeutung. Es konnte gut oder schlecht sein, wer vermochte das zum jetzigen Zeitpunkt schon zu sagen? Einerseits könnte es sein, dass Enrigo Hernandez ein verdeckter Ermittler gewesen war. Dann wäre der Limousinenservice möglicherweise eine Tarnfirma, und es wäre durchaus logisch, dass ein Bundesrichter sich dafür interessierte. Dann wäre das kein schlechtes Zeichen. Andererseits wäre es auch möglich, dass es eine Verschwörung gab, die zum Ziel hatte, die Stiftung zu unterwandern oder zu zerstören. Der Secret Service beschützt Personen nur auf direkten Befehl des Präsidenten. Wenn gerade Wahlen anstanden, auch die Kandidaten. Eine Liste mit beschützten Personen gab es jedenfalls nicht – zumindest nicht offiziell. Pia hatte recht. Sie mussten herausfinden, was es mit dem Geldgeber auf sich hatte. Erst recht seit dem Zusammenstoß mit dem Secret Service. Alleine schon, um die Stiftung vor Schaden zu bewahren. Und weil ein möglicherweise unschuldiger Mann aus Mexiko sein Leben verloren hatte. Denn wenn es sich um eine Verschwörung handelte, mit welchem Ziel auch immer, dann würde es bedeuten, dass er zum Schutz der Hintermänner sein Leben verloren hatte. Sie mussten diejenigen identifizieren, die das Bindeglied zwischen dem Limousinenservice und der Stiftung bildeten. Den Mann auf dem Beifahrersitz oder, falls nötig, seinen Chef. Aber sie konnte den Fall nicht weiterhin Pia und Adrian allein überlassen. Wenn Sam seinen Tritt in den Hintern bekommen hatte, damit er sich endlich ins Zeug legte, dann würde sie sich selbst darum kümmern müssen. Mit dieser Erkenntnis gab Klara Gas.

Zwanzig Minuten später erreichte sie das Sportgeschäft auf der Franklin Street. Kaum hatte sie die Tür des Bosses geöffnet, schlug ihr die geballte Luftfeuchtigkeit der Südstaaten mitten ins Gesicht. Auch in New York war es unerträglich heiß, aber wenigstens wehte ab und zu eine Brise vom Meer über den Hudson in die Stadt. Klara kaufte ein hellblaues Poloshirt mit dem Logo der hiesigen Universität, das sie in der Umkleide gegen ihr Tanktop tauschte, was zugegebenermaßen eine sehr unkreative Variante einer Tarnung darstellte, aber sie wusste, dass es funktionieren würde. Außerdem kaufte sie in einem Buchladen vier dicke Blöcke und Kugelschreiber. Zurück im Wagen, steckte sie ihre Locken zu einer jugendlicheren Frisur hoch, mit der sie – bei einigem Wohlwollen und oberflächlicher Betrachtung – für Ende zwanzig durchgehen mochte.

Sie parkte den Boss einige Straßen vom Krankenhaus entfernt und amüsierte sich auf dem Weg zum Haupteingang darüber, dass sie im Begriff war, etwas ganz Ähnliches zu versuchen wie der Täter vor über zehn Jahren. Nur dass sie vorhatte, eine etwas weniger dezente Methode zu benutzen. Beim Pförtner erkundigte sie sich nach dem Pathologischen Institut. Klara entschied sich statt des schnellsten Weges um das Gebäude herum für eine Route, die sie durch drei unterschiedliche Stationen führen würde. Unterwegs stieß sie mit einer Ärztin zusammen, die später feststellen würde, dass ihr Ausweis nicht mehr am Clip an ihrer Hose hing. Als sie an einem Stationszimmer vorbeilief, in dem eine Schwester über einem Dienstplan brütete, betrat sie zwei Türen weiter eines der Patientenzimmer. »Miss Potter?«, fragte sie.

»Ich heiße nicht Potter, Süße«, sagte eine alte Frauenstimme. Sie musste über achtzig sein und blickte ihr überaus fröhlich aus ihren großen Kissen entgegen. Drei Sträuße mit frischen Blumen standen auf der Fensterbank.

»Sind Sie sich sicher?«, fragte Klara und trat zu ihr ans

Bett. »Mir hat man gesagt, dass hier Miss Potter liegen würde.«

»Sehe ich aus wie eine Miss Potter, Schätzchen?«

Klara betrachtete sie eingehend und zwinkerte ihr zu. Währenddessen drückte sie den Patientenalarm, der an einem Kabel über dem Bett baumelte.

»Nein, das tun Sie nicht. Da haben Sie recht.«

»Das will ich meinen. Ich heiße Margaret.«

»Das passt viel besser zu Ihnen«, sagte Klara auf dem Weg zur Tür. »Ich wünsche Ihnen noch einen schönen Tag, Margaret.«

Auf dem Gang stellte sich Klara mit ihren unbeschriebenen Notizbüchern unter eine Pinnwand, auf der die Gottesdienstzeiten der Krankenhauskapelle vermerkt waren, und wartete. Die Schwester verließ drei Minuten später das Stationszimmer, um nach Margaret zu sehen. Eine weitere Minute später trat Klara in einem weißen Ärztekittel auf den Gang und lief an Margarets Zimmer vorbei. Die Schwester schloss kopfschüttelnd die Tür und bemerkte Klara nicht.

Die Exponatesammlung des Pathologischen Instituts lag im Keller eines unscheinbaren Gebäudes auf der anderen Straßenseite. Vermutlich hätte sich Klara den weißen Kittel und den Ausweis sparen können, denn sie wurde beim Reingehen nicht einmal kontrolliert. Weder ein menschliches noch ein elektronisches Sicherheitssystem versperrten ihr den Weg zum Treppenhaus, durch das sie ohne weitere Schwierigkeiten ins Kellergeschoss gelangte.

Vor der Tür hielt Klara kurz inne, um ihren Gang dem einer hier angestellten Ärztin mit einem sehr legitimen

Grund für einen Besuch in der pathologischen Sammlung anzupassen. Sie öffnete die Tür und stand in einem dunklen Korridor. »Hallo?«, rief sie leise. Dann noch einmal etwas lauter. Sie überlegte kurz, das Licht anzuschalten, entschied sich aber dagegen und gestattete ihren Augen eine halbe Minute lang, sich an die Dunkelheit zu gewöhnen. Dann lief sie den Gang hinunter, bis sie die Tür zum Archiv gefunden hatte.

Es kostete Klara keine zwanzig Sekunden, das Standardschloss mit dem Pick zu knacken und sie wunderte sich nur kurz über das laxe Sicherheitskonzept. Die Feuerschutztür öffnete sich mit einem leisen Knarren, und Klara beeilte sich, sie wieder zu schließen. In dem Raum, der die pathologische Sammlung beherbergte, roch es stark nach Chemie und Staub. Klara fand den Lichtschalter wie üblich links neben der Tür. Ein Aufputzmodell wie aus dem Baumarkt. Offenbar hatte diese sogenannte Sammlung nicht gerade höchste Priorität für das Krankenhaus oder die angeschlossene Uni. Sie war auch nicht besonders groß. Der Raum maß vielleicht vierhundert Quadratmeter, und zwischen den Säulen standen enge Reihen mit Regalen aus Stahlrohr. Alles sah aus, als wäre seit Jahren keiner mehr hier unten gewesen, was vermutlich zutraf. Umso besser. Und eine plausible Antwort auf die Frage, warum Laura Tennenbooms Gehirn und Lunge angeblich noch hier waren. Sie hatte vor ihrem Tod verfügt, dass ihr Körper der Wissenschaft zur Verfügung gestellt wurde. Möglicherweise hatte Laura angenommen, dass ein renommiertes Institut Forschungen an ihrem kranken Herzen anstellen würde, um ein Mittel gegen das zu finden, was sie umbringen sollte. Nur dass es zum einen vermutlich nicht das war, was sie umgebracht hatte, und zum anderen ihre Leiche offenbar nicht in einem Forschungslabor gelandet war, sondern bei den Zweitsemestern zum Präparierkurs. Aus irgendeinem Grund waren ihr Gehirn und ihre Lunge in Formaldehyd eingelegt und damit weitgehend konserviert worden. Und sie hatten eine Inventarnummer bekommen: A-492-GWS-82739 für den Lungenflügel sowie D-647-GWS-82742 für das Gehirn. Klara beschloss, vorne anzufangen, und schlich durch die erste Regalreihe. Rechts und links von ihr standen endlose Reihen unterschiedlich großer Glasgefäße oder andere Behältnisse zweifelhaften Inhalts. Manchmal erkannte sie die Anatomie, aber größtenteils blieb ihr die Provenienz der Exponate schleierhaft. Klara begann langsam, das Ablagesystem zu begreifen, und musste feststellen, dass sie definitiv in der falschen Reihe suchte. Sie lief zurück zur Tür und nahm den vierten Gang, der die Exponate mit den Inventarnummern »D« enthielt. Von da an war es nicht schwer, das richtige Gefäß zu finden. Hatte sie gedacht. Sie hatte A-492-GWS-82737 gefunden, eine verschweißte Plastiktüte mit einem kleinen Knochen, auch A-492-GWS-82738 und A-492-GWS-82740 waren nicht schwer zu entdecken. Aber ausgerechnet das gesuchte Exponat schien zu fehlen. Aufgrund ihrer Körpergröße konnte Klara ab dem dritten Regalfach nur noch die erste Reihe erkennen. Fluchend kletterte sie an den Stahlstreben des Regals nach oben und hoffte, dass sie ordentlich verschraubt waren. Zwar stellte sich dieser Zweifel als unbegründet heraus, aber von A-492-GWS-82739 fehlte auch weiter oben jede Spur. Nach fünf Minuten gab Klara auf und suchte nach der zweiten Nummer. Und tatsächlich: Säuberlich eingeordnet fand sie das Organ in einem dunklen Glasbehälter. Es sah irgendwie geschrumpft aus, erschreckend klein für ein menschliches Gehirn. Sie erinnerte sich, dass sie einmal in einer Wochenzeitung etwas über ein Gehirn im Tank gelesen hatte. Ein philosophisches Experiment, das jemandem, der annimmt, dass sein Gehirn in einem Tank lagert und alle Nerven und Sensoren von einem gigantischen Computer mit Reizen gefüttert werden, nicht das Gegenteil bewiesen werden kann. Egal. Bei diesem war definitiv kein Supercomputer mehr vorhanden, dachte Klara. Und setzte in ihren Gedanken ein ›Bitte entschuldige, Laura‹ hinterher. Klara überprüfte die Inventarnummer dreimal, bevor sie sich auf den Weg nach draußen machte. Als sie das Licht löschte und die Tür hinter sich zuzog, war sie erleichtert, dem Gruselkabinett entkommen zu sein. Sie nahm wieder den Weg durch das Treppenhaus, und auch diesmal begegnete sie keiner Menschenseele.

Klara hielt das Gefäß unter den schützenden Mantel und stieß die Tür zur Straße auf, als plötzlich ein ohrenbetäubender Alarm ertönte. Instinktiv rannte Klara zurück ins Gebäude. Verfluchter Mist. Sie hielt das Gefäß hoch über den Kopf, damit keine Flüssigkeit austreten konnte, und entdeckte ihr Problem: Unter dem dicken Glasboden war ein unscheinbarer Klebestreifen befestigt. Ein RFID-Chip. Dieselbe Technik, die Kaufhäuser anwendeten, um ihre Ware vor Diebstahl zu schützen. Sehr günstig und überaus effektiv. Auf dem Klebestreifen stand: UNC IT &

MATH. RFID PROJECT 2008. Ein Studentenprojekt. Klara hatte Studentenprojekte schon immer gehasst. Sie brauchte einen Plan, und das schnell. Das Treppenhaus. Sie stieß die Tür auf und rannte nach oben. Genau in die entgegengesetzte Richtung, die man von einem Dieb erwarten durfte. Klara hoffte inständig, dass das Projekt längst in Vergessenheit geraten war und der Alarm nicht mit der Security oder gar der Polizei verbunden war. Ich gönne euch gerne die guten Noten, aber man muss es ja auch nicht übertreiben, oder?, fragte sich Klara kurz vor dem dritten Stock. Über ihr war das Dach. Sie rannte noch eine halbe Treppe weiter und scherte sich nicht um das »Emergency Exit only«-Schild. Wieder traf sie das Südstaatenklima wie ein Hammer. Die zweite Sirene konnte ihr jetzt egal sein. Klara sprintete über das Flachdach auf die andere Seite des Gebäudes, dann nach rechts, weg von einem möglichen Ausgang. Glücklicherweise waren Planbauten oft symmetrisch aufgebaut, vermutlich weil es billiger war. Sie warf einen Blick nach unten. Etwa fünfzehn Meter. Aber es gab eine Regenrinne. Wozu sonst war sie in ihrer Jugend eine exzellente Turnerin gewesen und hielt sich immer noch mit beinah täglichem Training fit und ihre Bänder in Schuss, wenn nicht, um von einem Klinikgebäude mit einem in Formaldehyd eingelegten Organ in den Händen zu fliehen. Apropos Gehirn. Klara knotete aus dem Arztkittel eine Tragetasche, die sie sich umhängen konnte wie einen Rucksack, und steckte das Glas hinein. Sie vergewisserte sich mit einem weiteren Blick nach unten, dass kein Sicherheitspersonal auf sie wartete, und machte sich an den Abstieg.

Zehn Minuten später saß Klara im Boss und raste auf dem Highway Richtung Norden. Während sie auf der linken Spur möglichst dicht auffuhr, um den Weg freizuräumen, versuchte sie mit einem Tuch, das Formaldehyd von ihrem Poloshirt zu wischen. Der improvisierte Rucksack hatte zwar gehalten, aber etwa die Hälfte der Flüssigkeit war ausgelaufen, und ein wenig davon war durch das Tuch bis auf ihr Hemd gesickert. Mit Sicherheit war das Zeug giftig, dachte Klara und hupte. Dann wählte sie Steins Nummer.

»Pia, ich habe ein Problem. Ist er da?« Sie meinte natürlich Thibault Stein.

»Hast du es?«

»Das schon, aber ich wäre beinah erwischt worden.« Klara gab dem roten Prius vor sich die Lichthupe. »Ist er da oder nicht?«, fragte sie noch einmal, dieses Mal dringlicher.

»Moment«, sagte Pia und stellte sie durch.

»Es ist nicht glatt gelaufen?«, fragte Thibault Stein mit seiner emotionslosen Anwaltsstimme.

»Das könnte man so ausdrücken«, sagte Klara. »Ich bin jetzt auf dem Weg nach New York zu Dr. Linwood.« Terence Linwood war ein Gerichtsmediziner aus Orange County, den Klara seit über zehn Jahren kannte. Sie würde ihm ihr Leben anvertrauen. Oder Laura Tennenbooms Gehirn. Sie musste es zu ihm schaffen, bevor …

»Sind Sie in flagranti erwischt worden?«, fragte Stein. »Verfolgt man Sie?«

»Noch nicht«, antwortete Klara wahrheitsgemäß.

»Das ist gut«, murmelte ihr Anwalt.

»Aber in ein paar Stunden werden sie irgendwo doch eine Überwachungskamera mit einem Bild von mir gefunden haben. Und Sie wissen, was das heißt.«

»Natürlich, Miss Swell. Machen Sie sich keine Sorgen.«

Natürlich mache ich mir Sorgen, dachte Klara. Sie hatte eingesessen, ihr Bild war gespeichert. Sie hatte für das FBI Einbrüche begangen, sie war eine landesweit bekannte Diebin. Spätestens der Leiter der Dienststelle, der den Fall auf den Tisch bekam, würde sie erkennen. Warum hatte sie es auch unbedingt am helllichten Tag probieren müssen? Warum musst du nur immer wieder den Nervenkitzel suchen, Klara?, fragte sie sich verärgert. Frustriert schlug sie sich mit der Faust auf den Oberschenkel, um sich selbst zu bestrafen.

»Liefern Sie das Paket bei Dr. Linwood ab, und dann kommen Sie zu mir. Wir brauchen eine Strategie.«

Die brauchen wir allerdings, murmelte Klara, nachdem sie aufgelegt hatte, ohne zu antworten, und gab dem Boss die Sporen.

# Kapitel 22

## Der sechste Brief

*Lieber Sam,*

*es ist erstaunlich, wie leicht es in unserer Gesellschaft fällt, Menschen zu manipulieren. Um ein System auszunutzen, muss man es nur genauestens verstehen. Das gilt für die Arbeit Ihres FBI genauso wie für jede andere Institution in diesem Land. Weil es Bürokratien sind, die alle nach denselben Regeln funktionieren: Befehl und Gehorsam, oben und unten, rechts vor links. Die American Confederate Insurance Company hatte ihren Sitz in Dayton, Ohio. Alles, was ich brauchte, waren die Namen von zwei Angestellten aus der Buchhaltung, ein Telefon, das jede beliebige Nummer als Absenderkennung sendete, und ein wenig Chuzpe. Über Laura beispielsweise würde ihre Krankenversicherung wissen, dass sie an einer unheilbaren Muskelschwäche des Herzens litt. Dass sie als tickende Zeitbombe zur Welt gekommen war. Dass sie mit zwanzig hätte sterben können oder erst mit fünfunddreißig. In der Datenbank der Krankenversicherung wäre ihr behandelnder Arzt aufgrund der eingereichten Rechnungen ebenso verzeichnet wie die Medikamente, die sie nahm. Um das System der Krankenver-*

*sicherung zu knacken, reichte ein ähnlicher Trick wie im Krankenhaus. Das einzige Problem war, ihren Datensatz zu finden, denn wie alles in diesem grandiosen Land basierte damals das System der Krankenversicherung auf ihrer Sozialversicherungsnummer. Wie aber soll man die Sozialversicherungsnummer von jemandem herausbekommen, den man noch nicht einmal kennt? Ich hatte einen nutzlosen Zugang zum System der American Confederate Insurance Company. Sie müssen verstehen, dass wir hier über die Neunzigerjahre des letzten Jahrhunderts reden. Die damaligen Systeme waren keinesfalls so ausgereift und vernetzt wie heute. Seit sich jeder mit jedem über gut dokumentierte Schnittstellen verbindet, ist mein Leben deutlich einfacher geworden. Aber damals bedeutete das – zumal für mich, der ich kein Computerexperte im eigentlichen Sinne war – eine ganze Palette von Schwierigkeiten.*

*Am vielversprechendsten erschien mir damals die Werbung einer Firma, die Adressen von Leuten anbot, die häufig per Versandhandel bestellen. Laut ihrer eigenen Aussage konnte die Firma einem praktisch die Adressen zu jedem beliebigen Thema liefern. Wenn Sie Menschen suchen, die sich für Gartenarbeit interessieren – rufen Sie American Data an. Wenn Sie Menschen suchen, die zwei Hunde und drei Katzen haben – rufen Sie American Data an. Ich fragte mich, ob ich auch American Data anrufen könnte, wenn ich Menschen suchte, die an einer unheilbaren Krankheit leiden. Ich beschloss, es auszuprobieren. Am zweitmeisten er-*

*staunte mich, dass es ganz einfach war, sich als Mitarbeiter einer Pharmafirma auszugeben. Ich druckte mir Visitenkarten von Vital Pharmaceuticals und ging einfach hin. Eine sehr adrette Dame mittleren Alters und in einem erstaunlich an einen Schlafanzug erinnernden roten Kostüm erklärte mir nach einigen Minuten intensiven Nachdenkens, inklusive eingehender Betrachtung eines kompliziert aussehenden Datenblatts, dass ich eine ungewöhnliche Frage stellte. Aber keine unmögliche. Die einzige Bedingung sei, dass meine Firma die Daten nicht direkt erhalten könne, es sei eine Art Treuhänder nötig, denn medizinische Daten dürften nicht mit postalischen Adressen auf einem Kundensystem gespeichert werden. Was bedeutete, dass American Data meine Liste von Todkranken an eine Firma schickte und meine Firma wiederum die Botschaft, die für die Todkranken bestimmt war, an dieselbe. Dieses dritte Unternehmen, das ja selbst kein Interesse an meinen todkranken Adressen kannte, würde die Briefe verschicken. Und, darauf wies sie süffisant lachend hin, natürlich könne ich keine hundertprozentig akkurate Liste erwarten, schließlich wüssten sie nicht, wer an einer tödlichen Herzkrankheit leide, man könne nur eine gewisse Wahrscheinlichkeit abschätzen. Im Vertrag zwischen der American Data und der Vita Pharma stand etwas von mindestens zwanzig Prozent Wahrscheinlichkeit, was mir für meine Zwecke ausreichend erschien, und auch die Dame in dem Schlafanzug wirkte diesbezüglich sehr zufrieden, was die Leistungsfähigkeit von American*

*Data anging. Der Anruf als Techniker der American Data beim Treuhänder auf einer sehr niedrigen Hierarchiestufe brachte mir eine schöne Tabelle mit meinen Adressen. Im Grunde hätte man fast nichts gebraucht als dieses Telefonat mit dem Treuhänder und eine einigermaßen durchschnittliche Menschenkenntnis.*
*Lieber Sam, ich bin mir sicher, dass Sie mittlerweile erkannt haben, dass ich es mir erlaube, dann und wann ein Detail in meinen Schilderungen abzuwandeln, und – Sie ahnen es schon – natürlich hießen die Firmen weder American Data noch Vital Pharmaceuticals.*
*Ausgestattet mit meiner Liste echter amerikanischer Todeskandidaten, hatte ich natürlich immer noch nicht Lauras Sozialversicherungsnummer. Aber ich wusste, dass meine Liste auch Kunden der American Confederate enthalten musste. Ich erfand eine Umfrage zur Kundenzufriedenheit und rief die auf der Liste verzeichneten Frauen an. Eine nach der anderen. Es war ein Marathon, denn nur etwa jede Vierzigste war tatsächlich Kundin der Confederate, aber es funktionierte. Und ich beendete jedes Telefonat mit einer Frage nach der Sozialversicherungsnummer. Für die Statistik. Was natürlich kompletter Unsinn war, aber von allen Telefonaten, die ich führte, verweigerte mir nur eine Dame diesbezüglich die Auskunft, alle anderen waren froh, danach auflegen zu dürfen. Ich strich die Dame von der Liste. Es war nicht Laura Tennenboom.*
*Um meine Aufregung zu zügeln, schloss ich die Liste für vier Monate in meine Schreibtischschublade. Es*

*half nicht viel. Aber ich hatte Zeit, den Rest meines mittlerweile ausgereiften Plans vorzubereiten. Zum einen durfte ich meine Liste nicht zu schnell aufbrauchen, und zum anderen gehörte es zu meinem Plan, keine Einzige von ihnen zu opfern, die nicht wirklich todkrank war. Ich hatte mir fest vorgenommen, so wenige von ihnen zu töten wie möglich. Und glauben Sie mir, Sam, ich wäre sehr froh gewesen, wenn ich ihnen allen das Leben hätte schenken können. Aber ich wusste, dass das nicht ging. Nicht mehr.*

*Meine erste Liste war kurz, sie bestand nur aus fünfzehn Namen. Fünfzehn Frauen, die jung genug waren und eine unheilbare Krankheit hatten, sodass ich sie nicht aus dem vollen Leben riss, sondern nur aus einem kleinen Teil davon. Sie alle wussten, dass sie sterben würden, und zwar bald. Sie wären vielleicht nicht so schockiert, wenn ihnen ihr Todesengel begegnete. Und für mich machte es keinen Unterschied, vielleicht ist es sogar ein entscheidendes Detail, denn ich hatte festgestellt, dass diese Frauen mehr Leben in sich tragen als alle anderen. Mit jeder Faser ihres Körpers, der jeden Tag aufzugeben droht, sprühen sie vor Glück über den Augenblick. Wie Betty.*

*Tom*

---

Kurz nachdem er den Brief eingeworfen hatte, parkte Tom seinen Wagen gegenüber der Schule. Eine seiner Kandidatinnen arbeitete hier, sie unterrichtete Englisch und Mathematik. Normalerweise verließ sie den Lehrerparkplatz gegen vier und fuhr zu einem nahe gelegenen Supermarkt oder in die Stadt, um Besorgungen zu machen. Ihr Wagen, ein feuerroter japanischer Kleinwagen, rollte um Viertel nach fünf vom Schulparkplatz. Tamara war spät dran. Tom startete den Motor und fragte sich, ob er sie heute kennenlernen würde oder ob er sich noch gedulden müsste. Im Gegensatz zu jedem anderen Aspekt seiner Taten plante er das Kennenlernen niemals im Voraus. Er war überzeugt, dass es sich nicht vorausplanen ließ, wenn es natürlich ablaufen sollte. Es könnte sein, dass sie ihn in einem Kaufhaus ansprach, weil sie den Mann aus dem Café wiedererkannt hatte. Oder auch nicht. Es könnte sein, dass sie bemerkte, dass er dieselben Sachen bestellte, die sie auch mochte. Oder er traf sie in einem kleinen Buchladen und empfahl ihr einen Titel, den er mochte und der sie begeistern würde. Denn natürlich wusste Tom, was sie im Internet bestellte. So oder so, auf die eine oder die andere Weise, früher oder später würde es so weit sein.

Heute fuhr Tamara in die Innenstadt und traf sich mit einer Freundin zum Shoppen, was für Tom bedeutete, den Rückzug anzutreten. Zeugen waren das Letzte, was er brauchen konnte, und er hatte nicht vor, in den letzten Monaten unachtsam zu werden. Der Sommer war noch nicht vorbei. Er hatte noch Zeit. Auf dem Rückweg die Küste hinauf nach Norden dachte Tom an Tamara. Es waren die gleichen Gedanken, die jemand für sie hegte, der sich in sie verliebt hatte. Nur dass sie bei Tom noch mehr bedeuteten. Viel mehr.

# Kapitel 23

**Boston, Massachusetts**
Mittwoch, 8. August

Für Sam Burke glich der Gang zu seinem Briefkasten mittlerweile einem Termin beim Arzt nach einer Biopsie. Er ging hin, weil er wusste, dass das Ergebnis feststand, bevor er den Schlüssel ins Schloss steckte, umdrehte und öffnete. Trotzdem durchfuhr ihn jedes Mal ein Stich ins Herz, wenn er einen der schlichten, weißen Briefe mit der zu gewöhnlichen Schrift und der bunten Briefmarke herauszog. Er erkannte sie auf den ersten Blick, selbst wenn nur eine Ecke des Briefs aus dem Stapel herausragte. Das Papier schien weißer zu sein als alle anderen. Meist jedoch hatten Toms Briefe die seltsame Angewohnheit, ganz oben auf dem Stapel zu liegen und ihm direkt entgegenzufallen. So auch heute. Er trug Latexhandschuhe wie jedes Mal, wenn er die Post holte, auch wenn er wusste, dass seine Analyse, die er jedes Mal von dem hilfreichen Studenten anfertigen ließ, nichts bringen würde. Spuren lieferte Tom ausschließlich in Form von Inhalten. Das Profil war nach wie vor ihr bester Ansatz, und langsam kamen sie ihm näher. Sam war sich sicher, dass Tom nicht ahnte, dass sie bereits einige seiner Opfer identifiziert hatten, die er in seinen Briefen bisher nicht erwähnt hatte. Aufgeregt steckte Sam den Brief in eine Plastiktüte und lief die Treppe hinauf in seine Wohnung.

Bevor er den Brief mit einer Pinzette aus dem Umschlag holen und abfotografieren würde, um daran arbeiten zu können, machte er sich einen Kaffee und stellte aus reiner Gewohnheit den Fernseher auf einen Nachrichtenkanal. Er nahm einen Filter aus der Verpackung und wollte gerade das Pulver in die Maschine füllen, als ihn die Stimme der Nachrichtensprecherin aufhorchen ließ:

»›… ereignete sich heute auf dem Gelände des North Carolina Memorial Hospital ein kurioser Einbruch. Eine bisher unbekannte weibliche Täterin entwendete aus der pathologischen Sammlung des Instituts ein Präparat. Unser Reporter Mitch Brennan ist vor Ort. Mitch, was können Sie uns über das gestohlene Präparat sagen? Und gibt es bereits erste Hinweise auf die Täterin?‹

›Danke, Nancy. In der Tat ist das, was sich heute am frühen Nachmittag hier abgespielt hat, eine äußerst kuriose Straftat, vielleicht das Kurioseste, was North Carolina in den letzten Jahren zu sehen bekam. Bei dem entwendeten Präparat handelt es sich um das Gehirn einer unbekannten menschlichen Person, das seit über fünfzehn Jahren hier im Pathologischen Institut zu wissenschaftlichen Zwecken gelagert wurde. ‹«

Sam griff nach der Fernbedienung und stellte den Ton lauter. Die Kaffeemaschine spuckte unterdessen unter lautem Gurgeln heißes Wasser in den Filter.

»Die Polizei von North Carolina fahndet nach einer unbekannten weiblichen Person. Hier sehen Sie ein Bild, das von einer Überwachungskamera des Krankenhauses aufgenommen wurde. Hinweise auf den Aufenthaltsort dieser Person nimmt jede Polizeidienststelle entgegen.«

Sam starrte auf den Bildschirm, während er sich die erste halbe Tasse Kaffee aus der laufenden Maschine einschenkte. Braune Suppe tropfte auf die Warmhalteplatte. Er stellte die Kanne zurück, ohne einen Blick darauf zu werfen. Oh Klara, was hast du nur wieder angestellt?

»›Was hat es mit dem gestohlenen Gehirn auf sich, Mitch? Handelt es sich um ein wertvolles Präparat, ähnlich wie diese Stammzellenreihe, die zu einer juristischen Auseinandersetzung geführt hatte?‹

›Das ist das Erstaunliche, Nancy. Offensichtlich handelt es sich nicht um ein wichtiges Forschungsprojekt, sondern vielmehr um ein Übungspräparat, dem die Universität keinerlei Wert außer dem ideellen für die Angehörigen zuspricht.‹

›Ist es möglich, dass die gesuchte Frau eine der Angehörigen des entwendeten Präparats ist?‹

›Zu diesem Zeitpunkt möchte sich die Polizei nicht festlegen, sie hat allerdings keine Hinweise darauf, dass es so sein könnte. Die Namen der Angehörigen werden aus Rücksichtnahme nicht veröffentlicht, aber es heißt, dass die Universität versuchen wird, Kontakt mit ihnen aufzunehmen. Angeblich stammen sie hier aus der Gegend.‹«

Er wählte Klaras Handynummer. Sie war nicht erreichbar. Natürlich war sie das Handy mittlerweile losgeworden. Er probierte es bei Steins Kanzlei. Es klingelte. Pia hob ab. Sie wussten schon Bescheid. Und ja, Thibault Stein war vorbereitet, zumindest soweit das in so einem Fall möglich war. Klara würde in die Kanzlei kommen, sobald sie etwas Wichtiges erledigt hatte. Auf die Frage, was so wichtig sein könne, verwies Pia auf Klara. Sie würde es ihm selbst erklären, sobald sie wieder in die Nähe eines Telefons kam. Vielen Dank für das Gespräch, dachte Sam, als er aufgelegt hatte. Mit einem jedoch hatte Pia recht: Sie konnten im Moment nichts weiter tun, als zu warten. Darauf, dass jemand sie auf der Aufnahme identifizierte und die Polizei ihr auf die Schliche kam. Wie um alles in der Welt kam Klara dazu, ausgerechnet ein präpariertes Gehirn zu klauen?, fragte sich Sam, als er den Brief aus dem Umschlag zog, um ihn abzufotografieren. Im Fernsehen hieß es, das Präparat habe keinerlei wissenschaftlichen Wert. Hatte es Klara für einen Klienten entwendet? Oder arbeitete sie schon an einem Fall der Stiftung? Beides wäre theoretisch denkbar, und Sam war froh, dass es sich um ein altes Organ handelte, von einer Person, die schon mehrere Jahre tot war. Das sprach zumindest dafür, dass sich Klara an die Abmachung hielt und die Stiftung nur in Fällen aktiv wurde, mit denen keine unmittelbare Gefahr verbunden war. Wenigstens eine gute Nachricht, dachte Sam und widmete sich dem Brief. Das Einzige, was ihn jetzt ablenken würde, war eine ordentliche Portion Arbeitsmoral. Außerdem musste er zugeben, dass er tatsächlich neugierig war, wie Toms Geschichte weiterging. Für Sam bedeutete es nicht nur wissenschaftliches Neuland, ein Profil von hinten aufzuzäumen, sondern eine ernsthafte intellektuelle Herausforderung.

Anderthalb Stunden später saß Sam vor dem ergänzten Psychogramm und kaute auf einem Stift herum, was nicht seine Art war. Toms sechster Brief brachte das Profil nicht voran, zumindest nicht an entscheidenden Punkten.

Kontrolle, Intelligenz, Reue, das alles waren Aspekte, die ihnen aus früheren Briefen bekannt waren. Die Reue schien eine neue Stufe erreicht zu haben mit den Todgeweihten, aber aus Sams Perspektive war es ein alter Hut. Vielleicht konnte Shirin etwas mit seinem Vorgehen bei der Datenbankfirma anfangen, möglicherweise auch mit der Versicherung. Sam trank einen Schluck kalten Kaffee und lief in die Küche, um etwas warmen nachzugießen, da fiel ihm Klara wieder ein. Er hatte ihren dreisten Einbruch tatsächlich verdrängt. Auf dem Nachrichtenkanal lief immer noch – oder schon wieder – eine Sondersendung. Sam drehte den Ton lauter, gerade interviewten sie ein älteres Ehepaar, vermutlich die Angehörigen des gestohlenen Präparats.

»›... wir wissen nur, dass es sich Laura nicht so vorgestellt hätte. Sie wollte ihren Körper der Wissenschaft zur Verfügung stellen, weil sie an einer schweren Krankheit litt und weil ihr Arzt sagte, möglicherweise könne sie damit helfen. Dass ihr Gehirn in einem verstaubten Archiv in Chapel Hill landet ...‹« Die Mutter verdrückte eine späte Träne über ihre Tochter, und Sam stellte die Kaffeetasse auf den Küchenblock. Laura. Er starrte fassungslos in den Fernseher. Blickte auf Klaras Turnschuhe, die sie zum Joggen in seiner Wohnung gelassen hatte. Dann wieder zurück auf den Fernseher. Ihm dämmerte, dass Klara nicht an einem alten Fall arbeitete. »Liz Tennenboom« stand unter dem traurigen Gesicht der alten Frau, die sich bemühte, vor der Öffentlichkeit die Fassung zu wahren. Als Sam erkannte, dass Klara von Toms Briefen wusste, ja sogar das Gehirn eines seiner Opfer gestohlen hatte, das er nicht hatte obduzieren dürfen, verspürte er ein Kribbeln in den Beinen, als wäre das Blut von dort in seinen Kopf gewandert, der zu platzen drohte. Er schlug die Tasse auf die Arbeitsplatte, sodass der Henkel abbrach, und schnitt sich mit der groben Kante einer Scherbe in die Hand. Klara arbeitete an seinem Fall! Die verdammte Stiftung arbeitete an seinem Fall! Sie hatte Toms Briefe geklaut. Nicht geklaut, aber gelesen. Er starrte auf sein Telefon, um sie anzurufen. Die Moderatorin im Fernsehen fasste noch einmal den kuriosen Diebstahl zusammen, was mittlerweile im Fünfminutentakt wiederholt wurde, damit es die durchschnittliche Aufmerksamkeitsspanne nicht überforderte. Das Foto von der Überwachungskamera. Ein Archivbild von Klara Swell – natürlich das von ihrer ersten Verhaftung, als sie noch Sams Kollegin gewesen war. Dann eine verwackelte Szene vor Thibault Steins Kanzlei. Jemand hatte ihr ein Jackett über den Kopf geworfen. Ein weiblicher Officer des NYPD führte sie die Stufen hinunter und drückte ihren Kopf nach unten in den Fond eines Wagens. Sie hatten sie schon verhaftet. So unnötig, Klara, dachte Sam. So unnötig. Er schickte eine Mail an Shirin, worin er sie bat zu überprüfen, ob das Gehirn zu Lebzeiten bei der American Confederate versichert gewesen war und ob es noch eine Krankenakte gab. Dann ging er joggen. Er wusste, dass es besser für sie beide war, einen klaren Kopf zu bekommen, bevor er sie anrief. Danach würde er nach New York fahren und auf sie warten. Ob sie das Geschenk, das er für sie besorgen wollte, jetzt überhaupt noch verdiente? Andererseits hatte er gewusst, worauf er sich mit ihr eingelassen hatte, oder nicht?

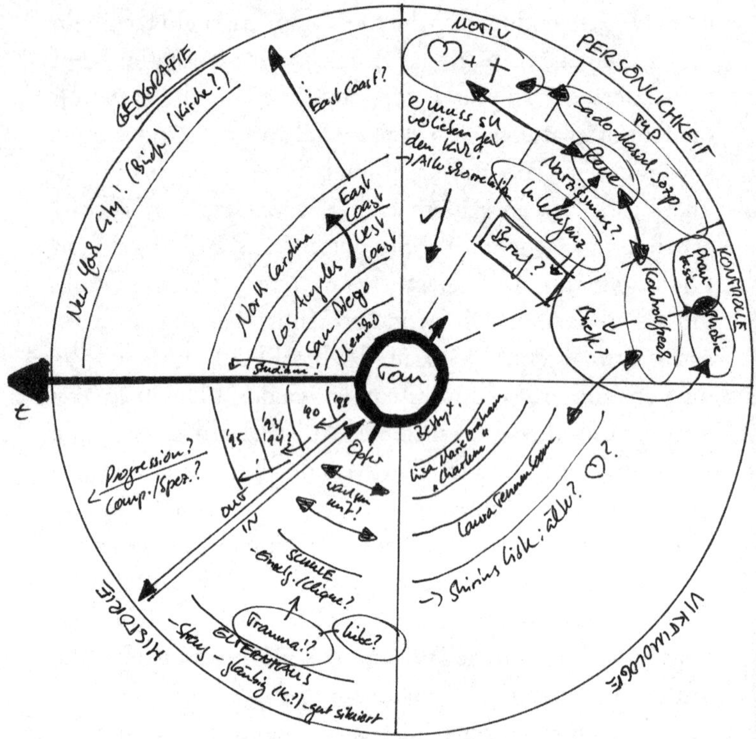


Und in irgendeinem tiefen Abgrund seines Herzens fühlte es sich gut an. Klara an seiner Seite. Wie früher. So vertraut. Und doch so falsch.

## Kapitel 24

**Manhattan, New York**
Mittwoch, 8. August

Klara Swell und der Rest der Anwesenden erhoben sich, als der ehrenwerte Richter Green den Gerichtssaal betrat. Als sie wenige Sekunden später wieder zwischen Pia und Thibault Stein auf den unbequemen Holzstuhl sank, musterte sie den alten Anwalt, der vor Gericht stets wie ausgewechselt erschien. Seine Augen, die oftmals auch eine milde Güte ausstrahlen konnten, blitzten heute vor Angriffslust. Pia goss sehr langsam Wasser in ein Glas, das vor Stein auf dem Tisch stand, neben den Akten. Es hatte irgendetwas mit seinen Regeln für den Gerichtssaal zu tun, dass er stets ein volles Glas Wasser benötigte, wusste Klara. Pia berührte sie am Arm: »Mach dir keine Sorgen, Klara. Wir sind bestens vorbereitet.«

»Ich kann immer noch nicht klar denken«, flüsterte Klara ihr zu. »Ich glaube, das war ein wenig zu viel des Guten.«

»Es war vor allem ein sündhaft teurer Single Malt. Ein Geschenk von Giorgio Canelli, nach dem letzten gewonnenen Fall. Zweihundert Dollar die Flasche.«

»Ihr habt mich mit Schnaps für dreißig Dollar pro Glas abgefüllt?«, fragte Klara entrüstet. Sie regte sich noch immer viel zu leicht auf. Eine Folge des Alkohols, der in Steins Strategie für ihre Verteidigung irgendeine wichtige

Rolle spielte. Natürlich hatte man sie nicht aufgeklärt, worin sie bestehen sollte. Stein liebte es, seine Klienten genauso zu überraschen wie das Gericht. Er hielt das für glaubwürdiger. Wieder irgend so ein Paragraf in Steins Prozessordnung. Auf Anordnung des Richters verlas der Staatsanwalt die Anklage. Wie erwartet, legte dieser, ein gewisser Andrew Barnes III., ein eingebildeter Neuenglandtyp wie aus der Bildergalerie einer Eliteuniversität und mit sehr protzigen Manschettenknöpfen, ihr den Einbruch in dem Krankenhaus zur Last. Ein alter Bekannter. Er hatte schon einmal eine Anklage gegen sie erhoben und war gescheitert. Mit Sicherheit hatte er sich vorgenommen, ihr heute eins auszuwischen. Als Beweisfotos eingebrachte Bilder von den Überwachungskameras zeigten sie beim Verlassen des Klinikgebäudes und später an einer Straßenecke mit dem zum Rucksack umfunktionierten Ärztekittel. Dazu Protokolle des RFID-Systems und von der Polizei fotografierte Schlösser an den Türen zum Pathologischen Archiv, die Einbruchsspuren ihrer Picks aufwiesen. Es war ihr vollkommen schleierhaft, wie Stein sie jemals aus diesem Schlamassel herausbekommen wollte.

Als der Staatsanwalt fertig war, stand Thibault Stein langsam auf. Er stützte sich dabei auf seinen Stock und sah sehr zerbrechlich aus.

»Hohes Gericht, meine Mandantin bestreitet nicht den Ablauf der Dinge, wie der Herr Staatsanwalt sie geschildert hat.«

»Nein?«, fragte Richter Green, und auch Klara starrte Stein ungläubig an.

»Nein«, sagte Stein.

»Das heißt, Sie schließen sich uns an und plädieren für schuldig?«, fragte Andrew Barnes III. Klara vermutete, er witterte einen schnellen Sieg, und das gegen eine Ikone. Gegen Thibault Godfrey Stein. Er würde heute Abend eine Flasche Champagner aufmachen. Auf ihre Kosten. Pia tätschelte beruhigend ihre Hand.

»Mr Andrew Barnes III.«, begann Stein und trank einen Schluck Wasser. Er sprach den Namen aus, wie man einen lästigen Stein aus den Schuhen schüttelt. »Natürlich nicht.«

Stille im Gerichtssaal, niemand wusste, was man davon halten sollte. Am allerwenigsten der Staatsanwalt. Richter Green, der Stein wie alle Haftrichter in New York als Strafverteidiger seit Jahren kannte, lächelte leise.

Nach einem weiteren Schluck Wasser lief Stein um den Anklagetisch herum, sein Stock pochte auf den glatten Marmorboden: »Miss Swell hatte von dem möglichen Schicksal des Präparats D-647-GWS-82742 gehört und sich darüber fürchterlich gegrämt. Um der Familie des möglichen Opfers näher zu sein, fuhr sie nach Chapel Hill, wo sie nach ein paar Stunden der schreckliche Drang überkam, der Familie zu helfen.«

»Und da hat sie es gestohlen?«, fragte der Staatsanwalt süffisant.

»Ja«, sagte Stein.

»Und?«, kam die prompte Rückfrage.

»Sie war betrunken, Sir«, behauptete Thibault.

»Betrunken?«, fragte der Richter.

Stein nickte: »Miss Swell betrank sich vor Gram über das Schicksal der jungen Frau, in einem privaten Haus, wie ich hinzufügen möchte. Schließlich hatte sie die zugegeben äußerst dumme Idee, der Familie Gewissheit zu verschaffen. Sie nahm das Präparat nicht für sich, sondern brachte es zu einem Gerichtsmediziner im Staat New York, dessen eidesstattliche Versicherung über den Vorgang mir vorliegt.«

Pia reichte ihm einen Zettel, den Stein triumphierend hochhielt.

»Selbst wenn«, setzte der Staatsanwalt zu einer Erwiderung an, »Miss Swell betrunken war, als sie den Einbruch beging – was soll das ändern?«

»Nun«, sagte Stein, und Pia reichte ihm einen dicken Stapel Akten. Er lief in Richtung des Richtertischs. »Ich habe hier Präzedenzfälle über Straftaten unter dem Einfluss verschiedener Drogen, Halluzinogene und Alkohol. Sie werden feststellen, dass sie allesamt auf Unzurechnungsfähigkeit hinausliefen. Miss Swell hat bei ihrer Verhaftung einem freiwilligen Blutalkoholtest zugestimmt, und sie hatte 1,9 Promille. Wenn Sie zurückrechnen, dürfte ihr Pegel zum Tatzeitpunkt weit über dem Limit für Unzurechnungsfähigkeit gelegen haben.«

»Und in diesem Zustand will Miss Swell an der Regenrinne vom Dach des Klinikgebäudes geklettert sein?«, unterbrach ihn der Staatsanwalt sichtlich genervt.

»Miss Swell gewann mit sechzehn Jahren die Schulmeisterschaft im Geräteturnen«, antwortete Stein amüsiert. »Dass so etwas für uns beide außerhalb jeder Vorstellungskraft liegt, will ich Ihnen jedoch gerne uneingeschränkt zugestehen.«

Richter Green winkte Stein zu sich heran und nahm ihm die Akten ab.

»Es bleibt Diebstahl, wie auch immer unser notorischer Rechtsverdreher das hier darzustellen versucht«, insistierte Andrew Barnes III.

»Würden Sie mir zustimmen, Mr Barnes, dass unter den führenden Universitäten unseres Landes eine gewisse, nun, nennen wir es: Rivalität herrscht, die bisweilen in grotesken Scherzen Ausdruck findet?«

»Worauf wollen Sie hinaus?«, fragte Richter Green.

»Harvard klaut in Stanford eine Kanone, Yale in Princeton eine Fahne. Der Diebstahl von Universitätsikonen hat eine große Tradition, und bisher ist keine dieser Personen jemals dafür verurteilt ...«

Weiter kam Stein nicht, denn Andrew Barnes platzte der Kragen.

»Erstens ist Miss Swell keine Studentin einer Universität, sondern eine achtunddreißigjährige notorische Einbrecherin, wofür ich gleich noch einen weiteren Beweis vorlegen werde. Zweitens ist das über zehn Jahre alte Gehirn im Glas wohl kaum eine Ikone der Universität, und drittens: Wie ist Miss Swell eigentlich zu dem Gerichtsmediziner gekommen? Ist sie etwa mit dem Auto gefahren? Betrunken?« Andrew Barnes grinste. Stein grinste noch ein wenig mehr: »Erstens: Die New York State ist die Alma Mater von Miss Swell, diese pflegt eine lange Tradition tief verbundener Feindschaft mit der University of North Carolina. Zweitens: Es handelt sich um das Gehirn einer jungen Frau, die einem Verbrechen zum Opfer fiel. Halten Sie das für ein wertloses Stück Fleisch im Glas?«

Stein trank einen weiteren Schluck Wasser, um seinen finalen Haken vorzubereiten.

»Und nein, natürlich ist Miss Swell nicht selbst gefahren. Sie war mit meiner Assistentin, Pia Lindt, in Chapel Hill, die nichts von ihrem Plan ahnte, sie aber aufgrund ihres Zustands und einer unmissverständlichen Forderung von Miss Swell zurück nach New York fuhr.«

Klara warf einen fragenden Blick zu Pia, die sich nichts anmerken ließ.

»Aber er kann doch nicht … Richter, ich bitte Sie!«, echauffierte sich Barnes, der jetzt stark schwitzte. Thibault stand immer noch vor dem Anklagetisch und beugte sich amüsiert über seinen Stock zu Klara hinunter: »Jetzt holt er uns ins Richterzimmer«, flüsterte er.

»Klara Swell ist eine notorische Einbrecherin. Erst letzte Woche hat sie sich mit einem gefälschten FBI-Ausweis Zugang …«

Richter Green hämmerte auf das Richterholz: »In mein Zimmer, alle beide!«

Stein zwinkerte Klara zu.

»Und Sie auch!«, bellte Green in Klaras Richtung.

»Jetzt wird es lustig«, murmelte Pia und packte ihre Akten zusammen. Ohne direkt dazu aufgefordert worden zu sein, lief sie hinter den beiden her und bedeutete Klara, ihr zu folgen.

Im Richterzimmer setzten sich Stein und Andrew Barnes III. auf die Besucherstühle, Klara und Pia blieben dahinter stehen. Richter Green ließ sich mit einem Ächzen in seinen riesigen Ohrensessel fallen. Er war sogar noch älter als Stein, was Klara kaum möglich schien.

»Thibault, Sie machen mich fertig.«

»Ich weiß, Euer Ehren. Und es tut mir leid.«

»Sie wissen«, fuhr der Richter an den Staatsanwalt gewandt fort, »dass ich sie nicht dafür hierbehalten kann, oder?«

»Ich weiß«, seufzte der Aalglatte.

»Machen Sie sich nichts draus, Sie können Sie später verklagen. Irgendwas wird schon für Sie dabei herausspringen. Was hat es mit dieser Ausweissache auf sich?«, fragte der Richter. »Haben Sie da noch etwas?«

»Nun«, räusperte sich der Staatsanwalt, »offenbar hat sich die Angeklagte vor einigen Tagen unter Zuhilfenahme eines gefälschten FBI-Ausweises Zutritt zu einem Tatort des NYPD verschafft. Und soweit ich weiß, ist das ein Bundesverbrechen.«

Der Richter warf einen fragenden Blick zu Stein, der die Hand nach hinten streckte, um sich von Pia die nächste Akte reichen zu lassen.

»Das wäre alles so weit korrekt, wenn es denn eine gefälschte FBI-Marke gewesen wäre oder wenn Miss Swell mit auch nur einem Halbsatz behauptet hätte, für das FBI zu arbeiten. Was aber nicht zutrifft.« Er entnahm der Akte eine stark vergrößerte Darstellung des Logos auf Klaras falschem Ausweis und reichte sie dem Richter.

»Jetzt kommt mein Lieblingsteil«, sagte Thibault Stein zu Andrew Barnes III. Der rollte mit den Augen.

»Ich habe hier die eidesstattliche Versicherung von drei namhaften Experten chinesischer Kalligrafie, dass es sich bei den abgebildeten Buchstaben nicht etwa um die Buchstaben F, B und I handelt, sondern um Schriftzeichen des historischen Kantonchinesisch.«

Richter Green starrte über seine Brille: »Thibault, jetzt haben Sie endgültig den Verstand verloren.«

»Ferner«, ließ sich Stein nicht beirren, »werden Sie feststellen, dass in dem äußeren Kreis nicht Federal Bureau of Investigation steht, sondern etwas ganz anderes. Miss Swell hat mit keinem Wort behauptet, für das FBI zu arbeiten. Sie wurde von den Beamten freiwillig eingeladen, sich den Tatort anzuschauen, um ihre Expertise einzubringen.«

»Lassen Sie mich sehen, wie diese Firma heißt«, murmelte Richter Green und hielt das vergrößerte Logo dichter vor seine Lesebrille.

»Mein Herz empfängt einen Hund auf …«, las er laut. Und hob dann einen Arm und deutete mit dem Finger Richtung Tür: »Raus! Sofort!«

Thibault nahm dem Richter den Ausdruck aus der Hand und gab ihn Klara. Dann traten sie den Rückzug an, es schien Klara, als klinge der Stock von Thibault auf dem glatten Boden noch etwas beschwingter als zuvor.

Als sie an der Tür waren, rief der Richter sie noch einmal zurück: »Thibault, passen Sie auf! Ich sage das zu Ihnen als jemand, der Sie immer geschätzt hat: Übertreiben Sie es nicht.«

»Danke, Richter Green«, antwortete Thibault und grinste. »Ich werde es mir merken.«

---

Der schwerste Gang stand Klara noch bevor. Sie hielt den Schlüssel in der Hand und starrte auf das Schloss. Dann atmete sie einmal tief ein und machte sich auf den Weg in den ersten Stock.

»Sam?«, fragte sie, als sie die Schuhe im Flur auszog. Klara zuckte mit den Schultern und freute sich insgeheim, dass sie die Begegnung noch ein wenig hinauszögern konnte. In der Küche fand sie abgestandenen, aber immerhin warmen Kaffee in der Kanne. Sie goss sich eine Tasse ein und setzte sich auf den Küchenblock, als sie plötzlich eine Bewegung neben sich wahrnahm. Beinah hätte sie die Kaffeetasse vor Schreck fallen gelassen, aber es war nur eine Katze, die sich in ihre Wohnung geschlichen haben musste und die nun in misstrauischer Entfernung zu ihr hinter dem Wasserhahn umherschlich.

»Wo kommst du denn her?«, fragte Klara und streckte eine Hand nach ihr aus, aber die Besucherin machte keine Anstalten, sie zu begrüßen. Sie hatte feuerrotes, sehr langes Fell, gelbe Augen, die beinah künstlich aussahen, und war von ziemlich beeindruckender Statur. War das nicht eine der Katzen aus der verwahrlosten Wohnung, für die sie den Tierschutz angerufen hatte? Bei der Observierung von diesem Plastikpflanzenhändler? Natürlich konnte sie sich nicht sicher sein, vor allem weil der Zustand dieser Schönheit keinesfalls der verlotterten Version in der Sozialwohnung entsprach.

»Sam?«, rief sie noch einmal. Statt einer Antwort flog etwas aus Richtung Wohnzimmer über den breiten Dielenboden. Sofort stürzte sich die Katze von ihrem Fensterplatz in den Flur und raste auf den Fellball zu. Sie langte mit ihren Tatzen danach und schob ihn in einem Affenzahn quer durch die Wohnung. Klara rutschte ebenfalls von dem Podest und hoffte, dass es wenigstens halb so elegant aussah wie bei der Katze. Dann lief sie ins Wohnzimmer. Sam musste auf dem Sofa hinter dem Raumteiler sitzen, nur so hätte er den Fellball so weit werfen können. Sam saß auf dem Sofa, seinen Laptop auf dem Schoß. Sein Gesichtsausdruck war nicht wütend oder enttäuscht. Er wirkte eher teilnahmslos. Ein schlechtes Zeichen, denn es bedeutete, dass er wirklich enttäuscht und wirklich sauer war. Jenseits einer Eskalationsstufe, die mit einem Streit als reinigendem Gewitter zu klären wäre.

»Woher kommt die Katze?«, fragte sie.

»Schön, dass du wieder da bist«, sagte Sam.

»Sie ist hübsch.«

»Er heißt Gandhi.«

»Er sieht aber nicht aus wie Gandhi. Eher wie ein Mafiapate.«

»Eben. Wie war es beim Haftrichter, Schatz?«

Wenn er »Schatz« sagte, stand er kurz vor dem Auszug.

»Sam, was soll das?«, fragte Klara. »Ich weiß genau, was du denkst. Und du hast recht. Du hattest es nicht verdient, weder, dass ich an deinem Fall herumgedoktert habe, und noch viel weniger, dass ich es dir verschwiegen habe.«

Das sollte helfen, dachte Klara. Ein glattes Schuldeingeständnis ohne jede Fußnote.

»Gandhi betreibt keine Drogengeschäfte oder Nachtclubs, zumindest soweit ich das bisher mitbekommen habe.«

»Hör doch mal einen Moment mit der Katze auf«, verlangte Klara jetzt mit etwas lauterer Stimme. Dabei hatte sie sich fest vorgenommen, ihn aus der Reserve zu locken statt umgekehrt.

»Kater, Klara. Den du ins Tierheim stecken wolltest, wo er in eine Art Hungerstreik trat, bis ich ihn abholen kam. Sie haben hier angerufen. Gewissermaßen ein Schicksalskater.«

Klara seufzte. Wie sollte sie ihm nur klarmachen, dass sie sich bei ihm entschuldigen wollte? Sie war nicht gut in diesen zwischenmenschlichen Sachen. Sie ging die Wände hoch, gestikulierte, wurde laut. Sie machte in solchen Situationen ständig das Falsche. Aber was tat Sam? Er rettete einen Kater, der aussah wie der Teufel höchstselbst, und setzte sich auf die Couch, um auf sie zu warten. Der Leibhaftige ließ sich neben Sam nieder und rollte sich zusammen. Sam streichelte ihn hinter den Ohren und blickte zu ihr herüber.

»Aber du musst zugeben, dass wir Ergebnisse erzielt haben, die ihr niemals so schnell bekommen hättet, oder etwa nicht?« Rückzug beherrschte Klara Swell nun einmal nicht.

Sam stellte die Streicheleinheiten ein und zog ein Blatt Papier unter dem Laptop hervor: »Ach nein? Dann rate mal, welchen Namen ich seit gestern Abend schwarz auf weiß in meinem Briefkasten hatte?«

Klara schluckte: »Du hattest ihren Namen? Aber davon stand nichts in …«

»In meinen Aufzeichnungen?«, unterbrach Sam sie. »Das wolltest du doch sagen, oder nicht? In meinen Aufzeichnungen hast du vor einigen Tagen noch nichts darüber gefunden, und deshalb bist du davon ausgegangen, dass natürlich nur die große Klara Swell mit ihrer Stiftung alles richten kann, oder? Und dass der einzige Weg ist, ein Gehirn zu stehlen und es untersuchen zu lassen?«

»Sam, ich wollte nicht …«

»Nein, natürlich wolltest du mich nicht ausspionieren, mit deinen billigen Tricks und deinen Einbrechermethoden. Warst du im Institut? Hast du das Profil gesehen?«

Klara schwieg.

»Das hatte ich mir gedacht«, sagte Sam leise.

Klara konnte nicht anders: »Aber das Profil ist doch genau der Grund, warum ich das alles angezettelt habe, Sam. Ich spüre, dass du etwas übersiehst, weil du nicht ganz bei der Sache bist. Früher haben wir uns vertraut, und jetzt erzählst du mir nicht einmal mehr, wenn du Briefe von einem Serienmörder bekommst!« Sie wusste, dass sie damit einen wunden Punkt bei ihm getroffen hatte. Im Grund hatte ja sogar Sam angefangen, sich nicht an die Absprache zu halten.

»Du redest über Vertrauen, Klara? Ausgerechnet du? Keine zwei Wochen ist es her, dass du mir von deinem Engagement für die Lost Souls Foundation erzählt hast. Wohlgemerkt, nachdem du deine Entscheidung längst getroffen hattest. Und schon rennst du mit einem halb fertigen Profil durch die Gegend, ohne mir etwas davon zu erzählen, und untergräbst unseren Fall?«

»Aha. Du willst also behaupten, dass es allein dein Fall ist? Mit Verlaub, Sam, aber das nehme ich dir nicht ab. Seit du diese Briefe kriegst, vergräbst du dich in diesem Profil. Wie oft warst du in Quantico? Einmal, als du behauptet hast, ein Geschenk für mich zu kaufen. Und noch einmal?

Du fährst zweimal nach Quantico und behauptest, das wäre dein Fall? Wenn du mich fragst, ist das genau das Problem: Du fühlst dich immer noch unserer Abmachung verpflichtet. Keine Serienmörder, nur die reine Theorie. Und dabei verrätst du deine eigenen Grundsätze. Du bist derjenige, dem er die Briefe schickt, Sam. Und du weißt genau, dass du deine Probleme nicht einfach nach Quantico abschieben kannst. Weil deine Probleme dort niemanden interessieren. Du hältst den Fall auf Distanz, schön für dich, Sam Burke, aber was ist mit den Frauen?«

Nachdenklich stellte Sam den Laptop auf das Sofa neben sich und strich dem Kater über den Kopf: »Was macht man mit so einer Frau, Gandhi?«, fragte er. »In ihrem eigenen riesigen Schlamassel schmeißt sie dir ihre Argumente wie Betonklötze um die Ohren und wartet darauf, dass einer trifft.«

»Sam«, sagte Klara mit versöhnlichem Tonfall. Sie lief hinüber zur Couch und setzte sich neben das riesige Fellknäuel. Vorerst noch nicht neben Sam. »Ich weiß, dass ich das nicht hätte tun sollen, aber du hast dich auch nicht …«

»Schon gut. Der Klotz hat getroffen.«

»Und was machen wir jetzt?«, fragte Klara und streckte vorsichtig eine Hand nach dem Kater aus. Sie fand Sams Fingerspitzen irgendwo in dem dichten Fell, und sie fühlten sich vertraut an. Trotz ihres Streits.

»Jetzt suchen wir gemeinsam einen Weg, wie wir damit umgehen, dass ich diese Briefe bekomme. Unter einer Bedingung.«

Klara hob eine Augenbraue.

»Wir halten uns an unser Versprechen und legen nicht

selbst die Pistolen an. Wir arbeiten ausschließlich im Hintergrund. Wir müssen auf Bennett und Shirin vertrauen.«

Klara nickte: »Vermutlich habe ich mit meinem kleinen Ausflug nach Chapel Hill ja ohnehin erreicht, dass Marin gegen eine jegliche Einbindung deiner Person auf die Barrikaden gehen würde.«

»Darauf kannst du Gift nehmen.«

»Zeigst du mir den neuen Brief?«, fragte Klara.

Sam blickte auf. Zwischen ihnen saß Gandhi, der von all dem keine Ahnung hatte. Für einen langen Moment sahen sie sich in die Augen und wussten, dass sie sich niemals verlieren würden.

»Vertrauen wir uns wieder?«, fragte Sam.

»Ja, Sam, das tun wir«, bestätigte Klara, nahm ihm das Blatt Papier aus der Hand und begann zu lesen.

»Klara?«, fragte Sam nach einer Weile.

Sie blickte auf.

»Glaubst du wirklich, dass ich etwas Entscheidendes übersehe, weil ich Angst davor habe, mich auf den Fall einzulassen?«

Das hatte sie zwar so deutlich nicht geäußert, aber zu irgendetwas musste ein Psychologiestudium ja gut sein. In der Tat lag es vermutlich an seinen eigenen Ängsten, dass er den Fall nicht an sich heranließ. Angst, sie zu verlieren. Angst, dass ihm die Kontrolle entglitt. Angst vor sich selbst und dem, was er wurde, wenn er wieder Monster jagte. Sie war ihm eine Antwort schuldig. Glaubte sie wirklich, dass er etwas übersah?

»Nein, Sam, das glaube ich nicht. Ich weiß es ganz genau.«

## Kapitel 25

**Manhattan, New York**
Donnerstag, 16. August

Adrian von Bingen stapelte die letzten Pfannen der Mittagsschicht übereinander und wischte sich die Hände an einem Küchentuch ab, das in seiner Schürze steckte. Er warf einen Blick auf Pia, die am Pass mit den Wärmeplatten lehnte, und stellte fest, dass sie in ihrem spießigen blauen Anwältinnenkostümchen wieder einmal hinreißend weiblich aussah.

»Er wartet schon«, sagte Pia mit vorwurfsvollem Ton, von dem Adrian nicht sicher war, wie ernst er gemeint war.

»Das hier wird ihn versöhnen«, sagte er und schnappte sich ein Tablett mit Tartelettes. Kurz vor dem Büro wäre er fast mit Klara zusammengestoßen, die durch das Restaurant hetzte, als versuchte sie, einen Bus zu erwischen.

»Bin ich zu spät?«, fragte sie.

»Wir wollten gerade anfangen«, sagte Pia.

Im Büro wartete Thibault Stein auf einem der beiden Besucherstühle. Klara nahm ihren Platz ein, und Adrian platzierte das Tablett mit dem späten Mittagessen auf einem der vielen Papierstapel, die auch unter Klaras Ägide nicht so schnell schmolzen, wie Adrian sich das insgeheim erhofft hatte. Aber es störte ihn auch nicht großartig. Die Finanzen sahen blendend aus, und die Tartelettes schmeckten in einem unordentlichen Büro keinen Deut schlechter.

»Klara, ist alles in Ordnung?«, fragte Pia, und Adrian musste feststellen, dass sie tatsächlich ein wenig mitgenommen aussah.

»Es geht mir gut«, sagte Klara und schaltete den betagten Computer ein. Er gab ein ungesundes Geräusch von sich, belohnte sie aber kurz darauf mit einem bunten Startbildschirm.

»Nachdem nun alle wohlbehalten eingetroffen sind«, begann Thibault Stein und fischte eines der Roquefort-Birnen-Küchlein von dem Tablett, »können wir ja vielleicht mit der Sitzung beginnen? Miss Lindt, würden Sie?«, bat er seine Assistentin und kaute zufrieden.

Pia schlug eine Akte auf: »Tagesordnungspunkt eins der Vorstandssitzung der Lost Souls Foundation heute: der Fall Laura Tennenboom, Fallnummer …« Sie blätterte durch eine zweite Akte. »Sissi, haben wir überhaupt schon eine Fallnummer für Laura Tennenboom?«, fragte Adrian.

Klara Swell klemmte ihr Tartelette zwischen die Zähne und tippte etwas in den Computer. Adrian nannte sie immer bei ihrem Spitznamen, was sie nicht mochte, aber immerhin war er seit Neuestem gewissermaßen ihr Chef, und ein wenig Aufziehen hatte noch niemand geschadet.

»Wieso Fallnummer? Sind wir hier beim Finanzamt?«, ätzte Klara.

»Okay«, bestätigte Pia und notierte einfach ihren Namen fürs Protokoll.

»Klara, kannst du einen kurzen Bericht darüber geben, was der Gerichtsmediziner gefunden hat?«

»Dr. Linwood hat die seinerzeit vom behandelnden Arzt festgestellte Todesursache multiples Organversagen bestätigt, fand jedoch Spuren eines Nervengiftes namens Tetrodotoxin.«

»Nachdem das Gehirn zehn Jahre in einem Glas eingelegt war?«, fragte Adrian verblüfft.

»Das Gehirn ist ein sehr guter Speicher für Giftstoffe«, referierte Klara. »Zumindest hat mir das Terence erklärt. Offenbar konnten diese Giftstoffe vom Körper nach dem Tod nicht abgebaut werden, und das Formaldehyd konservierte sie zusammen mit dem Gewebe, in dem sie eingelagert wurden.«

»Wie bei einer Williamsbirne die Vitamine«, murmelte Adrian und handelte sich einen giftigen Blick von Pia ein.

»Das heißt, es war keine natürliche Todesursache? Eindeutig?«, fragte Pia mit dem Protokollstift im Anschlag.

»Nein. Sie wurde ermordet. Natürlich kann Dr. Linwood keinerlei Aussage darüber treffen, wie ihr das Gift verabreicht wurde und ob es möglicherweise ein Suizid gewesen sein könnte. Möglicherweise hat auch ihre Vorerkrankung dabei eine verstärkende Rolle gespielt, aber sie starb definitiv an dem Gift.«

»Haben wir die Polizeiakte zu dem damaligen Fall?«, fragte Pia.

»Das schon«, seufzte Klara, »aber sie bringt uns keinen Deut weiter. Die Notärzte wurden von ihrer Schwester gerufen, die Laura leblos in ihrer Wohnung gefunden hatte. Ihren behandelnden Arzt hat sie gleich mit informiert, und in Verbindung mit ihrer Krankheitsgeschichte wurde eine natürliche Todesursache eingetragen. Fall geschlossen. Die Notiz der Polizei zu dem Notruf ist keine vier Zeilen lang. Offenbar hat niemand auch nur im Ansatz ein Verbrechen vermutet.«

»So macht er es also«, sagte Adrian. »Das ist sein Muster, oder?«

Klara nickte: »Das vermutet Sam auch.«

»Du sprichst wieder mit Sam?«, fragte Pia.

»Gut so«, sagte Stein. »Ich hatte mich schon gefragt, wann Sie beide das endlich in Ordnung bringen.«

Klara warf ihm einen bösen Blick zu, den er nicht verdient hatte, schließlich hatte er sie gerade erst vor Gericht rausgepaukt. Alles, was allzu selbstverständlich wird, schätzt man irgendwann nicht mehr, stellte Adrian fest und nahm sich fest vor, am Wochenende mal wieder für Pia zu Hause zu kochen.

»Wir sollten dem FBI Dr. Linwoods Bericht schicken«, schlug Pia vor.

»Schon geschehen«, sagte Klara. »Heute Morgen. Auf unserem Briefpapier.«

»Wieso denn auf Stiftungspapier?«, fragte Adrian.

»Wir müssen uns einen Namen aufbauen. Das ist ein wichtiger Teil der Strategie, die ich mir für die Stiftung überlegt habe. Wenn wir mit den Behörden kooperieren, achten wir immer darauf, dass der Absender klar zu erkennen ist. Wir werden in Zukunft so häufig auf ihre Hilfe angewiesen sein, dass es nicht schaden kann, wenn wir im guten Ruf stehen, auch etwas zurückzugeben.«

Thibault Stein nickte: »Ein sehr guter Vorschlag, Miss Swell. Was ist der nächste Punkt auf der Tagesordnung? Außer diesen wunderbaren Cholesterinbomben, bei deren

Verzehr mir mein Arzt sicher einen Hirnschlag prophezeit hätte.« Stein langte zu.

»Der Brief der Soulmate LLP an den Gesellschafter«, zitierte Pia aus ihren Unterlagen und reichte Adrian einen verschlossenen Umschlag.

»Ja, richtig«, sagte Stein. »Er wurde heute Morgen von einem Kurierdienst bei der Kanzlei abgegeben. Aber wir haben ihn selbstverständlich nicht geöffnet.«

Adrian, der immer noch im Türrahmen des winzigen Büros stand, riss mit dem Daumennagel den Umschlag auf und begann zu lesen. Nach wenigen Sekunden ließ er den Brief sinken.

»Sie schreiben«, er schluckte, »dass sie von unseren Fortschritten beeindruckt sind und dass wir so schnell ein gerichtsmedizinisches Gutachten bekommen konnten.«

»Aber«, stammelte Pia, »das Gutachten haben wir doch selbst erst seit gerade eben.«

»Genauer gesagt«, murmelte Klara, »seit gestern Abend. Aber es ist trotzdem fast unmöglich …«

»Wie gut kennen Sie diesen Dr. Linwood, Miss Swell?«, fragte Stein.

»Seit über zehn Jahren. Für ihn lege ich meine Hand ins Feuer, er hat für mich mehr als einmal den Karren aus dem Dreck gezogen.«

»Aber natürlich arbeitet er nicht alleine, oder?«, fragte Thibault.

»Nein, natürlich nicht. Er ist der leitende Gerichtsmediziner von Orange County, in seinem Labor gibt es einige Mitarbeiter. Aber was wollen Sie damit andeuten?«

»Ich will damit nur sagen, dass es der Soulmate LLP

schließlich irgendwie gelungen sein muss, an die Untersuchungsergebnisse zu kommen. Nicht mehr und nicht weniger«, schloss Stein.

»Hier steht noch«, fuhr Adrian fort, »dass die Soulmate LLP davon ausgeht, dass das FBI in Kürze eine Taskforce für den Fall einberufen würde. Und irgendwie liest sich das, als wüssten sie etwas, was nicht einmal das FBI bis jetzt weiß.«

»Zumindest wusste Sam es bis vor einer Stunde auch noch nicht«, bemerkte Klara trocken.

»Mich jedenfalls wundert nichts mehr, was diese ominöse Organisation angeht«, bekannte Pia.

Adrian hatte den Brief mittlerweile zu Ende gelesen: »Außerdem möchten sie noch einmal darauf hinweisen, dass ihnen an Besuch nicht gelegen ist, und uns an die getroffene Abmachung erinnern. Mit freundlichen Grüßen, blablabla.«

»Was für ein Besuch?«, fragten Stein und Klara beinah unisono.

»Ich weiß nicht, wie ich das sagen soll«, druckste Adrian herum. »Pia und ich haben einen Ausflug nach Washington unternommen.«

»Lasst mich raten«, sagte Klara. »Zum Limousinenservice von Enrigo Hernandez?«

»Wir dachten, das Restaurant könnte doch einen Service gebrauchen, den wir wirklich persönlich empfehlen können«, versuchte Pia sie zu rechtfertigen.

»Natürlich«, ätzte Klara. »Und weil Enrigo schon mal ermordet wurde, dachtet ihr, das wäre doch genau die richtige Gesellschaft für euch und eure Gäste? Ich bitte euch. Das war nichts anderes als kreuznaiv. Und gefährlich noch dazu.«

»Ich komme nicht umhin, als Miss Swell uneingeschränkt recht zu geben«, schlug Thibault Stein in dieselbe Kerbe. Und Adrian und Pia wussten natürlich, dass die beiden recht hatten. Sie hatten es gewusst, bevor sie sich zu ihrem Ausflug entschlossen hatten. Jetzt mussten sie ihre Karten auf den Tisch legen. Und deshalb berichtete Adrian ihnen alles. Von ihrer stümperhaften Observation und der Begegnung mit dem Secret Service.

»Secret Service?«, fragte Klara entgeistert. »Was kann der damit zu tun haben?«

»Keine Ahnung«, sagte Adrian. »Aber wenn ich ehrlich bin, wird mir unser Geldgeber mit jedem Tag unsympathischer.«

»Sympathie ist kein guter Ratgeber, Adrian«, sagte Stein. »Aber ich stimme Ihnen zu, etwas seltsam kommt mir das mittlerweile auch vor. Was schlagen Sie vor?«

»Wenn es wirklich stimmt, dass das FBI den Fall übernimmt, ist unsere primäre Aufgabe erfüllt. Die Stiftung soll die Morde nachweisen und danach die Ermittlungen den Behörden überlassen.«

»Ich bin mir nicht sicher, ob wir uns da nicht ein wenig unter Wert verkaufen«, sagte Klara. »Außerdem habe ich so ein Bauchgefühl, dass Sam etwas Entscheidendes übersieht.« Sie warf Pia einen bedeutungsschweren Blick zu, den Adrian nicht einordnen konnte. Die beiden Freundinnen trafen sich in letzter Zeit auffällig oft bei ihnen zu Hause, während er noch arbeitete. Er wusste es, weil zwei Weingläser auf ihrem Couchtisch standen. Und jetzt war

Klara deutlich anzumerken, dass sie sich nicht damit zufriedengeben wollte, so früh aus ihren Fällen wieder auszusteigen. Im Grunde war das Adrian nicht unrecht. Aber im Moment galten für ihn andere Prioritäten.

»Über Sam erfahren wir doch ohnehin alle Details zu den Fällen, und wenn ich das richtig sehe, gab es im letzten Brief auch keine neuen Hinweise, oder?«

»Zumindest nicht ohne einen Computerspezialisten«, stimmte Klara zu, zumal der auf ihrer Wunschliste für weitere Stiftungsmitarbeiter ganz oben stand.

»Ich denke, es ist Zeit, den Hintermännern auf den Zahn zu fühlen«, sagte Adrian.

»Aber wir haben uns vertraglich verpflichtet, genau das …«, warf Stein ein.

»Ich weiß, Thibault«, unterbrach ihn Adrian mit sanfter Stimme. »Aber ich kann den brutalen Mord an Enrigo einfach nicht länger ignorieren. Und der Secret Service, die ganze Geheimniskrämerei, dass wir keine Fälle in Hyannis Port untersuchen sollen, dass sie immer alles vor uns wissen, das stinkt doch zum Himmel. Und es stinkt gewissermaßen aus der Hemisphäre, nämlich von ganz weit oben. Ich kann das nicht. Nicht mit meiner Stiftung, wir müssen wissen, wer dahintersteckt, bevor wir uns noch weiter von ihnen abhängig machen.«

Thibault Stein atmete aus: »Ich verstehe das, Adrian, aber ich glaube, Sie machen einen großen Fehler.«

»Dann ist das hiermit entschieden«, schloss Adrian. »Klara versucht, alles über die Soulmate LLP herauszufinden. Ohne Einschränkung. Und egal, was sie dabei herausbekommt.«

## Kapitel 26

**Boston, Massachusetts**
Freitag, 17. August

Sam Burke kramte in der Tüte mit der Nussmischung Nummer zwei und las ein Profil über Karel Snow, das eine seiner Studentinnen verfasst hatte. Es war so abseits der Realität, dass Sam befürchtete, sie würde im Laufe ihrer Karriere nicht einmal einen der Hütchenspieler aus der Mott Street verhaften. Er hatte gerade eine Mandel mit Chiliüberzug erwischt, als die Tür zu seinem Büro aufflog. Michael Marin, das Handy am Ohr, samt Entourage in Form von Bennett und Shirin. Marin bedeutete ihm, sitzen zu bleiben, was Sam in seinem eigenen Büro als die größte Frechheit seit Snows Organhandel auf dem Flohmarkt erschien. Sam schüttelte Shirin und Bennett die Hand und scheuchte sie auf die beiden Besucherstühle. Marin telefonierte immer noch, er sprach leise und eindringlich. Er war ein bornierter Widerling, aber er wusste, wie man in Gegenwart von anderen so leise sprach, dass niemand mitbekam, über was oder mit wem man redete. Vermutlich ein wesentlicher Bestandteil seines politischen Killerinstinkts. Dass es den Anwesenden gegenüber unhöflich erscheinen mochte, kam ihm nicht in den Sinn. Bennett hob entschuldigend die Hände, und Sam malte ein großes Fragezeichen in die Luft. Marin stammelte jetzt etwas von einer Budgetkürzung, während Bennett als Antwort mit dem Zeigefinger nach oben deutete. Und dann noch einmal ein wenig höher. Sam verstand. Eine Anweisung von ganz oben. Sein Handy klingelte. Klara. Er drückte sie weg. Um sie würde er sich später kümmern. Zuerst musste er einmal herausfinden, wessen Arbeitsanweisung Michael Marin dazu bewegt haben konnte, in sein Büro nach Boston zu reisen und Sam in seinem schäbigen Universitätsbüro die Aufwartung zu machen. Es musste wirklich aus der allerhöchsten Etage stammen, und mit Sicherheit gab es bei der Sache Lorbeeren zu ernten, sonst würde sich Marin selbst bei göttlicher Einmischung nicht dazu herablassen. Shirin wechselte mit ihrem Blick belustigt von Marin zu Sam und dann zu Bennett. Sam vermutete, dass sie über Testosteronspiegel und Männer mittleren Alters nachdachte. Zwei Minuten später war die Budgetkürzung Geschichte, und Marin akzeptierte notgedrungen seinen Stehplatz vor der Schrankwand.

»Sam«, sagte er. »Es ist immer ein Vergnügen, Sie zu sehen.«

»Es ist auch schön, Sie zu sehen, Michael. Was macht der Fuß?« Sam hatte gehört, dass er sich beim Golfen eine Zerrung zugezogen hatte. Das war sechs Monate her, aber kein Grund, nicht darüber herzuziehen.

»Es geht aufwärts, Sam. Danke der Nachfrage.«

Sam starrte auf seine Fingerkuppen: »Sie haben es endlich eingesehen, oder?«

»Das war Ihnen doch klar, oder nicht?«

»Wegen eines zehn Jahre zurückliegenden Mordfalls? Ich glaube nicht, dass Sie auch nur eine Sekunde darüber nachgedacht hätten, eine Ermittlungsgruppe einzusetzen, wenn Sie nicht Druck von wem auch immer bekommen hätten. Ich habe Ihre politischen Spielchen satt. Haben Sie das Schild an meiner Tür gesehen?«, fragte Sam, jetzt in Rage. »Ich gehöre nicht mehr zu Ihrem Verein, Michael.«

»Sam«, unterbrach ihn Bennett. »Es geht uns nicht um die Vergangenheit. Jemand hat den Teil deines Profils gelesen, in dem du die Vermutung anstellst, dass er immer noch aktiv ist. Und dass wir bald mit einem neuen Opfer zu rechnen haben. Darum geht es ihnen. Um die Zukunft.«

»Und warum jetzt, wenn ich fragen darf?«, wandte sich Sam noch einmal an Michael Marin, der unbeirrt aus dem Fenster starrte.

»Ist das nicht ganz gleichgültig, Sam?«, fragte er mit versöhnlicher Stimme. »Wollten Sie nicht einfach nur erreichen, dass wir Ihren Briefeschreiber suchen? In dem Fall decken sich unsere Ziele. So einfach ist das. Und dieses Ergebnis einer überaus simplen Gleichung hat nichts mit Politik zu tun.«

Sam dachte eine Weile darüber nach und auch darüber, was Klara ihm vorgeworfen hatte: dass er nicht engagiert genug war in der Sache. Dass er eine Distanz zu dem Fall hielt, die den Ermittlungen nicht guttat.

»Sie haben recht«, sagte Sam schließlich.

»Gut«, antwortete Marin und klappte das Handy wieder auf. »Ich möchte, dass Sie Bennett unterstützen. Als externer Berater. Und nicht einen Deut mehr, haben wir uns da verstanden? Bennett wird ihn verhaften, bevor ein weiteres Mädchen stirbt, das ist die einzige Priorität. Vermasseln Sie es nicht.«

Er verließ Sams Büro, wie er gekommen war, das Telefon am Ohr. Als die Tür ins Schloss fiel, sah Sam Bennett an. Der starrte zurück.

»Wirst du es akzeptieren, Sam?«

»Was?«

»Dass du nicht mehr der Chef im Ring bist?«

»Kein Problem«, sagte Sam und meinte es so. Klara konnte ihm vorwerfen, was sie wollte, er hatte keine Wahl. Er konnte als Berater fungieren oder den Fall ganz abgeben, oder nicht? Er würde sich reinknien wie früher, sagte sich Sam. Hierarchien hatten ihn noch nie interessiert.

»Okay«, sagte Bennett. Und nach einem Griff in die Tüte mit der Nussmischung schob er hinterher: »Übrigens hat er ein wichtiges Detail ausgelassen.«

Sam zog die Augenbrauen hoch.

»Sie haben Shirin angedroht, dass ihre letzte Stunde beim FBI geschlagen hat, wenn wir ihn nicht finden, bevor er sein nächstes Opfer tötet.«

»Sie wollen sie feuern?«, stotterte Sam vor Verblüffung, »Das ist … sehr drastisch.«

»Ich weiß«, antwortete Bennett und warf Shirin einen bedeutungsschweren Blick zu. »Ich habe keine Ahnung, wer den ganzen Druck ausübt, aber es scheint, als wollten sie eine ganze Menge Kohlenstaub zu Diamanten pressen.«

»Dann sehen wir besser mal zu, dass wir dabei nicht in deren Maschine geraten«, murmelte Sam. »Lasst uns anfangen.«

## Kapitel 27

# Der siebte Brief

*Lieber Sam,*

*das erste Mal traf ich Mary-Ann im Museum of Fine Arts. Genauer gesagt, traf ich sie schon davor, in einem Waggon der Green Line. Natürlich wusste ich, dass sie sonntags gerne ins Museum ging, und ich war ihr schon öfter gefolgt, aber begegnet waren wir uns zuvor noch nicht. Heute aber, an diesem Sonntag, ruckelte der Zug auf einer Weiche, und ich stolperte in sie hinein. Mary-Ann war achtundzwanzig, dunkelblond und trug eine randlose Brille mit falschen Strasssteinen. Ich entschuldigte mich höflich und wandte mich ab. Mary-Ann konzentrierte sich wieder auf ihr Buch, dem Umschlag nach eine Liebesgeschichte. Natürlich wusste ich schon, dass Mary-Ann Single war, wie übrigens fast alle Frauen auf meiner Liste. Im Hinblick auf ihre Zukunftsperspektiven darf es nicht weiter verwundern, allerdings habe ich festgestellt, dass die meisten der Frauen keine Partner in ihr Leben ließen, statt gar nicht erst fündig zu werden.*
*Natürlich stieg Mary-Ann am Museum aus. An den Schließfächern für die Garderobe traf ich sie wieder, wir hatten beide ein Ticket für dieselbe Ausstellung in*

*der Hand. Auch das darf einen nicht weiter verwundern, denn ich hatte zuvor Tickets für jede Ausstellung gekauft und die anderen kurz davor in meiner Manteltasche verschwinden lassen. Ich lachte und fragte sie, ob es in der Ausstellung womöglich noch einmal Gelegenheit geben könnte, sie anzurempeln. Sie schob die Brille auf die Nase und stopfte ihren Schal zu der Tasche und der Daunenjacke in das Schließfach. »Möglicherweise«, antwortete sie mit einem Lächeln auf den Lippen. Ich versprach, mir Mühe zu geben. »Wollen wir uns die Ausstellung zusammen anschauen? Ich bin ein großer Fan der Romantik und könnte Sie möglicherweise mit meinem Fachwissen beeindrucken.«*

*»Versuchen Sie's«, sagte sie nach einem kurzen Zögern vorsichtig.*

*»Heute ist mein Glückstag«, sagte ich und wollte die Treppe zurück in den ersten Stock nehmen, aber Mary-Ann machte keine Anstalten, mir zu folgen.*

*»Nein, jetzt«, forderte sie. »Wenn Sie mich schon beeindrucken wollen, müssen Sie das vorher machen. Ich lasse mir doch nicht von einem Wildfremden eine Romantik-Ausstellung zeigen, der nicht einmal seine Qualifikation nachgewiesen hat.«*

*»Wussten Sie, dass der Roman ›Roter Drache‹ von Robert Harris in seiner Motivik auf ein Bild von William Blake zurückgeht?«, fragte ich.*

*Wie Sie möglicherweise bereits ahnen, habe ich tatsächlich einen Faible für Schauerromantik, und im Gegensatz zu den meist überaus konservativ kuratierten Schauen der großen Häuser hingen hier auch einige dunklere Werke dieser Epoche, und ich hatte die Ausstellung bereits am zweiten Tag nach ihrer Eröffnung besucht. Eine Ironie des Schicksals, dass ich Mary-Ann ausgerechnet hier begegnete, wobei ihr Kunstsinn sich nicht auf Malerei beschränkte, sondern überaus breit gefächert war, wie ich später feststellen sollte.*

*Die Macht der eigenen Entscheidung ist bei der Verführung einer Frau nicht zu unterschätzen. Und Mary-Ann ließ mich tatsächlich den Fremdenführer spielen. Sie war klug, und Kunst war ihre große Leidenschaft, ihr Fluchtpunkt aus ihrem Leben als Buchhalterin einer kleinen Restaurantkette und vor dem nahenden Tod.*

*»Wieso kommt keine an dich ran?«, fragte sie mich in einer Bar in Beacon Hill zwei Wochen später. Ich lachte. »Ich meine es ernst«, sagte sie. »Wieso konnte dich keine knacken?«*

*Sie wollte sagen: Du siehst gut aus, du hast Manieren, du bist gebildet, wieso hast du keine Freundin? Aber natürlich fragte sie das nicht.*

*»Das ist ein schwieriges Thema«, versuchte ich abzulenken. Zumindest tat ich so, als wollte ich von dem Thema ablenken, auf das ich den ganzen Abend hingesteuert hatte.*

*»Stehst du auf Jungs?«, fragte Mary-Ann mit einem etwas zu neckischen Blick über den Strohhalm ihres Drinks. Sie wusste, dass ich nicht auf Jungs stand. In Wahrheit fragte sich Mary-Ann in diesem Moment alkoholgeschwängerten Übermuts, ob ich nicht vielleicht auf sie stand.*

*»Nein, Mary«, sagte ich traurig und streichelte etwas verlegen ihren Handrücken neben dem Strohhalm. »Ich bin sehr krank. Und ich habe vielleicht nicht mehr lange zu leben.« Mary-Ann schluckte, als ich das sagte.*

*Es dauerte zwei Tage, bis wir die Traurigkeit, die uns in Beacon Hill an jenem Abend übermannt hatte, abgestreift und den Entschluss gefasst hatten, dass es niemanden gäbe, der besser zusammenpasste, als zwei Menschen, denen nicht mehr viel Zeit blieb. Das größte Problem in jener Phase war für mich zu verhindern, dass Mary-Ann ihrer besten Freundin von uns erzählte. Es gelang mir nicht bei allen Frauen, aber Mary-Ann hatte keine beste Freundin. Sie lebte mit ihren Büchern und ihrer Zukunftsangst in einem winzigen Apartment abgeschieden von der Welt. Heute kann ich behaupten, dass ich Menschen, die nicht mehr lange zu leben haben, an ihrem Blick erkenne. Er ist einerseits leerer und andererseits hungriger als der von Menschen mit Zukunft.*

*Ein paar Wochen später landeten wir in der Einsamkeit ihres Apartments, und Mary-Ann hatte Kerzen aufgestellt. Auf jedem freien Plätzchen standen kleine dicke Stumpen. Auf dem Nachttisch, auf der Kommode, sogar auf dem Küchenblock. Sie hatte gewusst, dass sie mich heute Abend mitnehmen würde. Es war ihre Entscheidung gewesen, die sie ganz alleine getroffen hatte, denn sie hatte jemanden gefunden, dem es möglicherweise noch schlechter ging als ihr. Vielleicht konnte sie ihm ein paar schöne Stunden bereiten. Sie dachte nicht an sich, als sie die Entscheidung traf. Aber das war auch nicht nötig, denn ich hatte an sie gedacht. Und an eine Flasche Champagner, die etwas Glanz in die kleine traurige Wohnung zaubern würde. Ich öffnete sie mit einem Plopp und füllte die Gläser nur zur Hälfte. Wir küssten uns, wie sich noch niemals zwei Menschen geküsst haben, wir versanken in einem Meer aus Traurigkeit und Lust. Sie merkte nicht einmal, wie ich ihr den Wirkstoffcocktail gab, der Akt war lang, und es dauerte, bis sie in meinen Armen ihren letzten Atemzug tat. Mary-Ann starb glücklicher, als sie es in den letzten fünf Jahren ihres Lebens jemals gewesen war. Ich kann das sagen, denn ich war ihr einziger guter Freund in dieser Zeit.*

*Bevor du fragst, Sam. Ja, es fiel mir schwer, ihr nicht die Hände über dem Bauch zu falten, ihrem Leichnam nicht den letzten Respekt zu zollen. Aber ich hatte meinem Plan Opfer zu bringen, und das gehörte dazu. Ebenso wie ich dir gegenüber noch nicht preisgeben kann, wie ich ihr den Wirkstoff verabreiche oder um welchen es sich handelt, auch wenn ich mir bei Letzterem nicht sicher bin, ob du es nicht ohnehin schon herausgefunden hast. Klara sah nicht gut aus in den Nachrichten. Kümmer dich gut um sie, Sam. Ich glaube, du bist ihr einziger wirklicher Vertrauter.*

*Tom*

---

Das Sommerfest der Schule war eine große Party für die ganze Stadt. Es gab Würstchen und Steaks vom Grill, einige Eltern hatten sich Clownskostüme angezogen. Tamara sah wunderbar aus in ihrem geblümten Kleid und mit dem roten Band im Haar, das sie jugendlicher wirken ließ, als sie war. Sie verkaufte Lose für eine Tombola, und wäre sie nicht Lehrerin, hätte man wetten können, dass sie auf einem Jahrmarkt arbeitete, so erfolgreich brachte sie die Eltern dazu, ihre Geldbörsen für einen guten Zweck zu leeren. Tom schoss Fotos von den Clowns, den Kindern und von Tamara. Zunächst bemerkte sie ihn nicht, aber irgendwann fiel ihr auf, dass er mehr Bilder von ihr schoss als von jedem anderen auf dem Fest.

»Wieso machen Sie das?«, fragte sie, während sie einem kleinen Jungen mit einer zu großen Baseballmütze das Los in die Hand drückte, das er für seinen Vater gekauft hatte.

»Sie sind schön«, sagte Tom und schaute zu Boden. Trotzdem sah er, dass Tamara lächelte. Ihre weißen Zähne zeigten sich zwischen den dunkel geschminkten Lippen, und sie fuhr sich mit der Hand durch die dunklen Haare und rückte das Band zurecht.

»Entschuldigen Sie, wenn Sie sich belästigt fühlen«, sagte Tom.

»Nein, eigentlich nicht«, sagte Tamara.

»Wenn Sie wollen, lösche ich die Bilder«, versprach Tom.

»Sind Sie von hier?«, fragte Tamara mit einer Spur Hoffnung in der Stimme.

»Nein«, sagte Tom. »Ich mache beim Wettbewerb mit.«

Er zog einen Zeitungsausschnitt aus der Hosentasche und faltete ihn auseinander. Fotowettbewerb: Das Gewinnerbild kommt auf die Titelseite! Er hielt es ihr vors Gesicht wie eine Trophäe. Tamara lachte.

»Mit Ihnen gewinne ich garantiert«, sagte Tom und meinte es ehrlich, auch wenn er nicht vorhatte, ein Foto einzureichen.

»Wenn Sie wollen, zeigte ich sie Ihnen«, sagte Tom, und diesmal lag ein Funken Hoffnung in seiner Stimme.

# Kapitel 28

**Brooklyn, New York**
Montag, 27. August

Klara Swell stolperte über den Gürtel ihres Bademantels und fluchte: »Verdammt, Sam, ich kann einfach nicht verstehen, warum das für dich so schwierig ist.«

»Klara, ich bin nicht schwierig. Ich bin nur konsequent. Ich erinnere mich an unser Versprechen.«

Sie warf sich neben ihn auf die Wohnzimmercouch und starrte ihn an.

»Wie ein Tattoo, das einem auch zwanzig Jahre später auf Teufel komm raus nicht peinlich sein darf, auch wenn man das mittlerweile als Arschgeweih bezeichnet?«

Sam grinste sie herausfordernd an: »Mir wäre dein Arschgeweih nicht peinlich.«

»Mir auch nicht. Aber es geht auch nicht um mich. Ich meinte das hypothetisch. Außerdem habe ich keines.«

»Ja, aber es war knapp.«

»Im Ernst, Sam«, sagte Klara und legte ihren Kopf in seine Armbeuge. »Du weißt ganz genau, dass es auch dein Fall ist. Und deswegen frage ich mich, was du hier noch machst. Warum bist du nicht in Quantico bei deinem Team?«

»Es ist nicht mehr mein Team, und zweitens hat es Michael Marin nicht an Deutlichkeit missen lassen: Ich soll als Berater fungieren. Nicht als Ermittler.«

»Ein dehnbarer Begriff«, sagte Klara und stahl sich aus der Armbeuge. Gandhi beschwerte sich über die gähnende Leere in seinem Fressnapf.

»Klara!«, rief ihr Sam hinterher. »Es ist nicht so einfach, wie du dir das vorstellst. Marin will mich nicht, und Bennett darf mich nicht wollen. So ist das nun einmal.«

Ein willkommenes Klingeln seines Handys gab Klara einen Moment Zeit zum Nachdenken, während sie den Napf mit Futter und Wasser auffüllte. Ihr kam es vor, als wäre der Sam, den sie kannte, in der Mitte halbiert worden. Was ihre Beziehung anging, war er der Alte, und ihm schien seine Professorentätigkeit wirklich Freude zu bereiten. Aber was den anderen Teil anging, den unerbittlichen Jäger, den rücksichtslosen Ritter, der schien irgendwo in ihrem komplizierten Beziehungsgeflecht hängen geblieben zu sein. Als er auflegte, wusste sie, was ihr fehlte: Er war weniger zynisch als früher und weniger aggressiv.

Als sie ins Wohnzimmer zurückkehrte, starrte Sam auf das Telefon.

»Er hat wieder einen Brief geschickt«, stellte Klara fest. Sam nickte.

»Ich weiß nicht, worauf du noch wartest, Sam. Du bist derjenige, dem er die Briefe schickt. Was immer wir verabredet haben, ich würde es dir nicht verübeln.«

»Du willst, dass ich selbst ermittele?«, fragte Sam leise.

»Nein, verdammt. Ich will, dass du ihnen hilfst. Aber nicht von hier aus, auf dem bequemen Sofa mit Gandhi auf dem Schoß, sondern in Quantico. Und ich will, dass ihr ihn findet und dass du dann nach Hause kommst.«

»Und du, Sissi? Was wirst du tun?«

Klara seufzte: »Ich weiß es nicht. Vielleicht suchen wir uns den nächsten Fall? Außerdem haben mich Adrian und Pia gebeten, etwas über die Geldgeber herauszufinden, und ich muss zugeben, dass sich ihre Geschichte äußerst mysteriös anhört ...«

»Aber du warst meine Partnerin, Klara. Du warst diejenige an meiner Seite. Ohne dich kann ich es nicht.«

»Sie werden mich niemals wieder beim FBI auch nur durch den Lieferanteneingang lassen«, sagte Klara nicht ohne eine gewisse Verbitterung in der Stimme. »Und das weißt du.«

Sam nickte.

»Außerdem weißt du genau, dass meine Blütezeit beim FBI in New York zu Ende ging. Dort waren wir ein Spitzenteam.«

Sam lachte: »Das waren wir wirklich. Ich würde sogar behaupten, wir waren unschlagbar.«

»Aber du weißt auch«, fuhr Klara unbeirrt fort, »dass ich mich beim NCVAC nie wirklich eingelebt habe. Ich weiß, dass du es damals zur Bedingung gemacht hat, dass sie mich auch versetzen. Und vielleicht war das unser größter Fehler.« Ihr Ton war jetzt ruhig, wie von jemandem, der zum ersten Mal eine Wahrheit ausspricht, die er lange geahnt, aber niemals zugegeben hatte.

Sam und Klara schwiegen eine Weile, bis Gandhi zu ihnen auf die Couch sprang, als hätte er geahnt, dass sie einen Friedensstifter brauchten.

»Fahr nach Quantico, Sam. Jetzt gleich. Und zwing mich nicht, auch noch an dein Pflichtgefühl zu appellieren.«

---

Später am Vormittag saß Klara mit Pia in ihrem winzigen Büro über einem riesigen Berg Steuerunterlagen, die ausnahmsweise nichts mit den Finanzen des Restaurants zu tun hatten. Pia hatte als Steins Assistentin ein paar Beziehungen spielen lassen und einen Stapel Erklärungen sowie Registerauszüge von über hundertzwanzig Firmen besorgt, die alle auf mehr oder weniger offensichtliche Art und Weise mit ihrem Geldgeber oder dem Limousinenservice zu tun hatten. Den halben Vormittag hatten sie damit zugebracht, die Unterlagen zu sortieren: Lieferanten auf Lieferanten, Beteiligungen auf Beteiligungen, Vorstände zu Vorständen. Mittags hatte Adrian seine neueste Kreation serviert, die er Pulled Pork Arepas getauft hatte. In seinem Hirngespinst verkauften breit lächelnde Kunststudentinnen seine Maisfladen in vier verschiedenen Sorten aus mindestens vier verschiedenen Trucks heraus auf der Straße. Heute hatte er die »Plum-BBQ«-Variante aufgetischt: ein aufgeschnittenes Fladenbrot mit Schweineschulter, scharfer Pflaumensauce und Feigen. Das hörte sich zwar verwegen an, schmeckte aber vorzüglich und brachte die Lebensgeister für ihre Nachmittagsrunde zurück, deren Ziel es war, zwischen den Stapeln Querverbindungen zu ziehen, damit sie sich irgendwann ein Bild von der Organisation machen konnten, mit der sie es zu tun hatten. Und dass es eine Organisation sein musste, die in Washington bestens vernetzt war, stand spätestens seit dem Auftritt der Secret-Service-Agenten fest.

Drei Stunden und einen weiteren Plum-BBQ später, den Pia Adrian unter äußerst zweifelhaften Bedingungen im

Hinterhof abgerungen hatte, war die Wand hinter Klara mit Zetteln und Namen gefüllt. Sie hatte sich die Methode bei Sams Profilen abgeschaut und festgestellt, dass sich die Schaubilder ebenso gut für die Verflechtungen von Firmen eigneten. Ein einzelner Name stand in der Mitte der Wand, er tauchte immer wieder bei den beteiligten Firmen auf, sei es durch ihm nahestehende Personen, die Geschäftsführer der Firmen waren, oder durch Lieferantenverträge. So bestritt beispielsweise der Limousinenservice über zwanzig Prozent seines Umsatzes mit Personen, die mit dieser Organisation in Zusammenhang standen. Laut Pia viel zu viel, um ein Zufall zu sein. »One Nation for America« stand in der Mitte der Wand. Weder Klara noch Pia hatte jemals etwas davon gehört, aber eine Internetrecherche ergab, dass es sich um ein sogenanntes Super-Pac handelte. Ein politisches Aktionskomitee, das mit dem Ziel gegründet worden war, die amerikanische Politik zu beeinflussen. Eine Lobby, die ihre Spender nicht veröffentlichen musste, denn sie war nicht gegründet worden, um eine bestimmte Partei oder einen bestimmten Kandidaten zu unterstützen, sondern um eigene Themen zu setzen. Wobei der Name in Klaras Augen schon deutlich nach konservativer Propaganda klang. Mindestens. Als sich Pia jedoch mit einem Passwort der Kanzlei bei einer Wirtschaftsdatenbank einloggte, blieb ihr der Mund offen stehen. Als sie sich wieder gefasst hatte, drehte sie den Bildschirm zu Klara, die immer noch einen Stapel Papier auf dem Schoß hatte, den es zu sortieren galt.

»Klara, hast du eine Ahnung, wie viel Geld die haben?«, fragte Pia. Eine rhetorische Frage, denn die Zahlen auf dem Monitor waren viel zu klein, als dass Klara sie von ihrem Stuhl aus hätte erkennen können.

»Einhundertdreiundzwanzig Millionen Dollar«, flüsterte Pia.

»Dafür können sie das verdammte Land kaufen«, sagte Klara.

»Eben«, sagte Pia. »Und ich glaube, genau das versuchen sie auch.«

## Kapitel 29

**Quantico, Virginia**
Montag, 27. August

»Wo ist der Rest?«, fragte Sam, als er Bennetts Büro betrat.

»Was machst du hier?« Bennetts Bass klang fast ein wenig verärgert.

»Welcher Rest?«, fragte Shirin, die am Konferenztisch saß.

Sam schwieg und stellte seine Tasche auf den Konferenztisch direkt neben Shirins Computer.

»Sam«, seufzte Bennett, »sie geben uns nicht mehr Leute. Unsere Priorität kommt kurz vor der Bombendrohung gegen eine verlassene Ölplattform in Alaska.«

»Keine frische Leiche, keine Priorität, schon klar«, murmelte Sam.

»Gibt es einen neuen Brief?«, fragte Shirin.

Sam nickte.

»Haben Sie ihn schon analysiert? Gibt es ein neues Profil?«

»Natürlich hat er das«, sagte Bennett.

Shirin starrte in die Luft.

Sam erklärte ihr Bennetts Anspielung: »Meine Schuhe sind trocken. Ergo nimmt er an, ich habe ein Taxi unter dem Bahnhofsvordach genommen, anstatt hier auf dem Parkplatz durch die knietiefen Pfützen gelaufen zu sein. Und Bahnhof bedeutet, ich hatte die ganze Zugfahrt Zeit für ein neues Profil. Für faul hält er mich aber wenigstens nicht.«

Shirin grinste Bennett an.

»Er verwendet meine eigenen Methoden gegen mich, ist das zu glauben?«, sagte Sam.

»Möchten Sie einen Kaffee?«, fragte Shirin.

»Nicht von Ihnen«, antwortete Sam. Bennett hob die Hände, um sich zu ergeben, und ging in die Kaffeeküche.

»Und, wo stehen Sie?«, fragte Sam Shirin. Sie erklärte ihm alles über die Analysesoftware, die sie geschrieben hatte. Eine Art Rasterfahndung in längst vergessenen Totenscheinen. Danach wusste Sam, warum Bennett behauptet hatte, die junge Iranerin sei beeindruckend qualifiziert.

Eine Viertelstunde später erläuterte Sam den beiden sein erweitertes Profil.

»Das größte Problem beim umgekehrten Profiling, was übrigens ein Novum selbst in der Forschung ist, lautet, dass wir versuchen müssen, seine Entwicklung vorauszuahnen. Wir können für seine jeweilige Situation in der Vergangenheit ein nahezu perfektes Psychogramm schreiben, aber es wird uns im Hier und Jetzt wenig nützen.«

Bennett und Shirin nickten unisono.

»Allerdings sind die letzten beiden Briefe besonders aufschlussreich. Brief Nummer sechs liefert uns die Methode, die er wahrscheinlich auch heute noch verwendet, zumindest deutet er das mit seiner Sprache an, denn er scheint dafür sogar etwas wie Stolz zu empfinden. Der siebte Brief erscheint mir den ersten Mord zu beschreiben, der seinem Zielschema entspricht. Er schien zum ersten Mal glücklich zu sein, außer beim Auslöser, beim Tod von Betty. Daher glaube ich, dass er von diesem Moment in der Vergangenheit an, ich schätze, es dürfte 1999 oder 2000 gewesen sein, seine Methoden zwar weiter perfektioniert, aber nicht mehr grundlegend verändert hat. Er verwendet heute lediglich ein Gift, statt ihnen die Kehle zuzudrücken, aber der Effekt von Tetrodotoxin ist derselbe: Seine Opfer ersticken in seinen Armen. Der letzte Atemzug. Asphyxie. Toms Fetisch. Davon ausgehend, habe ich unser Profil angepasst und auch riskiert, einen Blick in die Glaskugel zu werfen, um etwas über den Tom von heute zu erfahren. Was allerdings ziemlich mutig ist zum jetzigen Zeitpunkt …«

»Schieß los, Sam. Wir sind hier nicht an der Uni, und früher hast du dich auch nicht so geziert, wenn du die Ahnung hattest, dass du recht hast.«

Sam hob die Hände: »Wir suchen einen weißen Mann, Anfang bis Mitte vierzig. Er hat sein Leben in zwei gleiche Teile geteilt, einen dunklen mit den Morden und einen hellen mit einer bürgerlichen Existenz.«

»Sie meinen wie Dr. Jekyll and Mr Hyde?«

»Exakt, Shirin. Sie müssen verstehen, dass es für eine Psyche – auch eine kranke – eine enorme Belastung ist, Mordphantasien in die Tat umzusetzen und dabei den bürgerlichen Schein zu wahren. Tom hingegen scheint sogar echtes Mitgefühl zu empfinden. Dr. Jeckyll bereut, was Mr Hyde tun muss. Was mich zu meinem nächsten Punkt bringt.«

Shirin und Bennett hingen jetzt an seinen Lippen.

»Er ist vordergründig sozialisiert, es würde mich nicht wundern, wenn er in einer Kirche oder einer sozialen Einrichtung ehrenamtlich aktiv wäre. Er ist nicht verheiratet und hat keine Kinder, Tom ist ein klassischer Einzelgänger. Er hat Geld, viel Geld. Ich vermute, dass ihm entweder seine Eltern ein Vermögen hinterlassen haben oder er es mit der gleichen Methode erschlichen hat, mit der er an die Adressen seiner Opfer gelangte: durch gewiefte Trickbetrügereien, möglicherweise Aktien oder Termingeschäfte. Er braucht für sein Geld nicht mehr zu arbeiten, oder er ist zumindest in der Lage, auch über längere Zeit Freiräume zu schaffen. Er hatte fünfzehn Jahre Zeit, sich sein Leben nach seinen Vorstellungen einzurichten. Mittlerweile hat er sein ganzes Leben nach dem Jeckyll-and-Hyde-Prinzip organisiert.«

»Glauben Sie, dass er eine gespaltene Persönlichkeit hat?«, fragte Shirin.

»Nein«, antwortete Sam, »eine gespaltene Persönlichkeit ist sich der anderen Seite nicht bewusst. Es wäre ihr unmöglich, sich diszipliniert und geordnet zu verhalten. Toms Persönlichkeit ist bipolar, aber in einer Person vereint.«

»Und wie soll uns das helfen, ihn zu fassen?«

»Vermutlich wird er seine bürgerliche Existenz unbewusst auf die Spitze treiben, deshalb auch die Vermutung mit dem Ehrenamt. Er ist etwas zu nett, tut etwas zu viel des Guten, ist jedermanns Freund. Und doch nichts davon.«

»Sie meinen«, sagte Shirin, »dass wir jemanden suchen, der zu gut für diese Welt ist?«

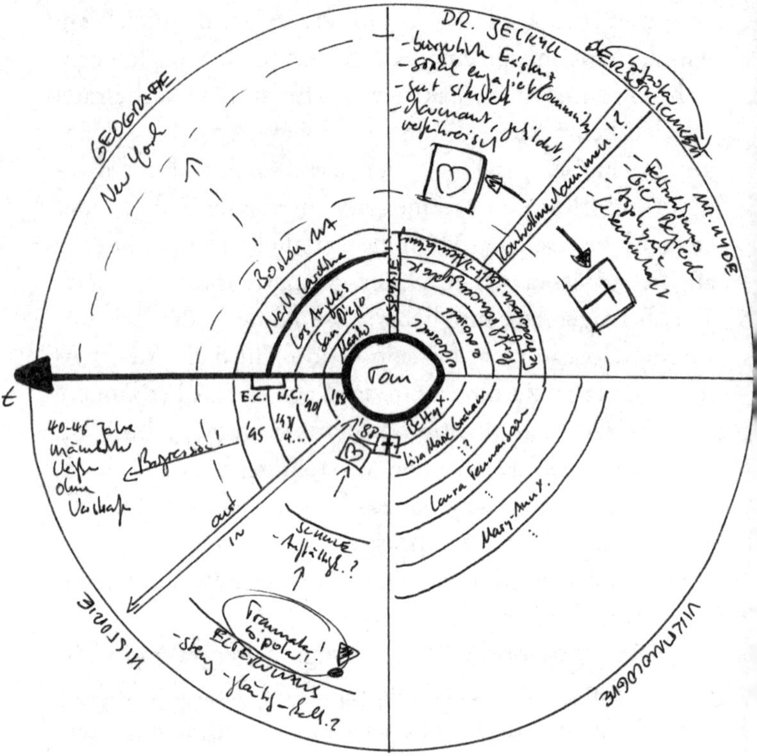


»Ja«, sagte Sam.

»Wir suchen den perfekten Nachbarn, den ganz sicher niemals jemand verdächtigen würde«, kommentierte Bennett.

»Die weißeste Weste von allen«, sagte Sam. »Mit der schwärzesten Seele.«

# Kapitel 30

**Washington, D.C.**
Donnerstag, 30. August

Wie ein stummer Schatten huschte die Gestalt durch den Flur des achten Stockwerks. Das Gebäude war einer der nichtssagenden Würfel auf der 18. Straße, die von außen nicht besonders beeindruckend wirkten, aber hinter deren Mauern die echte, große Politik in der Hauptstadt gemacht wurde. Die hohen Fensterfronten, die über die gesamte Fassade um den Klotz liefen, waren der Grund dafür, dass Klara sich für einen ihrer Anzüge entschieden hatte. Wenn es drohte, bei einem Einbruch ungemütlich zu werden, oder wenn sie es vermeiden musste, verräterische Spuren ihrer DNA zu hinterlassen, zwängte sie sich in eine zweite Haut aus dünnem Neopren. Selbst ihre Haare steckten unter einer Kapuze, und das matte Material verschwamm in der Nacht mit den Konturen der Möbel. Heute hatte Klara weder vor, sich erwischen zu lassen, noch konnte sie es sich leisten, Beweismittel zurückzulassen. Niemand durfte herausbekommen, dass heute Nacht jemand hier gewesen war. Alle in der Stiftung waren sich bewusst, dass sie sich mit mächtigen Gegnern anlegten, die möglicherweise auch vor Mord nicht zurückschreckten, wenn sie sich betrogen fühlten. Dafür hatten sie zwar keine Beweise, aber selbst Stein, dessen Religion die Indizien waren, glaubte nicht mehr, dass Hernandez' Tod auf das Konto der Drogenmafia ging.

Der tiefe Teppich mit seinen zentimeterhohen Fasern schluckte Klaras Schritte. Es war still, bis auf das Summen der Festplatten und das leise Rauschen der Lüfter war auf dem ganzen Stockwerk kein Laut zu hören. Sie schlich durch die leeren Flure, warf nur kurz einen Blick auf die Türschilder. Ihr Ziel lag vermutlich in einem der repräsentativen Eckbüros, denn sie hatte nicht vor, sich mit den einfachen Angestellten zu befassen. Was sie suchte, war weiter oben in der Hierarchie dieser Organisation, die sich One Nation for America nannte. Fünf Minuten später hatte sie gefunden, wonach sie gesucht hatte: »Marcus E. Dwight, Chief Executive Officer« stand an der Tür. Ganz oben. Klara lächelte, als sie das Türschloss untersuchte. Es handelte sich um ein einfach codiertes System, vor das man nur einen Sender halten musste, der den richtigen Code reflektierte. Klara hätte auch schwerere Geschütze in den Taschen ihres Anzugs bereitgehalten. Sie zog das passende Decodiergerät hervor und hielt es vor den Sensor. Keine zwanzig Sekunden später konnte sie das Schloss aufdrehen und stand im Vorzimmer des Direktors. Sie suchte nach Bewegungsmeldern oder anderen Hindernissen, konnte aber keine entdecken. Klara warf einen Blick auf den penibel aufgeräumten Schreibtisch der Sekretärin und ging dann durch die zweite Tür ins Allerheiligste. Der Blick aus den großen Fenstern auf die Stadt war imposant, aber nicht atemberaubend. Unter ihr rollte der nächtliche Verkehr über die K-Street und die 18. Die schallisolierten Fenster ließen kein Motorengeräusch und kein Hupen bis zu ihr vordringen. Zum wiederholten Mal an diesem Tag stellte Klara fest, dass es ein Fehler war, dass sie immer noch keinen Computerspezialisten eingestellt hatten. Heutzutage war es einfach mühsam, mit den guten alten Methoden zum Ziel zu gelangen, wenn es möglicherweise ausgereicht hätte, seinen Computer anzuzapfen. Allerdings hatte es sich in diesen Kreisen mittlerweile herumgesprochen, dass Computer für die Privatsphäre in etwa so zuträglich waren wie für die Gegner von J. Edgar Hoover die Erfindung des Telefons. Klara ließ den Rechner in Ruhe und zog stattdessen eine kleine Wanze aus der Oberschenkeltasche. Sie ließ ihren Blick über die glatte Front der Aktenschränke wandern, betrachtete die Deckenstrahler, dann den großen Konferenztisch, als sie plötzlich ein Geräusch vernahm. Ein Türschloss. Ohne Vorwarnung. Der dicke Teppich hatte nicht nur ihre Tritte verschluckt. Vermutlich ein Wachmann. Kurz erfasste sie Panik, bis das Adrenalin ihr Gehirn erreicht hatte. Optionen? Keine. Der Aktenschrank! Die einzige. Klara öffnete eine der großen Klappen, so leise es ihr möglich war. Das Licht im Vorzimmer war angegangen. Ein Reinigungstrupp wäre das Zweitschlimmste. Der Schrank stand voller Ordner. Wenn jemand einen von ihnen ausgerechnet jetzt einsehen wollte, das wäre das denkbar Ungünstigste. Eine weitere Klappe. Sie hörte schlurfende Schritte. Jemand raschelte mit Papier. Hängeregister. Und nicht ganz voll. Nur die wenigsten enthielten ein paar einzelne Blätter. Ihre beste Chance. Jemand hob einen Telefonhörer ab. Tippte eine Nummer. Klara zwängte sich in den schmalen Schrank. Sie musste ihren

Körper zusammenfalten wie ein Klappmesser und wusste wieder einmal, warum es sich für eine ordentliche Einbrecherin gehörte, die Bänder regelmäßig zu dehnen.

»Ich weiß, wie spät es ist, aber ich möchte, dass Sie sich um die Gesetzesvorlage kümmern, es kann uns in Iowa das Genick brechen«, sagte eine nach Autorität klingende Stimme im Nebenzimmer.

Und dass es sich für eine Einbrecherin nicht geziemt, besonders groß zu sein, dachte Klara, als sie die Klappe von innen heranzog. Glücklicherweise besaß der Aktenschrank eine Feder, sodass sie ab einem gewissen Neigungswinkel von alleine zufiel. Klara musste es nur schaffen, sie im richtigen Moment abzufangen.

»Tun Sie es einfach«, sagte die Stimme und legte auf. Klara hörte die schlurfenden Schritte, als ob er ein Bein auf dem Teppich nachzog, als sie die dünne Metallplatte auf ihren Fingerspitzen spürte und sanft zufallen ließ.

Die Stimme war jetzt in dem Büro, keine drei Meter von Klara entfernt. Sie konnte seinen Atem hören. Er goss eine kohlensäurehaltige Flüssigkeit in ein Glas. Die Perlen klangen wie kleine Explosionen, weil Klaras übersteigerte Sinne ihr in der Enge des Schranks einen Streich spielten. Er trank und stieß auf. Dann setzte er sich auf seinen Schreibtischstuhl und schaltete den Computer ein. Klara blieb nichts anderes übrig, als anzufangen zu meditieren. Es war das Einzige, was in solchen Situationen half.

Erst anderthalb Stunden später kehrte Klara von ihrer Südpolexpedition zurück. Sie hatte acht Kilometer auf einem Hundeschlitten zurückgelegt, mitten in einem heftigen Schneesturm. Ihre Zehen waren beinah abgefroren, und sie hatte einen Hund retten müssen, der im Eis eingebrochen war. Die Südpolexpedition war eine ihrer liebsten Eskapismen, denn sie konnte Schmerzen aus der realen Welt wie ihre unnatürlich verrenkten Füße und den daraus resultierenden Wadenkrampf in die Phantasie einbauen. Als sie aus dem Schrank kletterte, kehrte der Wadenkrampf zurück.

Klara brauchte zehn Minuten, um ihren Körper wieder vollständig unter Kontrolle zu bekommen, die sie größtenteils auf dem weichen Teppichboden verbrachte. Dann kroch sie unter den massiven Schreibtisch und ritzte mit einem Messer eine Kerbe in das harte Holz, genau zwischen Tischplatte und Schublade, wobei sie peinlich genau darauf achtete, jeden noch so kleinen Span in einer Plastiktüte verschwinden zu lassen. Als sie fertig war, installierte sie die kleine Wanze mit einem Zweikomponentenkleber. Klara stand auf und verstaute ihr Werkzeug in einer ihrer zahlreichen Taschen. Der Verkehr auf der K-Street wurde schon wieder lebhafter. Was hatte der Vorstandsvorsitzende nachts um halb drei in seinem Büro verloren?, fragte sich Klara. Egal. Sie hatte nicht mehr viel Zeit. Schon bald würden die dienstbaren Geister auftauchen, die die großen Plastikflaschen auf den Wasserspendern austauschten, oder die Uniabsolventen, die hier ein Praktikum absolvierten und immer noch daran glaubten, entdeckt zu werden, wenn sie nur immer morgens die

Ersten im Büro waren. Aus purer Neugier beschloss Klara, noch einen Blick in den Schrank zu werfen, in dem sie anderthalb Stunden eingesperrt gewesen war. Vielleicht wollte sie nur nachschauen, wer ihre Begleiter auf dem Weg zum Südpol gewesen waren, vielleicht hatte sie im Augenwinkel etwas entdeckt, ohne dass sie es registriert hatte. Sie öffnete den Schrank und flippte durch die Reiter an den Hängeregistern. Offenbar handelte es sich um ein Verzeichnis von Anwaltskanzleien, mit denen die Lobbyfirma zusammenarbeitete. Sie fand beinah alle großen Kanzleien der Hauptstadt, soweit Klara sich damit auskannte. Sie beschloss, etwas zu riskieren, und aktivierte den Blitz des Fotoapparats in ihrem Handy, um eine Aufnahme zu machen. Wenige Fotos später stockte ihr der Atem. Der fünftletzte Reiter trug einen Namen, der ihr wohlbekannt war. Mit zitternden Fingern nahm sie das Register aus dem Schrank und legte es auf den Schreibtisch. Es enthielt nur ein Blatt. Eine alte Rechnung. Von Thibault Godfrey Steins Kanzlei.

# Kapitel 31

## Manhattan, New York

Freitag, 31. August

Pia Lindt griff im Vorbeigehen ihren Mantel und rief ein »Schönes Wochenende!« in Richtung Thibault Steins Büro. Doch offenbar hatte der alte Anwalt ihr hinter seiner Bürotür aufgelauert. Er stand plötzlich im Türrahmen, warf einen Blick auf seine Armbanduhr, um festzustellen: »Sie gehen schon, Miss Lindt?«

»Thibault, es ist Viertel nach acht, und ich habe noch eine Verabredung.«

»Was für eine Verabredung?«, fragte Thibault und kratzte sich die Ingwerknollennase.

»Eine Verabredung eben«, antwortete Pia.

»Aber das Restaurant hat doch gerade erst aufgemacht.«

»Eben«, sagte Pia. »Außerdem geht es Ihre anwaltliche Neugierpflicht gar nichts an, mit wem ich meine Abende verbringe.«

Thibault Stein lächelte mild: »Können Sie einen weiteren Mann in Ihrem Leben verkraften?«

Pia bedachte ihn mit einem amüsierten Blick: »Wer sagt Ihnen, dass ich mich mit einem Mann treffe?«

»Also hatte ich doch recht«, murmelte der Alte und rammte den Stock wie zur Bestätigung auf den Parkettboden. »Ihre Verabredung geht mich sehr wohl etwas an.«

»Manchmal«, sagte Pia, »ist eine Verabredung einfach nur eine Verabredung.

»Manchmal«, stimmte Stein zu. »Fragen Sie sie, warum sie sich nicht bei mir gemeldet hat.«

Mit einem Blick, der als Antwort genügen musste, verabschiedete sich Pia von ihrem Chef und rannte das kurze Stück zur U-Bahn. Dank Steins investigativer Glanzleistung war sie wieder einmal spät dran.

---

Pia betrat das kleine Lokal in Williamsburg eine Viertelstunde nach der verabredeten Zeit, weil der L-Train zu allem Überfluss vor dem Hudson hatte anhalten müssen. Klara wartete schon am Tresen des »Fancy«, eines der neuen Lokale des Viertels, die Austern und gehobenes Fast Food aus dem Meer servierten. Restaurantbetreiber aus Manhattan auf Expansionskurs mit einer eigentümlichen, aber sehr heimeligen Mischung aus Fünfzigerjahreimbiss (bei den Tischen) und Werkstattschick (an der Bar). Pia rutschte auf den Hocker neben Klara.

»Klara, was soll die Heimlichtuerei?«

»Wir haben ein Problem, Pia. Genauer gesagt, zwei Probleme. Und ich glaube, du bist die Einzige, mit der ich darüber reden kann.«

Pia warf einen schnellen Blick auf die Karte und bestellte einen Fischburger und ein Bier.

»Gute Wahl«, meinte Klara.

»Was für Probleme?«, fragte Pia.

»Ich habe die Wanze installiert, wie wir es besprochen

hatten, und einen Mietwagen mit einem Sixpack Batterien und einer Internetverbindung auf einem Parkplatz gegenüber abgestellt.«

»Klingt weniger nach einem Problem«, bemerkte Pia, nippte an ihrem Bier und genoss die kühle Erfrischung.

»Ich habe in seinem Büro eine Rechnung gefunden.«

»Das ist eine echte Überraschung«, lachte Pia.

Klara schwieg und hielt ihr als Antwort das Foto auf ihrem Handy vor die Nase. Pia verschluckte sich fast an ihrem Brooklyn Lager, als sie den vertrauten Briefkopf erkannte. Sie nahm ihr das Handy aus der Hand. Kein Zweifel. Das war eine Rechnung von Steins Kanzlei. Von ihrer Kanzlei.

»Was soll das bedeuten?«, fragte Pia entgeistert.

»Ehrlich gesagt, ich habe keine Ahnung«, sagte Klara. »Möglicherweise nur ein Zufall, sie hatten Dutzende Rechnungen von den besten Kanzleien der Stadt in ihrem Archiv. Möglicherweise steckt aber auch mehr dahinter, und dann ...«

Ihre beste Freundin musste den Satz nicht beenden. Dann war die ganze Finanzierung der Stiftung, der seltsame Paragraf über Hyannis Port möglicherweise auf Steins Mist gewachsen. Oder er steckte zumindest mit drin. Pia konnte das nicht glauben.

»Ich bin genauso geschockt wie du«, sagte Klara nach einer Weile. »Du weißt, was ich Stein zu verdanken habe. Und ich habe ihn immer für einen integren Mann ge...«

»Ich würde mit ihm bis zum Südpol fahren, so weit vertraue ich ihm.«

»Seltsam, dass du das sagst«, meinte Klara.

»Wie meinst du das?«, fragte Pia.

»Unwichtig. Hauptsache, wir sind uns einig.«

»Und was sollen wir jetzt deiner Meinung nach tun?«, fragte Pia, der sich zunehmend der Kopf drehte.

»Ich habe keine Ahnung. Vielleicht fragen wir ihn einfach?«

»Und was, wenn doch mehr dahintersteckt?«, fragte Pia, auf einmal zweifelnd. »Sollten wir nicht abwarten, was die Abhöraktion ergibt?«

»Doch nicht so sicher, was Stein betrifft?«

»Ich bin mir bei gar nichts mehr sicher, seit diese ominöse Organisation in unserem Team spielt«, bekannte Pia.

»Da bist du nicht alleine«, gab Klara zu.

»Und das zweite Problem?«

Der Kellner servierte Pias Fischburger. Klara sah ihr einen Moment beim Essen zu und schien darüber nachzudenken, wie sie es ihr beibringen sollte.

»Willst du nichts essen?«, bot Pia ihr an.

»Nein«, sagte Klara.

»Wegen deines zweiten Problems?«, fragte Pia.

»Ja«, sagte Klara.

»Geht es um Sam?«, fragte Pia.

Klara nickte.

»Und die Ermittlungen?«

Wieder ein Nicken.

»Machen sie keine Fortschritte?«

»Sie sind nicht schnell genug. Sam arbeitet Tag und Nacht, er ist jeden zweiten Tag in Quantico ...«

»Das klingt doch vielversprechend. War es nicht das, was wir erreichen wollten?«

»Ich weiß nicht«, sagte Klara. »Irgendwie ist er immer noch distanziert, als ob ihm für die letzten zehn Prozent der Mut fehlt.«

»Vergiss nicht, er ist nicht mehr beim FBI«, nahm ihn Pia in Schutz.

»Vielleicht ist genau das sein Problem«, sagte Klara leise.

»So wie ich dich kenne, hast du eine Idee.«

Klara nickte. Und erklärte Pia ihren Plan.

---

Als Adrian spät in der Nacht nach Hause kam, lag Pia immer noch wach. Sie hörte, wie er versuchte, möglichst leise die Tür aufzuschließen. Wie er die knarzende Badezimmertür öffnete und die Dusche anstellte. Es prasselte minutenlang, während Pia über Klaras Plan nachdachte und ob er klug war. War es richtig, Sam in die Ecke zu drängen, indem sie selbst in dem Fall ermittelte? Klara war überzeugt davon, dass Sam etwas übersah. Und sie glaubte, dass es mit ihm selbst zu tun hatte. Wieso schickte dieser Tom die Briefe ausgerechnet an Sam?, hatte Klara sie gefragt. Und auch Pia hatte darauf keine Antwort gefunden. Außer der, mit der sich Sam selbst abspeiste, nämlich dass er seit Karel Snow und dem Rascal-Hill-Fall einer der bekanntesten Profiler in den USA war, TV-Interviews inklusive. Möglich, natürlich. Aber Klara glaubte nicht daran. Pia hörte, wie das Wasser abgedreht wurde. Fünf Minuten später öffnete sich die Tür zum Schlafzimmer, und Adrian schlüpfte neben ihr unter die Decke. Pia lauschte einen Moment, ob er sofort einschlief.

»Du bist noch wach?«, fragte Adrian erstaunt.

»Atme ich anders, oder wie kommst du darauf?«, fragte Pia zurück.

»Was ist los, Pia?«

»Nichts.«

»Du schläfst immer, wenn ich nach Hause komme. Wie im Winterschlaf. Ich glaube dir kein Wort.«

Er griff unter der Decke nach ihrer Schulter und strich ihr sanft mit dem Handrücken darüber.

Sie erzählte ihm alles, über die Rechnung von Steins Kanzlei, über Klaras Bedenken, was Sams Ermittlungen anging. Über ihre wilden Verschwörungstheorien, was den Zusammenhang zwischen Stein und ihren Geldgebern anging. Und wo sie eigentlich hergekommen waren. Nur von Klaras Plan erzählte sie ihm nichts. Das hatte sie Klara versprechen müssen.

»Wenn wir schon bei Verschwörungstheorien sind …«, sagte Adrian schließlich.

»Kommt jetzt die Mondlandung?«, lachte Pia, die trotz dieses heillosen Durcheinanders ihren Humor wiedergefunden hatte.

»Ich meine ja nur, mal hypothetisch gesprochen«, fuhr Adrian fort. »Hältst du es eigentlich für einen Zufall, dass die Geldgeber ausgerechnet dann auftauchen, wenn wir das Geld am dringendsten brauchen, weil Klara mit den Briefen an Sam einen Fall direkt vor der Nase hat?«

»Du meinst …«, begann Pia. Adrian nickte. »Du meinst, dass Stein doch etwas damit zu tun hat?«, beendete Pia das Undenkbare.

»Ich weiß es nicht. Aber es kommt mir schon wie ein

sehr großer Zufall vor. Dir nicht?«, fragte Adrian. Pia wusste nicht, was sie denken sollte. Einen Moment lang lag sie einfach in dem Bett neben Adrian und überlegte ins Leere.

»Doch«, bekannte sie schließlich. »Solche Zufälle gibt es nicht.«

## Kapitel 32

**Der achte Brief**

*Lieber Sam,*

*ich glaube, wir sind uns einig, dass ich Ihnen nicht alle Einzelschicksale beschreiben muss. Und doch möchte ich Ihnen ihre Namen nennen, denn sie gehören zu mir und meinem Schicksal, auch wenn nicht jede Einzelne von ihnen eine Schlüsselrolle spielte. Ich erinnere mich zum Beispiel an Tery, Lisa und Tina. Und all die anderen, die einen Platz in meinem schwarzen Herzen gefunden haben. Ich werde sie nie vergessen. Heute aber möchte ich Ihnen von Cory erzählen. Unser Kennenlernen unterschied sich nicht wesentlich von den anderen, alles andere dafür umso mehr. Schon als ich Corys Wohnung betrat, spürte ich, dass etwas anders war. Ich wusste nicht, was es war, aber es lag mehr Glück in dieser Wohnung. Vielleicht war es die Erfahrung mit so vielen Frauen, die auf den Tod warteten, die mich bei Cory etwas stutzen ließ. Wir saßen auf dem Sofa und tranken einen Wein vom Russian River, weiß und fruchtig. Ihre Augen flirteten mit mir, dem Schicksalsgenossen, wie es sein sollte. Wir waren zwei Seelen, die in diesem Moment füreinander bestimmt waren, ohne die Zukunft zu planen. Wir küssten uns verhalten, dann ließ Cory alle Vorsicht fahren. Aber ich war immer noch alarmiert. Jedoch wusste ich nicht, warum. Ich zog sie aus, noch auf der Couch, und sagte ihr, wie wundervoll sie aussah. Und es war kein Wort gelogen. Ich führte sie an der Schulter ins Schlafzimmer. Es roch nach frischen Blumen, die auf dem Nachttisch standen. Ich legte sie auf das frisch gemachte Laken und kniete mich über sie, küsste sie. Wie immer. Und doch war nichts wie immer. Nur hatte ich immer noch nicht herausgefunden, was es war. Ich brauchte Zeit.*

*Ich streichelte ihr über die Wange und versprach ihr, gleich wieder da zu sein. Dann ging ich ins Bad, griff auf dem Weg nach meiner Jacke mit den Utensilien, die ich gleich brauchen würde. Cory war schneller auf mich eingegangen, als ich vermutet hatte, ich hatte nicht alles vorbereitet, ich hatte nur die Notfallpackung dabei. Um herauszubekommen, was mich störte, schloss ich mich im Badezimmer ein und drehte den Wasserhahn auf. Ich schälte die Spritze aus ihrer Einwegverpackung, und das Kribbeln erfasste meine Fußspitzen, wie immer. Alles war doch wie immer, oder nicht? Cory war schöner als die meisten. Aber das änderte nichts. Ich fischte das kleine Gläschen mit dem Cocktail aus meiner Manteltasche. Sie war fröhlicher als die anderen. Ich zog die Spritze auf. Nahm sie Medikamente? Antidepressiva? Sie könnten die Wirkung meines Cocktails verändern. Wenn ja, sollte ich das wissen. Oder ging es um etwas anderes? Ich*

*öffnete die Schränke in ihrem Badezimmer. Ich betätigte die Toilettenspülung. Die Spritze lag auf dem Sims unter dem Spiegel. Verheißungsvoll. Das Kribbeln in den Zehen und im Kopf wurde stärker. Keine Antidepressiva. Und dann sah ich ihn. Sie hatte ihn aufgehoben.*
*Ich schloss die Schranktüren und drehte den Wasserhahn zu. Ich nahm die Spritze und die restlichen Utensilien. Meine Jacke warf ich auf dem Rückweg ins Schlafzimmer über einen Stuhl.*
*Cory lag auf dem Bett und lächelte mich an. Ihre vollen Lippen öffneten sich ein wenig, und das Kribbeln wurde unerträglich. Ich trat neben ihr Bett und beugte mich über sie. Ich küsste sie, sog sie in mich auf und wartete, bis sie gekommen war.*

*Am nächsten Morgen gab ich Cory einen Abschiedskuss. Es war das letzte Mal, dass ich sie lebend gesehen habe. Ich konnte das neue Leben nicht zerstören, nicht, nachdem ich den positiven Test in ihrem Badezimmerschrank gefunden hatte: zwei Linien, eindeutig. Cory starb anderthalb Jahre später an multiplem Organversagen. Aber sie hatte die Schwangerschaft überlebt, von der ihr die Ärzte sicherlich abgeraten hatten. Und sie hatte einen gesunden Jungen geboren, der bei ihren Eltern aufwuchs und die Erinnerung an Cory in die Welt schrie. Wie hätte ich ihr das nehmen können? Der Welt und auch Cory? Das war es, was anders gewesen war. Cory war schwanger, und es hätte nur des Flügelschlags eines Schmetterlings bedurft, um alles zunichtezumachen, was ihrem Leben wichtig war. Leben! Wie kann einer wie ich davon reden, werden Sie sich fragen, Sam. Ich kann Ihnen darauf keine Antwort geben, aber sollten wir uns je begegnen, wäre das meine eine Frage an Sie: Wie kann ich vom Zauber des Lebens reden?*

*Tom*

---

Als er die Klappe des Postkastens an der 86. öffnete, zögerte er. Beinah zu persönlich erschienen ihm seine Zeilen. Ob Sam Burke ihn verstehen würde? Der Sommer verzog sich langsam, und mit seinem Ende nahte auch der letzte Brief an Sam. Hatte er seine Geschichte gut genug erzählt? Hatte er ihnen wirklich eine faire Chance eingeräumt? Seufzend warf er Corys Schicksal hinein und wandte sich ab. Heute Abend war er mit Tamara verabredet. Sie trafen sich in einer Bar über den Dächern der Stadt. Er hatte einen Tisch reserviert, und er wusste, dass es Tamara dort gefallen würde. Sie war der romantische Typ. Ob sie danach bei ihr landen würden? Sicherheitshalber hatte er sein Besteck mitgenommen. Heute oder nächste Woche, es spielte keine Rolle mehr. Er spürte bereits das Kribblen im Bauch, wenn er sie traf. Er hatte sich in Tamara verliebt. Und der Sommer ging langsam zu Ende. Er wusste, was das hieß.

## Kapitel 33

**Quantico, Virginia**
Mittwoch, 12. September

Bennetts Büro war zu einer einzigen übergroßen Akte verkommen. Überall an den Wänden hingen Zettel, auf dem Konferenztisch in der Mitte des Raums stapelten sich die Ausdrucke, die Shirin beinah im Minutentakt an den Drucker schickte. Die Nordwand widmete sich dem psychologischen Profil, das mittlerweile einen beachtlichen Detailgrad erreicht hatte, ohne dass es ihnen auch nur ein Jota weiterhalf. Im Süden, hinter Bennetts großem Schreibtisch, streckte sich ein Zeitstrahl über die gesamte Breite der Wand, der Osten gehörte dem Kartenmaterial, das ihnen irgendwann im Laufe der Ermittlungen einen Anhaltspunkt dafür liefern sollte, wo ihr Täter wohnte. Bisher konnten sie nur vermuten, dass er von der Westküste irgendwann nach seinen Studien zum perfekten Mord an die Ostküste gewechselt war, denn bisher hatten alle von ihm beschriebenen Opfer hier in der Nähe gelebt. Wobei Nähe in diesem Fall ein dehnbarer Begriff war, denn es handelte sich um mindestens fünf Staaten mit einem Gebiet von über sechzig Millionen Quadratkilometern. Viel zu groß und viel zu ungenau. Derzeit am vielversprechendsten erschien Sam daher die vierte Wand, die an der Westseite des Zimmers, die sich mit seinem Kontaktprofil beschäftigte. Sam hatte alle Personen, mit denen er laut den Briefen zu tun gehabt hatte, wie auch solche, mit denen er vermutlich in Kontakt getreten sein musste, an die Wand geheftet. Von den Opfern über die Professoren an seiner Universität bis hin zu den Nebendarstellern in seinem Theaterstück, den unfreiwilligen Helfershelfern bei seinen Recherchen. Seit Tagen zerbrach er sich den Kopf darüber, wie ihnen Tery, Lisa, Tina und Cory helfen könnten. Immerhin hatte der letzte Brief nicht nur einen neuen Namen, sondern gleich vier gebracht. Sam rieb sich mit den Händen über das Gesicht und seufzte. Er konnte sich bei Shirins ständigem Getippe einfach nicht konzentrieren.

»Sam!«, sagte Bennett.

Sam schreckte auf: »Was ist los?«

»Träumst du?«

»Entschuldige, ich war in Gedanken. Was ist los?«

»Hör mal«, sagte Bennett mit seinem tiefen Bass, nun erheblich ruhiger, fast versöhnlich. »Ich denke, es ist Zeit, dass wir eine Pause machen. Meinst du nicht?«

»Gute Idee. Lass uns was essen gehen und danach weitermachen, ich brauche auch mal etwas frische Luft.«

Sam erhob sich von seinem Stuhl, aber Bennett machte keine Anstalten, ebenfalls aufzustehen.

»Sam«, sagte Bennett.

»Was ist?«, fragte Sam leicht gereizt. »Lass uns eine Pause machen.«

»So meine ich es nicht«, seufzte Bennett.

»Ach, nein?« Sam hatte keine Ahnung, was er meinen könnte.

»Sam. Shirin hat alle vier Opfer gefunden. Schon vor

drei Tagen. Und es hat uns nichts genützt. Wir drehen uns seit Tagen im Kreis.«

»Ich weiß«, gab Sam zu. »Aber was sollen wir machen?«

»Eine Pause«, wiederholte sich Bennett. »Lassen wir den Fall ein paar Tage ruhen. Und dann machen wir weiter. Marin hat mir auch einen anderen Fall auf den Schreibt...«

»Du willst an einem anderen Fall arbeiten?«, fragte Sam erzürnt. »Du machst einen Knicks vor diesem Schmalspur-Machiavelli? Ich fasse es nicht ...«

»Nein, Sam. Aber ich glaube, ein wenig Abstand würde uns guttun. Wir kommen doch so nicht weiter. Wir müssen auf den nächsten Brief warten.«

Immer wieder bis zum nächsten Brief. Sam wartete seit Wochen immer wieder auf den nächsten Brief, weil ihnen der Letzte zwar ein weiteres Puzzlestück geliefert hatte, aber sie das große Bild immer noch nicht erkennen konnten. Mittlerweile war es Oktober. Es wurde Winter. Seine Zeit nahte. Und ihre lief ab.

»Und wenn ich eine Idee hätte?«, fragte Sam leise in die Runde. Bennett starrte ihn an. Selbst Shirin hörte jetzt auf zu tippen.

»Ich denke, es ist an der Zeit, ihn aus der Reserve zu locken.«

»Und wie willst du das anstellen?«, fragte Bennett.

»Wir schicken ihm eine Antwort«, platzte Shirin in ihren Dialog.

»Ich wusste immer, dass Sie nicht von dieser Welt sind«, sagte Sam.

»Und an wen bitte schön sollen wir unseren Brief adressieren?«, fragte Bennett pragmatisch.

»Keine Ahnung«, sagte Sam. »Aber ich bin mir sicher, dass Shirin etwas dazu einfällt.«

Shirin zuckte mit den Schultern, und Bennett kratzte sich am Kinn. »Wie viele Briefe haben wir noch? Was glauben Sie?«

»Cory starb im Juli 2009«, antwortete Sam. »Er hat geschrieben, dass sie anderthalb Jahre nach ihrem Treffen gestorben ist, das hieße also Ende 2007 oder Anfang 2008. Keine Ahnung, wie viel er uns noch zu erzählen hat. Vielleicht zwei oder drei?«

»Aber«, warf Shirin ein, »wäre es nicht besser, unsere Antwort so nah wie möglich am letzten Brief zu platzieren, damit wir ihn am besten in einer emotionalen, unkontrollierten Phase erwischen?«

Wieder blieb Sam nichts anderes übrig, als zu nicken. Es war wirklich clever, das Mädchen aus Teheran. Vielleicht schon etwas zu clever.

»Es ist fast nicht möglich, das gegeneinander abzuwägen«, gab Sam zu. »Ein Glücksspiel.«

»Wenn mir denn überhaupt etwas einfällt, wie wir ihm die Botschaft übermitteln können«, sagte Shirin.

»Wir können das nicht alleine entscheiden«, warf Bennett ein.

Sam stöhnte. Er wusste genau, was das hieß.

»Nein, Sam, es geht nicht anders. Ich gehe damit zu Marin.«

»Ich weiß«, sagte Sam. »Und ich weiß auch, wie er sich entscheiden wird.«

Drei Stunden später saß Sam im Zug zurück nach New York. Michael Marin hatte entschieden, den nächsten Brief abzuwarten. Genau, wie Sam es vermutet hatte. Vielleicht war es nicht das Schlechteste, was ihnen hatte passieren können. Niemand konnte mit Sicherheit vorhersagen, wie Tom auf eine Antwort von ihnen reagieren würde. Sam wusste ja nicht einmal, welche Botschaft er ihm überhaupt schicken sollte. Noch nicht. Denn er hatte nicht vor, die Zwangspause in ihren Ermittlungen sinnlos verstreichen zu lassen. Er würde einen Brief an Tom verfassen. Einen, der ihn ganz sicher aus der Reserve locken würde.

»Lieber Tom«, tippte Sam in seinen Laptop.

## Kapitel 34

**Brooklyn, New York**
Sonntag, 16. September

Sam war eingeschlafen. Klara hörte das gleichmäßige Atmen zwischen den Kissen und das Ticken des altmodischen Weckers neben seinem Kopf. Sie wartete noch fünf Minuten, bis sie vorsichtig die Decke zurückschlug und langsam einen Fuß aus dem Bett setzte. Sie schnappte sich das Glas mit dem Rest des Weißweins vom letzten Abend von ihrem Nachttisch und schlang einen Bademantel um die Hüften. Dann ging sie ins Wohnzimmer, wo Sam seinen Laptop auf dem Couchtisch hatte stehen lassen. Gandhi schlich ihr um die Beine, als sie sich setzte und den Rechner einschaltete. Die Fanfare erschien ihr plötzlich viel lauter als sonst, und sie lauschte einige Sekunden, während das blaue Licht des startenden Computers Gandhis Fell grün aussehen ließ. Es war allerdings nicht zu erwarten, dass Sam angesichts der vier Flaschen Bier vor dem Einschlafen irgendetwas hören würde, selbst wenn der Feueralarm ausbrach. Sie tippte seinen Benutzernamen und sein Passwort ein und nippte an dem Wein. Sie las alles, woran Sam und das FBI während der letzten Wochen gearbeitet hatten. Sie wollte den Fall nicht abgeben. Sie durfte es nicht. Und das wussten alle, auch Pia und Stein. Was übersiehst du, Sam?, fragte sie sich zum tausendsten Mal, während sie die Fotos der Bürowände in Quantico durchging, an die das Team Toms Profil gepinnt hatte. Sam hatte sie abfotografiert, damit er auch am Wochenende weiterarbeiten konnte. Klara wusste, dass er tat, was er konnte. Und trotzdem reichte es diesmal nicht.

Eine Stunde später öffnete Klara eine weitere Flasche Wein und stellte sich ans Fenster. Die Nächte wurden wieder kälter. Es war jetzt Mitte Oktober, und die Hitzewelle des Sommers war einem angenehmen Herbst gewichen. Einem Herbst, der laut Sams Profil das nächste Opfer bringen würde. Toms Briefe näherten sich mit jedem weiteren der Gegenwart und damit dem unausweichlichen Ende der unfreiwilligen Brieffreundschaft. Klara fragte sich, ob die Briefe tatsächlich enden würden oder ob Tom ihm weiter schreiben würde. Ein makaberes Versteckspiel mit einem Profiler. Aber zumindest hatten sie dann aktuelle Fälle, mit denen sie arbeiten konnten. Damit wären sie auf vertrautem Terrain, was das Profiling anging, und müssten nicht versuchen, das Pferd von hinten aufzuzäumen. Sam würde solch einen Gedankengang sicher nicht gutheißen, dachte Klara und nippte am Chardonnay. Vor ihrem inneren Auge tauchte noch einmal die Wand mit den Personen auf, die mit Tom auf die eine oder andere Art verbunden waren. Und plötzlich wusste sie, was Sam vergessen hatte. Wer hatte mit all diesen Personen zu tun, außer Tom natürlich? Was war das weitere verbindende Element? Eilig schloss Klara das Fenster und setzte sich wieder vor den PC. Die Wand mit den Fotos und den Namen der Opfer starrte sie vom Bildschirm an. Natürlich. Im Kopf zog sie eine Linie von den Personen zu Tom, dessen Name wie immer in der Mitte des Profils stand. Und fügte eine Zwischenstation ein. Natürlich. Die Briefe. Es gab eine weitere Person auf diesem Tableau: Sam Burke. Er war das Bindeglied. Bisher hatten Sam und die Briefe nur in der Einschätzung seiner Persönlichkeit und auf dem geografischen Profil eine Rolle gespielt. Aber natürlich gehörte er auch auf diese Seite. Was, wenn Sam als Empfänger der Briefe keine neutrale Instanz für Tom war? Sondern dazugehörte? Bei dem Gedanken, was das für Toms Profil hieß, lief Klara ein Schauer den Rücken herunter. Klara nahm einen großen Schluck Wein und machte sich daran, die restlichen Dateien anzuschauen.

---

Am nächsten Morgen erwachte Klara mit einem Kater, der mindestens so groß war wie Gandhi. Sie griff auf Sams Seite, aber das Bett war leer. Neben der Kaffeemaschine fand sie einen Zettel von Sam. Er war wider seine Natur bereits um sechs Uhr nach Quantico gefahren. Dabei hasste er Montage beinah so sehr wie die frühen Morgenstunden. Klara füllte die Kaffeemaschine und suchte in ihrem Medizinschrank, der aus einem alten Schuhkarton voller größtenteils abgelaufener Medikamente bestand, nach einer Aspirintablette. Wenn sie seit zwei Jahren abgelaufen sind, sollte ich die doppelte Dosis einwerfen, dachte Klara und spülte die acht Pillen mit einem großen Glas Leitungswasser hinunter, als ihr Handy klingelte. Sie ignorierte es bis zum zweiten unbarmherzigen Versuch des Anrufers. Ein Callcenter, das dem Rauschen in der Leitung nach in Pakistan sitzen musste, wollte ihr ein Abonnement für eine Tierzeitschrift andrehen, weshalb sie Gandhi düstere Blicke zuwarf.

Eine Stunde später schloss sie die Tür zum Restaurant auf. Es roch stark nach Wein und Gebratenem, was beinah zu einem Unglücksfall mit dem Chardonnay von letzter Nacht geführt hätte, aber sie schaffte es gerade so bis zu ihrem Schreibtisch. Leider hatte der Raum kein Fenster, aber hier im hinteren Teil des Restaurants überwog der Essensgeruch, der ihr weniger zu schaffen machte. Sie stellte den großen Pappbecher Kaffee, den sie auf dem Weg gekauft hatte, gefährlich nahe neben die Tastatur und rief die Überwachungsaufnahmen der letzten Woche auf. Das Problem an einer Wanze war, dass sie alles aufzeichnete, solange sie ein Tonsignal auffing. Im Fall von One Nation for America bedeutete das stundenlange Sitzungen und Telefonate des CEOs, die sich größtenteils um Sachverhalte drehten, die Klara nicht im Geringsten interessierten: Spendengelder, Gesetzesvorlagen, geltungssüchtige Abgeordnete und käufliche Senatoren. Und da stundenlange Aufzeichnungen auch stundenlanges Abhören mit sich brachten, würde sie mindestens den Rest des Tages für die Bänder brauchen.

Um Viertel nach sechs, die ersten Gäste hatten im Lokal Platz genommen, stürmte Pia in Klaras Büro und knallte die Tür zu.

»Was ist passiert?«, fragte Klara.

»Er sagt, es habe nicht zu bedeuten«, sagte Pia.

»Du hast ihn gefragt?«, fragte Klara entgeistert.

»Was hättest du gemacht? Im Büro neben ihm sitzen und so tun, als wäre nichts gewesen? Wir haben ein gutes Verhältnis, Klara. Und ich mag ihn.«

»Ich mag ihn auch«, gab Klara zu.

»Er sagt, die Rechnung sei die einzige gewesen und uralt. Er hätte sich von alleine nicht einmal daran erinnern können. Es sei damals um irgendein rechtstheoretisches Gutachten gegangen. Er hat versprochen, die Akte rauszusuchen.«

»Das sind doch gute Neuigkeiten, oder nicht?«

»Warten wir es ab«, sagte Pia nachdenklich. »Und bei dir? Irgendetwas von der Nation for America?«

»Nichts. Stundenlanges Gequatsche eines Lobbyisten. Vieles erscheint mir grenzwertig, aber nichts von Grund auf illegal. Es kann Wochen dauern, bis wir da etwas Brauchbares rausholen. Ich denke darüber nach, ein Schreibbüro zu engagieren, um das abzutippen …«

»Du kannst es mir geben. Wir haben eines, das die Schreibarbeiten für die Kanzlei erledigt.«

»Können die auch Alarm geben, wenn der Limousinenservice oder die Stiftung genannt werden?«

»Klar. Maria ist sehr zuverlässig.«

Klara lehnte sich seufzend in die wackelige Lehne des Drehstuhls, und Pia machte Anstalten, in die Küche abzuwandern.

»Da wäre noch etwas«, hielt Klara sie zurück.

Pia drehte sich um.

»In Sachen Tom tut sich etwas. Sam ist der Meinung,

dass sie Tom mit einer Antwort auf seine Briefe aus der Reserve locken sollten, aber Marin hat es abgeblasen.«

»Und du bist nach wie vor der Meinung, dass Sam einen Fehler macht, weil er nicht zum FBI zurückgeht. Dass er von draußen nichts ausrichten kann und dass erst dann etwas vorangeht, wenn er sich offiziell zurückmeldet?«

Klara nickte: »Ja. Und ich glaube, dass Sam selbst das fehlende Bindeglied in dem Fall ist. Ich glaube nicht, dass Tom ihn ausgewählt hat, weil er ihn aus dem Fernsehen kennt. Da steckt mehr dahinter ...«

»Und Sam will oder kann das nicht selbst erkennen?«, fragte Pia. »Das sieht ihm eigentlich gar nicht ähnlich ...«

»Nein, das tut es nicht. Aber es ist nachvollziehbar. Es ist wie bei einem meiner früheren Mandanten, die genau wissen, dass ihre Ehe am Ende ist, aber es sich nicht eingestehen können. Alle Anzeichen stehen auf Sturm, aber sie wollen sie nicht sehen, weil das alles verändern würde. Menschen sind so, sie scheuen die Veränderung wie Katzen das Wasser. Und Sam ist der größte Gewohnheitsmensch, den ich kenne.«

Klara zeigte Pia das Bild von Sams Computer, dem sie seinen Namen hinzugefügt hatte. Pia wirkte nachdenklich: »Und du bist dir nach wie vor sicher, dass dein Plan der richtige ist?«

»Ja«, bestätigte Klara. »Wir müssen noch einmal aktiv werden. Wir müssen ihnen ein zweites Mal die Nase in den Morast drücken. Ich muss Sam dazu kriegen, das Unausweichliche zu akzeptieren. Er kann sich nicht drücken.«

»Und ihr beide? Werdet ihr es überstehen?«

Klara dachte einen Moment lang darüber nach: »Ich

denke, schon. Ich weiß gar nicht, wie wir uns überhaupt einbilden konnten, dass der Beruf unserer Beziehung schaden könnte. Ich denke, nach dem Schock im letzten Jahr hat es sich einfach so ergeben, und keiner von uns beiden hat es jemals ernsthaft hinterfragt.«

»Bist du dir sicher?«, fragte Pia noch einmal. »Immerhin ist das, was wir vorhaben, schon sehr drastisch.«

Sie machte sich ernsthaft Sorgen, und Klara wusste es zu schätzen. Aber sie glaubte auch tief in ihrem Herzen, dass Sams und ihre Liebe stärker war. Sie konnten alles überstehen, auch oder vielleicht gerade weil sie einfach nicht ohne den anderen leben konnten, das hatten sie schließlich probiert.

»Wir lieben uns, Pia. Es wird gut gehen. Ich bin mir sicher.«

»Dann rufe ich den Stiftungsrat zusammen. Meine Stimme hast du, und du weißt, warum. Aber bei den anderen bin ich mir nicht so sicher …«

## Kapitel 35

**Brooklyn, New York**
Freitag, 21. September

An diesem Freitagabend klemmte die Haustür. Sam musste viermal daran rütteln, ehe sich das Schloss bewegte und die rostrote, fünfmal überstrichene Tür nachgab. Langsam schleppte er die Tasche mit der Schmutzwäsche der Woche, die er wieder einmal ergebnislos in Quantico verbracht hatte, nach oben. Er ließ sie vor dem Schuhschrank fallen und wunderte sich. Irgendetwas war anders als sonst. Die Anlage spielte leise Musik von Alicia Keys. Alles war nicht wie sonst.

»Klara?«, rief Sam.

»Ich bin hier!« Ihre Stimme kam aus der Küche. Dann hörte er Stöckelschuhe auf dem alten Holzboden. Das letzte Mal hatte sie welche zur Beerdigung von Adam Cooper getragen, und das war über zwei Jahre her. Es roch nach Essen. Alles in allem äußerst befremdlich, fand Sam. Dann tauchte Klara auf.

Sie bog um die Ecke und lehnte sich mit einer Hand an die Wand. Dazu streckte sie ihre Hüfte nach vorne. Sie trug ein schwarzes Kleid wie eine dieser Tänzerinnen vom Broadway, mit einem asymmetrischen Saum, der ihre Knie umspielte. Sie lächelte. Sam sah die roten Lippen und die dunkel geschminkten Augen unter den gelben Locken. Er war mitten in das größte Klischee hineingestolpert, das einem Mann, der von der Arbeit nach Hause kam, zustoßen konnte.

»Spinnst du, Sissi?«, fragte Sam.

Klara formte einen Schmollmund. Er ging zu ihr und umarmte sie, wollte sie küssen, aber sie wehrte ihn ab: »Vorsicht, Lippenstift.«

»Das sehe ich«, sagte Sam und spielte mit ihrer Halskette, einem Erbstück ihrer Großmutter mit einem wertlosen braunen Stein, die Klara niemals ablegte.

»Ist deine Männlichkeit von einem Truck überfahren worden, oder was ist los mit dir?«

Sam ließ sie los. Gandhi schlich unter den Fenstern herum wie ein Einbrecher.

»Sag mir nicht, dass du gekocht hast«, bemerkte Sam belustigt.

»Sei nicht albern«, sagte Klara.

»Willst du mich verführen?«, fragte Sam.

»Wonach sieht es denn aus?« Klara strich mit den Handflächen über ihre Hüften.

»Es funktioniert jedenfalls«, sagte Sam und lief dem Duft hinterher in die Küche. Klara hatte Teller auf die barähnliche Anrichte gestellt, zwei Kerzen in der Mitte. Auf den Tellern stand ein beträchtliches Arrangement weißer Boxen mit chinesischen Schriftzeichen darauf.

»Siebenunddreißig a?«, fragte Sam.

»Ich bin mir nicht sicher«, sagte Klara und schwang sich mitsamt ihrem Kleid neben ihren Teller. Sam blieb stehen und öffnete die Box. Der Duft von gebratenen Nudeln mit Curry, Hühnchen und Garnelen ließ ihn lächeln.

»Du willst mich verführen«, stellte er fest. »Die große Frage ist nur: Warum?«

»Brauche ich einen Grund?«, fragte Klara unschuldig.

»Kerzen, Alicia Keys, meine Lieblingsnudeln, das Kleid. Du weißt, dass du mich billiger haben kannst. Also hast du einen Grund.«

»Pass auf, dass du mich nicht beleidigst«, sagte Klara und schob sich mit den Stäbchen einen Bissen scharfes Rind mit Wasserspinat in den Mund.

Eine Weile aßen sie schweigend, und Sam genoss das Essen und das eiskalte Brooklyn Lager, das Klara frisch aus dem Kühlschrank geholt hatte. Sam wurde das Gefühl nicht los, dass hier etwas nicht stimmte.

»Klara, was hast du angestellt?«, fragte Sam schließlich.

»Deine Frau bietet sich dir dar, eingepackt in Geschenkpapier, bereit, aufgerissen zu werden, und dir fällt nichts Besseres ein, als mich zu fragen, was ich angestellt habe?«

»Du bist eben ein offenes Buch für mich.«

»Selbstüberschätzung war schon immer dein größtes Problem mit Frauen«, kommentierte Klara.

»Ach was«, sagte Sam und klaute ein Stück Rindfleisch aus Klaras Box. Er kaute einseitig und versuchte, die Schärfe mit einem Schluck Bier zu kompensieren.

»Ehrlich gesagt, war es Pias Idee«, gab Klara schließlich zu.

»Du hast ihr von unserer Flaute erzählt?«, fragte Sam.

Klara nickte: »Sie ist meine beste Freundin, Sam. Was hast du erwartet?«

Natürlich, dachte Sam. Vier Wochen läuft nichts im

Bett, und schon weiß es Pia Lindt. Aber sie hatte recht, der Fall nahm ihn zu sehr in Anspruch, und dabei hatte er sich so fest vorgenommen, seine Arbeit nicht mehr in ihr Privatleben zu lassen. Leider hing Sams Libido am seidenen Faden ihrer Ermittlungserfolge, und die Stagnation der letzten Wochen führte dazu, dass er sich auch am Wochenende immer mehr in Toms Profil vergrub. Bisher hatte Klara ihn gewähren lassen. Bis heute. Und sie machte ihre Sache gut. Sie sah toll aus in dem ungewohnten Outfit, mit dem Kleid und den Pumps. Heute machte sie ihrem Spitznamen alle Ehre, und Sam hatte nicht vor, die Gelegenheit, mit einer echten Prinzessin ins Bett zu gehen, verstreichen zu lassen. Er legte die Stäbchen neben das Pappschächtelchen und griff nach ihrer Hand. Sie fühlte sich vertraut an und versprach die Ablenkung, die er so dringend nötig hatte. Er ging um den Küchentresen herum und führte sie zum Sofa. Alicia Keys übernahm den Rest.

—

Die mangelhafte Ausbeute an Sex in den letzten Wochen war nicht der einzige Grund für Pias Idee gewesen. Es könnte sein, dass in der kommenden Woche ein Beziehungsgewitter aufzog, nein, es war sogar fast sicher, dass sich ein Tornado zusammenbraute. Sam akzeptierte es nicht, wenn man sich in seine Ermittlungen einmischte, und noch viel weniger, wenn Klara es tat. Möglicherweise zog er für eine Weile nach Boston, und es konnte dauern, bis Klara genug zu Kreuze gekrochen war, um ihn umzustimmen. Sie hatte keine tiefe Sorge, dass es ihr gelingen würde, aber man konnte nie wissen. Und sie brauchte ihn. Er hatte sie heute Abend nicht enttäuscht, und wäre ihre Mission nicht so wichtig, wäre sie in seinem Arm eingeschlafen. So aber schlüpfte Klara aus dem gemeinsamen Bett und schlich zu seinem Computer. Sie brauchte keine zehn Minuten, um den Entwurf für den Brief zu finden, den Sam mittlerweile erstellt hatte. Marin hatte Sam und Bennett immer noch keine Vollmacht erteilt, ihn abzuschicken, obwohl Shirin eine außergewöhnlich clevere Idee gehabt hatte, ihn zuzustellen. Klara kopierte ihre E-Mails dazu neben die Datei mit dem Brief auf ihren USB-Stick. Als sie den Laptop zugeklappt hatte, blieb sie noch eine Weile auf dem Sofa sitzen. Kurz entschlossen schob sie den Stick in die Sofaritze und ließ noch einmal die CD von Alicia Keys laufen, holte sich ein Bier und blickte aus dem Fenster. Eine Weile lauschte sie den sanften Klavierklängen und ihrer phänomenalen Stimme. Die Nacht über den Lichtern von Manhattan schien zu leuchten, wie sie es nur in dieser Stadt vermochte. Bei ›Brand New Me‹ trat Sam von hinten an sie heran und legte die Arme um sie. Sein Atem ging ruhig, und sein Dreitagebart kratzte an ihrer Wange. Still standen sie da zur Musik und genossen den Augenblick. Die Stadt, die Lichter, der Verkehr, die Hektik und Tom schienen unendlich weit weg. Morgen wieder. Heute Nacht gehört nur uns beiden, dachte Klara und schloss die Augen.

## Kapitel 36

# Der neunte Brief

*Lieber Sam,*

*fast kommt es mir vor, als würde eine Beziehung zu Ende gehen. Ich weiß nicht mehr, was ich dir schreiben soll. Und es erscheint mir nun, da wir beinah am Ende meiner Geschichte angekommen sind, widersinnig, dass ich es überhaupt angefangen habe.*
*Vielleicht kannst du mir mittlerweile besser beantworten, was mich bewegt? Deine Couch, auf der ich liege, während ich meine Seele vor dir entblättere, ist nicht sonderlich bequem. Und geholfen hat sie mir ebenso wenig. Hatte ich das erwartet? Dass mir geholfen würde? Dass ihr geholfen würde? Vielleicht. Aber natürlich war das zu viel verlangt.*
*Ein Foto von ihr liegt in diesem Moment neben der Tastatur, auf der ich diese Zeilen tippe. Die Aufnahme zeigt sie bei einem Sommerfest, sie nippt gerade an einem bunten Cocktail und beeindruckt einen Kollegen mit ihrer Schlagfertigkeit. Aber wie hättest du mir von deinem Schreibtisch aus auch die Lust austreiben sollen? Der Herbst ist aufgezogen, und ich spüre, wie das Tier in mir erwacht. Es ist kein schönes Gefühl, denn ich kenne den Ausgang dieses alljährlichen*

*Kreislaufs. Es ist, wie es ist, sagt die Liebe. In Erich Frieds Sinne also liebe ich oder nicht. Und er hat recht. Ich habe jede einzelne meiner Frauen geliebt, mehr vielleicht als manch ein Ehemann, der nach Hause kommt, seinen Wagen in die Garage stellt und über den zu kalten Teller mit Hühnchen die erste Ohrfeige des Abends austeilt.*

*Was aber soll aus uns werden, Sam? Du kennst meine Geschichte, und ich bin mir sicher, dass du dir den Rest bereits zusammengereimt hast. Noch immer habe ich keine Sirenen am Morgen gehört, und niemand hat an meine Tür geklopft. Natürlich war das nicht zu erwarten gewesen, aber ich komme dennoch nicht umhin, mich zu fragen, welchen Sinn meine Beichte haben wird. Absolution kann ich nicht erwarten, und ich wünsche sie mir auch nicht. In meinem ersten Brief habe ich dir geschrieben, dass es nicht der Wunsch ist, gefasst zu werden, der mich die Briefe schreiben ließ. Und es stimmt: Am Ende eines jeden Tages bin ich froh, dass es weitergeht. Ich schrieb dir, dass ich der Gesellschaft eine faire Chance geben wollte. Aber habe ich wirklich fair gespielt? Vermutlich nicht, und vermutlich kann man das von mir auch nicht erwarten. Ich frage mich allerdings, ob du mitgespielt hast, Sam. War es nicht Klara, die medienwirksam Lauras Gewebeproben aus Chapel Hill besorgt hat? Wo warst du, Sam? Hältst du einen Trumpf in der Hand, oder wartest du seit fast zehn Runden auf ein gutes Blatt? Es ist Zeit einzusteigen, Sam.*

*Tom*

---

Tom betrachtete das Bild von Tamara auf dem Sommerfest ihrer Schule. Sie war eine junge Lehrerin und sprühte vor Lebenslust, gerade weil ihr selbst nicht mehr viel davon geblieben war. Er vermisste sie. Langsam leerten sich die Häuser seiner Nachbarn, und die Handwerksbetriebe der Umgebung hatten Hochkonjunktur, um alles winterfest zu machen. Im Whaler's Pub trafen sich jetzt nur noch diejenigen, die hier wirklich lebten, statt die Ferien hier zu verbringen. Timothy, der Klempner, der sein Kaugummi selbst beim Biertrinken nicht herausnahm, John, der eine Pension im Ort betrieb, und Edith, die Wirtin. Ehrliche Leute, gute Leute. Küstenmenschen. Und er selbst, der exzentrische Banker, der es sich leisten konnte, seine Geschäfte von dort aus zu tätigen, wo er leben wollte. Tom ging selten ins Pub, manchmal jedoch, um jedweden Gerüchten vorzubeugen. Heute war so ein Tag. Bevor er das Haus verließ, steckte er das Foto von Tamara in die Innentasche seines Jacketts. Er wollte sie ab jetzt immer bei sich haben. Vielleicht würde er sie später noch anrufen, um ihre Stimme zu hören. Sie war fast so weit, das spürte er. Wie gerne hätte er sie in sein Haus geholt, hätte seine zwei Leben miteinander vereint. Das war es, was er in all den Jahren noch nicht erreicht hatte. Und er würde es vermutlich auch nie erreichen, denn es wäre der Moment, in dem das Kartenhaus seines Lebens zusammenbrechen würde. Irgendwann, dachte er. Irgendwann. Wenn es Zeit ist zu gehen.

## Kapitel 37

**Wilmington, Delaware**
Montag, 24. September

Sam griff in die Tüte mit der Nussmischung Nummer eins und bot Bennett welche an, als ihr Wagen auf den Gästeparkplatz vor dem Gebäude des Chief Medical Examiner rumpelte. Bennett lehnte mit einem Hinweis auf die dritte exhumierte Leiche an diesem Tag ab. Das Gebäude des Gerichtsmediziners lag wie ein Bunker unter einer Autobahnbrücke, die Fenster waren mit Beton zugebaut, lediglich kleine Glasstreifen ließen indirektes Licht ins Innere, und es wäre aufgrund des ungünstigen Winkels schlechterdings unmöglich gewesen, einen nahenden Feind daraus zu treffen. Sam hatte ein derartiges Gebäude noch niemals gesehen, es war das hässlichste und sicherlich unbewohnbarste, selbst Alcatraz hätte dagegen wie ein mediterraner Fürstenpalast gewirkt. Es brauchte das korrupteste Stadtparlament der Welt, um so etwas zu genehmigen, dachte Sam, als er die Autotür öffnete. Über ihm rauschten die Autos über den Highway, und der Wind blies eine frische Brise über die Delaware Bay den Fluss hinauf. Es wurde kälter. Sam fröstelte, und es lag nicht nur am Wetter. Er dachte an Tom und seinen letzten Brief. Zeit, ein weiteres seiner Opfer kennenzulernen: Tery Buchanan.

Bennett öffnete die Türen mit seinem FBI-Ausweis, Sam musste sich ein Besucherplastikschild ans Jackett heften. Der Gerichtsmediziner erwartete sie bereits in seinem Labor. Dr. Willis war ein hagerer, großer Mann mit einem Gesicht wie ein Gemälde von Edward Munch. Zu lang und zu spitz, auf seiner Nase saß eine große runde Brille mit goldener Fassung. Tery Buchanan war eine attraktive Frau gewesen, Sam kannte Bilder von ihr. Jetzt lag eine verfaulte Masse mit langen Haaren auf einem halbwegs als solcher zu identifizierenden Schädel auf dem Tisch aus Metall. Es roch nach Erde und Moder, gar nicht so stark nach Verwesung, wie Sam es erwartet hätte. Tery war vor zwei Jahren gestorben, genauso wie Lisa Enders, die sie vor vier Stunden in Reading begutachtet hatten. Rein äußerlich wären die beiden heute kaum zu unterscheiden gewesen, dabei hatten sie zu Lebzeiten so unterschiedlich ausgesehen. Der Tod macht sie alle gleich, dachte Sam und fragte sich, warum Bennett darauf bestanden hatte, dass sie alle drei persönlich anschauten. Shirin hatte keine Probleme gehabt, die drei Frauen anhand von Toms Briefen und dem ungefähren Zeitpunkt ihres Todes zu identifizieren. Tom hatte sich ja auch nicht sonderlich große Mühe gegeben, sie vor ihnen zu verstecken. Allerdings hätte es sie vermutlich auch nur ein paar Wochen mehr gekostet, wenn Shirin sie ausschließlich anhand ihrer Algorithmen hätte ausfindig machen müssen. Sein Profil war gut genug, ihnen seine Opfer zu liefern. Nur was Hinweise auf seine Person anging, herrschte nach wie vor eine große Leere an den Wänden von Bennetts Büro. Bisher hatten sie einundzwanzig weitere mögliche Opfer identifiziert, von denen acht durch eine Exhumierung und anschließende Obduktion bestätigt wurden. Bei zwölf weiteren hatte sich ihr Verdacht nicht bestätigt, und bei einer hatten die Angehörigen die Exhumierung der Leiche verweigert. Shirin kümmerte sich um einen richterlichen Beschluss, der jedoch bis heute auf sich warten ließ. Acht Opfer. Mit Sicherheit nur die Spitze des Eisbergs. In ein paar Minuten hätten sie zumindest Gewissheit, was die Überreste auf dem Tisch vor ihnen anging. Tom hatte eine Tery in seinem Brief genannt. War Tery Buchanan eines natürlichen Todes gestorben, wie es ihr Totenschein vermuten ließ? Oder war sie eines von Toms Opfern? Wenn sie tatsächlich dazugehörte, würde sich die Schlinge um Sams Hals noch einen Deut weiter zuziehen. Denn dann gehörte Tom zu den progressiven Tätern. Die sich immer schneller, immer mehr Opfer suchten. Wie Sam es immer von Tom vermutet hatte. Tery starb im November 2010, Lisa drei Monate später. Wenn er vor zwei Jahren angefangen hatte, trotz aller Selbstkontrolle zwei Frauen im Jahr zu ermorden, dann würde der kommende Winter nicht nur für eine junge Frau den Tod bringen.

Bennett stand über den Leichnam gebeugt, während Dr. Willis ihnen seinen Bericht vortrug. Sam hörte kaum zu, obwohl es eines der zentralen Rätsel ihres Falls war, wie Tom den jungen Frauen das Gift verabreichte. In einem Brief hatte er eine Spritze erwähnt, aber keines der Opfer hatte eine Einstichstelle aufzuweisen. Zumindest keine, die von den Ärzten entdeckt worden wäre. Was nicht besonders viel heißen musste.

»Abschließend komme ich zu der Erkenntnis, dass

Tery Buchanan trotz der symptomatischen Deckungsgleichheit mit einer Überdosierung ihrer Medikation vergiftet wurde.«

Sam starrte auf die Kühlfächer. Bennett verlangte Klartext.

Dr. Willis seufzte: »Tery Buchanan wurde mit Tetrodotoxin vergiftet. Es ruft Atemstillstand hervor und …«

»Das wissen wir bereits«, sagte Sam ungeduldig, ohne seinen Blick von den metallenen Schubfächern abzuwenden. Er hat sie alle mit Tetrodotoxin vergiftet. Ein natürliches Gift, das in allerhand Lebewesen vorkommt. Es wird von Bakterien produziert, hatte Shirin herausgefunden. Nichts Neues. Lediglich der Beweis für Toms Progression. Aber davon wusste Dr. Willis natürlich nichts.

»Sam«, ermahnte ihn Bennett. Er musste nichts weiter sagen.

»Entschuldigen Sie, Dr. Willis. Wir sind alle etwas angespannt«, sagte Sam.

Der Gerichtsmediziner nickte.

Bennett blätterte durch Terys Akte, die ebenso dünn war wie die von Toms anderen Opfern.

»Wie wurde es ihr verabreicht?«, stellte Bennett schließlich die Frage, die sie allen Gerichtsmedizinern bisher gestellt hatten und auf die keiner eine befriedigende Antwort gekannt hatte.

»Woher soll ich das wissen?«, fragte Willis. Seine Brille rutschte beim Reden von der Nase, sodass er sie immer wieder nach oben schieben musste. »Es gibt keine offensichtlichen Einstichwunden, die normalerweise auch sehr schwer zu verbergen sind.«

Vor allem wenn es sich um neun Opfer handelte, resümierte Sam im Kopf. Es mochte im Bereich des Wahrscheinlichen liegen, dass einige der Notärzte, die zu den Frauen gerufen worden waren, einen kleinen Nadelstich übersahen, der zudem nach Eintreten des Todes noch deutlich auffälliger hervortrat, weil sich das Blut dort sammelte.

»Lassen Sie mich die Frage anders formulieren«, sagte Sam. Er war sich sicher, dass Tom dieses zentrale Element seiner Überlebensstrategie nicht dem Zufall überlassen hätte. »Wie würden Sie es verabreichen, wenn Sie wollten, dass Ihre Kollegen das Gift übersehen?«

Dr. Willis lachte: »Sie fragen nach dem Heiligen Gral?«

Natürlich war es eines der bestgehüteten Geheimnisse unter Gerichtsmedizinern, wie sich das Verabreichen einer tödlichen Substanz vertuschen ließ. Wenn solch eine Information jemals in die Öffentlichkeit gelangte …

»Ja, Dr. Willis. Wir sind die Guten, schon vergessen?«, fragte Bennett und zeigte seine magische Dienstmarke.

»Die heiligen Ritter der Tafelrunde, selbst Hoover hätte seine helle Freude an uns gehabt«, murmelte Sam.

»Die Schleimhäute«, sagte Dr. Willis.

»Hört her, die Schleimhäute«, sagte Sam und wusste, dass er absonderlich klang. Er konnte an nichts anderes mehr denken als an Toms Progression. Und dass sie seit einigen Minuten wussten, dass in diesem Moment zwei Frauen auf Toms Liste standen.

»Die Darmschleimhaut beispielsweise nimmt toxische Substanzen wie Alkohol beinah so effektiv auf wie der Magen.«

»Oder wie Tetrodotoxin?«, fragte Bennett.

»Oder wie Tetrodotoxin«, bestätigte Dr. Willis. »Und für einen Gerichtsmediziner ist es beinah unmöglich, das nachzuweisen. Und bei einer oberflächlichen Leichenschau …«

Sam hatte genug gehört und stürmte aus dem bedrückenden Gebäude, raus auf die Straße, unter die bedrückende Autobahnbrücke. Sam versuchte, zwischen den Fahrbahnen ein Stück Himmel zu entdecken. Zehn Minuten später fing es an zu nieseln, und Bennett lief über die Straße auf ihn zu. Er schien keine Eile zu haben.

Sam zündete sich eine Zigarette an, von der er sich maximal eine am Tag erlaubte.

»Manchmal spottet dein Benehmen wirklich jeder Beschreibung«, sagte Bennett.

Sam trat die halb gerauchte Zigarette aus: »Hast du eine Ahnung, was hier beinah passiert wäre?«, fragte Sam. »Hast du überhaupt eine Ahnung von irgendwas?«

Bennett hob die Hände über den Kopf: »Manchmal bist du einfach nur ein Arschloch, Chef«, sagte er und lief in Richtung ihres Suburban.

Sam trottete hinter ihm her: »Da hast du ausnahmsweise einmal vollkommen recht.«

Als sie im Auto saßen, versuchte Sam sich an einer Erklärung, die Bennett verdient hatte: »Im Grunde können wir uns bei Marin bedanken«, gab Sam zu. »Wenn wir unsere Botschaft, die ich gestern noch für die einzig richtige hielt, wirklich abgeschickt hätten …«

»Was dann?«, fragte Bennett.

»Der Brief von gestern«, sagte Sam mit trockenem

Mund. »Und die Progression. Er ist nicht darauf aus, mit uns zu reden, Bennett. Er will spielen. Wir hätten ihn verhöhnt, wenn wir ihm diese Botschaft geschickt hätten. Wir hätten nichts weiter erreicht, als dass sich seine Progression weiter beschleunigt. Wenn wir ihn verhöhnen, mordet er schneller. Die einzige Botschaft, die wir im Moment senden sollten, ist die, dass wir mitspielen.«

»Wir sind gerade so noch an einer Katastrophe vorbeigeschlittert.« Sam hielt dabei Daumen und Zeigefinger so knapp übereinander, dass gerade ein Centstück dazwischengepasst hätte.

Und ich hätte sie zu verantworten gehabt, fügte er in Gedanken hinzu.

## Kapitel 38

**Brooklyn, New York**
Montag, 24. September

Klara Swell saß an ihrem Computer im Stiftungsbüro, und ihre Finger schwitzten auf der alten, vergilbten Tastatur. Pia schaute ihr über die Schulter. Als zweites Augenpaar und moralische Stütze. Sie hatten alles genau so gemacht, wie Shirin es in ihrer E-Mail an Sam beschrieben hatte. Sie hatten bei einem bekannten Onlinemagazin, das auch von Hackern und solchen, die es werden wollten, gelesen wurde, eine Anzeige gekauft. Eine Skyscraper genannte Werbefläche, die fast den gesamten rechten Rand des Bildschirms einnahm. Und sie hatten von einem ehemaligen Kollegen, der sich aufs Programmieren verstand, eine Werbung anfertigen lassen, die exakt so aussah wie die Briefe, die Sam von diesem Tom bekam. Und Wesley hatte sich selbst übertroffen: eine einfache Standardschriftart auf weißem Grund. Die Anzeige würde dort alleine dadurch auffallen, dass sich nichts bewegte. Natürlich würde sie niemandem außer dem Briefschreiber irgendetwas sagen, aber sie hatten die Anzeige ja auch nicht für das normale Publikum der Seite gebucht, sondern für eine sehr individuelle Zielgruppe. Tom. Den Mann, der Sam die Briefe schrieb. Thibault Stein würde sich später über den Preis der Anzeige aufregen, aber grundsätzlich hatte der Stiftungsrat ihre Aktion abgesegnet. Sie wollten Sam und das FBI unter Druck setzen, sie zum Handeln zwingen. So weit die offizielle Version. Und die Wahrheit, nur dass Klara den Exkollegen angewiesen hatte, als Kontakt für die Anzeige nicht Sams E-Mail-Adresse zu verwenden, sondern ihre eigene. Wenn es klappen sollte, Sam persönlich stärker in den Fall zu involvieren, dann brauchte es mehr als die Anzeige. Wesley hatte Klara mit einer gefühlten Tonne Fragen bombardiert, aber schließlich hatte er eingewilligt, Sam nichts zu verraten. Sie würde Sam die Antwort des Killers selbst überbringen. Falls sie denn eine bekamen. Und sie hoffte, dass ihn das zur Vernunft bringen würde.

Jetzt saßen Pia und Klara vor dem Rechner und warfen einen letzten Blick auf die Anzeige. Noch einmal verglich Klara den Text mit der Nachricht von Sam an Tom, den sie vorgestern von seinem Laptop kopiert hatte. Es war exakt die Nachricht, die sich der alte Feigling Marin nicht abzuschicken traute. Klara warf Pia einen fragenden Blick zu. Die Anwältin atmete tief ein und nickte schließlich. Dann klickte Klara auf Senden. Leg los, Tom, dachte sie, nachdem sie die E-Mail abgeschickt hatte. Das Spiel beginnt.

## Kapitel 39

**Quantico, Virginia**
Dienstag, 25. September

Sam, Shirin und Bennett standen in Michael Marins Büro und warteten auf die Niederkunft des großen Zampano. Im Gepäck hatte Sam ihre neue Strategie. Er würde dem FBI empfehlen mitzuspielen. Ausgang ungewiss. Michael Marin war nicht berechenbar in seinen Entscheidungen, und Sam war nicht sonderlich erpicht darauf, ihren Fall seinen Launen auszusetzen, aber es war notwendig. Wäre er noch der Leiter des Teams gewesen, hätte es anders ausgesehen, aber Bennett mischte noch nicht lange genug oben mit, und er hatte noch nicht genügend Seilschaften in die Chefetage geknüpft. Und dass Sam ein Teammitglied zweiter Klasse war, ließ Michael Marin ihn jederzeit spüren. Wenn er redete, beschäftigte sich Marin mit seinem Telefon oder schaute aus dem Fenster auf den Parkplatz. Als ob es hier jemals etwas zu beobachten gäbe, für das es sich lohnte, aus dem Fenster zu sehen. Deshalb würde Bennett die Präsentation übernehmen. Entgegen jeglichen Klischees aus Filmen und Fernsehserien war das FBI eine Behörde, die nicht grundlegend anders tickte als ein großes, schwerfälliges Unternehmen. Mit internen Präsentationen und Berichten wurde ebenso viel Zeit verbracht wie mit den Ermittlungen. Dies war nicht besonders effektiv, aber dafür blieb die Organisation eisern kontrollierbar. Niemand aus den oberen Rängen wollte riskieren, ein zweites Watergate zu erleben. Dadurch wurde ihre Arbeit zusehends abhängiger von prägnanten, ergo möglichst kurzen Überschriften, was Sam besonders ärgerte. Mittlerweile erwarteten Vorgesetzte wie Marin, die mit wenig Zeit und noch kleinerer Aufmerksamkeitsspanne gesegnet waren, dass ihnen alles in leicht verdaulichen Häppchen serviert wurde. PowerPoint statt seitenlanger Bericht, der aber die Tatsachen akkurat dargestellt hätte. Stattdessen wurden die Mitarbeiter gezwungen, für alles knackige Titel zu finden, wie »täterzentrierte Ermittlung forcieren«, was auch auf einem ihrer heutigen Charts stand und was die Aussagekraft einer mäßigen Waschmittelwerbung besaß.

Michael Marin kam mit einer Dreiviertelstunde Verspätung zu ihrem Meeting. Er murmelte eine halbherzige Entschuldigung, begrüßte Bennett mit Handschlag, nickte Shirin zu und ignorierte Sam vollständig. Mit einer laschen Geste bedeutete er Bennett anzufangen, lehnte sich weit in seinem Stuhl zurück und nahm sich einen Keks von dem Teller, den seine Sekretärin für sie bereitgestellt hatte. Viel Auswahl hatte er nicht mehr, denn sowohl Bennett als auch Sam hatten sich in der Wartezeit ordentlich bedient.

Bennett Steele führte durch die Präsentation, wie es Sam nicht besser hätte machen können. Er fasste ihre Ermittlungsergebnisse zusammen, ihre bisherige Strategie und kam schließlich zu ihrer Empfehlung. Statt Tom einen Dialog anzubieten, würden sie ihn herausfordern. Ihn bei seinem ursprünglichen Versprechen aus dem ersten Brief zu packen versuchen: Er sollte ihnen eine faire Chance geben. Es war Sams Strategie. Bennett schloss mit den Worten: »Ihre Entscheidung, Tom bisher nicht zu kontaktieren, war richtig.« Er schmierte ihm Honig um den Bart. Sam wusste, dass es ihrem Ziel dienlich war, aber er hasste es. Vermutlich war es ihm deshalb nicht schwergefallen, vom FBI an die Uni zu wechseln. »Es eröffnet uns die Chance, ihn darum zu bitten, die Karten zu verteilen.«

Michael Marin grinste überlegen. Er faltete die manikürten Hände und lehnte sich noch ein wenig mehr in seinem Stuhl zurück, sofern das überhaupt möglich war. Sam kochte.

»Er spritzt es ihnen in den Arsch?«, fragte Marin. Sam fand ihn geschmacklos.

»Der Gerichtsmediziner hat diese These aufgestellt, wir überprüfen sie gerade anhand der frischeren Leichname, die wir exhumiert haben«, bestätigte Shirin. Es erschien Sam eigentümlich, dass ausgerechnet die Muslima in der Runde die primitive sexuelle Anspielung von Marin so sachlich kommentierte.

»Und Sie meinen, es wäre an der Zeit mitzuspielen?«, fragte Marin.

»Ja«, sagte Bennett bestimmt.

»Und wenn wir Sams Empfehlung gefolgt wären und ihm diese Anzeige mit dem letzten Text untergejubelt hätten, dann hätte die Chance bestanden, dass wir zu einer Eskalation der Situation beigetragen hätten?«

Michael Marin achtete darauf, Sam nicht anzusehen, aber es war klar, an wen sich dieser kaum verhohlene Vorwurf richtete. Er wollte ihn öffentlich abstrafen. Vor versammelter Runde auspeitschen auf dem Dorfplatz. Wie im Mittelalter.

»Ja«, sagte Sam. »Ich bin überzeugt, es wäre ein Fehler gewesen. Allerdings …«

»Aber diesmal sind Sie sich sicher, ja? Diesmal irren Sie sich nicht, Sam?«

Sein Blick bohrte sich über den Tisch direkt in Sams Retina. Sam wich nicht zurück.

»Ja, ich bin mir sicher«, sagte Sam ruhig. Ein riskanter Schuss. Niemand konnte sich sicher sein, was Tom anging. Nicht zu diesem Zeitpunkt. Aber er war sich so sicher, wie man es sein konnte.

»Gut«, sagte Marin.

»Das heißt, wir machen es so?«, fragte Bennett.

»Das heißt, ich folge Ihrer Empfehlung. Und ich bin mir sicher, dass Sie den Unterschied bemerken und auch im Protokoll vermerken.«

Er schob ihnen den Schwarzen Peter zu. Marin würde sich auf dem Sonnendeck ausruhen, falls sie untergingen.

»Gut«, sagte Bennett schlicht und klappte seinen Laptop zusammen. Shirin stand auf. Ihr Kleid wirkte in Marins kühlem Technokratenbüro wie eine Blume, die sich einsam durch meterdicken Beton kämpft. Auch Sam erhob sich. Er fischte das Handy aus der Hosentasche. Drei Anrufe in Abwesenheit. Klara. Er würde sie aus dem Zug zurückrufen. Er hatte zwei Tage, um die neue Botschaft auszuarbeiten. Noch einmal erschauderte er bei dem Gedanken, welchen Fehler sie beinah begangen hätten.

# Kapitel 40

**Orange County, New York**
Donnerstag, 27. September

»Ich halte das nach wie vor für einen Fehler«, hörte sie Wesley über die Freisprecheinrichtung im Boss einwenden. Zu spät, dachte Klara. Sam saß im Zug Richtung New York. Es war 15:48 Uhr, er dürfte irgendwo im Niemandsland zwischen Philadelphia und New York sein. Sie wählte seine Nummer, aber erreichte nur die Mailbox.

»Was, wenn er es wirklich ist?«, fragte Klara. »Sollen wir uns diese Chance entgehen lassen?«

»Was, wenn er es nicht ist?«, fragte Wesley zurück. »Wir wissen, dass er in dem Café war, aber viel mehr auch nicht. Ruf wenigstens Bennett an, und bitte ihn um Verstärkung.«

»Keine schlechte Idee«, sagte Klara. »Das mache ich. Versprochen.«

»Pass auf dich auf, Klara«, sagte Wesley. Klara versprach es und drückte ihn weg. Natürlich würde sie Bennett nicht anrufen. Denn aus seiner Sicht hatte Wesley ja recht: Jemand hatte sich auf die Anzeige gemeldet. Mit dem Namen Tom. Pia hatte mehrmals mit ihm E-Mails ausgetauscht. Bei der vierten hatte Wesley den Anschluss identifizieren können, vom dem aus die Nachrichten geschickt wurden. Sie kamen aus einem Internetcafé in Monroe. Orange County, nordwestlich von New York.

Klara hatte sich auf die Lauer gelegt, und nun verfolgte sie einen Verdächtigen, der mit tief in die Stirn gezogener Baseballkappe aus dem Café gekommen und in einen weißen BMW gestiegen war. Sie jagte den Boss mit über fünftausend Touren über die linke Spur. Habe ich alles gut genug vorbereitet?, fragte sich Klara flehentlich. Pia war die Nächste auf ihrer Liste. Sie wählte die Nummer der Kanzlei, ihre Freundin antwortete nach dem ersten Klingeln. Sie waren alle nervös.

»Pia, bist du bei mir?«, fragte Klara und wich einem Pick-up aus, der plötzlich vor ihr ausscherte.

»Ich hab dich auf GPS, und alle wissen Bescheid«, bestätigte Pia.

»Er fährt wie der Teufel«, sagte Klara.

»Ich weiß nicht, ob ich sagen soll, dass du ihn nicht verlieren sollst, oder ob ich mir genau das Gegenteil wünschen soll«, gab Pia zu. Klara legte auf. Glaubten die anderen, dass sie einem Phantom hinterherjagte? Der E-Mail-Schreiber nannte sich nicht nur Tom, er kannte Details, für die er alle Briefe gelesen haben musste. Ein Phantom? Sie würde es für sehr unwahrscheinlich halten.

Bald hatte sie die Grenze von Orange County erreicht. Noch einmal sah Klara auf die Uhr. Es war jetzt 16:04 Uhr. Sam dürfte jetzt etwa auf der Höhe von Elkton sein. Eine Gegend mit notorisch schlechtem Empfang. Noch einmal wählte sie seine Nummer, aber erreichte wieder nur die Mailbox.

»Sam, du wirst mich dafür hassen, dass ich das tue, aber dann wirst auch du zugeben müssen, dass es nicht anders ging. Ruf mich zurück.«

Klara nahm die nächste Ausfahrt. Sie kannte die Gegend gut, und der Boss schraubte sich mit maximaler Geschwindigkeit in die Kurve. Du darfst ihn nicht verlieren, Klara. Das ist alles, was jetzt zählt. Fast alles. Du musst seinen Vorsprung aufholen, Klara. Der Straßenabschnitt, der vor ihr lag, war gewunden wie ein Schneckenhaus. Hinter jeder Biegung setzte Klara zu einem Überholmanöver an. Die Gänge des Bosses krachten, der starke Motor röhrte, und die Beschleunigung presste sie in den Sitz. Bei jedem Gegenverkehr drückte sie den Boss wieder in eine Lücke auf der rechten Spur. Eng. Als sie den letzten Lastwagen überholt hatte, einen Lieferwagen von Poland Spring, lag vor ihr freie Strecke. Der BMW hat sich einen ordentlichen Vorsprung herausgefahren, dachte Klara. Vor einer Haarnadelkurve trieb sie den Boss noch einmal bis zum Äußersten. Fünfundsechzig Meilen in der Stunde, dritter Gang, fünftausendzweihundert Touren. Kurz bevor es zu spät war, stieg sie in die Eisen. Hart. Sie hielt das Steuer fest umklammert, als sie plötzlich spürte, wie das ABS eingriff. Das Lenkrad ruckelte, als die Elektronik versuchte, alle Räder gleichmäßig abzubremsen. Vor sich bemerkte Klara ein rotes Pulver auf der Fahrbahn. Öl. Jemand hatte Öl verloren. Ausgerechnet hier. Sie riss das Steuer nach rechts, aber der Boss reagierte kaum. Das Adrenalin schoss ihr ins Gehirn, es verlangsamte alles bis auf Zeitlupe. Die Kurve. Bremsen. Nach rechts, Klara. Sie würde es nicht schaffen. Bäume. Hinter einem kurzen Stück Gras warteten die Bäume auf sie. Würde sie es schaffen? Klara dachte an Sam und an ihre Verabredung. Die Kurve flog rechts an ihr vorbei, der Boss holperte immer noch mit über vierzig Meilen in der Stunde über die Grasnarbe. Klara ließ das Lenkrad los. Mein Gott, lass das gut gehen, dachte Klara. Dann wieder an Sam. Es tut mir leid, dass ich dich enttäuschen muss. Ein dämlicher Ölfleck. Das konnte nicht sein. Das durfte nicht sein. Dann wickelte sich der Boss um einen Baum. Nichts mehr. Es tut mir leid, Sam.

## Kapitel 41

**Acela Highspeed Train, Washington – New York**
Donnerstag, 27. September

Das Handy klingelte mitten in Sams Gedanken. Auf dem Display stand eine Nummer aus New York, die er gut kannte. Steins Kanzlei.

»Hallo?«, meldete sich Sam leise, um die anderen Fahrgäste nicht zu stören.

»Sam, hier ist Pia.«

»Hallo, Pia, wie geht's?«, fragte Sam.

»Sam, ich weiß nicht, wie ich es sagen soll.«

»Was ist los?«, fragte Sam, jetzt nicht mehr leise. Was sollte das heißen?

»Ich … Klara ist … Ihr GPS-Signal, ich weiß nicht, was passiert ist, aber ich kann sie nicht mehr erreichen.«

»Eines nach dem anderen, Pia. Was ist passiert? Wo ist Klara?«

»In Orange County«, sagte Pia. Sam kam es vor, als wäre sie den Tränen nahe.

»Warum ist Klara in Orange County?«

»Hat sie dir keine Nachricht hinterlassen?«

»Nur dass sie etwas zu tun im Begriff war, was mir nicht gefallen würde.«

»Und auch mit Bennett hat sie nicht gesprochen?«

»Nicht, dass ich wüsste.«

»Dann wisst ihr es gar nicht?«, fragte Pia.

»Pia!«, unterbrach Sam sie. »Was ist los?«

»Wir haben Nachforschungen angestellt, und ihr GPS-Signal bewegt sich nicht mehr.«

»Nachforschungen zu eurem ominösen Geldgeber?«

»Nein, Sam.«

»Was habt ihr getan?«, fragte Sam, dem langsam dämmerte, warum Pia nicht mit der Sprache herausrücken wollte.

»Klara hatte die Botschaft von deinem Laptop. Die Marin ihm nicht schicken wollte. Ebenso wie Shirins Idee, sie ihm zu übermitteln …«

»Ihr habt die Botschaft an Tom abgeschickt?«, brüllte Sam jetzt durch den ganzen Waggon. »Die alte Botschaft? Seid ihr wahnsinnig?«

»Ich weiß nicht, was du meinst …«

»Es gibt einen neuen Brief, Pia.« Sam schnappte sich seine Tasche und rannte mit dem Telefon am Ohr durch den Zug. »Wo ist sie?«

»Wesley hat die IP-Adresse identifiziert. Klara hat sich vor dem Café auf die Lauer gelegt und ist ihm gefolgt.«

Wesley steckte da mit drin? Ich dachte, der arbeitet jetzt für die Wirtschaftskriminalität.

»Ich werde diesem Enterprise-Besserwisser den Schädel einschlagen«, knurrte Sam.

Die Tasche über seiner Schulter schlug gegen die Lehnen der Sitze, als er an ihnen vorbeihechtete. Weiter nach vorne. Pia schwieg. Langsam dämmerte ihm die Tragweite dessen, was Pia gerade zugegeben hatte.

»Sie ist Tom gefolgt?«, fragte Sam schließlich, nicht

einmal mehr besonders laut, sondern fassungslos. »Wo habt ihr das GPS-Signal verloren?«

»Sam«, versuchte Pia ihn zu beruhigen. »Sie hat ihn mit dem Auto verfolgt, und ich kann sie nicht mehr erreichen. Es ist doch kaum wahrscheinlich, dass sie in eine vorbereitete Falle gelaufen ist, oder?«

Pia hatte nicht unrecht, das musste Sam zugeben. Er erinnerte sich an sein Profil. Der Dirigent. Es war nicht auszuschließen. Und irgendetwas musste schließlich passiert sein.

»Vielleicht ist es ein technischer Defekt am GPS«, mutmaßte Pia. Sam fragte sich, ob sie selbst daran glaubte. Er hämmerte an die Plexiglastür des Abteils des Zugchefs. Ein blassgrauer Vorhang wurde zurückgeschoben.

»Wie lange braucht dieser lahme Vogel noch bis zur Penn?«

Der Schaffner warf einen Blick auf die Uhr. »Vierzig Minuten, Sir.«

»Nehmen wir einmal an, der Präsident der Vereinigten Staaten würde Ihnen befehlen, es in einer halben Stunde zu schaffen. Was müssten Sie dafür tun?«

»Ein neues Gleisbett legen und den Metrolink von den Gleisen vor uns sprengen. War es in etwa das, was Sie im Sinn hatten?«

Sam fluchte: »Pia, in vierzig Minuten an der Penn Station. Du holst einen Mietwagen. Jetzt! Und bring eine Karte von Orange County mit!« Sam legte auf. Es würden die längsten vierzig Minuten seines Lebens werden.

Drei Minuten vor der Zeit fuhr der Acela am New Yorker Bahnhof ein. Sam stand dort, wo er die letzten siebenunddreißig Minuten verbracht hatte: hinter der vordersten Tür, direkt nach dem Triebwagen. Sam drückte wie ein Besessener auf den Türöffner, kaum dass der Zug zum Stillstand gekommen war. Als die Tür sich endlich mit einem lauten Piepsen öffnete, stürmte er durch den Spalt auf den Bahnsteig. Er hetzte die steile Treppe nach oben, rannte an einer Gruppe lärmender Kinder vorbei und einen verdutzt dreinblickenden Rabbi um. Eine Entschuldigung murmelnd, lief Sam weiter, bis zu dem Ausgang, an dem er sich mit Pia verabredet hatte. Verdammt noch mal, wo war sie?, dachte Sam, als er durch die Drehtüren auf das regennasse Pflaster der 33. Straße trat. Er wählte ihre Nummer. Geh schon ran, Pia, dachte er beim zweiten Klingeln.

»Schau auf die andere Straßenseite, Sam«, sagte Pia. Sam legte auf. Keine halbe Minute später warf er seine Tasche auf ihren Rücksitz.

»Hast du sie erreicht?«, fragte Sam.

Pia schüttelte den Kopf.

»Kein gutes Zeichen«, sagte Sam. Der Kloß in Sams Hals war mit jeder Minute im Zug und jedem vergeblichen Versuch, Klara auf ihrem Mobiltelefon zu erreichen, gewachsen. Ihm war schlecht.

»Ich weiß«, sagte Pia.

Die Straße, auf der Pias GPS-Signal den Boss immer noch verortete, war kurvig wie das psychedelische Muster einer New-Age-Tapete. Sam hielt sich mit der rechten Hand an der Tür fest und wählte mit der freien Linken alle zwei

Minuten Klaras Nummer. Sie sprachen nicht. Weder darüber, was passiert sein könnte, noch über irgendetwas anderes. Es gab nichts zu sagen. Sie fuhren Klaras Schicksal entgegen, was immer das für sie bedeuten mochte. Oder vor etwa zwei Stunden bedeutet hatte. Sam wusste nicht mehr, was er erwartete. Ein Ausfall des Handynetzes erschien ihm noch das Wahrscheinlichste. Eine Falle von Tom wäre nicht sein Stil. Er war ein Meister der Planung, wenn es tatsächlich eine Falle gegeben hatte, dann wäre sie ein Teil eines sorgsam ausgearbeiteten Fluchtplans, falls ihm jemand vom Café aus folgen würde. Und Klara war keine Anfängerin, es war nicht sehr wahrscheinlich, dass er sie bemerkt hatte. Aber was, wenn doch? Zwei Kurven noch, dann hätten sie zumindest den Boss gefunden. Vermutlich folgte sie ihm zu Fuß, und in den Wäldern gab es keinen Handyempfang. Hinter eine Kuppe stieg Pia in die Eisen. Ein Polizeiwagen stand auf der rechten Spur, die Lichter auf seinem Dach zuckten in der Dämmerung rot und gelb. Unheil verkündend. Sams Magen verkrampfte, und er zerdrückte beinah das Display seines Handys, als er noch einmal Klaras Nummer wählte.

»Der Teilnehmer ist derzeit nicht erreichbar«, sagte die freundliche Frauenstimme. Sam drückte sechsmal mit dem Daumen auf das Symbol zum Auflegen. Seine Backenzähne knirschten aufeinander.

»Vorsicht, Ölspur«, warnte ein lächerlich wirkender Plastikpylon. Ein weiterer Wagen des Sheriffs stand auf der anderen Straßenseite. Ein Einsatzwagen der Feuerwehr. Ein Krankenwagen. Und einer des Gerichtsmediziners.

»Halt an«, sagte Sam leise. Kein Empfang, das GPS, der

Sheriff, die Feuerwehr. Seine Wut, sein Aktionismus wich der Trauer und der Gelähmtheit.

Pia stellte den Wagen hinter den Krankenwagen. Sam öffnete die Tür und trat in den Nieselregen. Zwischen den Bäumen rollten zwei Feuerwehrleute einen Schlauch ein. Die Polizisten standen in einem Kreis, einer füllte ein Formular aus, ein anderer sprach in das Mikrofon an seiner Schulter. Sam rannte los. Weiter hinten erkannte er eine schwarze Karosserie, davor Reifenspuren im hohen Gras. Der Boss. Es waren nur zwanzig Meter, aber sie kamen Sam kilometerlang vor. Ein junger Polizist stellte sich ihm in den Weg.

»Das ist meine Frau!«, rief Sam. »Lassen Sie mich zu meiner Frau!«

Der Regen rann ihm unter das Hemd, und seine Schuhe versanken im feuchten Waldboden.

»Sir, bitte!«, sagte der Polizist.

Sam stieß ihn zur Seite. Zwei Männer trugen eine Bahre mit einem Metallsarg zur Straße. Er rannte auf ihn zu. Die Männer starrten geradeaus. Von links griff jemand nach seinem Arm. Der Gerichtsmediziner. Waren sie schon so weit?

»Mr Burke?«, sagte eine ruhige, feste Männerstimme. »Es tut mir leid.«

Sam riss sich los: »Wer sind Sie?«, herrschte er ihn an. »Und sagen Sie mir nicht, was ich tun soll.«

»Das hatte ich nicht vor«, sagte der Mann, seine Hand ruhte immer noch auf Sams Arm. Sam beobachtete die Sargträger. »Mein Name ist Terence Linwood. Ich bin der Rechtsmediziner von Orange County.«

Pia lief an den Sargträgern vorbei in ihre Richtung. Sie ging langsamer als die beiden Männer mit der langen Bahre. Hinter ihr drehten sich die Lichter der Einsatzfahrzeuge. Es war dunkel geworden. In vielerlei Hinsicht.

»Es ist Klara, nicht wahr?«, fragte Sam, ohne den Blick von dem provisorischen Sarg zu nehmen. Terence Linwood trat zwischen ihn und Klara, ohne seinen Arm loszulassen.

»Ja«, sagte er. »Ein Lastwagen hatte Öl verloren, und Ihre Frau muss schnell gefahren sein. Ausgerechnet in der Kurve.«

»Sie fuhr immer zu schnell«, flüsterte Sam. Der Regen in seinem Gesicht mischte sich mit seinen Tränen. Ausgerechnet eine Ölspur. So etwas Banales. Sam hatte das Gefühl, dass seine Knie versagten, als Pia zu ihnen trat und ihn auffing. Sie hielt ihn, während der Schock ihn überwältigte. Er hatte gewusst, dass etwas nicht stimmte, aber der Moment der Gewissheit ließ ihn zusammenbrechen. Sein Herz. Sein Leben. Sein Alter Ego. Klara. Tot. Sie standen im Regen, minutenlang. Er und Pia. Und Dr. Linwood.

»Ich will sie sehen«, sagte Sam schließlich.

»Nein«, sagte Terence Linwood. »Es hat gebrannt. Glauben Sie mir, es ist besser, wenn Sie sie so in Erinnerung behalten, wie Sie sie gekannt haben.«

»Ich will sie sehen«, sagte Sam noch einmal. Er würde sich das nicht nehmen lassen.

»Es tut mir leid, ich kann das nicht erlauben«, sagte der Gerichtsmediziner. »Aber wir haben das hier bei ihr gefunden.«

Er hielt Klaras Kette an zwei Fingern in die Luft. Der billige Stein war rußgeschwärzt. Aber es war eindeutig Klaras Kette. Das Erbstück von ihrer Großmutter. Sam nahm es Dr. Linwood aus der Hand.

»Glauben Sie mir, Mr Burke, es ist besser, wenn Sie sich an sie erinnern, wie Sie sie kannten.«

Sam schrie auf und wollte zu den Leichenträgern laufen. Zu Klara. Aber Pia hielt ihn zurück. Sehr langsam führte sie ihn durch den Regen und versprach, ihn zu Dr. Linwoods Büro zu fahren, wo sie Klara hinbringen würden.

»Ich habe sie geliebt, Pia. Ich habe sie so sehr geliebt«, sagte Sam, als sie wieder im Auto saßen. Das Regenwasser rann die Scheiben herunter, und sie beschlugen von innen. Dahinter drehten sich die Lampen der Einsatzfahrzeuge, und der Plastikpylon ließ die vorbeifahrenden Autos abbremsen. Manchmal ist ein Plastikpylon das Wichtigste auf der ganzen Welt, dachte Sam. Denn manchmal bedeutet ein Plastikpylon den Unterschied zwischen Leben und Tod. Zwischen grenzenloser Liebe und endloser Einsamkeit.

## Kapitel 42

**Green-Wood Cemetary Brooklyn, New York**
Montag, 1. Oktober

Sam Burke drückte den Rücken durch, als die Lichter gedimmt wurden. Er war drei Stunden durch die warme Herbstsonne hierhergelaufen. Es hatte sich angefühlt, als wolle sich Brooklyn standesgemäß von Klara verabschieden und sich von seiner besten Seite zeigen. Sein Marsch hatte ihn quer durch ihren Stadtteil geführt, erst durch Prospect Heights, dann am Prospect Park entlang. Sein persönlicher Abschied von Klara. Er hatte spielende Kinder getroffen, die noch nichts von der Vergänglichkeit ahnten. Sie waren ihm mit ihren Skateboards in den Weg gesprungen und hatten Sam ein Lächeln abgerungen. In seinem Inneren jedoch war stattdessen nichts als Leere. Vor vier Tagen hatten sie sie aus dem Auto geschält. Vor vier Tagen hatte er im Regen an einer Straße in Orange County gestanden und zugeschaut, wie zwei Männer das Wichtigste in seinem Leben in einen Leichenwagen geschoben hatten. Vor vier Tagen war sein Leben, wie er es gekannt hatte, zerstört worden. Jetzt saß er in der kleinen Kapelle des Krematoriums. Vom Band lief ein Requiem, das der Priester ausgesucht hatte. Sam hatte sich nicht dazu durchringen können. Er hätte sich vermutlich für ›I don't like Mondays‹ entschieden. Es war ein Montag. Und sie hatte sie tatsächlich nie gemocht. »Montage sind die Erdbeeren der Wochentage«, hatte sie ihm einmal gesagt. »Sie sehen unglaublich lecker aus, aber dann schmecken sie nach nichts.« Ein Klara-Moment. Eine gelbe Locke, trotzig wie ein kleines Kind in ihrem Gesicht neben den Lachfalten in ihren Mundwinkeln. Sam vermisste diese dicht geringelten Locken, die sich nur manchmal einfanden, je nach Wetter oder Klaras Laune. Sie ließen sie noch etwas mehr wie die Kaiserin Sissi aussehen. Das Requiem ging zu Ende, es roch nach Topfpflanzen, und die Luft war feucht. Jemand von der Firma, die das hier veranstaltete, hatte ein übergroßes Porträt von Klara auf eine Staffelei gestellt. Davor standen die Blumen. Ein Strauß vom FBI, einer von Pia und Adrian, einer von Thibault Stein. Ein paar weitere ohne klar ersichtlichen Absender. Es waren mehr Blumen, als Klara Freunde im Leben gehabt hatte. Das Porträt sah kitschig aus, aber sie lächelte Sam zu, als er die hellen Schritte des Priesters auf dem Steinboden zu den letzten Orgeltönen vernahm. Bennett räusperte sich. Alle waren gekommen: direkt neben ihm Pia und Adrian, zu seiner Rechten Thibault Stein. Klaras Mutter auf der anderen Seite des Ganges, einige Verwandte, die Sam noch nie gesehen hatte. Wesley und Anne saßen neben Bennett, ihr gesamtes ehemaliges Team war versammelt. Zum ersten Mal seit einem Jahr. Es brauchte offenbar einen Todesfall, damit wir wieder zusammenfinden, dachte Sam verbittert.

»Und Jesus spricht zu ihr: Ich bin die Auferstehung und das Leben. Wer an mich glaubt, wird leben, auch wenn er stirbt; und jeder, der lebt und an mich glaubt, wird in Ewigkeit nicht sterben«, sagte der Priester, ein junger Mann, der aussah, als käme er direkt aus dem Priesterseminar.

»Wir trauern heute um unsere Freundin Klara Swell«, sagte der Geistliche, der vermutlich das dritte, immer gleiche Programm dieses Tages abspulte. Sam konnte ihm nicht zuhören. Er stellte sich vor, wie Klara den Mittelgang der Kapelle hinunterlief, mitten durch ihre eigene Trauergemeinde. Sie hatte sich nicht besonders herausgeputzt für ihre eigene Beerdigung. Sie trug ihre Bikerboots, eine Jeans und ihre Lederjacke, wie immer. Nur das Kinn hielt sie etwas tiefer, als tue es ihr leid. Sam ließ die Kette von Klaras Großmutter durch seine Finger gleiten, wie einen Rosenkranz, mit dem er sie zurückbeten könnte. Klara blieb bei ihrer Mutter stehen und flüsterte ihr etwas ins Ohr. Dann trat sie vor den Priester, der gerade von ihren Verdiensten als Staatsdienerin sprach. Klara drehte sich zu ihnen um und tippte sich an den Kopf, als wolle sie sagen, ihr wisst es doch besser. Dann drehte sie sich zu ihm um, und ihr Lächeln trieb Sam eine Träne in die Augen. Sie kam auf ihn zu und berührte ihn am Kinn. Sam schluckte. Sie legte den Kopf schräg, wie sie es immer getan hatte. Ihre Lippen formten ein »Es tut mir leid«. Sam wollte sie umarmen, ihr sagen, dass es nichts gab, wofür sie sich entschuldigen müsste. Dass es sein Fehler gewesen war. Dass er sie liebte, bis ans Ende aller Tage. Dass sie hätten heiraten sollen und dass es nicht gerecht war von Gott, Rache zu nehmen für eine Beziehung, die sie nicht nach seinem Geschmack hinbekommen hatten. Aber bevor er es denken konnte, war Klaras Gesicht verschwunden, und der Priester sagte: »Gott hat es gegeben, und er hat es genommen.«

Die Urne stand neben dem Bild, ein schlichtes tönernes Gefäß. Die Reste. Klara. Thibault Stein erhob sich, und er setzte den Stock so vorsichtig auf wie sonst nie. Er trat hinter die Kanzel.

»Wenn ein Mensch wie Klara so plötzlich aus unserem Leben gerissen wird«, begann er mit seiner kräftigen Stimme, die die gesamte Kapelle ausfüllte, »dann ist es niemals gerecht. Es ist nicht gerecht, dass ausgerechnet in dieser Kurve ein Lastwagen Öl verloren hatte. Es ist nicht gerecht, dass Klara nicht mehr ausweichen konnte.«

Nein, dachte Sam, das ist es nicht.

»Es ist nicht gerecht, dass wir ab heute ohne sie auskommen müssen. Ohne ihren Verstand, ihren Witz, ihren Charme und ihren unbändigen Mut.«

Sam wischte sich eine Träne von der Wange und hoffte, dass ihr Bild noch einmal zurückkam. Aber Klara blieb fort. Nur ihr Porträt starrte ihn an, als wäre sie tatsächlich hier.

»Wenn jemand Unrecht widerfuhr«, so Stein weiter, »dann war Klara zur Stelle. Sie stemmte sich gegen die Ungerechtigkeiten im Leben wie niemand, den ich jemals kannte. Als der achtjährige Peter damals scheinbar leblos im Schwimmbad trieb, da sprang sie ins Wasser. Da war sie zwölf Jahre alt. Peter ist heute gekommen, um die zu ehren, die ihm damals diese Ungerechtigkeit ersparte. Um Klara für sein Leben zu danken. Unserer Sissi, deren Mut so viel größer war als sie selbst. Sie stemmte sich gegen die Ungerechtigkeiten im Leben. Auch Pia verdankt Klara, dass sie heute hier sitzen kann nach den schrecklichen Ereignissen im letzten Jahr.«

Thibault Stein sah sie an, als säße sie auf der Anklagebank.

»Und Sam, der nicht wäre, was er ist, ohne Klara, seine geliebte Partnerin. Für ihn ist es vielleicht die größte Ungerechtigkeit. Und die eine, gegen die sich Klara nicht mehr stemmen konnte. Es ist ungerecht, dass sie uns alleine lässt. Es ist ungerecht, dass sie Sam alleine lässt. Hörst du mir zu, Klara Swell? Es ist ungerecht. Aber es lag nicht in deinem Ermessen. Wir werden versuchen, dein Andenken in Ehren zu halten und das Unrecht auf dieser Welt weiter zu bekämpfen.«

Oder auch nicht, dachte Sam. Vielleicht hören wir einfach auf mit den pathetischen Reden und legen uns schlafen. Vielleicht ist morgen ein besserer Tag. Sam hatte diesbezüglich seine Zweifel.

»Und den Engeln im Himmel rufe ich zu: Kommt aus euren Häusern, lauft auf die Straßen, und bereitet Klara den Empfang, den sie verdient. Eure neue Mitstreiterin ist eine, die wir sehr vermissen werden.«

Als der alte Anwalt zum zweiten Teil des Requiems von dem Podium stieg und Sam als Erster in die Arme schloss, tropften Tränen auf Sams schwarzes Jackett. Pia drückte seine Hand, und der Priester wartete mit der Urne in der Hand auf ihn.

# Kapitel 43

**Boston, Massachusetts**
Mittwoch, 3. Oktober

Sam Burke saß in seiner Spelunke vor dem Gamsgeweih und hypnotisierte das flammende Schwert auf Marys Schulter. Das fünfte Peroni ist eines zu viel, dachte Sam, als er auf seine leere Flasche deutete. Marys Schwert zuckte nicht anders als beim ersten, und keine Minute später stand eine neue Flasche mit dem einzig Sinnvollen in seinem Leben vor ihm. Er wusste, er trank zu viel. Er wusste, dass Alkohol nichts leichter machte, sondern morgen alles noch schwerer. Aber es zählte nichts. Es zählte nur, dass es half. Denn entgegen allen Beteuerungen seiner Psychologenkollegen stimmte eines ganz sicher: Es funktionierte. Zumindest für den Moment. Und alles andere war Sam gerade herzlich egal.

Eine Stunde, also zwei Bier später spürte er eine Hand auf der Schulter, und der Barhocker neben ihm wurde von einer offenbar unfreundlich gesinnten Macht übernommen. Niemand sollte sich neben einen Mann setzen, der nicht mehr wusste, wer er war. Der Hocker rumpelte, als eine massige Gestalt versuchte, ihr Gleichgewicht zu finden. Es handelte sich zumindest um eine bekannte unfreundlich gesinnte Macht.

»Du meinst also, ich habe es nötig, oder?«, fragte Sam.

»Ich habe es bei dir zu Hause probiert, aber außer deiner hungrigen Katze niemanden angetroffen.« Er deutete auf Sams Bier.

»Du bist bei mir eingestiegen?«

»Nennen wir es Gefahr im Verzug. Oder Sam Burke in Trauer.«

Mary stellte Bennett ein Bier vor die Nase »Nimm ihn mit, er nervt.«

»Da habt ihr ausnahmsweise einmal beide recht«, sagte Sam und hob das Bier.

»Auf Klara!«, sagte Sam.

»Natürlich«, sagte Bennett.

Für einige Minuten lauschten sie dem Klappern der Gläser neben der Spüle, und Sam betrachtete das falsche Gamsgeweih.

»Suchst du immer noch einen Schuldigen?«, fragte Bennett schließlich.

»Wenn ich Zeit finde, zwischen dem Bier und den Nüssen einen klaren Gedanken zu fassen, denke ich an nichts anderes«, gab Sam zu. »Nüsse?«, fragte er dann und zog eine verkrumpelte Packung aus der Jackettasche.

Bennett griff zu und spülte die Curry-Ingwer-Variante mit einem Bier herunter.

»Also, was ist jetzt mit dem Schuldigen?«, fragte Sam.

»Glaubst du, wir sitzen genauso untätig rum wie du? Wir trauern alle, aber du schießt den Vogel ab.«

»Ich denke nicht, dass du weißt, was sich wirklich in mir abspielt«, sagte Sam etwas zu laut. Er schob es auf den fortgeschrittenen Bierkonsum, den Bennett weder zeitlich noch mit seiner Statur aufholen konnte.

»Sam«, sagte Bennett, ohne auf ihn einzugehen.

»Ich weiß«, sagte Sam. »Also, was habt ihr rausgefunden.«

»Wir haben uns natürlich alles, was Klara und Wesley an Computerdaten gesammelt haben, genauestens angeschaut.«

»Das ist ja wohl auch das Mindeste …«, startete Sam und ärgerte sich sofort darüber. Wieder das Bier. Lass ihn erzählen, Sam, schließlich ist er extra deinetwegen nach Boston gekommen. Das verdient wenigstens ein kleines Extrasternchen.

»Um es kurz zu machen: Ich glaube nicht, dass es Tom war, der ihr geschrieben hat. Und ich glaube auch nicht, dass sie Tom verfolgt hat. Wir haben uns von Homeland alle Überwachungsbänder aus Monroe besorgt. Der schwarze Lexus, den sie Pia beschrieben hat, gehörte einem zwanzigjährigen Muttersöhnchen aus Connecticut. Kein anderer Lexus. Kein Tom.«

Sam dröhnte der Schädel. Eindeutig zu viele Informationen für seinen Zustand.

»Aber woher sollte der Typ dann alle die Details aus den Briefen kennen?« Sam bedeutete Mary, eine weitere Runde zu bringen. Bennett hob eine Augenbraue, aber kommentierte es nicht.

»Ich bin mir nicht einmal sicher, dass er etwas wusste. Ich habe mir die E-Mails genau angesehen, und ich fürchte, Klara ist einer fixen Idee aufgesessen.«

Frisches Bier schmeckt doch einfach am besten, dachte Sam und sagte: »Das sieht ihr nicht ähnlich.«

»Ich weiß. Ich denke, du solltest dir die E-Mails selbst ansehen, Sam.«

»Meine Tage und Nächte beschränken sich auf Nüsse und Bier, Bennett. Und ich habe nicht vor, in den nächsten Wochen irgendetwas daran zu ändern. Zumindest nicht, solange ich Klara jede Nacht neben mir liegen spüre, egal, wie viel ich trinke. Bis ich dann versuche, ihre Schulter zu streicheln, und aufwache, weil sie nicht da ist.«

»Hast du schon einmal darüber nachgedacht, ob es an deinen Nussmischungen liegen könnte? Es gab da mal einen Schweizer, der wollte herausgefunden haben, dass in bestimmten Medocs psychedelische Substanzen zu finden sind, die es in keinem anderen Rotwein der Welt gibt. Möglicherweise wurden die Nüsse mit Medoc …«

Sam grinste tatsächlich. Zum ersten Mal seit Tagen, wenn auch nur für den Bruchteil einer Sekunde. Bennett hatte es bemerkt und stockte.

»Du meinst es gut, mein alter Freund. Aber ich weiß nicht. Wohin soll das führen?«

»Sam, wir haben einen Mörder zu finden. Und ob Tom nun der E-Mail-Schreiber war oder nicht – er ist für Klaras Tod verantwortlich, weil sie geglaubt hat, dass er es war.«

Sam dachte darüber nach, bis ihn Bennett in sein Bett hievte und sich selbst auf die Couch legte. Sein Kopf drehte sich noch, als er nach rechts fasste, um Klaras Schulter zu streicheln.

Am nächsten Morgen hatte Bennett Frühstück gemacht, und Sams Schädel dröhnte wie nach einem Deathmetal-Konzert.

»Lasagne?«, fragte Sam über einer Tasse brühend heißem Kaffee, der so stark war, dass er möglicherweise sogar ihn munter machen würde.

»War nichts anderes da«, behauptete Bennett und stellte ihm die Aluminiumschachtel vor die Nase. Mit einem Handtuch um die Finger platzierte er eine zweite Schachtel direkt gegenüber.

»Ein Frühstück für Champions«, sagte Sam.

Bennett grinste. Er spielte mit einem USB-Stick, der in der großen Hand wirkte wie ein Kieselstein in der Pfote des Silberrückens aus dem San-Diego-Zoo.

»Sind sie da drauf?«, fragte Sam.

Bennett nickte: »Alle E-Mails und die Überwachungsvideos. Übrigens auch eines von dem Internetcafé. Klara hat uns nämlich nicht verraten, dass sie auch drin war.«

Sam seufzte und nahm den Laptop vom Fensterbrett. Er fuhr den Rechner hoch und kopierte den Inhalt auf seine Festplatte. Zum ersten Mal, seit er im Zug an der Botschaft für Tom gearbeitet hatte, sah er die Dateien zu dem Fall. Ging es wieder los? War er bereit dafür? Er klickte auf die Datei mit Toms Profil. Wenn er herausfinden wollte, ob die E-Mails von Tom waren, würde er eine Auffrischung brauchen. Die vertraute Grafik tauchte auf dem Bildschirm auf. Tom in der Mitte und außen die Opfer, seine Charakterzüge. Aber etwas war anders. Irgendjemand hatte etwas hinzugefügt. Einen zweiten Kreis in der Mitte, direkt um Toms Namen. Es gab eine weitere Person, die mit allem, was Sam ringsherum angeordnet hatte, zu tun hatte. Mit allen Opfern, mit allen Orten, mit allen Charaktereigenschaften. Warum suchst du mich nicht, Sam? Der, der ihn jagen sollte. Er. Sein eigener Fehler traf ihn wie eine direkte Gerade ins Gesicht. Er hatte immer angenommen, dass die Briefe an eine neutrale Instanz gingen, dass er ausschließlich der phobischen Seite seines Charakters zuzuordnen war. Die Briefe hatten keinen anderen Schluss zugelassen. Es sei denn, man betrachtete das Spiel als Teil seiner Persönlichkeit, als wesensbestimmendes Merkmal. Seit Klara die Botschaft abgeschickt hatte, war er Teil des Spiels geworden. Und vielleicht war er das immer gewesen. Kein Beobachter, sondern eine essenzielle Figur in Toms Plan. Sie mussten herausfinden, ob Tom ihr die Nachrichten geschickt hatte oder nicht. Schuld ist er in jedem Fall, erinnerte sich Sam an Bennetts Worte von gestern Abend. Und er hatte recht. Tom hatte ihn mit hineingezogen. Und schließlich auch Klara. Tom war schuld. Und er, Sam, war selbst ein Teil des Profils. Sam spürte, wie seine Finger kälter wurden, wie immer, wenn er begann, einen Täter zu begreifen. Als ob das Blut ihm etwas mitteilen wollte. Die Glieder versteiften sich. Klaras Tod war seine Schuld und gleichzeitig die Lösung. Das Spiel begann, so oder so. Für Klara. Und für die lächerliche Ölpfütze, die sie ihm genommen hatte.

Die zweite Erkenntnis dieses verkaterten Morgens traf ihn noch härter, wie ein Haken in die Magengrube. Es gab nur eine Person, die Zugriff auf seinen Computer gehabt hatte und die Grafik geändert haben konnte. Klara. Und mit einem Schlag kam die Trauer zurück.

»Wann hast du eigentlich das letzte Mal den Briefkasten geleert?«, fragte Bennett.

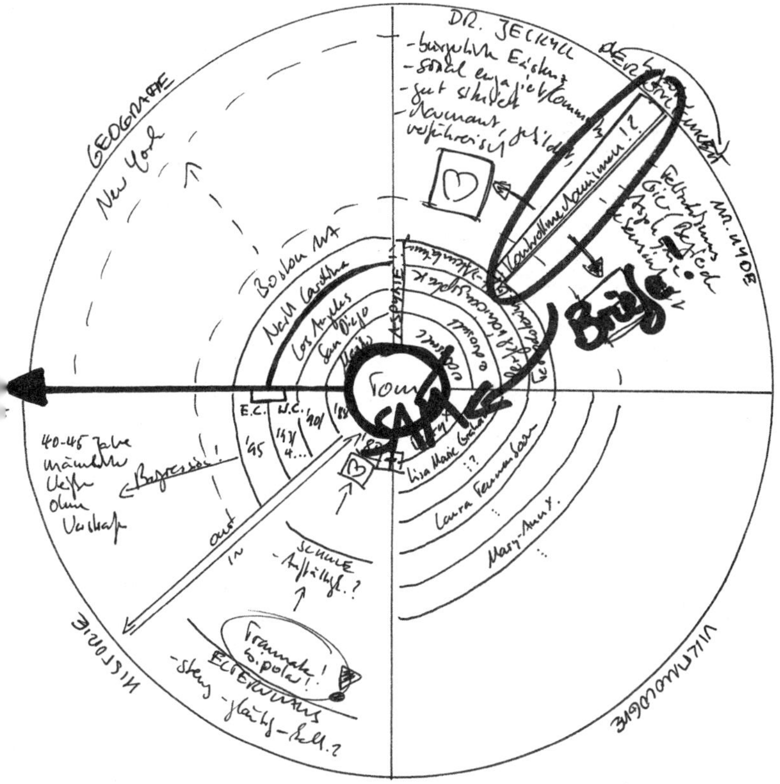

DR. JECKYLL
GEOGRAFIE
New York
Boston MA
North Carolina
Los Angeles
San Diego
E.C.
W.C.
MR. HYDE
40-45 Jahre
männlicher
Weißer
ohne
Vorstrafe
Regression!
out
IN
Laura Fernandez
Mary-Ann Y.
ELTERNHAUS

## Kapitel 44

### Der zehnte Brief

*Lieber Sam,*

*ich weiß nicht, was ich sagen soll. Es hätte nicht so kommen sollen. Es hätte sie nicht geben dürfen. Noch nicht. Es tut mir leid. Ich hatte dir eine faire Chance versprochen, und ich habe sie dir genommen. Ich hatte das so nicht erwartet, wir nähern uns der Gegenwart viel schneller. Eigentlich hätte ich dir in diesem Brief von Ashley erzählen wollen, aber es erscheint mir nun überflüssig, pietätlos beinah. Suchst du mich noch, Sam? Suchst du mich jetzt?*

*Tom*

---

Tom wog den Brief in der Hand und ließ ihn auf den Schreibtisch fallen. Das erste Mal, seit er Sam die Briefe schickte, entsprach der Inhalt nicht der vollen Wahrheit. Denn wenn er ehrlich war, griff er vor. Er wusste, dass er es bereuen würde. Das mit Tamara. Aber noch nicht jetzt. Erst in einigen Wochen. Heute überwog noch das Hochgefühl, sein Körper hatte die Glückshormone noch nicht abgebaut. Er fühlte sich großartig, wenn er an vorgestern Abend zurückdachte. Tamara hatte wunderschön ausgesehen, genau wie er es sich vorgestellt hatte. Sie hatte ein rotes Kleid ausgewählt für ihren Abend im Desmoines. Ein verführerisches Kleid, eng anliegend und mit einer passenden Spange im Haar. Tamara trug gerne etwas im Haar. Er wusste nicht, warum, aber er mochte es, wenn sie ein Haarband trug. Er küsste sie vor dem Restaurant. Er küsste sie im Auto, auf ihrer Couch. Es waren süße Küsse. Er ließ ihr den Vortritt in ihre Wohnung in New York, eine günstige Sozialwohnung in der Nähe der zwanzigsten Straße. Sie hatte volle Lippen und ein seit mehreren Jahren ungestilltes Verlangen. Es war eine Mischung, der Tom nicht hatte widerstehen können. Nicht mehr. Es war Anfang Oktober, und ja, er hatte sich mehr Zeit für Tamara lassen wollen. Hatte sie noch besser kennenlernen wollen. Möglicherweise hatten die Briefe einen gegenteiligen Effekt und trieben ihn schneller auf das Ende zu, als er geplant hatte. Manchmal dachte er daran, dass es zu Ende gehen könnte. Er hatte Sam nicht belogen, als er ihm gestanden hatte, dass er nicht gefasst werden wollte. Aber natürlich rechnete er auch damit, dass es anders kam, als er geplant hatte. Er kannte Sam Burke und seinen Ruf. Wenn ihn jemand überraschen konnte, dann dieser Mann. Deshalb hatte er ihn ausgewählt. Es stimmte, er wollte der Gesellschaft eine faire Chance geben. Aber es hatte nicht sollen sein. Eine faire Chance hieß nicht, dass er Tamara am Leben ließ, bis Sam ihn schnappte.

Am Abend wollte Tom zur Feier des Tages in die Oyster Bar, das einzige Lokal, das noch geöffnet hatte und der lokale Rangierbahnhof für die einsamen Herzen in einem langen Winter an der Küste war. Heute hatte Amelia die Spätschicht, wobei sich Tom eingestehen musste, dass sie vermutlich der Grund war, warum er überhaupt ausgehen wollte. Amelia war eine auch im Winter braun gebrannte Inseltochter, die aus einem kleinen Kaff auf Cape Cod stammte und die die mangelnde Fürsorge einer cracksüchtigen Mutter und eines nicht vorhandenen Vaters hierher verschlagen hatte. Sie arbeitete seit zehn Jahren in der Oyster Bar, und sie erinnerte Tom an eine lang verlorene Freundin.

Tom zog einen seiner teuren Anzüge an, wie immer, wenn er ausging. Weil er meistens an der Bar bei Amelia landete und weil er wusste, dass sie seine Anzüge mochte. Sie flirteten seit beinah acht Jahren miteinander, ohne dass jemals etwas zwischen ihnen passiert wäre. Und natürlich wusste Tom, warum. Sie sah Betty viel zu ähnlich. Sie wäre eine Gefahr für sich selbst, durch ihre bloße Nähe zu ihm. Von allen Frauen, die er nach Betty kennengelernt hatte, war sie ihr am ähnlichsten. Weniger von ihrem Aussehen her als in ihrer Art. Und hätte Betty zehn Jahre länger gelebt, hätte sie möglicherweise auch ein Tattoo mit einem Kometen auf dem Beckenknochen gehabt. Es hätte zu ihr gepasst. Es passte zu Amelia. Und es machte ihn an. Amelias Rettung war, dass sie keine unheilbare Krankheit hatte und dass sie dort arbeitete, wo er lebte. Sie wäre eine große Gefahr für ihn, wenn er sie mit zu sich nähme. Denn Tom wusste genau, wie es enden würde, wenn sie erst mal die Schwelle zu seinem Haus überschritten hatten.

Tom betrat die Oyster Bar gegen Viertel nach neun. Die letzten Gäste waren schon gegangen, und er hatte den Tresen für sich alleine. Mit Amelia. Mit der Reinkarnation seiner Betty. Sie begrüßte ihn lächelnd und stellte ihm ein Glas Weißwein vor die Nase, einen 2009er Sauvignon Blanc aus dem Napa Valley. Tom bedankte sich und sah ihr beim Gläserspülen zu. Wenn sie sich umdrehte, bewunderte Tom ihren Hintern in der engen Jeans und hoffte, dass sie es nicht merkte. Sie redeten über die vergangene Saison und den Sturm, der bald aufziehen sollte. Als sie mit dem Spülen fertig war, wollte Tom bezahlen, damit sie nach Hause gehen konnte, aber sie bat ihn zu bleiben.

»Trink heute mit mir, Tom«, sagte sie. Sie stellte eine Flasche Tequila auf den Tresen. Den teuersten, den die Oyster Bar zu bieten hatte. Auf dem Etikett waren ausgehöhlte Schädel abgebildet und der Schnitter, der mit seiner Sense auf ihnen tanzte.

»Was ist los, Amelia? Ist irgendetwas passiert?«

Sie steckte zwei Whiskeygläser in das Eis hinter der Bar. Guten Tequila trank man nicht aus kleinen Stamperln, sondern wie einen Brandy. Als die Gläser eiskalt und beschlagen waren, schenkte sie großzügig ein und setzte sich neben ihn.

»Nichts ist los, Tom, ich möchte nur etwas mit dir trinken.«

Tom stieß mit ihr an.

»Auf das Leben, Tom.«

Tom zögerte einen Moment lang. Er kannte diesen Blick. Diese Augen. Diese Trauer. Er ließ sein Glas gegen ihres klacken.

»Auf dich, Amelia«, sagte er sehr langsam und leise und schaute ihr dabei durch die Augen bis in die Seele, die heute Morgen eine schlechte Nachricht erhalten hatte.

# Kapitel 45

**Quantico, Virginia**
Montag, 8. Oktober

Sam traf Shirin und Bennett auf dem Parkplatz. Shirin umarmte ihn wortlos und schmierte Lippenstift auf seinen frischen, gestärkten Hemdkragen. Bennett fragte: »Bereit für die Show?«

Sam wühlte nach einer Tüte mit Nüssen, die er gestern Abend frisch von Adrian geholt hatte. Zum ersten Mal hatte er wieder in ihrem Haus in Brooklyn geschlafen, und es hatte sich okay angefühlt. Die Leere in seinem Haus hatte ihn daran erinnert, wie sehr ihm Klara fehlte, aber die Überbleibsel ihrer gemeinsamen Vergangenheit hatten ihn weniger geschmerzt, als er angenommen hatte. Vielleicht durfte er sogar sagen, dass sie ihn gefreut hatten. Durfte man das sagen, dass einem die Erinnerungen so viel bedeuten, dass sie über den Tod hinaus Freude ins Leben zaubern, auch wenn die Person, mit der sie verbunden waren, gestorben war? Sam hatte keine Antwort gefunden. Auch Gandhi hatte sich in seiner gewohnten Umgebung gleich besser gefühlt, Sam vermutete, dass er Boston nicht besonders mochte. Seltsamerweise schien der Kater Klara in Brooklyn weniger zu vermissen, wofür Sam keine Erklärung hatte. Vermutlich sah nicht nur alles nach Klara aus, sondern es roch auch noch nach ihr. Obwohl er immer gedacht hatte, Katzen röchen nicht besonders gut.

»So bereit, wie man für McMarin sein kann«, sagte Sam.

»Schön, dass du wieder an Bord bist«, sagte Bennett.

»Wir werden sehen«, sagte Sam.

Im Konferenzraum im obersten Stock wartete nicht nur Michael Marin auf sie. Er hatte Verstärkung mitgebracht, beinah die gesamte Führungsriege des NCVAC war angetreten, um sich ihren Plan anzuhören und um dem abtrünnigen Sam Burke eins auszuwischen. Michael Marin an vorderster Front, dazu die Chefs der Antiterroreinheit und die Wirtschaftskriminalität, die nichts mit ihrem Fall zu tun hatten. Gar nichts. Sam Burke stand wieder einmal inmitten eines dieser großen politischen Manöver, die er so mochte. Er stellte sich Marin als übergroßes Fischstäbchen in einer Fußgängerzone vor einer Burgerbraterei vor, als er anfing. Er hatte vor, es kurz zu machen.

»Ich übernehme den Fall«, sagte Sam. Bennett starrte ihn ungläubig an, und Shirin lächelte verstohlen in ihre Burka.

»Sie gehen davon aus, dass wir Sie haben wollen?«, fragte Marin. Er klang so entgeistert, wie Sam es sich vorgestellt hatte.

»Unter bestimmten Bedingungen«, sagte Sam.

Michael Marin blieb der Mund offen stehen.

»Ich bekomme mein Team zurück, den offiziellen Titel eines Sonderermittlers, und sobald das hier vorbei ist, sind Sie mich wieder los.«

»Der letzte Teil in dem Satz gefällt mir am besten«,

sagte Marin zu seinen beiden Kollegen. »Er denkt tatsächlich, dass wir ihn brauchen.« Terrorabwehr und Wirtschaftskriminalität lächelten dünn.

»Wir brauchen ihn tatsächlich«, sagte Bennett Steele. »Er bekommt die Briefe. Es mag Ihnen nicht gefallen, aber es ist eine Tatsache.«

In diesem Moment platzte ein alter Bekannter herein, ohne anzuklopfen: Wesley Brown, der ehemalige Computerspezialist seiner Abteilung. Shirins nicht weniger brillanter Vorgänger, der mit dem enervierenden Fähnrich Crusher nicht nur den Namen gemein hatte. Er warf seinem jetzigen Chef aus der Abteilung für Wirtschaftskriminalität einen fragenden Blick zu. Der antwortete mit einem Nicken.

Wesley stöpselte einen USB-Stick an den Computer und aktivierte den Beamer. Er hatte Sams Lebenslauf mitgebracht.

»Sam Burke, studierte Psychologie und Soziologie an der Universität Stanford. Promotion über die Auswirkung der Medienberichterstattung im Fall Ted Bundy auf die Entwicklung verhaltensauffälliger Jugendlicher. Training an der FBI-Akademie zum Special Agent, Abschluss als Zweitbester seines Jahrgangs. Field Office New York, Abteilung für Organisierte Kriminalität. Sechzehn Verhaftungen in vier Jahren.«

»Und einige davon gemeinsam mit seiner kriminellen Freundin«, sagte Michael Marin mit einem süffisanten Lächeln.

Klara. Die damals nicht verraten hatte, dass er von ihren Einbrüchen im Namen der Gerechtigkeit gewusst hatte. Sie war auch für ihn ins Gefängnis gegangen. Wie sehr er sie vermisste.

»Danach Supervisory Special Agent in der Behavioural Analysis Unit beim NCVAC.«

»Als ob wir das vergessen hätten«, ätzte Marin, aber Wesley ließ sich nicht beirren.

»Erstens: Timothy Keenan. Der Meatpacker von Chicago. Wurde gefasst, weil Sam Burke in seinem Profil die Beziehung zu seiner kranken Mutter herstellte. Zweitens: Karel Snow. Der Organsammler. Wurde gefasst, weil Sam Burke den geografischen Zusammenhang zwischen den Flohmärkten, auf denen er die überflüssigen Nieren verkaufte, und seiner Fahrtroute zur Arbeit erkannte. Drittens: Rascal Hill, der Judaswiegen-Mörder. Und das ist nur die Spitze des Eisbergs. Belobigungen vom SFPD, dem NYPD ...«

»Es hat ja niemand behauptet, dass er nicht qualifiziert ist«, sagte Michael Marin, »aber er ist nicht stabil.«

»Ich bin so stabil, wie ich sein muss«, sagte Sam ruhig, als sich plötzlich die Tür zum Konferenzraum öffnete und ein schwergewichtiger Mann eintrat. Unter lautem Schnaufen sagte der oberste Chef der NCAVC: »Ich glaube, wir können das abkürzen.«

Michael Marin brachte sich für eine Erwiderung in Stellung, aber er sollte keine Gelegenheit dazu bekommen.

»Sam Burke bekommt die Briefe, Sam Burke will den Fall, Sam Burke kriegt den Fall. Ende der Diskussion.«

»Aber Sir, die Kollegen haben andere Fälle auf dem Schreibtisch, und ich weiß wirklich nicht, wie ich bei unserer Personaldecke derzeit ...«

»Verschonen Sie mich mit Ihrer Personaldecke, Marin, eines Tages wird sie Ihnen noch auf den Kopf fallen, so oft wie Sie sich bei mir darüber beschweren.«

Michael Marin faltete die Hände. Als politischster aller Politiker Washingtons wusste er, wann ein Kampf verloren war. Den Krieg würde er deswegen allerdings noch lange nicht verloren geben.

»Außerdem wäre es ja noch schöner, wenn wir unsere eigenen Leute im Stich ließen, oder nicht? Ich will Sie mal sehen, Marin, wenn Ihre Frau auf ominöse Weise stirbt und wir nicht alles daransetzen, damit Sie herausfinden können, was wirklich passiert ist.«

Und zu Sam gewandt, sagte er: »Das mit Klara wurde mir gewissermaßen zugetragen.«

Sam blickte zuerst zu Bennett und dann zu Wesley, aber keiner zeigte eine Reaktion. Aus dem Augenwinkel beobachtete er, wie Shirin sich auffällig bemühte, nicht in seine Richtung zu schauen.

»Es tut mir aufrichtig leid wegen Klara, Sam. Finden Sie heraus, was wirklich passiert ist. Und dann finden Sie diesen Tom, und bringen Sie ihn zur Strecke.«

»Danke, Sir. Wir werden unser Bestes geben.«

»Davon bin ich überzeugt«, sagte ihr oberster Chef und drehte sich schnaufend zur Tür.

## Kapitel 46

**Brooklyn, New York**
Dienstag, 9. Oktober

Pia starrte auf den leeren Schreibtischstuhl im Büro des Traiff und fragte sich, wie es jetzt weitergehen sollte. Von der falschen Seite des Schreibtischs blätterte sie durch die Stiftungspost, die sich seit drei Wochen neben Adrians Restaurantrechnungen stapelte. Vor allem fünf dicke braune Umschläge fielen ihr auf, die an Klara adressiert waren. Sie kamen von dem Schreibbüro, das auch die Kanzlei nutzte. Die Abschriften der Abhöraktion in Washington, schoss es Pia durch den Kopf. Was sollte jetzt damit geschehen? Klara konnte ja schlecht damit weitermachen. Der letzte Umschlag hatte einen Poststempel von vorgestern. Offenbar hatte Klaras System selbst ihren eigenen Abgang überlebt: Der Student, den sie angeheuert hatte, kümmerte sich immer noch um die Batterien und die Parktickets für den Wagen. Klara hatte angekündigt, dass der Akku in der kleinen Wanze etwa vier Wochen halten dürfte. Womöglich war das der letzte Umschlag. Fünf Umschläge mit vertraulichen, illegal erworbenen Informationen über One Nation for America.

Mitten in ihren Gedanken spürte sie, wie sich zwei Arme um ihre Hüften schlossen. Adrians Haare rochen nach Steak, wie immer, wenn er noch nicht geduscht hatte nach der Arbeit.

»Sie fehlt uns allen«, sagte Adrian.

»Das sind die Abhörprotokolle aus dem Büro von One Nation for America«, sagte Pia.

»Schmeiß sie weg!«, sagte Adrian.

»Niemals«, sagte Pia. »Hör mal, auch wenn Klara nicht mehr da ist, müssen wir weitermachen. Wir müssen herausfinden, wer hinter unseren Geldgebern steckt, sonst werde ich die nächsten zwanzig Jahre nicht ruhig schlafen.«

»Okay«, sagte Adrian vorsichtig. »Und wie hast du dir das vorgestellt?«

»Ich habe keine Ahnung. Aber …«

»Hier haben Sie die Unterlagen«, sagte die tiefe Stimme von Thibault Stein. Sie hatte ihn nicht kommen hören. Nicht einmal sein Stock hatte ihn diesmal verraten. Vermutlich war es im Geschirrklappern des Restaurantbetriebs, das bis ins Büro deutlich zu hören war, untergegangen.

»Alles, was ich jemals mit der One Nation for America zu tun hatte. Und wie ich Ihnen schon angekündigt hatte, ist es nicht viel.«

»Thibault, ich weiß nicht …«, stammelte Pia.

»Miss Lindt«, sagte Stein und ließ sich auf Klaras Schreibtischstuhl fallen. »Glauben Sie denn wirklich, dass mir entgangen ist, wie misstrauisch Sie sich mir gegenüber verhalten, seit Klara diese Rechnung bei der One Nation for America gefunden hat?«

»Ich bin nicht …«

»Nein, natürlich nicht, Miss Lindt. Und ich bin kein alter Mann mit einem Gehstock. Glauben Sie mir, was ich an Gehirnzellen verloren habe, mache ich mit Erfahrung und einem intuitiven Gespür für die Menschen wett, die mir etwas bedeuten.«

Pia blickte auf den Boden.

»Und Sie bedeuten mir viel, Miss Lindt.«

Pia fühlte sich mies, weil es stimmte. Die Saat der Zwietracht und des Zweifels hatte sich bei ihr eingenistet und war im Laufe der letzten Wochen aufgeblüht. Sie hätte das verhindern müssen.

»Sie sind die schlaueste Assistentin, die man sich wünschen kann. Und Sie lieben meine Prozessordnung. Das alleine wäre schon Grund genug, Sie zu mögen.«

»Ihre Prozessordnung ist …«

»Zerstören Sie nicht meinen Moment der Reue, Miss Lindt«, sagte der Anwalt, »und schauen Sie sich stattdessen lieber die Unterlagen an, damit wir das endlich vom Tisch haben.« Thibault begann, die Post auf dem Schreibtisch zu ordnen, ein für ihn höchst unüblicher Vorgang. Ein Stapel für das Restaurant, ein Stapel für die Stiftung, ein Stapel mit Werbung. Derart viel Ordnungssinn sprach dafür, dass es ihm ernst war.

Pia blätterte in dem Aktenordner, den Stein mitgebracht hatte. Ihre Kanzlei hatte tatsächlich nur einen einzigen Auftrag für die One Nation for America abgewickelt. Es handelte sich um ein theoretisches Rechtsgutachten über die Schuldfähigkeit eines Erziehungsberechtigten bei einer von einem minderjährigen Teenager begangenen Sexualstraftat.

»Nur dieses eine?«, fragte Pia.

»Miss Swell!«, ermahnte Stein sie.

»Entschuldigen Sie«, sagte Pia.

»Allerdings bin ich ins Grübeln gekommen«, bemerkte der Anwalt.

»Inwiefern?«

»Erstens: Wir gründen eine Stiftung, die theoretisch auch lange zurückliegende Straftaten untersuchen soll. Zweitens: In höchster Not bietet uns eine Firma, deren Gesellschafterstruktur wir nicht ermitteln können, weil sie auf den Cayman Islands angemeldet ist, eine großzügige Investition. Unter der Auflage, dass wir nichts untersuchen, was mit Hyannis Port zu tun hat.«

Pia nickte. So weit nichts Neues.

»Drittens: Der Limousinenservice, den unser Investor nutzt, wird sehr häufig von One Nation for America gebucht.«

»Ja«, sagte Pia. »Deshalb ja die Abhöraktion. Wir kriegen immer noch die Abschriften …« Sie deutete auf die Umschläge, die Stein auf den Stapel mit der Stiftungspost sortiert hatte, aber Thibault ließ sich nicht beirren.

»Viertens: Ebenjene One Nation for America hatte mich vor Jahren mit einem Rechtsgutachten beauftragt.«

»Sie sind ein bekannter Anwalt, Thibault. Die Kanzlei hat einen exzellenten Ruf in Strafsachen und …«

»Papperlapapp!«, rief Stein. »Das ist genauso wenig ein Zufall wie die Tatsache, dass dort Secret-Service-Agenten aufgetaucht sind, geschweige denn der Mord an dem Fahrer.«

Pia schwieg. Sie erkannte, dass er recht hatte.

»In Washington ist ein Zufall in der Politik ungefähr

so selten wie ein Republikaner ohne Krawatte«, sagte Stein.

»Dann ist es etwas Großes«, sinnierte Pia leise.

»Und jemand sehr Mächtiges steckt dahinter«, stimmte Stein ihr zu.

»Und was schlagen Sie vor?«, fragte Adrian, der immer noch im Raum stand. Pia hatte ihn beinah vergessen.

»Natürlich nehmen wir sie hoch!«, sagte Stein. »Das wäre ja noch schöner, wenn wir jetzt den Schwanz einziehen. Gerade jetzt, wo Miss Swell gestorben ist.«

Pia schluckte. Aber hatte sie nicht selbst vor wenigen Minuten zu Adrian gesagt, dass sie weitermachen sollten? Es ist viel einfacher, mutig zu sein, wenn Thibault nicht dabei ist, dachte Pia.

»Nehmen wir uns diese Protokolle vor«, forderte Stein. »Und am besten fangen wir gleich jetzt damit an.«

»Sie wollen das selbst machen?«, fragte Pia.

»Halten Sie mich für zu alt? Was sollen wir machen ohne Miss Swell? Ich jedenfalls habe meine Termine für die nächsten drei Tage abgesagt.«

Pia ließ sich auf einen der Besucherstühle fallen. »Okay«, sagte sie schließlich und griff nach dem ersten Umschlag. »Fangen wir an.«

»Wie sieht es aus mit ein paar von diesen Quiches, die Sie letzte Woche auf der Karte hatten, Adrian?«

»Solange ich damit dem Papierkrieg entkommen kann, desertiere ich jederzeit gerne«, antwortete Adrian. »Sie kriegen Ihre Quiches.«

Pia schaute auf ihr Handy: 22:56 Uhr und ein verpasster Anruf. Es würde eine lange Nacht werden.

»Okay«, sagte Pia. »Wo fangen wir an?«

»Ich würde sagen, mit diesen Bändern und in Hyannis Port, Miss Lindt. Oder hätten Sie einen besseren Vorschlag, um denen mal richtig auf die Füße zu steigen?«

## Kapitel 47

**Quantico, Virginia**
Mittwoch, 10. Oktober

Sam Burke schwitzte, weil er nicht geschlafen hatte. Nach dem Alkohol kommt also die Arbeit, dachte er, als er sich die siebte Tasse Kaffee des Tages eingoss. Sie hatten ihre Operationszentrale in Bennetts Büro aufgeschlagen, hier hatte ohnehin die ganze Zeit über das Profil an der Wand gehangen. Neu war hingegen, dass sie jetzt Zugriff auf sämtliche Ressourcen des FBI hatten, was insbesondere Shirin die Arbeit sehr erleichterte. Wenn sie anrief, bekam sie ohne weitere Schwierigkeiten Rechenleistung von den Hochleistungscomputern, jede Datenbankanfrage wurde mit Priorität behandelt. Es war fast alles wie früher, wenn nicht die Leere in Sams Herzen geblieben wäre. Shirin tat alles, um ihn mit ihrer sperrigen Art und ihrem Muslimahumor aufzumuntern. Manchmal funktionierte es besser, manchmal schlechter. Aber insgesamt, fand Sam, hielt er sich wacker. Wenn man bedenkt, dass ich auf einem Feldbett schlafe und bei den Rekruten duschen muss, dachte er. Sam haderte immer noch mit dem letzten Brief, in dem sich Tom für Klaras Tod entschuldigt hatte. Und mit seinem eigenen Namen in der Mitte des Profils. Zunächst war es ihm logisch erschienen. Natürlich könnte er als Empfänger der Botschaften ein zentrales Element sein. Und es hatte die Chefetage überzeugt, ihm den Fall zurückzugeben. Aber insgeheim hegte Sam Zweifel, denn Toms letzter Brief schien nicht dazu zu passen. Würde er sich für ihren Tod entschuldigen, wenn er ein Manipulator war? Ein Schachspieler, der sie Zug um Zug austrickste und wie der Igel in der Fabel immer schon vor dem Hasen am Ziel war? Sam wanderte an der Wand mit dem Profil entlang und tippte mit dem dicken Filzmarker auf seinen Namen. Es passte nur, wenn Tom gar nicht erst in dem Café gewesen war, wovon Bennett ohnehin überzeugt war. Aber wäre Klara wirklich einem Zwanzigjährigen aufgesessen? Zumal sie ihn gesehen haben musste, schließlich war sie auf den Überwachungsbändern deutlich zu erkennen. Irgendetwas passte hier noch nicht zusammen, sinnierte Sam und kratzte sich am Kinn. Sein Nussvorrat war gestern zu Ende gegangen, und er konnte ohne eine ausgewogene Kalorienzufuhr nicht richtig denken. Beinah hätte er heute Morgen dem Verlangen nach einem seiner früher heiß geliebten Donuts nachgegeben. War es nicht jetzt egal, wenn er sich in den Herztod oder die Adipositas fraß? Er starb doch sowieso jeden Tag ein kleines Stückchen mehr. Und es gab auch niemanden mehr, den ein dicker Bauch stören würde, seit …

Seine destruktiven Gedanken wurden in diesem Moment von dem lauten Wiehern eines Pferds unterbrochen. Sam schreckte hoch und blickte direkt auf Shirin, die an ihrem Rechner saß und hektisch zu tippen begonnen hatte.

»Haben Sie gut geschlafen?«, fragte Shirin, ohne von der Tastatur aufzublicken. Bennett unterdrückte ein Gähnen, als er hinter Shirins Rechner trat.

»Was ist passiert?«, fragte er.

»Es wurde Alarm ausgelöst.«

»Alarm?«, fragte Sam. »Ein Pferdealarm?«

»Ich habe eine automatische Benachrichtigung programmiert, wenn ein Todesfall eingetragen wird, der zu unserem Profil passt?«

Sam war hellwach. Er lief um den Tisch herum und stellte sich neben Bennett.

»Wir haben eine AKTUELLE Leiche?«, fragte Sam.

»Nicht mehr ganz taufrisch, aber von letzter Woche«, sagte Shirin, die immer noch tippte. »Es dauert ein wenig, bis die natürlichen Todesfälle eingepflegt werden. Entgegen allen Unkenrufen hat es sich nämlich noch nicht überall rumgesprochen, dass wir im 21. Jahrhundert leben.«

»Wo?«, fragte Sam.

»In New York«, antwortete Shirin. »26. Straße. Ein Sozialwohnungskomplex.«

»Also ist er noch an der Ostküste«, rief Sam. »Ich wusste es. Er hat sich hier niedergelassen. Alle Morde nach San Diego waren an der Ostküste. Und er wohnt immer noch hier.« Aufgeregt lief Sam zu der Wand mit dem geografischen Profil.

»New Haven, Fairmont, Washington und jetzt New York. Es passt alles.«

»Ich will deine Euphorie ja nicht dämpfen, Sam«, unterbrach ihn Bennett.

Sam hielt inne.

»Aber wir haben gerade erfahren, dass es möglicherweise ein neues Opfer gibt.«

»Natürlich, bitte entschuldigt«, sagte Sam und setzte

sich wieder auf seinen Stuhl. Es musste an dem Koffein liegen oder am Schlafmangel. Er schwitzte immer noch, als würde sein Körper versuchen, sich nunmehr im Wachzustand zu erholen, da er ihm den dringend benötigten Schlaf verweigerte. Trotzdem war es das wichtigste Puzzleteil seit Wochen. Ja, die Briefe hatten sie eingeholt. Und möglicherweise war er dafür sogar mitverantwortlich. Eine weitere Frau hatte ihr Leben verloren. Aber es würden noch viel mehr werden, wenn sie ihm nicht endlich auf die Schliche kamen. Und ein aktueller Fall brachte sie aus Sams Sicht meilenweit voran. Es war ein Spiel, bei dem sie auf einmal eine Chance hatten. Jetzt galt es, Tom eine Falle zu stellen. Und niemand würde Sam davon abhalten. Auch kein schachspielender Dirigent. Vielleicht war das der treffendste Ausdruck für Toms Persönlichkeit. Ein Dirigent, der die Instrumente orchestriert, bis die Inszenierung dem entsprach, was er sich vorgenommen hatte.

»Lass uns hinfahren«, schlug Sam vor.

»Nach New York?«, fragte Bennett.

»Ich muss den Tatort sehen«, sagte Sam.

»Genau genommen ist es bisher kein Tatort«, sagte Shirin.

»Verschaukeln können Sie mich unterwegs, Inschallah.«

---

Der Wohnkomplex lag direkt neben der High Line, einem neu errichteten Park auf ehemaligen Güterzuggleisen der New York Railroad. Vor der Tür des Apartments bedeutete Sam Shirin und Bennett, kurz draußen zu warten. Er wollte sich die Lebenswelt von Tamara Tanner, so hieß das mutmaßliche Opfer, das noch nicht obduziert worden war, alleine anschauen, ohne Ablenkung. Der Hausmeister öffnete ihm die Tür. Sam dankte ihm und zog sich Füßlinge über die Schuhe und einen Anzug über die Klamotten, der aussah wie aus einem Operationssaal. Im Gegensatz zu den Fernsehsendungen, in denen die Kommissare ohne Schutzkleidung durch die Wohnung eines Opfers marschierten, galt in der Realität das eherne Gesetz, dass entweder alle welche tragen mussten oder sie es sich gleich komplett sparen konnten. Sam wollte auf Nummer sicher gehen, obwohl er nicht erwartete, dass Tom DNA zurückgelassen hatte oder dass sie ihnen irgendetwas nutzen würde außer, um ihm die Taten nachzuweisen. Durch Toms Briefe und all das, was sie mittlerweile an Beweisen gesammelt hatten, dürfte dieser Nachweis auch ohne Forensik unproblematisch sein.

Dann betrat Sam die Wohnung. In dem schmalen Flur roch es nach Pfirsich. Süßlich und chemisch. Vermutlich war Tamara ein Fan von Duftkerzen oder Potpourris mit entsprechenden Ölen. An der rechten Wand hing eine einfache Garderobe aus Plastik, daran Tüten von Fairway und Duane Reed, von denen die meisten Schuhe enthielten. Ein roter Übergangsmantel darüber. Der Boden war mit billigem Laminat ausgelegt. Im Bad fand Sam das übliche Frauenprogramm. Einige Cremes gegen Falten und für die Hände, Bodylotion und Duschgel. Keine Utensilien für Männer. Nur einen Einmalrasierer, den sie aber vermutlich selbst für ihre Beine benutzt hatte. Trotzdem würden nachher die Kollegen alles einsammeln und ins Labor schicken. Im Wohnzimmer roch es noch stärker nach dem künstlichen Pfirsich, den Sam immer widerlicher fand, je länger er sich in der Wohnung aufhielt. Tamara hatte zur Kerzenfraktion gehört. Sie standen auf einer Anrichte gegenüber dem Sofa und auf dem Fernseher, einem alten Röhrenmodell, wie es sie kaum noch gab. Ein neuerer DVD-Player. ›Game of Thrones‹, ›Die Tribute von Panem‹, alle Staffeln von ›True Blood‹. Ein Fantasy-Fan. Im Buchregal standen nur wenige Bücher, dazwischen Bilder von ihrer Familie. Tamara mit ihrer Mutter und ihren zwei Brüdern, die das Glück gehabt hatten, ihren Herzfehler nicht zu erben. Kein Bild von ihrem Vater, was bei seinen Studenten sofort zu wilden Spekulationen geführt hätte, in Wahrheit aber überhaupt keine Bedeutung hatte. Die psychische Prädisposition der Opfer spielte bei Serienmördern zumeist kaum eine Rolle. Toms Auswahlkriterium war ihr Herzfehler, nicht ihr persönliches Umfeld. Sam betrachtete die Couch. War es möglich, dass Tom sie hier verführt hatte? Sam stellte sich daneben und nahm grob Maß. Sie ließ sich nicht ausklappen. So schwer Sam es sich vorstellen konnte, aber für Tom hatten diese Begegnungen etwas Romantisches. Sie waren für ihn eine Verführung mit einem besonderen Höhepunkt. Sam war überzeugt, dass er eher das Schlafzimmer wählen würde, wenn er es aussuchen konnte. Und da er bei den Begegnungen in den Briefen eher den dominanten Part übernommen hatte, vermutete Sam, dass er nicht fragen würde.

Tamaras Schlafzimmer war hübsch aufgeräumt. Ihr Bett frisch gemacht, was vermutlich Verwandte besorgt hatten, denn laut dem Bericht des Rettungssanitäters war sie darin gefunden worden. Auf einer Kommode standen Kerzen, aber sie waren viel weniger abgebrannt als die im Wohnzimmer. Sie schienen erst kürzlich gekauft worden zu sein. Vermutlich hatte Tamara sie extra für ihr Date mit Tom hier aufgestellt. Sie hatte geplant, mit ihm zu schlafen. Sie hatte diese Entscheidung schon sehr viel früher getroffen als an diesem Abend. Er war gut aussehend, charmant und hatte möglicherweise behauptet, an einer unheilbaren Krankheit zu leiden – genau wie sie. Sie waren füreinander bestimmt. Für einige letzte gemeinsame Jahre. Sam kannte Bilder von Tamara, die Shirin aus einem sozialen Netzwerk besorgt hatte. Tamara hatte einen dunklen Teint, ihr Vater war hispanischer Abstammung. Ihre Haare waren schwarz und ihre Lippen voll. Sie war eine hübsche Frau Mitte dreißig. In ihren besten Jahren. Sam stellte sich vor, wie Tom sie durch die Tür ins Schlafzimmer zog, sie küsste. Sie legte die Arme um seinen Hals und ließ sich fallen. Er behandelte sie wie ein Gentleman, streichelte die Kurven ihres Körpers. Sie hatte das lange nicht mehr erlebt, aus Angst, jemanden zu verletzen. Tamara mochte es romantisch, und Tom wusste das. Er legte sie auf das Bett, stieg über sie. Nahm ihr Gesicht in seine Hände und küsste sie, bevor er ihr die Bluse auszog.

Sam warf einen Blick in den Kleiderschrank. Tamara mochte Kleider, keine Blusen. Sicherlich hatte sie sich hübsch gemacht, vielleicht mit einem kleinen Schwarzen von H&M, von denen sie mehrere besaß. Also ein Kleid.

Tom hatte ihr den Reißverschluss am Rücken aufgezogen, bevor er sie auf das Bett gelegt hatte. Dann hatte er das Kleid nach oben geschoben und ihre Beine liebkost. Dann nahm er die Spritze und …

Das war die alles entscheidende Frage für Sam. Wie gab er ihr die Spritze, ohne dass es dem Notarzt auffiel oder bei einer oberflächlichen Leichenschau bemerkt wurde? Er dachte an den Vorschlag von Dr. Willis. Sam öffnete die Schubladen des kleinen Nachtschränkchens. Er fand eine Packung Taschentücher, Ohrstöpsel. Eine Augenbinde mit dem Logo von American Airlines. Und ein Sexspielzeug. War es möglich, dass so etwas in keinem Bericht auftauchte, weil man den gerade Verstorbenen ihre Intimsphäre lassen wollte? Sam zog Latexhandschuhe an und hielt das grellpinke Plastik unter die Deckenlampe. Und dann bemerkte er es: vier kleine Löcher, fast unsichtbar. Wie von einer Spritze. Dr. Willis hatte sich nicht getäuscht. Vermutlich hatte Tom einfach alles genau so liegen lassen. Jeder, der sie fand, musste annehmen, dass sie sich mit sich selbst vergnügt hatte. Nichts deutete auf etwas anderes hin. Das Ergebnis wäre selbst für einen Pathologen von einem kürzlich vollzogenen Geschlechtsverkehr nicht zu unterscheiden.

---

Auf der Rückfahrt saß Sam mit Shirin im Fond, und sie fütterte ihren Laptop mit den neuen Informationen. Zumindest wussten sie jetzt, wonach sie suchen mussten, und Shirins Datenbanken rauchten bereits bei den Abfragen, die sie noch von Tamaras Wohnung aus gestartet hatte. Sam jedoch ließ etwas anderes keine Ruhe. Tom hatte in einem seiner Briefe eine Spritze erwähnt und sie damit auf eine vollkommen falsche Fährte gelockt. Er hatte nicht gelogen, weil er nur beschrieben hatte, wie er die Spritze im Bad gefüllt hatte. Aber Sam kam nicht umhin, seine Briefe als meisterliche Täuschungen zu sehen. Was wiederum dafür sprach, dass die Typologisierung als Dirigent zutraf. Was wiederum bedeutete, dass er nicht derjenige sein konnte, den Klara verfolgt hatte. Was hieß, dass er ihr nicht die Nachrichten geschrieben haben konnte. Trotzdem musste irgendjemand aus diesem Café die E-Mails verschickt haben. Plötzlich traf ihn die Erkenntnis wie ein Blitz. Tom hatte sich in seinem Brief an ihn gar nicht für Klaras Tod entschuldigt, sondern für den von Tamara. Die faire Chance bezog sich auf das nächste Opfer. Sam rief sich den Brief noch einmal ins Gedächtnis und glich die Daten ab. Es würde passen. Und das bedeutete, dass …

»Shirin, zeig mir noch einmal das Überwachungsvideo aus dem Café in Monroe, bitte.«

Shirin konnte seinem Gedankensprung nicht folgen, aber tat, worum er sie gebeten hatte. Er nahm ihr den Laptop aus der Hand und platzierte ihn auf seinen Knien. Wieder und wieder spielte er die Szene ab. Klara betrat das Café, ein paar Minuten später ging sie wieder hinaus mit einem großen Becher Kaffee in der Hand, bei dem es sich laut Kassenbon um einen Karamell-Macchiato gehandelt hatte. Klara betritt das Café, befindet sich vier Minuten und achtunddreißig Sekunden außerhalb der Kameraperspektive. Nachdem das Video zum zwölften Mal gelaufen war, klappte Sam sehr langsam den Laptop zu und reichte ihn Shirin. Sie blickte ihn fragend an, aber

Sam war noch nicht bereit, ihnen seine Erkenntnis mitzuteilen. Erst musste er selbst damit klarkommen. Dass es nichts weiter gewesen war als ein Unfall. Eine dämliche Ölspur in einer Kurve. Dass ihm der Zufall Klara genommen hatte. Das Unglück. Kein Tom war mehr da, dem er die Schuld geben konnte, höchstens im übertragenen Sinne, weil er sie ohne eigenes Zutun dazu gebracht hatte. Weil Klara Sam unbedingt hatte überzeugen wollen, dass nur er diesen Fall lösen konnte. Deshalb hatte sie seinen Namen in Toms Profil auf seinem Computer geschrieben. Und deshalb hatte sie die Nachricht an Tom abgesetzt, auf die er niemals regiert hatte. Und weil sie keine Reaktion erhalten hatte, brauchte sie einen Plan B. Damit er, Sam Burke, endlich handelte. Damit er endlich das Versprechen brach, dass sie sich gegeben hatten, um für die Gerechtigkeit einzutreten. Klara hatte die Nachrichten selbst abgeschickt. Es hätten Nachrichten für ihn sein sollen. Damit er glaubte, dass Sam hinter ihr her war. Sam, du allein trägst alle Schuld.

## Kapitel 48

**Beacon, New York**
Donnerstag, 11. Oktober

Der schwere Samtvorhang ließ ihr nur einen kleinen Spalt zum Beobachten. Die Zweifel konnte der Vorhang jedoch nicht abhalten, sie trafen sie mit voller Wucht. Es waren mehr Leute gekommen, als sie jemals wirklich gekannt hatte. Sie wusste nicht, ob sie ihr jemals vergeben würden, wenn alles herauskam. Sie hätte niemals erwartet, dass sich Sams Tränen so schmerzhaft anfühlen konnten. Sie war überzeugt gewesen, das Richtige zu tun. Jetzt nicht mehr. Immer wieder versuchte sie sich den Moment ihres Wiedersehens vorzustellen, aber es gelang ihr nicht. Was würde sie sagen? Was konnte sie sagen, nachdem sie ihn so gesehen hatte? »Und den Engeln im Himmel rufe ich zu: Kommt aus euren Häusern!« Wenn dieser Satz grundlos ausgesprochen wurde, bedeutete er das Fegefeuer? Oder die Hölle auf Erden? »Hallo, Sam«, würde sie sagen. Was auch sonst? Welches Gefühl würde überwiegen? Unverständnis? Ungläubigkeit? Wut? Alles, nur keine Enttäuschung. Es war falsch. Und sie sah die Enttäuschung in seinen Augen und wusste, was kommen würde.

»Sie sind wach«, sagte die ruhige Stimme von Dr. Terence Linwood, dem Gerichtsmediziner von Orange County.

»Ich schlafe selten«, sagte Klara und richtete sich auf.

Dafür träume ich umso mehr. Sie hievte ihr geschientes rechtes Bein von dem Schlafsofa. Ein Bänderriss, nicht weiter schlimm. Diese Woche sollte sie wieder ohne laufen können. Was würde sie dann tun? Ihre Lethargie wollte nicht verschwinden. Immer wieder sah sie die Beerdigung vor ihrem inneren Auge, Sams Trauer. Und die Angst, dass er ihr nicht verzeihen würde, wenn er jemals die Wahrheit herausfand. Sie hatte mehrfach mit Pia telefoniert, die in alles eingeweiht gewesen war. Die Einzige, die wusste, dass sie alles geplant hatte. Von der Anzeige in dem Hackermagazin, die sie niemals geschaltet hatte, über die Nachrichten aus dem Café in Monroe, die sie selbst abgeschickt hatte, bis zu der Ölspur. Sie hatte den Boss absichtlich von der Fahrbahn abkommen lassen und war im letzten Moment aus dem Wagen gesprungen, daher der Bänderriss. Sie war einfach nicht mehr in Form. Dabei war der Wagen nicht einmal besonders schnell gewesen. Sie hatte sogar mit etwas Benzin nachhelfen müssen, damit er in Brand geriet. Dann der Sarg mit dem Brandopfer, den Dr. Linwood besorgt hatte, ihre verkohlte Kette. Alles in allem keine zirkusreife Vorstellung, aber immerhin effektiv. Und der einzige Weg, Sams Konzentration auf den Fall zu lenken. Uneingeschränkt. Klara hatte ihm den Hemmschuh ausgezogen: ihre Beziehung. Unter einem hohen Risiko für sie beide und mit ungewissem Ausgang. Während der Planungsphase hatte alles viel einfacher ausgesehen, Zweifel waren ihr damals nicht gekommen. Dafür später umso mehr. Seit der Kirche. Aber es hatte funktioniert. Von Pia wusste sie, dass Sam zum FBI zurückgekehrt war und voller Eifer nach Tom suchte. Es hatte ein weiteres Opfer gegeben. Also hatte sie alles richtig gemacht, oder nicht? Sie hatte doch nur der Gerechtigkeit zum Sieg verhelfen wollen. Sam, dachte Klara. Mein lieber Sam. Wirst du mir jemals verzeihen können, wenn das alles hier vorbei ist? Und sie sah die Enttäuschung in seinen Augen und in seinem Herzen. Und sie wusste, es würde nicht einfach. Vielleicht hatte sie alles zerstört, was ihr wichtig war. Im Namen der Gerechtigkeit. Und es fühlte sich nicht richtig an. Falsch. Grundfalsch.

# Kapitel 49

## Hyannis Port, Massachusetts

Freitag, 12. Oktober

Sam Burke stand im Regen auf dem Parkplatz vor dem Fähranleger. Der Sturm trieb ihnen die Tropfen ins Gesicht, und Bennett klagte über Halsschmerzen. Das gesamte Areal war mit Autos und Bussen zugeparkt, ein Meer roter und weißer LED-Leuchten der FBI-Fahrzeuge erhellte die Nacht. Die Hundertschaften, die Sam angefordert hatte, wirkten wie ein Wanderzirkus beim Aufbau.

Bennett, sein alter Freund und wiedergewonnener Stellvertreter, trat neben ihn: »Wie geht es dir, Sam?« Er war einer der wenigen, denen Sam eine solche Frage beantwortete.

»Ich weiß nicht, Bennett. Tagsüber geht es. Die Nächte sind schlimm. Jetzt bin ich froh, dass wir endlich etwas unternehmen.«

»Glaubst du, sie ist an einem besseren Ort?«

»Ich hoffe es«, sagte Sam.

»Und wie machen wir jetzt weiter?«, fragte Bennett.

Sam deutete auf Shirin, die in ihrem Kommandowagen saß und versuchte, eine Liste potenzieller zukünftiger Opfer zu erstellen.

»Eigentlich willst du wissen, wie sicher ich mir bin, oder?«

Bennett nickte.

»Ganz ehrlich, ich weiß es nicht. Das Psychogramm ist ziemlich komplett, das geografische Profil ebenfalls. In einer Kleinstadt hätten wir unseren Täter längst gefasst.«

»Aber Toms Dimensionen sind größer«, kommentierte Bennett. »Sein Operationsgebiet erstreckt sich über die gesamte Ostküste …«

Sam nickte: »Tom ist weiß, Anfang bis Mitte vierzig, gut situiert. Sein Leben hat eine helle und eine dunkle Seite, und er hat sein ganzes Leben in diese zwei Jahreszeiten aufgeteilt, weswegen ich vermute, dass er den Sommer über sein bürgerliches Leben führt, sich um seine Finanzen kümmert und parallel zwei neue Opfer auswählt, die er dann im darauffolgenden Herbst und im Winter ermordet. Er könnte sich in einer Gegend niedergelassen haben, die denselben Regeln unterworfen ist. Einer von den Küstenorten, die über mehrere Monate Winterschlaf halten. Das wäre ein ideales Umfeld für Toms zwei Leben.«

»Wie hier in Hyannis Port«, sagt Bennett.

»Ja«, sagte Sam. »Und er ist ein Manipulator. Ist es ein Zufall, dass Adrians Stiftung ausgerechnet in einem Ort aus unserem Profil Ermittlungen verboten wurden? Hätte Pia es mir nur viel früher erzählt, möglicherweise hätten wir Tom längst geschnappt.«

»Und was sagen deine Antennen?«, fragte Bennett.

Sam suchte nach Anzeichen für das vertraute Kribbeln in seinen Fingern, das ihn in der Vergangenheit selten getäuscht hatte, wenn sie einem Täter näher kamen. Aber seine Finger blieben still. Tom war viel zu clever für ein derart durchsichtiges Manöver.

»Nichts«, gab Sam zu.

»Ein großer Aufwand für nichts«, grinste Bennett mit einem Blick auf die Busse und Mannschaftswagen, die sie hatten auffahren lassen.

»Du meinst, ich mache das wegen Klara?«

»Nein. Du hast recht, wir können es uns nicht leisten, Hyannis Port nicht zu überprüfen, jetzt, wo wir von dem Geldgeber der Stiftung wissen. Wenn sich später rausstellen sollte, dass Tom die ganze Zeit seelenruhig über die Main Street spaziert war, würde Marin unsere Pension zum Frühstück verspeisen.«

»Um meine Pension mache ich mir keine Sorgen«, sagte Sam und kramte nach der Zigarettenschachtel. Als er sie gefunden hatte, zog er sie verschrumpelt und durchgeweicht aus der Tasche. Sam fluchte.

»Und was machen wir, wenn dich deine Finger nicht kribbeln, weil hier einfach nichts ist? Hast du noch etwas in petto?«

»Komm mit!«, forderte Sam ihn auf und stopfte die nasse Zigarettenpackung wieder in seine Jacke. In ihrem fahrenden Kommandostand hinterließen Bennett und Sam Pfützen auf dem Boden.

»Wie weit bist du, Shirin?«, fragte Sam.

»Ich stehe sozusagen vor der Tür«, sagte Shirin, ohne aufzublicken. Der bläuliche Schein des LCD-Monitors verlieh ihrer Silhouette unter dem Hijab einen olivfarbenen Teint.

Sam nahm ein Funkgerät von der Wand: »SSA Moore?«

Das Funkgerät knackte, und Sam vernahm kurz darauf die Antwort des für die Durchsuchung der Häuser verantwortlichen Senior Special Agent Daniel Moore: »Ja, Sir?«

»Geben Sie uns einen Zwischenbericht!«, verlangte Sam.

»Wir haben alle A-Prioriäten von Ihrer Liste durch, Sir. Bei B sind wir fast fertig, und mit der Innenstadt von Hyannis haben wir gerade angefangen.«

Sam seufzte.

»Es macht es leichter, dass viele von ihnen gar nicht erst zu Hause sind«, fügte SSA Moore hinzu.

Vermutlich hatten Sam seine Finger nicht im Stich gelassen. Hier war nichts. Zumindest kein Tom. Er hatte eine Karte für die Beamten erstellt, basierend auf seinem geografischen Profil. Die Häuser mit der Priorität A entsprachen exakt dem, wie sich Sam Toms Leben vorstellte. Es waren alleinstehende Häuser der mittleren bis oberen Preisklasse mit nichteinsehbaren Fensterfronten. Die meisten davon standen direkt am Wasser. Wenn nicht in einer dieser Villen würden sie Tom in Hyannis Port nicht finden, die anderen Häuser standen nur der Vollständigkeit halber auf Sams Liste. Wer auch immer der Stiftung das Geld gegeben hatte – von Tom war es vermutlich nicht gekommen. Möglich, dass er während der angegebenen Zeit hier ein Verbrechen begangen hatte, wobei sich Sam relativ sicher war, dass er ihnen keines seiner Opfer verschwiegen hatte. Möglich oder auch nicht, es spielte keine Rolle.

»Okay. Bringen Sie das zu Ende.«

»Bestätigt, Sir«, antwortete SSA Moore.

Sam wollte das Funkgerät zurückhängen, als ihm etwas

einfiel. Er drückte noch einmal die Sprechtaste: »Und: Danke, Daniel.«

»Kein Problem, Sir.«

»Und nun?«, fragte Bennett.

»Wie gesagt, ich stehe vor der Tür«, sagte Shirin.

»Könnte mich mal jemand einweihen?«, fragte Bennett leicht verärgert.

»Ich habe Shirin gebeten für den Fall der Fälle einige Vorkehrungen zu treffen«, erklärte Sam. »Sagen Sie es ihm!«

Shirin stand auf. Sie trug ein Paar Stiefel mit Nieten und hohen Absätzen zu einer engen Jeans und dem obligatorischen Kleid mit Kopftuch, das ausnahmsweise in dezentem Dunkelblau gehalten war. Sam vermutete, dies war ihr Kompromiss für den Außeneinsatz und zweihundert Kollegen vom Bostoner Büro, die für sie Hyannis Port umdrehten. Trotz des dezenten Farbtons war sie sicherlich die schillerndste Figur, die SSA Moore je beim FBI zu Gesicht bekommen hatte. Sie lehnte mit ihrem Kaffeebecher an einer der Workstations. Sam fand ihr für die Kollegen abgemildertes Fashion-Statement äußerst attraktiv. Und ertappte sich bei einer Vorstellung, die ihm eine Sekunde später peinlich war.

»Wir wissen, dass Tom seine Opfer in medizinischen Datenbanken findet. Versicherungen, Krankenakten et cetera. Sam hat mich gebeten, dieselben Quellen anzuzapfen.«

»Aber das ist«, sagte Bennett sichtlich geschockt, »... doch vollkommen illegal.«

»Natürlich«, sagte Sam.

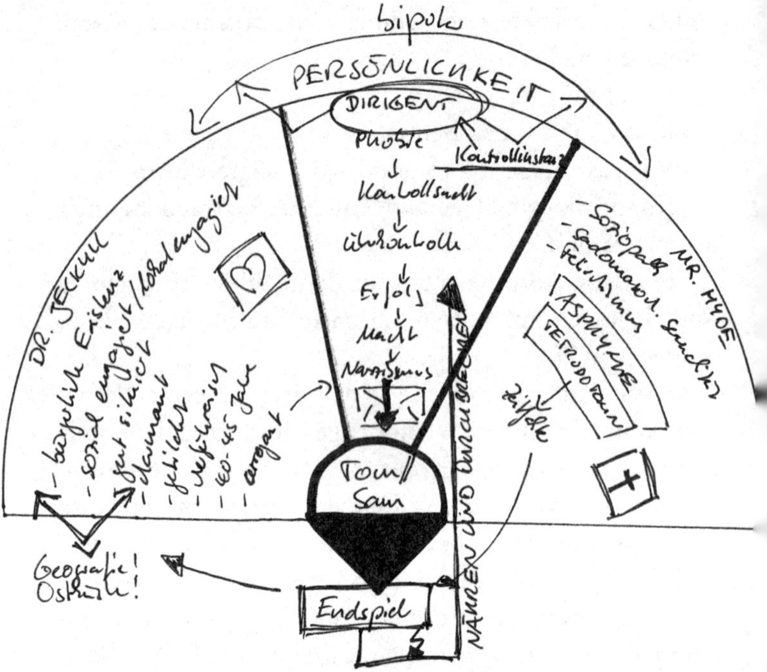


Shirin grinste.

»Aber wie du ja weißt, kenne ich mich bestens damit aus, unschuldige Kolleginnen in Verbrecherinnen zu verwandeln«, sagte Sam mit einer Spur Sarkasmus.

»Medizinische Daten? Versicherungsdaten? Das ist der Heilige Gral der Datenschützer. Ihr habt den Verstand verloren!«

»Kein Sorge, Mr Steele. Ich habe das WLAN von dem Fischrestaurant da vorne benutzt, und sie haben keine Tracking-Software. Oder besser gesagt, sie haben sie nicht mehr.«

»Wer hat gesagt, dass es ohne Klara nur noch legal zugehen würde?«, fragte Sam. »Immerhin hat dieses Team einen Ruf zu verlieren.«

Bennett sagte nichts mehr.

»Und außerdem weiß ich sonst nicht weiter«, gab Sam zu. »Wir brauchen die Namen, sonst kommen wir nicht an ihn ran, bevor er wieder zuschlägt.«

# Kapitel 50

**Noank, Connecticut**
Freitag, 12. Oktober

Klara Swell parkte den Wagen von Dr. Linwood in der Nähe der Brücke, unter der die Gleise für den Schnellzug von Washington nach New York verliefen. Sie schaltete den Motor aus und lauschte einen Moment dem Regen, der auf das Blech prasselte. Die Siedlung entlang der Beebe-Bucht mit einer kleinen Marina für die Segelboote und einem kleinen Fischtrawler der Nachbarschaft lag scheinbar verlassen auf dem Hügel über dem Ozean. Für Klara Swell war die Abwesenheit der Sommergäste keine gute Nachricht, bedeutete sie doch, dass die Verbliebenen umso aufmerksamer auf Fremde reagieren würden. Für Einbrecher waren die anonymen Städte und die besonders abgelegenen Flecken auf der Landkarte diesem hier eindeutig vorzuziehen. Küsten- und Bergdörfer hatten seit jeher ein anderes Verhältnis zur Nachbarschaft als alle anderen Siedlungen. Und die mondhelle Nacht machte ihr Vorhaben noch ein wenig komplizierter.

Nach ein paar Minuten stieg Klara aus dem Wagen. Sie schlich am Wald entlang bis zu einem Fischimbiss auf der Marina, dessen Fensterläden der Besitzer schon für den Winter verrammelt hatte. Die Wanten der Segelboote schnalzten im Wind, und das Meer schluckte unter dem Steg nach der Mauer. Klara zog die dunkle Jacke noch ein wenig enger zusammen und schob die Mütze ins Gesicht, bevor sie das Vordach der Holzhütte verließ und unterhalb einer kleinen Steinmauer am Fuße des Hügels die Straße entlanglief. Das Haus, in das sie einzubrechen gedachte, lag am Ende der gewundenen Straße, wieder auf dem Kopf des Hügels. Sie suchte nach Anzeichen von Leben hinter den Fenstern, an denen sie vorbeilaufen musste. Eines der Häuser stand zum Verkauf, wie so viele der Sommerresidenzen hier an der Küste, die beiden anderen schienen ihr wie ausgestorben. Klara entschied sich, ein Risiko einzugehen, und sprintete über die Straße, mitten durch den hellen Mondschein. Das Bein zog ein wenig beim Rennen, aber es war auszuhalten. Glücklicherweise regnete es, was ihre Sichtbarkeit etwas einschränkte. Dafür war es nass, und die Quittung für diesen Vorteil würde sie gleich an der Haustür bekommen.

Sie erreichte das Sommerhaus der Familie Dwight keine zwei Minuten später, schlich auf die Veranda, kauerte sich unter ein Fenster und lauschte. Hinter dem Hügel fuhr ein Amtrak vorbei, sein Signal war weit über das Wasser zu hören. Hinter Mystic kam ein kurviges Stück. Der Zug warnte die anderen vor der nahenden Gefahr. Ein kurzer Moment der Erinnerung störte Klaras Konzentration. Dann lauschte sie wieder auf Zeichen von Leben aus dem Inneren des Hauses, aber es lag verlassen und still über der Bucht. Klara stand auf und suchte an den Fenstern und der Tür nach Zeichen einer Alarmanlage. Es war kein besonders großes Haus, der Direktor von One Nation for America war reich, aber kein Multimillionär. Es diente den Dwights nur als Zuflucht für ein paar entspannte Sommerwochenenden auf dem Land. Dann zog Klara die nasse Jacke und ihre Schuhe aus und fischte ihre Picks aus der Tasche. Ein Haus ist so gut wie das andere, wusste Klara aus Erfahrung.

Das Wohnzimmer, das direkt an die Veranda grenzte, war altmodisch eingerichtet, im typischen Neuenglandstil mit blumigen Decken und dunklen Hölzern. Sie blickte sich kurz um und lief dann auf Socken die Treppe hinauf ins Arbeitszimmer. Sie inspizierte mit einem kurzen Blick jedes Zimmer: Markus E. Dwight hatte zwei Kinder, einen Sohn und eine Tochter, der Sohn war offenbar schon älter, an seinem Schrank hing die Fahne eines College-Basketballteams. Die Tochter dürfte etwa im Teenageralter sein, und Dwights Frau schlief in einem separaten Gästezimmer, oder zumindest vermutete Klara das, weil in dem Raum mit dem kleinen Bett auch ein Kleiderschrank stand. Es könnte sich ebenso gut anders verhalten, aber Klara hatte bei ihren vielen Einbrüchen in den sogenannten besseren Kreisen die Erfahrung gemacht, dass gerade in den vermeintlich heilsten aller Familien die Paare besonders häufig getrennt schliefen. Eine Ehe ohne echte Liebe war für viele immer noch besser, als vor der Gesellschaft ein Scheitern einzugestehen. Vermutlich gab es einfach mehr zu verlieren oder eine eigentümlich konservative Vorstellung davon, was eine gute Beziehung ausmachen sollte.

Das Arbeitszimmer entpuppte sich als der größte Raum des oberen Stockwerks, was Klara noch mehr über die Prioritäten des Familienoberhauptes verriet. Systematisch arbeitete sie sich durch die Schubladen und die Aktenschränke. Sie förderte eine Unmenge privater Rechnungen über das Haus zutage, das Segelboot und zu Letzterem eine ganze Palette von Fachliteratur. Dazu Bücher von Donald Trump über das Gewinnen und die Biografien von sechs US-Präsidenten von Grant bis George W. Bush, allesamt Republikaner. Dazu einige Zeitungsartikel über Lokalpolitik und ein Buch, das Nixons Chinareise überaus wohlwollend behandelte. Dass Dwight ein Erzkonservativer war, hatte sie bereits geahnt, aber Klara entdeckte nichts, was ihn konkret mit One Nation for America in Verbindung bringen konnte. Es schien, als trennte Marcus E. Dwight strikt zwischen dem Privatleben und seinem Beruf. Als Letztes machte sich Klara an der verschlossenen Schublade des Schreibtischs zu schaffen. Sie enthielt eine erstaunliche Menge wertloser Stifte und einige Kontoauszüge mit erstaunlich vielen Nullen vor dem Komma. Enttäuscht verschloss Klara die Schublade und überprüfte noch einmal, ob sie alles so hinterlassen würde, wie sie es vorgefunden hatte. Dann lief sie hinunter ins Wohnzimmer, um das Haus auf demselben Weg zu verlassen, auf dem sie es betreten hatte.

Sie wollte gerade ihre Schuhe auf der Veranda wieder anziehen, als ihr plötzlich etwas einfiel. Ihre Intuition riet ihr, noch einmal kehrtzumachen. Klara streifte den rechten Turnschuh wieder ab und knackte das Türschloss zum zweiten Mal an diesem Abend. Im Wohnzimmer lief sie zum Kamin, der in ein Bücherregal eingelassen war, und suchte: weitere Bücher über Wirtschaft, einige Bildbände über Gärten und Inneneinrichtung. Und mehrere Fotoalben. Klara zog das erste heraus. Es handelte sich um eine bunte Familienmischung mit Bildern seiner Kinder und seiner Frau, beim Angeln mit seinem Sohn, beim gemeinsamen Segeltörn. Beim ersten Band war der Sohn vielleicht fünf oder sechs Jahre alt, die Tochter ein Baby, beim zweiten war sie schon etwa zwei. Vermutlich hatten sie das Haus etwa vor zehn Jahren gekauft. Klara blätterte weiter. Klara fand eine kitschige Hochzeitsfeier, vermutlich in der näheren Verwandtschaft, Gartenpartys, das Übliche. Das dritte Album mochte, dem Alter der Kinder nach zu urteilen, vielleicht fünf oder sechs Jahre alt sein. Klara blätterte jetzt schneller durch die Fotos, die immer Wiederkehrendes zeigten. Bis auf das Bild mit dem Autoverkäufer. Darauf lächelten der Familienvater und sein Sohn mit einem dritten Mann in die Kamera. Sie standen vor einem funkelnagelneuen Klinikbau, der offenbar gerade eröffnet worden war, zumindest der zerschnittenen Schleife und den Luftballons nach zu urteilen. Und den Mann, der aussah wie ein Autoverkäufer, hatte Klara schon des Öfteren am heutigen Abend bemerkt. Er schien ein guter Freund der Familie zu sein. Aber sein Konterfei kannte Klara nicht nur aus den Familienalben, sinnierte sie. Jetzt, wo sie ihn so exponiert vor sich hatte, in seinem Anzug mit Krawatte vor dem Krankenhaus, da erinnerte sich Klara noch an etwas anderes. Sie stellte das Album zurück und sprintete noch einmal ins Arbeitszimmer. Zwischen Nixon und Bush fand sie den Artikel, den er aus der Zeitung herausgerissen hatte: Er war vom 6. November vor vier Jahren: Awley wins 2nd term! Allistair Awley. Der Autoverkäufer. Der Gouverneur von Massachusetts. Und mit einer hohen Wahrscheinlichkeit der nächste Präsidentschaftskandidat der Republikaner. Ein enger Freund der Familie. Klara pfiff durch die Zähne. Das erklärte nicht nur den Secret Service.

## Kapitel 51

**Der elfte Brief**

*Lieber Sam,*

*wie ich der Presse entnehmen konnte, hast du dich endlich entschlossen, mich zu suchen. Die Hundertschaft, die du in Hyannis hast aufmarschieren lassen, schien mir allerdings doch etwas übertrieben. Ich muss zugeben, dass sie mich gleichzeitig beruhigt und beunruhigt hat. Und ich frage mich, wieso du dir ausgerechnet Hyannis Port ausgesucht hat. Vermutlich gab es in deinem Profil einen Zusammenhang, der in der Realität niemals existiert hat. Aber es spielt auch keine Rolle, nicht wahr? Für Tamara wäre ohnehin jede Hilfe zu spät gekommen, du konntest sie nicht retten. Aber vielleicht die Nächste?*
*In letzter Zeit habe ich viel über die Zukunft nachgedacht, und als ich dich in den Abendnachrichten am Fähranleger sah, habe ich festgestellt, dass ich mich möglicherweise verrechnet habe. Dies sind die Polizisten, die eines Tages auch vor meiner Tür stehen werden. Und es hat mir Angst gemacht. Seit vielen Jahren lebe ich mit einer vagen Vorstellung davon, wie es sein wird, wenn sie bei mir klingeln. Nun, da es konkreter wird, muss ich feststellen, dass ich euch zwar*

*eine faire Chance geben wollte – und das ist die Wahrheit –, aber die Konsequenz daraus ertrage ich dennoch nicht.*
*Auch auf die Gefahr hin, dich zu enttäuschen, muss ich dir ankündigen, dass das nächste auch mein letztes Opfer sein wird. Zumindest soweit sie in eure Zuständigkeit fallen. Ich werde ins Ausland gehen, Sam. Ihr hattet eine faire Chance. Hattest du das geahnt? Vermutlich, denn mittlerweile kennst du mich womöglich besser als ich selbst. Ich würde das Profil, das du von mir erstellt hast, wirklich gerne lesen, bevor wir uns voneinander verabschieden müssen. Es erscheint mir ungerecht zu gehen, bevor wir zumindest einmal miteinander gesprochen haben. Es ist Zeit, dass wir uns kennenlernen, Sam: 168.35.65.188.*

*Tom*

---

Tom trug den Brief in seiner Jackentasche, als er sich mit Amelia traf. Sie machten einen Spaziergang, weil sie den Kopf frei kriegen wollte. Amelia kickte mit ihren Turnschuhen kleine Steine vor sich her. Er wusste nicht, was sie bewegte, und er fragte sie nicht. Es gab nichts mehr zu sagen. Stattdessen ließen sie sich den Wind um die Ohren fegen und wanderten einmal um die gesamte Bucht herum. Und sie hielten sich an der Hand, als sie gemeinsam gegen den Wind und den Berg anliefen. Als sie oben angekommen waren, drehte sich Amelia um.

»Trent?«, fragte sie. Er konnte sie kaum hören über dem nahenden Sturm.

»Ja?«, fragte er zurück.

»Lass uns zusammen springen!«, rief sie. »Willst du mit mir zusammen springen?«

Tom nahm sie in die Arme und flüsterte: »Ja, Amelia, das will ich.«

## Kapitel 52

**Manhattan, New York**
Montag, 15. Oktober

Pia Lindt verließ den Gerichtssaal im Schlepptau ihres Chefs, wie immer trug sie seine Aktentasche. Verstohlen warf sie einen Blick auf die Uhr. Zwanzig nach sechs. Sie hatte nicht mehr viel Zeit.

»Gehen wir etwas essen?«, fragte Thibault.

»Ich habe noch eine Verabredung«, gestand Pia.

»Aber wir gehen immer zu Gianni, wenn wir gewonnen haben«, sagte Stein. »Wenn ich mich recht entsinne, haben Sie den Tisch doch schon am Mittwoch bestellt, oder nicht?«

Pia nickte: »Nach der Befragung von Chief Briston, richtig. Ich hatte angenommen, der Fall hätte sich damit erledigt.«

»Da hatten Sie ja offenbar den richtigen Riecher, Miss Lindt.« Stein grinste. »Dann lassen wir Gianni nicht warten.«

»Es tut mir leid, Thibault. Aber ich kann wirklich nicht.«

Der Staranwalt blieb mitten auf der Treppe vor dem Gerichtsgebäude stehen und stützte sich auf seinen Stock. Sein Blick war misstrauisch wie der einer alten Schildkröte.

»Sie verheimlichen mir doch nichts, oder?«

»Nur das, was Sie wirklich nicht wissen sollten«, sagte Pia mit einem Lachen und ließ ihn stehen.

Thibault Stein rieb sich seine Nase, als Pia um die Ecke verschwand.

---

Pia lief die drei Blocks zum Columbus Circle. Es war ein herrlicher Herbsttag, und die Menschen aus den umliegenden Bürogebäuden saßen auf den Bänken und genossen die letzten Sonnenstrahlen des Jahres. An einem Stand mit einem kleinen Schirmchen kaufte sie eine Flasche Wasser, als sie plötzlich eine Hand an ihrer Schulter spürte.

»Lass uns ein Stückchen spazieren gehen«, schlug Klara Swell vor.

»Du siehst verdammt gut aus für eine Leiche«, sagte Pia. »Was macht das Bein?«

»Die Chinesische Mauer würde ich noch nicht gerade raufklettern wollen, aber es geht.«

»Die Chinesen lassen sowieso keine toten Amerikaner ins Land«, sagte Pia.

»Danke, dass du mich daran erinnerst«, antwortete Klara. »Ich habe Neuigkeiten.«

»Ich auch«, sagte Pia und drückte ihr die Wasserflasche in die Hand. »Halt das mal.«

»Tote Amerikanerinnen taugen also immer noch als Cup-Holder«, murmelte Klara, während Pia in ihrer Aktentasche kramte.

»Wir haben die Abschriften durchgearbeitet und etwas

Merkwürdiges herausgefunden«, sagte Pia. Sie nahm Klara die Wasserflasche wieder ab und reichte ihr den Ordner mit den markierten Stellen. Klara blätterte durch die Seiten. Seltsamerweise schien sie nicht sonderlich überrascht zu sein.

»Sie finanzieren nicht einfach nur politische Meinungsmache, sondern sind nichts anderes als externe Wahlkampfhelfer für die Republikaner?«, fragte Klara. »Sie sind aggressiv, rigoros und ziemlich weit rechts angesiedelt.« Sie las zwei weitere Blätter. »Und das sind Kriegstreiber!«, rief sie und klang schlussendlich doch überrascht. Pia war es nicht sehr viel anders gegangen. »Der Palästinenserkonflikt kommt ihnen gerade recht, weil er dazu dienen könnte, in den Iran einzumarschieren.«

»Die National Rifle Association nimmt sich dagegen aus wie ein Kaninchenzuchtverein mit gelegentlichem Schlachtfest und die Tea Party wie ein Supper Club«, bestätigte Pia.

»Und von denen haben wir uns finanzieren lassen?«, fragte Klara.

Pia zuckte mit den Schultern: »Nicht direkt, aber das weißt du ja. Adrian ist die Wände hochgegangen, als ich es ihm erzählt habe. Und Stein hat sich maßlos darüber aufgeregt, dass er ihnen damals das Rechtsgutachten geschrieben hat.«

»Was war das eigentlich für ein Gutachten?«, fragte Klara.

»Sie wollten wissen, ob Eltern für die Taten eines Kindes im Teenageralter verantwortlich gemacht werden können und inwiefern mangelnde Aufsichtspflicht dabei vor Gericht herangezogen werden kann.«

»Und?«, fragte Klara.

»Stein hat die Frage anhand eines fiktiven Falls erläutert, bei dem ein zwölfjähriger Junge das Kind der Nachbarn in den Pool stieß und es ertrank. Man kann die Eltern natürlich nicht zur Verantwortung ziehen, aber die Anwälte könnten es versuchen.«

»Und dann säßen die Eltern trotzdem auf der Anklagebank«, stellte Klara fest.

Pia nickte.

»Taucht irgendetwas dazu noch einmal in den Abschriften auf?«, fragte Klara.

»Nein«, sagte Pia. »Und auch nichts über Hyannis Port oder den Deal mit der Stiftung. Sie versuchen, der Rüstungsindustrie wieder Auftrieb zu verleihen, sie wollen Umweltauflagen für die Industrie senken, das übliche Programm vom rechten Rand. Aber nichts, was uns direkt betreffen würde.«

Klara und Pia liefen auf dem geschwungenen Weg in den Central Park hinein. Ein Mann mit einem riesigen bunten Hut auf einem Rennrad fuhr an ihnen vorbei, und auf der Wiese saß ein unerschrockenes Pärchen beim Picknick. Immerhin war es Oktober. Im Sommer kamen Pia und Adrian auch gerne hierher, allerdings bevorzugten sie den weniger überlaufenen nördlich gelegenen Teil des Parks.

»Stand irgendetwas über Gouverneur Awley drin?«

»Allistair Awley? Den Gouverneur von Massachusetts?«

Klara nickte.

»Lass mich kurz nachdenken«, bat Pia.

»Welches Ziel könnte eine solche Lobbyorganisation verfolgen, uns Kapital zu stellen?«, fragte Klara mitten in ihre Überlegungen hinein. Eine Weile liefen sie nebeneinanderher.

»Ich glaube schon«, sagte Pia schließlich. »Wenn ich mich recht entsinne, war Awley zweimal zu Besuch in Dwights Büro. Den Abschnitt hat Thibault durchgearbeitet, aber ich meine mich zu erinnern, dass er so etwas erwähnt hat.«

»Thibault hat mitgearbeitet?«

»Alle haben die Ärmel hochgekrempelt, seit du tot bist, Sissi.«

Und tatsächlich schwieg Klara Swell für einen Moment.

»Wieso fragst du?«

»Nun«, sagte Klara. »Ich war in seinem Haus in Noank.«

»In Awleys Haus?«

»Nein, in dem von Markus Dwight.«

Pia zog eine Augenbraue nach oben: »Kaum tot und schon wieder auf illegalen Pfaden unterwegs, was?«

Klara ging nicht darauf ein: »Eine Tonne Bilder von Dwight und Awley. Dwight und Awley beim Barbecue, Dwight und Awley mit ihren Kindern, Dwight und Awley vor einer gerade eingeweihten Klinik. Und im Arbeitszimmer ein Zeitungsartikel über seine Amtseinführung.«

»Und du glaubst …?«

»Genau«, sagte Klara. »Er ist vielleicht der nächste Präsident dieses Landes. Oder zumindest versucht One Nation for America, das zu erreichen.«

»Mit so einem Programm wird er doch niemals gewählt«, sagte Pia.

»Er tritt ja auch nicht öffentlich damit auf«, beharrte Klara. »Wie viele Menschen wissen von seiner Verbindung zur One Nation for America mit ihrem radikalen Programm?«

»Wahrscheinlich niemand außer uns«, gab Pia zu.

»Eben«, sagte Klara.

Pia blieb stehen. Auf einmal fiel es ihr wie Schuppen von den Augen. Die Antwort auf Klaras Frage.

»Es geht um das Gutachten von Stein«, sagte Klara. »Was wäre, wenn es dabei um Awley gegangen wäre?«

»Du meinst, dass er die Person war, die die Aufsichtspflicht verletzt hatte? Sein Sohn dürfte jetzt Mitte zwanzig sein, das könnte hinkommen. Und wenn …«

»Wenn Awleys Sohn damals in Hyannis Port in irgendein Verbrechen verwickelt war und der Vater es vertuscht hat? Zum Beispiel indem er ein totes Kind im Pool oder was auch immer einfach verschwinden ließ? Dann passt alles zusammen. Deswegen haben sie uns das Geld gegeben und den Passus über Hyannis Port unterschreiben lassen. Damit seine Präsidentschaftskandidatur nicht gefährdet wird.«

Klara starrte in den Himmel auf ein Flugzeug, das vom JFK gestartet war und seine Reise über den Atlantik antrat. Dann rannte sie los und humpelte kaum merklich.

»Wo willst du hin?«, rief Pia ihr hinterher.

»Schon vergessen? Tote Amerikanerinnen können nicht nach China. Ich ruf dich an.«

Und schon war sie hinter der nächsten Biegung verschwunden.

## Kapitel 53

**Quantico, Virginia**
Montag, 15. Oktober

Sam Burke rauchte seine einzige Zigarette dieses Tages am Fenster von Bennetts Büro. Was natürlich strengstens verboten war. Aber wenn er nicht in Gegenwart einer modesüchtigen Muslima sämtliche Regeln fahren lassen durfte, wann dann? Er inhalierte den Rauch und versuchte, so wenig wie möglich von dem verräterischen Qualm ins Büro ziehen zu lassen für den Fall, dass sich eine der Oberförsterinnen aus dem Sekretariat blicken ließ. Er drückte sie am Fensterrahmen aus und ließ die Kippe auf die Straße fallen.

»Machen Sie das Fenster zu, Sam!«, forderte Shirin, die wie immer konzentriert an ihrem Rechner saß.

»Erst wenn Sie mir sagen, wie wir die Liste eingrenzen können«, sagte Sam.

»Ich bin dabei«, sagte Shirin.

»Achttausendfünfhunderteinunddreißig sind ungefähr achttausendfünfhundert zu viel«, sagte Sam zu Bennett.

»Ich weiß«, seufzte der.

»Wir brauchen eine Zahl unter hundert«, sagte Sam, wieder an Shirin gewandt. »Damit wir jeweils einen Officer vor ihre Haustüren stellen können.«

»Nicht, dass Sie mir das nicht schon ungefähr achttausend Mal zu oft gesagt hätten«, bemerkte Shirin. »Aber in unserem Zielgebiet leben über hundert Millionen Menschen. Ich finde achttausend schon recht beeindruckend.«

»Nicht beeindruckend genug«, grummelte Sam. »Es geht ja nicht gegen Sie, aber wir können mit der Zahl einfach nichts anfangen. Es ist nicht mehr als eine Statistik.«

Sams Telefon klingelte. Eine Nummer aus Boston. Der Student, der seine Post überwachte.

»Gibt es einen neuen Brief?«, frage er ohne Begrüßung.

»Äh«, stammelte der junge Student hörbar überrumpelt.

»Faxen Sie ihn«, verlangte Sam.

»Aber ich habe ihn noch ni…«

»Suchen Sie sich ein Fax. Sofort. Vergessen Sie die Spuren, schütten Sie meinetwegen eine Packung Pommes drauf, bevor Sie ihn faxen, aber faxen Sie ihn so schnell wie möglich. Ich schicke Ihnen die Nummer.«

Sam legte auf.

»Sie sind rüde«, stellte Shririn fest. »Und das auch noch in ungerechtfertigter Weise.«

»Sie haben recht«, sagte Sam, über das Faxgerät, das sie auf dem Konferenztisch aufgebaut hatten, gebeugt. »Und wissen Sie was? Es ist mir egal.«

»Sie sind ein Machiavelli. Und haben ihn nicht mal gelesen«, sagte Shirin zu ihrem Computer. Sam schwieg. Minutenlang standen er und Bennett über dem grünen Licht, das Betriebsbereitschaft signalisierte, bis endlich das Signal ertönte, das den Empfang ankündigte. Der Drucker schien ewig zu brauchen, bis er endlich das Papier mit der Kopie des Briefs in den Schacht gespuckt hatte. Sam fischte es als Erster heraus und las.

»Er will mit uns reden«, sagte Sam und reichte Bennett das Fax. »Und er will nach dem nächsten Opfer abhauen.«

»Er will mit dir reden, Sam. Nicht mit uns«, sagte Bennett.

»Ich weiß«, sagte Sam. »Können Sie mit den Zahlen etwas anfangen, Shirin?« Er bedeutete Bennett, das Blatt an Shirin weiterzugeben. Sie überflog die Zeilen.

»Klar. Jeder kann das. Es ist eine IP-Adresse. So ähnlich wie eine Internetseite, nur ohne die Buchstaben.« Shirin drehte sich zu ihrem Rechner und tippte die Zahlen in den Browser.

»Nein!«, rief Sam. »Warten Sie noch.«

Demonstrativ hob Shirin ihre Hände von der Tastatur.

»Wir müssen überlegen, was wir ihm sagen sollen.«

»Ist das so schwierig?«, fragte Shirin.

»Jetzt, wo er abhauen will, schon«, sagte Sam. »Denn wir müssen ihn einkreisen, während wir ihn im Glauben lassen, dass wir uns auf der vollkommen falschen Fährte befinden.«

»Eine Finte legen«, ergänzte Bennett.

»Tom will spielen. Das zeigt er mit seiner Ankündigung, das Land zu verlassen, ganz deutlich. Er will, dass es knapp wird. Er sucht jetzt den Nervenkitzel. Solange es uns gelingt, ihn glauben zu lassen, dass wir mitspielen, aber ihn noch lange nicht kriegen können, wird er uns weiter mit Hinweisen versorgen.«

»Das entspricht aber nicht gerade seinem Profil als Meisterdirigent«, bemerkte Shirin.

»Doch, das tut es«, antwortete Sam. »Es ist sein Meisterstück. Und er will es voll auskosten.«

»Also brauchen wir einen Plan«, sagte Bennett.

»Nein«, antwortete Sam. »Wir brauchen zwei Pläne.«

Shirin und Bennett blickten ihn verständnislos an.

»Einen für unsere echten Ermittlungen, mit denen wir ihn einkreisen. Deine achttausend Kandidatinnen sind dabei unser größter Trumpf, denn er kann nicht wissen, dass wir diese Liste haben. Und einen zweiten Plan brauchen wir für die fiktiven Ermittlungen, mit denen wir Tom füttern. Denn wenn wir nur den kleinsten Fehler machen, wird er es sofort merken. Und dann ist das Spiel vorbei.«

## Kapitel 54

**Hyannis Port, Massachusetts**
Dienstag, 16. Oktober

Klara Swell parkte den Wagen von Dr. Linwood, den sie immer noch nicht zurückgegeben hatte, vor der öffentlichen Bibliothek von Hyannis Port. Sie war in einem historischen Gebäude auf der Main Street untergebracht, einem ehemaligen Kapitänshaus, das aus roten Backsteinen mit weißen Holzbalken gebaut war und überaus putzig aussah. Sie schnappte sich ihr Telefon und betrat die Eingangshalle. Ein paar versprengte Touristen, die sich die Hauptsaison nicht leisten konnten oder wollten, standen in dem Souvenirladen, der als einer der wenigen zu dieser Jahreszeit noch Postkarten und kitschige Memorabilien verkaufte. Ein Asiate fotografierte seine Freundin vor einer Holzsäule, was sich Klara kaum erschloss. Aber das taten die Fotomotive von Touristen aus Asien selten. Klara Swell ging an dem Laden vorbei in die Bibliothek. Kein Ticketschalter, keine Zugangskontrolle, stattdessen eine ältere Frau in einer gestreiften Bluse hinter einem Sperrholztisch, auf dem eine Liste lag, in die sie mit Bleistift abgeholte und zurückgebrachte Bücher eintrug. Klara Swell schaute sie fragend an.

»Honey, die Bibliothek ist nur für Anwohner. Keine Touristen! Tut mir leid, Honey!«

Klara Swell überlegte.

»Ich möchte nichts ausleihen«, sagte Klara. »Nur in ein paar alten Zeitungen etwas nachschlagen«, was ihr nichts weiter einbrachte als ein weiteres ›Sorry, Honey‹ von der Streifenfraktion.

»Sagen Sie …« Klara stockte. Sie wollte ihren Namen wissen.

»Ruth«, sagten die Blusenstreifen.

»Sagen Sie, Ruth. Diese Bibliothek hat doch sicherlich einen Förderverein. Ich meine, wir haben doch alle schon gehört, wie schwierig es ist für solch tolle öffentliche Einrichtungen in der heutigen Zeit. Und es soll ja immer weniger gelesen werden …«

Klara lächelte ihr schönstes Kaiserinnenlächeln.

»Und wenn ich jetzt Mitglied in diesem Förderverein würde mit, sagen wir mal, einer Spende von zweihundert Dollar? Wäre es dann wohl möglich, dass ich mir hier ein paar Ausgaben der Cape Cod Times anschaue?«

Ruth überlegte.

»Es geht um eine alte Familienangelegenheit, und es wäre mir persönlich sehr wichtig«, sagte Klara.

Ruth legte den Kopf in den Nacken, sodass ihr dreifaches Doppelkinn spannte.

»Zweihundert Dollar wäre eine Goldmitgliedschaft im Förderverein«, sagte Ruth schließlich. »Dafür könnten Sie sogar ein Buch ausleihen.«

Klara zog zwei Hundert-Dollar-Scheine aus der Tasche.

»Anschauen reicht vollkommen«, sagte sie. »Können Sie mir sagen, wo ich das Archiv von der Times finde?«

Ruth musste das gestreifte Hemd weit nach oben schieben, um die zweihundert Dollar in die Tasche ihrer Hose stecken zu können.

»Ganz hinten rechts«, sagte sie und deutete mit dem Arm in die entsprechende Richtung. Ihr Blick behielt den Bleistift dabei streng im Auge.

Zweieinhalb Stunden später hatte Klara die Hälfte der Cape Cod Times aus den entsprechenden Jahrgängen durchgearbeitet, und sie hatte bereits drei Vermisstenfälle gefunden. Aber noch keine Verbindung zu Awley. Über den heutigen Gouverneur, der hier auf der Insel ein Haus in direkter Nachbarschaft zu dem Kennedy-Anwesen unterhielt, wurde derart viel geschrieben, dass es dauerte, alles zu sichten und einen Index anzulegen mit Stichpunkten zu jedem Artikel, damit sie sie wiederfand, falls ihr später irgendetwas Ungewöhnliches auffiel. Klara hatte mit dem Jahr 2008 angefangen und arbeitete sich chronologisch zurück. Bei jedem Bericht über eine vermisste Person machte sie einen Vermerk und suchte dann nach den Artikeln über Awley und seine Familie. Im Jahr 2008 war er schon Gouverneur von Massachusetts, und jeder Handschlag, jedes Mittagessen, jeder Krabbensalat, den seine Frau für ein Charity-Event zubereitete, war eine Meldung. Aber keine einzige stand im Zusammenhang mit einem der Vermisstenfälle. Im Gegenteil, er hatte eine beeindruckend widerlich weiße Weste, und das Lächeln seiner Frau auf den Fotos sah sogar echt aus und nicht gespielt. Klara war beim Jahr 2003 angelangt, als sie hörte, wie Ruth durch den Gang schlurfte.

»Schätzchen, wir schließen in fünf Minuten.«

»Danke, Ruth, ich bin gleich fertig.«

Klara blätterte die Zeitung, die sie gerade vor sich liegen hatte, bis zum Ende durch und machte sich eine Notiz mit dem genauen Erscheinungsdatum. Es nützte nichts, sie brauchte einen weiteren Tag in der Bibliothek.

Beim Rausgehen fragte sie Ruth: »Kann ich morgen noch mal wiederkommen?«

»Sie meinen, ob Ihre Goldmitgliedschaft für zwei Tage reicht?«

Klara nickte.

»Da müsste ich nachschauen«, sagte Ruth.

Klara seufzte. Ruth trug nicht nur schreckliche Blusen, sie war auch noch gierig.

»Ich denke, wir finden eine Übereinkunft«, sagte sie und verließ die Bibliothek.

Im Wagen wählte sie Pias Nummer in der Kanzlei.

»Du musst mir Geld schicken«, sagte Klara.

»Du meinst, Tote haben Probleme mit ihrer Kreditwürdigkeit?«

»Sehr witzig. Die Bank hat die Karten gesperrt. Und außerdem würde Sam das sofort merken.«

»Okay, kein Problem«, sagte Pia. »Gib mir einfach deine Adresse.«

»Das ist das nächste Problem«, sagte Klara.

»Du brauchst ein Hotel?«

»Tote Amerikanerinnen ohne Bargeld kommen nicht nur nicht nach China.«

Pia seufzte: »Ich buch dir eines über die Kanzlei.«

»Quicklebendig, kreditwürdig und eine blütenweiße Weste«, sagte Klara und startete den Motor, »das können nur Anwälte und Politiker.«

## Kapitel 55

**Quantico, Virginia**
Dienstag, 16. Oktober

Sam Burke krallte die Hände in die Rückenlehne von Shirins Stuhl. Bennett, der neben ihm stand, atmete stoßweise, wie ein Elefant auf einem Fitnessgerät, obwohl er einfach nur dastand. Die Atmosphäre in ihrem Büro war gespannt wie seit Wochen nicht mehr. Nur Shirin schien der Stress nichts anhaben zu können, sie hielt die Hände über der Tastatur ihres Laptops, bereit, jederzeit loszulegen.

»Mach es«, sagte Sam nach einem Seitenblick auf die beiden Zettel, die neben Shirins Rechner lagen. Ihre beiden Pläne. Der eine, mit dem sie Tom in die Irre führen wollten, und der zweite, mit dem sie ihn schnappen würden.

Shirin tippte 168.35.65.188 in die Adresszeile ihres Browsers und drückte die Enter-Taste.

Sam Burke sah: nichts.

»Was ist los, Shirin?«, fragte er.

»Er kontaktiert einen Server nach dem anderen.«

»Aber er lädt noch?«

»Ja«, sagte Shirin. »Sie können das hier über mein Trace-Programm mitverfolgen.« Sie deutete auf ein Fenster mit Datensalat.

»Das versteht kein Mensch«, kommentierte Bennett.

»Endlich gibt das mal jemand zu«, sagte Sam.

»Die Verbindung wird von einem zum nächsten Server weitergereicht«, erklärte Shirin. »Wie bei einer Busverbindung. Er steigt ständig um. Wir waren schon in Australien, in Russland und in Kenia. Ich habe nur keine Ahnung, warum er das tut.«

»Aha«, sagte Sam.

»Dieses Tracen sieht im Film immer wahnsinnig gut aus, aber im Grunde ist es vollkommen wirkungslos«, sagte Shirin. »Die Frage, ob wir ihn finden, entscheidet sich auf dem letzten Verbindungsstück. Filesharer benutzen so etwas, damit es ihnen nicht nachgewiesen werden kann, woher ihre Datei kommt. Aber das hat mehr mit dem Rechtssystem der beteiligten Staaten als mit dem Verschleiern des Standorts zu tun.«

»Das heißt, Sie können ihn finden?«, fragte Bennett.

»Wie gesagt, es hängt alles vom letzten Teilstück ab«, sagte Shirin. »Und hier haben wir es.«

Auf dem Bildschirm erschien das Bild eines Aquariums. Eine Videodatei.

»Fisch?«, fragte Sam.

»Der letzte Server steht in Namibia. Und das Videosignal wird über ein anderes Programm eingespeist. Damit hätten Sie Ihre Antwort.«

»Das heißt Nein?«, fragte Bennett.

»Wieso ein Aquarium?«, fragte Sam.

»Nein. Die Chancen für einen Gerichtsbeschluss in Namibia können Sie selbst ausrechnen, und ohne Zugriff auf den Server kann ich nichts machen.«

»Aber Sie können ihn hacken, oder?«, fragte Bennett.

Sam starrte auf das Aquarium, in dem sich gar kein Fisch befand. Das Videobild zeigte nur einen Ausschnitt des Aquariums, es waren keine Ränder zu sehen.

»Ist das live?«, fragte Sam.

»Erstens: Ob ich ihn hacken kann, weiß ich nicht. Sie stellen sich das einfacher vor, als es ist. Kurz gesagt: Wenn die Administratoren schlampig gearbeitet haben, Ja, wenn nicht, dürfte es etwas dauern. Zu der zweiten Frage: Ja, es ist live. Ein Stream.«

Plötzlich wackelte das Bild, als wäre jemand versehentlich gegen die Kamera gestoßen.

»Hallo, Sam«, sagte eine Stimme, die eindeutig elektronisch verzerrt klang.

»Das ist er«, flüsterte Sam. »Kann er uns hören? Und sehen?«

»Nein, nur wenn ich die Kamera und das Mikrofon freigebe.«

»Lassen Sie mich an den Rechner, und tun Sie es. Ich möchte nicht, dass er Sie sieht.«

Sam dachte an Rascal Hill und die Ereignisse im letzten Jahr. Es gab einige erstaunliche Parallelen, und er hatte nicht vor, seinen Fehler zu wiederholen. Sam setzte sich auf Shirins Stuhl.

»Sie wissen aber, dass ich nicht probieren kann, ihn zu finden, solange Sie vorm Rechner sitzen, oder?«

»Ich weiß. Wir kümmern uns später darum«, sagte Sam. »Aktivieren Sie erst mal nur das Mikrofon. Wir sollten ihm nicht mehr geben als er uns.«

Shirin drückte eine Taste auf dem Laptop und nickte Sam zu.

»Hallo, Tom«, sagte Sam.

Eine Pause. Die Korallen schwankten im Strom des Aquariums.

»Wie geht es dir, Sam?«, fragte Tom.

»Sag du es mir, Tom«, sagte Sam.

»Ich denke, es geht dir im Moment nicht besonders gut.«

Seine Stimme klang kultiviert und gebildet, genau wie Sam es in seinem Profil vorausgesagt hatte.

»Du hast recht. Nicht besonders.«

»Das dachte ich mir«, sagte Tom.

»Dir geht es blendend, nicht wahr?«, fragte Sam.

Im Aquarium bewegte sich etwas zwischen zwei Steinen. Ein undefinierbares, graues Ding. Ein Fisch? Sam schnippte mit den Fingern in Shirins Richtung und deutete auf die Stelle im Sand. Shirin drückte einige Tasten und schnappte sich Sams Laptop. Sie nickte.

»Ja, Sam. Es geht mir gut. Warum weißt du das?«

»Weil du Tamara getötet hast, weil du dir die letzten Sekunden ihres Lebens noch immer plastisch vor Augen führen kannst, als wäre es gestern gewesen. Wie sie ihren letzten Atemzug tat, in deinen Armen. Das macht dich glücklich. Weil du sie geliebt hast. Du weißt, dass alles, was du tust, in den Augen der Gesellschaft pervers ist. Aber du genießt es trotzdem. Du bist der Tod, Tom. Und du gewinnst.«

»Ja, Sam.«

»Und du bist glücklich, weil du bereits einen Plan für dein nächstes Opfer hast. Du weißt, wer sie ist. Du hast sie kennengelernt. Vielleicht hast du dich sogar schon in sie verliebt. Hast du dich schon in eine Neue verliebt?«

»Ja, Sam. Das habe ich.«

»Du sprachst von einer fairen Chance, Tom. Einer fairen Chance für die Gesellschaft. Und doch gibst du dich deinen Trieben hin. Lässt sie dich kontrollieren. Ist es das, was du unter einer fairen Chance verstehst?«

Shirin schob Sams Laptop in sein Blickfeld. Sie deutete auf ein Bild. Es zeigte einen Oktopus mit blauen Ringen. Daneben war eine chemische Formel abgebildet. Tetrodotoxin. $C_{11}H_{17}N_3O_8$. Das Gift, das Tom verwendete. Sie wussten, dass es ein natürlich vorkommender Giftstoff war, das in mehreren Lebewesen vorkam. Nun war auch klar, warum sie ihn auf keiner Kundenliste der Apotheken gefunden hatten. Er züchtete das Gift zu Hause in seinem Aquarium. Er hielt einen blau geringelten Kraken. Ein Tier, dessen bloße Berührung für den Menschen tödlich enden würde, wenn er nicht sofort künstlich beatmet wurde. Sie erstickten. Langsam und bei vollem Bewusstsein. Asphyxie. Toms Fetisch.

»Sag mir, Sam, hältst du mich für einen schlechten Menschen?«, fragte Tom.

»Ist dir das wichtig? Was ich von dir denke?«

»Ja. Das ist es.«

»Ich denke, du bist krank, Tom. Das ist offensichtlich.«

»Natürlich ist es das, Sam.«

»Und ich denke, das macht dich zu einem schlechten Menschen. Du weißt, man hätte dir helfen können. Aber du hast dich entschieden, weiter zu töten. Dass du dich auf Frauen beschränkt hast, die ohnehin bald gestorben wären, ist nichts als eine statistische Belanglosigkeit. Welcher Tag Leben ist weniger wert als der nächste?«

»Mit der Hilfe meinst du Medikamente, Sam«, sagte Tom. Er klang enttäuscht. »Ist das die Hilfe, die ich erwarten kann? Dass ihr mich mit Haldol gesellschaftsfähig spritzt? Mir meine Persönlichkeit raubt?«

»Du bist intelligenter als die meisten von uns, Tom. Sag du es mir.«

»Das ist nicht die faire Chance, die ich euch angeboten habe, Sam. Denn sie ist mir gegenüber nicht fair.«

Sam platzte fast der Kragen, und er musste sich zusammenreißen, Tom seine Erregung nicht spüren zu lassen. Er sprach von einer fairen Chance, nachdem er über zwanzig Frauen ermordet hatte. Er hatte sich ausprobiert, seine Methoden perfektioniert und ihnen danach einen Strohhalm zugeworfen, der längst brüchig geworden war. Wie könnte er ihre Konversation jetzt noch zu einem positiven Ende führen? Sam wusste es nicht. Das Gespräch war ganz anders verlaufen, als Sam es vermutet hatte. Sie sprachen zu abstrakt, zu theoretisch. Er musste Tom wieder auf die Frauen lenken.

»Du sprichst von einer fairen Chance, Tom? Dann halte dein Wort. Gib uns einen Namen.«

»Habt ihr eure Liste schon so weit eingegrenzt?«, fragte Tom.

Sam begann zu schwitzen. Er hatte sich nicht getäuscht. Die ganze Zeit über hatte Tom in den Briefen nur solche Informationen preisgegeben, die sie auf einem genau kalkulierten Abstand hielten. Alles war genauestens orchestriert. Der Dirigent. Er hatte alles geplant. Auch das hier. Welche Chance hatten sie? Eine kleine, dachte Sam. Wenn er darauf einging.

»Zehntausend? Fünfzehntausend?«, fragte Tom.

Sam dachte nach, versuchte, die nächsten zwei Züge im Voraus zu berechnen. Er hatte das Profil im Kopf. Er kannte ihn. Besser, als Tom dachte. Das war sein Vorteil. Der einzige. Er würde besser sein müssen, als Tom vorausberechnet hatte. Darauf war es immer hinausgelaufen, oder?

»Achttausendfünfhunderteinunddreißig«, sagte Sam. Die ehrliche Antwort. Alle anderen Züge führten zu einem Verlust dieses Spiels.

»Ich werde darüber nachdenken, Sam. Für heute haben wir genug geplaudert, ich habe noch eine Verabredung.«

Das Video auf dem Bildschirm verschwand.

Und ich weiß genau, mit wem, dachte Sam. Und ich weiß nicht, ob wir sie retten können.

## Kapitel 56

**Hyannis Port, Massachusetts**
Mittwoch, 17. Oktober

Am nächsten Morgen ging Klara direkt nach dem Aufstehen zu MoneyDepot, einem Dienst, über den man sich weltweit Geld senden lassen konnte, wenn man keinen Zugang zu Konten oder Kreditkarten hatte. Das Prinzip war dasselbe, das den Aufstieg der venezianischen Familien im 12. Jahrhundert begründet hatte: Man gab einem Verwandten in Deutschland das Geld, und der Neffe zahlte es in Italien wieder aus. Und Eastern Union verlangte ähnlich hohe Gebühren wie die venezianischen Halsabschneider. Aus den von Pia eingezahlten 1000 Dollar wurden 876,50. Aber Klara war wieder flüssig, was für ihren Plan entscheidende Bedeutung hatte.

Als Ruth die Tür der Bibliothek aufschloss, stand Klara schon vor dem Eingang. Sie zählte 200 Dollar ab und drückte sie Ruth in die Hand, während sie sich an ihr vorbeischob. Ruth lächelte nicht, aber sie nahm das Geld, ohne sich zu beschweren. Vermutlich hätte sie sich auch mit der Hälfte zufriedengegeben, aber Klara hatte keine Lust, um den Preis zu feilschen. Solange sie Geld hatte, konnte sie es auch ausgeben. Im Gegensatz zu Ruth machte sich Klara nichts aus Geld.

Die ersten Stunden folgte Klara dem gleichen Ritual wie am Vortag: Sie identifizierte einen neuen Vermisstenfall und suchte dann in demselben Zeitraum nach Artikeln über den Gouverneur. Um die Mittagszeit hatte sie sieben gefunden und alle Artikel über die Awleys dazu katalogisiert. Klara beschloss, dass sie eine Pause brauchte. Nachdem sie sich versichert hatte, dass Ruth nicht noch einmal abkassieren würde, lief sie die Main Street entlang. Hier reihte sich ein Restaurant ans andere, im Sommer brummte hier ein Geschäft, das den miesen Winter ausgleichen musste. Natürlich war Hyannis als ungekrönte Inselhauptstadt noch privilegiert, im weniger dicht besiedelten Norden sah es von Oktober bis März noch trüber aus. Klara lief bis zum Hafen, in dem auch die Fähren aus Boston anlegten. Jetzt dümpelten die Jachten der reichen Familien winterfest im Becken. Cape Cod war der Rückzugsort für das alte Neuenglandgeld, kein Monaco oder Miami, in dem Luxus protzig zur Schau gestellt wurde. Man besaß ein Boot, aber keine 47-Meter-Jacht. Ein gewisses Understatement konnte Klara der Inselbevölkerung nicht absprechen, denn die Immobilienpreise waren hier nicht weniger gesalzen.

Klara wanderte den kurzen Strand entlang, die Sonne mühte sich redlich, aber den kalten Wind konnte sie nicht vertreiben. Klara fragte sich, warum hier offenbar mehr Menschen verschwanden als anderswo. Relativ zu den Einwohnern, auch wenn man die Touristen hinzurechnete, lag die Quote deutlich über dem Durchschnitt. Lag es am Meer, das die Menschen verschluckte? Oder an dem Fernweh, das die Menschen erfasste und das sie dazu ermutigte, ihr altes Leben hinter sich zu lassen? Klara hatte darauf keine Antwort. Aber sie hatte zusammen mit denen von gestern elf Fälle von Menschen zusammengetragen, die vom einen auf den anderen Tag verschwunden waren. Ein Junge, der vom Surfen nicht zurückkam, zu seinen Freunden, mit denen er ein Ferienhaus teilte. Ein fünfzehnjähriges Mädchen, das nach einer Klavierstunde zu seinen Eltern nach Hause lief, aber dort niemals ankam. Und die eigentliche Arbeit fing jetzt erst an. Sie musste eine Verbindung zu den Awleys finden. Was würde Sam tun?, fragte sich Klara. Wenn ihre Vermutung richtig war, dass es um ein Fehlverhalten eines der Awley-Kinder ging, kam vom Alter her nur der Junge infrage. Sam würde sich also auf Vermisstenfälle in seiner Altersgruppe fokussieren. Dann würde er mit denen starten, die in der Nähe der Awleys wohnten. Das dürften nicht mehr so viele sein. Und dann in konzentrischen Kreisen immer weiter nach außen arbeiten, bis du sie gefunden hast, hörte Klara Sam innerlich dozieren. Klara kaufte eine große Cola bei einem Kiosk am Pier, der die Fährgäste versorgte, und setzte sich zu den Möwen. Dann ging sie auf der Main Street zurück zur Bibliothek, um Sams Vorschlag umzusetzen.

Drei Stunden später hatte sie in einer Karte von Hyannis Port und der näheren Umgebung drei Vermisstenfälle markiert: ein X für den Ort, an dem sie zuletzt gesehen wurden, ein roter Pfeil mit der Route, die sie vermutlich von da genommen hatten, und ein größerer Kreis, der anzeigte, in welchem Gebiet sie vermutlich verschwunden waren. Entführt, ermordet oder einfach weggelaufen. Alle drei Fälle lagen in der Nähe des Hauses der Familie Awley, das auf einem kleinen Hügel lag, direkt gegenüber dem berühmten Sommerhaus der Kennedy-Familie, auf der anderen Seite der kleinen Bucht. Eine feine Gegend, wie Klara von einer Spritztour am Vorabend wusste. Nicht übertrieben pompös, gerade so, wie es sich für einen Politiker gehörte. Die Häuser standen an kurvigen Straßen, die grünen Wiesen hoben sich gestochen scharf von den asphaltgrauen Einfahrten ab. Wer in dieser Idylle aufwuchs, hatte ein gutes Leben vor sich. Wenn er nicht einfach verschwand. Klara hätte als Kind alles dafür gegeben, in solch einem Umfeld aufzuwachsen, wobei sie damals nicht gewusst hätte, dass es so etwas in Amerika überhaupt gab. Hier sollten keine Kinder verschwinden, und doch passierte es. Pete Thoreau, ein neunzehnjähriger Junge, der mit Freunden Urlaub im Haus seiner Eltern machte. Er kam von einem Surfausflug nicht zurück, und die kürzeste Route hätte ihn am Haus der Awleys vorbeigeführt. Klara überlegte. Seine Freunde hatten die Polizei erst am nächsten Tag gerufen. Sie hatten behauptet, sie hätten nur ein paar Bier getrunken. Klara wusste es besser. Aber Will Awley war zu diesem Zeitpunkt gerade einmal fünfzehn Jahre alt gewesen, was ihn für eine Gruppe Jugendlicher um die neunzehn nicht gerade attraktiv machte. In diesem Alter waren vier Jahre eine Ewigkeit. Klara verwarf den Fall vorerst. Er lag zumindest nicht auf der Hand. Und er deckte sich nicht mit dem von Steins Kanzlei angefertigten Rechtsgutachten, in dieser Konstellation wäre allenfalls ein Unfall vorstellbar. Das lag beim Fall des kleinen Jeffery anders. Laut dem Hilferuf seiner Mutter in der Cape Cod Times war der Zehnjährige mit dem Fahrrad unterwegs zum Haus eines Freundes gewesen – keine zwei Kilometer vom Haus seiner Eltern entfernt. Dort war er nie angekommen. Klara bemerkte anhand der Karte, dass Jeffery hätte abkürzen können, wenn er ein kleines Stück auf einem Waldweg zurückgelegt hätte. Eine Möglichkeit. Ein fünfzehnjähriger Junge wie Will Awley? Keine sehr große Wahrscheinlichkeit. Aber der Fall roch nach Gewalt. Es gab keinen Ozean im Wald, der Jeffery hätte verschlingen können. Nur den abgeschiedenen Parkplatz in unmittelbarer Umgebung. Klara machte sich eine Notiz und fotografierte alle Zeitungsartikel über Jefferys Verschwinden. Zur späteren Verwendung. Das war ein Fall für die Stiftung. Jefferys Eltern lebten immer noch ohne die Gewissheit, dass ihr Sohn an einem besseren Ort angekommen war. Was als Hoffnung angefangen und sich in Befürchtung gewandelt hatte, war schließlich in Angst umgeschlagen. Wie bei allen Vermissten. Die schiere Angst, dass er nach zehn Jahren klingeln könnte, als fremder junger Mann. Natürlich tat Jeffery das nicht. Er war entführt worden, mit seinem Fahrrad, auf dem Waldweg. Und gäbe es nicht das Gutachten über die Schuldfähigkeit bei verletzter Aufsichtspflicht: Der Vater, Allistair Awley, wäre aus Klaras Sicht als Täter durchaus in Betracht gekommen. Trotz seines verbindlichen Politikerlächelns. Aber der fünfzehnjährige Junge nicht.

Der dritte Vermisstenfall in unmittelbarer Umgebung von Awleys Haus ereignete sich am 22. Juni 2002. Die fünfzehnjährige Paula Macolovic war von einer Klavierstunde nicht nach Hause gekommen. Ihre Route führte nicht direkt am Haus der Awleys vorbei, aber Paulas Elternhaus lag in der Nachbarschaft. Zwei Teenager, ähnlich alt und in derselben Kleinstadt? Es lag nahe, dass sich Will Awley und Paula Macolovic gekannt hatten. Klara suchte die Vermisstenmeldung aus der Zeitung. Ein hübsches Mädchen. Sie schnippte mit den Fingern über den rauen Rand der alten Zeitungen, während sie nachdachte. Ihr Index listete keine Artikel, in denen die Familie des Gouverneurs mit Paula Macolovic in Verbindung gebracht wurde. Klara legte die Zeitung beiseite und suchte die Regalreihen ab. Es dauerte nicht lange, bis sie in dem Stadtarchiv die Highschool-Jahrbücher gefunden hatte. Sie nahm fünf Jahrgänge unter den Arm und trug sie zurück zu ihrem Tisch. Schon im ersten wurde sie fündig. Die beiden waren auf dieselbe Schule gegangen. Zumindest ein Halbjahr. Will Awleys Bild entsprach einer jungen Version seines Vaters: kurz getrimmte Haare, ein breites Grinsen mit einer perfekten Zahnreihe. Ein Musterjunge für einen Mustergouverneur. Klara zog das Telefon aus der Tasche. In dem Artikel war der Klavierlehrer namentlich genannt. Es dauerte nicht lange, bis sie seine Nummer in dem tatsächlich noch gedruckt vorliegenden Telefonbuch von Hyannis Port gefunden hatte.

»Mr Tebby, entschuldigen Sie, dass ich Sie einfach so anrufe. Hier spricht Klara Swell, und ich habe Ihre Nummer von Diane Awley.«

Tebby schien nicht überrascht.

»Sie hat mir erzählt, dass Sie doch die Kinder des Gouverneurs unterrichtet haben, und da fragte ich mich, ob Sie noch …«

Tebby widersprach.

»Aha, also nur seine Tochter? Geige, sagen Sie? Das wusste ich gar nicht, dass sie Geige gespielt hat als Kind.«

Tebby unterrichtete immer noch und wollte Klaras Tochter gerne zu einer Probestunde annehmen. Klara versprach, sich wieder bei ihm zu melden.

Klara hatte ihre Verbindung zwischen der vermissten Paula und den Awleys gefunden. Und trotzdem blieb die große Frage, was damals wirklich passiert war. Sicherlich war der Klavierlehrer eingehend befragt worden. Es war nahezu unmöglich, dass er ein Gewaltverbrechen an Paula hätte begehen können, ohne dass es herausgekommen wäre. Sie hätten seine Wohnung nach Blutspuren untersucht, den gesamten Weg von ihm zu ihrem Elternhaus. Also war Paula nicht bei ihrem Klavierlehrer gewesen. Er hatte es möglicherweise behauptet, weil er die Awleys kannte oder weil ihn der Gouverneur eingeschüchtert hatte. Oder weil er ihn dafür bezahlt hatte. Wenn sie also bei Will gewesen war an diesem Tag? Und wenn etwas passiert wäre?

Plötzlich wusste Klara, welches Puzzlestück ihr noch fehlte. Noch einmal nahm sie sich einen Zeitraum von vier Wochen um Paulas Verschwinden vor. Nur diesmal suchte sie nach einer Leiche. Einer, die man mit Paula verwechseln konnte. Oder könnte. Wenn man … Klara fasste ihren Suchradius noch ein wenig weiter. Sie suchte eine Leiche. Und jemanden, der es vertuschen könnte. Und der in Verbindung mit Allistair Awley stand. Sie hatte ihn fast. Und damit auch den Grund, warum seine Freunde von der One Nation for America ihre Stiftung so großzügig unterstützt hatten.

## Kapitel 57

**Quantico, Virginia**
Donnerstag, 18. Oktober

»Ihr Name ist Amelia, Sam«, sagte Tom, dessen Stimme trotz der elektronischen Verzerrung ruhig und selbstbewusst klang. Der blau geringelte Oktopus pumpte seinen kleinen Körper über eine Koralle, als er das sagte. Es war das Erste, was er bei ihrem zweiten Gespräch sagte. Und Sam schoss das Blut in den Kopf. Er winkte Shirin zu sich heran, kritzelte ›Emilia‹ auf einen Zettel und unterstrich den Namen doppelt. Shirin riss ihm das Papier aus der Hand.

»Danke, Tom«, sagte Sam. Auch wenn ich mir fast sicher bin, dass du selbst überprüft hast, wie viele Namen übrig bleiben. Und dass es zu viele sein werden.

»Gerne geschehen, Sam. Ich habe eingesehen, dass du unter den gegebenen Umständen recht haben könntest. Wobei wir damit die Frage aufwerfen: Was ist Fairness?«

»Wie fair ist fair, Tom?«, fragte Sam, während das Blut an seinen Schläfen pochte. Er starrte auf den Bildschirm, während er mit dem rechten Arm wild in Shirins Richtung gestikulierte. Sie kam zurück, darauf bedacht, nicht selbst ins Bild zu geraten.

»Ich habe darüber nachgedacht, Sam. Und ich denke, Fairness fängt beim ältesten Glücksspiel der Welt an.«

Sam kritzelte mit der Hand in der Luft. Er wollte noch etwas aufschreiben.

»Du willst würfeln, Tom? Das sieht dir nicht ähnlich.«

Shirin reichte ihm das Blatt. Sam versuchte zu schreiben, ohne seinen Blick vom Bildschirm zu nehmen. Er wusste, dass Tom ihn sehen konnte. Es war Teil seiner Strategie. Immer das Visier einen Spalt breiter offen zu lassen als Tom.

»Endlich erfahre ich von dir etwas über mich, Sam. Aber das stimmt nur auf den ersten Blick.«

Er schrieb ›Amelia‹ und ›Amy‹ neben den ersten Namen. Und setzte drei Punkte hinzu. Shirin riss den Zettel unter seinen Fingern weg.

»Weil du mit gezinkten Würfeln spielen willst?«

»Du enttäuscht mich, Sam«, sagte Tom, und der Oktopus pumpte dazu wie im Protest.

»Nein, das wäre nicht dein Stil.«

»Ich denke, wenn zwei Spieler im Würfelspiel gegeneinander antreten, dann ist das fair. Es mag einem nicht gerecht erscheinen, aber es ist fair.«

»Es ist nichts als Glück!«, spie Sam ungewollt harsch aus.

»Wenn du ein Pokerspiel gewollt hättest, dann hättest du deinen Einsatz erhöhen müssen, Sam«, sagte Tom.

»Hast du eine Ahnung, welchen Einsatz ich gebracht habe, Tom? Hast du überhaupt eine Ahnung?«

»Ich habe das von Klara gelesen, Sam. Aber glaube mir, ich hatte nichts damit zu tun«, sagte Tom sanft. »Aber sie war eine kluge Frau.«

»Rede niemals von Klara. Du hast kein Recht, von Klara zu reden!«, schrie Sam in die kleine Kamera. Der Oktopus hatte sich verzogen, als hätte Sam ihn erschreckt.

»Dann wünsche ich dir Glück, Sam«, flüsterte Tom. »Diesmal hast du etwas mehr Zeit.«

Der Bildschirm wurde schwarz.

Und dann keine mehr. Nie mehr. Dachte Sam. Weil sie deine Letzte sein wird. Für das große Finale sieht jeder Komponist etwas mehr Zeit vor. Der Dirigent hatte aufspielen lassen.

---

Als Tom den Videostream abgebrochen hatte, saß Sam wie versteinert vor dem schwarzen Bildschirm. Bis Shirin die Handfläche auf die Tischplatte krachen ließ, was für ihre zarten Finger kein gutes Zeichen sein dürfte.

»Ich hab es!« rief sie.

»Sie haben seinen Standort? Haben Sie den Server gehackt?«

»Nein, nicht den Server«, gab Shirin zu. »Es gibt kein Schlupfloch. Zumindest keines, das ich kenne. Aber ich habe zweiundvierzig Namen.«

Sams Blut schoss in den Kopf zurück, aus dem es wenige Minuten vorher gewichen war. Er sprang auf.

»Vierzig kriegen wir«, rief Bennett und griff zum Telefon.

»Sag ihnen, sie sollen alles schicken, was sie haben. County Sheriffs, Mordkommission, unsere Leute, es ist mir egal. Alles, was Räder hat, kommt auf die Straße«, rief Sam und rannte zu Shirin.

Bennett gab die Anweisungen weiter. Sam blickte auf den Monitor, wo sich zweiundvierzig Amelias, Emilias und Amys ein Wettrennen mit Gevatter Tod lieferten. Mit ihrem eigenen Leben, weil sie alle eine tödliche Krankheit gemeinsam hatten, und mit Tom, weil er eine von ihnen ausgewählt hatte.

»Können Ihre soeben gebrochenen magischen Hände unser geografisches Profil darüberlegen?«

»Als Karte oder die Grafik?«, fragte Shirin.

»Karte wäre besser«, murmelte Sam und versuchte, seine Instinkte zu wecken. Auf dem Bildschirm erschienen die roten Punkte auf einer Karte der Ostküste.

»Und jetzt die Fotos dazu«, bat Sam.

Neben jedem Punkt erschien das Führerscheinbild einer Frau. Aber es waren zu viele für eine genaue Prognose. Glücklicherweise war das FBI seit den katastrophalen Reaktionszeiten in den Tagen nach dem 11. September sehr effizient darin, Personen ausfindig zu machen. Es betrieb eigens für diesen Zweck sogar eine Art Callcenter, die Listen abtelefonierten. Diejenigen, die direkt erreicht wurden, hatten die größten Chancen. Sie würden aufgefordert, sich unverzüglich an einen öffentlichen Platz zu begeben. Ein Restaurant, einen Supermarkt oder einfach auf die Straße vor ihrer Tür. Es minimierte die Risiken, entführt zu werden, erheblich, sich dort aufzuhalten, wo einen möglichst viele Menschen sahen, selbst wenn es Unbeteiligte waren.

»Wie viele der Frauen haben wir schon?«, fragte Sam.

»Sechs«, sagte Bennett.

»Sie sollen sofort alles auf Shirins Computer schicken.«

Zu wenige, dachte Sam. Aber es würden schnell mehr werden. Im Moment versuchten dreißig geschulte Agenten auf allen Kanälen, die Frauen zu erreichen. Und der Staat speicherte alles. Jede Mobilfunknummer, die Verwandten, jeden Internetanschluss. Die meisten Informationen gaben die Bürger freiwillig heraus. Heutzutage wurden Menschen in diesem Land nur dann nicht mehr gefunden, wenn sie das partout nicht wollten. Und diese jungen Frauen hatten keinen Grund, sich zu verstecken. Im Gegensatz zu Tom.

Auf Shirins Bildschirm verschwanden nach und nach die Punkte, sobald eine Frau telefonisch oder von einem Streifenwagen erreicht wurde.

»Achtzehn«, rief Bennett, der immer noch den Leiter des Callcenters am Telefon hatte.

Noch mehr Punkte verschwanden. Sam starrte die verbliebenen Fotos an. Noch fünfzehn. Als sich weitere Punkte auflösten, bat Sam Shirin, die verbliebenen Fotos groß nebeneinander anzuordnen. Welche hast du dir ausgesucht, Tom?

Als nur noch acht Bilder übrig waren, rief Shirin noch einmal die Karte auf. Welche, Tom? Sam rief sich die früheren Opfer in Erinnerung: Charlene, Mary-Ann, Andrea. Und Betty. Plötzlich wusste Sam, welche Tom gewählt hätte. Alpha und Omega. Der Anfang und das Ende. Sie war Betty wie aus dem Gesicht geschnitten. Sam deutete auf einen der vier verbleibenden Kreise. Auf einen Ort namens Watch Hill in Rhode Island. Amelia Rayne. Sam war sich sicher.

»Wir fahren!«, rief er. »Jetzt! Und packen Sie alle Akkus ein, die Sie finden können, Shirin. Ich will Sie dabeihaben.«

Bennett legte auf und griff nach seiner Jacke.

»Sorry, alter Freund, aber dich brauchen wir hier«, sagte Sam. »Gib mir deine Schlüssel.«

Bennett legte die Jacke zurück und drückte Sam die Autoschlüssel in die Hand: »Kaum gibt man dir eine hübsche Frau statt Wesley …«

Den Rest des Satzes hörte Sam nicht mehr.

## Kapitel 58

**Manhattan, New York**
Donnerstag, 18. Oktober

Pia Lindt glitt im Fond von Thibault Steins Rolls-Royce durch den Feierabendverkehr von Manhattan. Wie immer blätterte Stein neben ihr durch die Akten ihres aktuellen Falls. Sie waren auf dem Rückweg von einem Termin beim Richter, und es sah nicht gut für ihren Klienten aus, weil die Staatsanwaltschaft ihren wichtigsten Zeugen abgeschmettert hatte.

»Gibt es eigentlich etwas Neues in Sachen One Nation for America?«, fragte Thibault an der Ampel Madison Ecke 43.

Pia gab vor, in ihre eigene Akte über Kellerman gegen Lositzky vertieft zu sein, und dachte nach, bevor sie ihm antwortete.

»Ja, Thibault, die gibt es«, sagte sie schließlich an der Ecke zur 45. Straße. »Adrian und ich glauben, dass es um die Präsidentschaftskandidatur von Allistair Awley geht.«

Stein hob eine Augenbraue und legte seine Akte beiseite.

»Awley? Der Republikaner?«

Pia nickte: »One Nation for America ist offiziell ein Super-PAC, finanziert also keine Partei. Aber ihr Themenkatalog ist …«

»So weit rechts, dass der Tea-Party von den Fünf-Uhr-Tee-Biskuits schlecht werden würde«, schloss Stein.

»Ja«, schmunzelte Pia. »Und wir haben Beweise dafür, dass sich der Direktor von One Nation for America und Awley seit Jahren auch privat treffen und nahestehen.«

Thibault starrte auf die bunte Beschriftung eines Lieferwagens, Pete's Plumbing Co., der neben ihnen stand. Irgendwo weiter hinten versuchte sich die Sirene eines Krankenwagens an der heillosen Mission, schneller voranzukommen.

»Und bei ihrer finanziellen Ausstattung ist es beinah entschieden, wer Ohio und Florida gewinnt«, bemerkte er schließlich nachdenklich.

Pia musste ihm zustimmen. Mit dem Super-PAC im Rücken würde Awley vermutlich gewinnen. Ein Skandal, der ihren Kandidaten zur besten Sendezeit mit einem Verbrechen in Verbindung brachte, war das Einzige, was die Republikaner davon abhalten konnte, ihrem Kandidaten in zwei Monaten die Schlüssel zum Weißen Haus zu überreichen. Stein hatte sich wieder in seine Akten vertieft.

Als Edward, Steins Chauffeur, den alten Rolls vor der Kanzlei an den Bordstein steuerte, warf Stein Pia einen misstrauischen Blick zu. Sie hatte keine Ahnung, warum. Als sie die Tür zu ihrer Kanzlei aufschloss, hielt er sie am Arm zurück.

»Miss Lindt«, sagte er. Seine Augen hatten sich zu kleinen Schlitzen verengt, hinter denen dunkel die Pupillen lagen. »Ich habe noch eine Frage.«

Pia blieb stehen, der Schlüssel steckte mit ihrer Hand daran noch immer im Schloss.

»Woher wissen Sie das mit Awley?«, fragte Stein.

»Aus den Akten«, behauptete Pia.

»Miss Lindt!«, sagte Stein etwas schärfer. »Ich rate Ihnen dringend, mich nicht zu veräppeln!«

Pia zog den Schlüssel aus dem Zylinder und stieß die Tür auf. Die Antwort blieb sie ihm schuldig. Wortlos hängten sie ihre Jacken an den Kleiderständer im Vorzimmer, als sie plötzlich eine Gestalt bemerkten, die lässig am Türstock von Thibaults Büro lehnte.

»Guten Abend, Thibault«, sagte Klara Swell.

Der Stock des Anwalts traf das Parkett empfindlich laut. Er drehte sich nicht um.

»Verschwinden Sie, Miss Swell!«, sagte er.

»Sie sind nicht überrascht?«, fragte Klara.

»Weder über Sie noch über die offensichtliche Gelassenheit von Miss Lindt, die sich vollkommen vergeblich um einen überwältigten Gesichtsausdruck bemüht.«

»Thibault«, stammelte Pia, »es ist nicht, wie Sie glauben.«

»Tatsächlich?«, fragte Stein und drehte sich um. Sein Stock pochte ein zweites Mal auf den Holzboden wie ein Richterhammer vor dem Urteilsspruch. Sein Blick war eisig.

»Es ging nicht anders«, sagte Klara. »Sam hätte niemals …«

»Ja, das sagen Sie«, entgegnete Thibault und lief in die Mitte des Vorraums. Pia sah ihn in diesem Moment vor Gericht, in der Mitte des Saals. Aber nicht als Verteidiger, sondern als Ankläger. Nicht nur sein Stock klang wütender, als sie ihren Chef jemals erlebt hatte.

»Sie behaupten das von Ihrer Wolke im Himmel aus, in Ihrer unnachahmlichen Arroganz.«

Pia schluckte. Thibault lehnte sich auf seinem Stock nach vorne.

»Sie denken für andere, Miss Swell!«, rief er.

»Thibault«, sagte Klara, »ich kann ja verstehen, wenn Sie enttäuscht …«

»Sie, Miss Swell«, sagte Thibault, »Sie verstehen gar nichts. Und es geht nicht um mich. Es geht darum, was Sie Sam damit angetan haben. Ihn sollten Sie fragen, ob er enttäuscht ist. Aber wie sollten Sie das anstellen, nachdem Sie Ihre eigene Beerdigung organisiert haben?«

»Sie haben es gewusst?«, fragte Pia entgeistert.

Stein drehte sich zu ihr um: »Ich hatte es geahnt, nachdem ich in der Akte über Miss Swells plötzlichen Unfalltod die Unterschrift des Gerichtsmediziners gelesen hatte. Ausgerechnet der Dr. Linwood, der die Gewebeprobe von Laura Tennenboom untersucht hat. Ich bitte Sie!«

»Und Sie haben nichts unternommen?«, fragte Klara.

Der Stock pochte erneut, als er sich zu ihr umdrehte: »Sie sind diejenige, die in etwas eingreift, das sie nicht vollends versteht, Miss Swell! Ich repariere keine Uhren, deren Werke ich nicht einmal ansatzweise begreife.«

Pia beobachtete Klara, der schlagartig bewusst zu werden schien, dass er recht hatte.

»Und das sollten Sie auch nicht, Miss Swell. Das sollte niemand. Es ist äußerst selten, dass die Uhr danach wieder funktioniert.« Energisch drängte sich Thibault an Klara vorbei in sein Büro und warf die Tür hinter sich ins

Schloss. Pia hatte ihn noch niemals zuvor so wütend gesehen. Klara kam zu ihr herüber, und gemeinsam standen sie vor dem Kleiderständer und schlossen sich in die Arme.

»Gut, dich zu sehen, Klara«, sagte Pia.

»Und was machen wir jetzt?«, fragte ihre beste Freundin.

»Er wird schon wieder«, antwortete Pia. »Wenn er den Schock verwunden hat.«

»Das wäre gut, denn ich brauche eure Hilfe«, sagte Klara.

»Was hast du herausgefunden?«, fragte Pia.

»Gehen wir in dein Büro«, schlug Klara vor.

»Und warten wir auf den weißen Rauch«, fügte Pia hinzu.

»Glaubst du, er hat recht?«, fragte Klara. »Damit, dass das Uhrwerk hinterher niemals wieder zum Laufen kommt?«

## Kapitel 59

**Watch Hill, Rhode Island**
Donnerstag, 18. Oktober

In böser Vorahnung manövrierte Sam Bennetts Suburban zwischen den Streifenwagen hindurch auf die Auffahrt zu dem Haus, in dem Amelia Rayne wohnte. Die Dämmerung legte sich über den kleinen Ort, der auf einer Halbinsel direkt vor der Küste im äußersten Westen von Rhode Island lag.

»Laut den Kollegen ist sie verreist, irgendwo die Küste rauf«, sagte Shirin. »Das behauptet zumindest der Besitzer von dem Pub, in dem sie arbeitet.«

»Die Oyster Bar, ich weiß«, sagte Sam und stellte die Automatik auf Parken.

»Wie viele haben sie noch nicht ausfindig machen können?«, erkundigte sich Sam nach der aktuellen Statistik.

»Vier«, sagte Shirin, deren Laptop aufgeklappt auf dem Schoß lag.

»Ich will ihre Wohnung sehen«, sagte Sam und stieg aus.

»Immer noch überzeugt, dass sie es ist?«, fragte Shirin, während sie die schmale Auffahrt vor ihrem Haus hinaufliefen.

»Ja«, war Sams knappe Antwort.

Er rüttelte an der Tür. Verschlossen. Er klopfte. Nach

einer gefühlten Ewigkeit öffnete ein Beamter des hiesigen Sheriff-Büros die Tür. Er blickte Sam fragend an.

»Sam Burke, FBI«, sagte Sam.

»Tatsächlich?«, fragte der Junge, dem das Grün hinter den Ohren herauswuchs.

Sam zückte seinen neuen Ausweis, den er erst vor zwei Wochen bekommen hatte. Im Gegensatz zu seinem alten glänzte die Plakette so frisch wie bei einem Rekruten von der Akademie. Er hielt dem Mann den Ausweis vor die Nase und ging ins Haus. »Nichts für ungut«, murmelte er im Vorbeigehen.

Sie hatten keine Schutzanzüge angelegt, noch behandelten sie Amelias Haus wie einen Tatort, für den Sam es hielt. Shirin lief hinter ihm her, ihren Laptop unter dem Arm, und es entging Sam nicht, dass der Grünspan ihr auf den Hijab starrte. Beides war Sam egal. Amelia war freiwillig mit Tom gegangen, wenn sie nicht tatsächlich auf Reisen war. Er brauchte sie nicht zu entführen, er verführte sie. Hatte er Amelia mitgenommen? Für sein großes Finale? »Du hast diesmal mehr Zeit, Sam«, erinnerte er sich an Toms Worte. Die große Frage war nur, wie viel mehr Zeit.

Sam betrachtete die Wohnung zwischen den Polizisten, die überall herumstanden und sich über das Wetter unterhielten, wichtig auf Klemmbrettern herumkritzelten oder etwas ins Mikrofon blökten, während sie sich an ihren Pistolenholstern festhielten. Amelia war keine Romantikerin gewesen wie die anderen. Ihr kleines Haus, das gerade einmal aus vier Zimmern bestand, enthielt allerhand Krimskrams, den sie von Reisen mitgebracht oder am Strand gesammelt hatte. In der Ecke des Wohnzimmers, vor dem großen Fenster, stand eine Staffelei. Die Bilder an den Wänden zeugten von großem Ausdruckswillen und wenig Talent. Und doch kribbelten die Gelenke in Sams Fingern. Warum? Nichts ähnelte den anderen Tatorten. Bis auf eine gewisse Ähnlichkeit unter den Frauen. Amelia musste Betty sein. Alpha und Omega. Und doch musste es Gemeinsamkeiten geben. Keinem Täter gelang es, alle seine Gewohnheiten zu verbergen. Es musste etwas Gleiches in all den Unterschieden liegen.

Sam rief sich die Bilder der letzten Tatorte vor sein geistiges Auge: die Wohnung der Lehrerin in Manhattan. Die DVD-Sammlung. Die Kerzen. Die Vorhänge. Das Schlafzimmer. Der Kleiderschrank. Tamara Tanner. Ihr Nachttisch. Der Wecker, ein Buch – ›Fifty Shades of Grey‹, was sonst? –, das Sexspielzeug, die Ohrstöpsel. Die Spange im Haar. Nichts war gleich. Ein Sessel in der Ecke des Wohnzimmers, ihre Couch, eine Lampe. Überall rechte Winkel, gleiche Abstände. War das die Gemeinsamkeit? Musste er all die Gegenstände so zurechtrücken, dass es seiner inneren Ordnung entsprach?

Tom ist zwanghaft, dämmerte es Sam.

»Er ist zwanghaft«, sagte Sam zu Shirin und trat vor die Staffelei. Sie stand in einem perfekten Fünfundvierzig-Grad-Winkel zu beiden Wänden. Die Pinsel waren der Größe nach geordnet. Das passte nicht zu Amelia. Obwohl sie unterschiedlich lang waren, lagen sie genau auf gleicher Höhe mit dem Ende ihrer Borsten. Das war kein Zufall.

Der Nachttisch in New York. Das Buch. Genau neben dem Wecker. Kante auf Kante. Die Kerzen auf dem Fernseher. Gleich verteilt wie mit einem Lineal. Zentriert. Damit alles seine Ordnung hatte. Der Dirigent kann nicht anders. Er muss es perfekt machen. Erst hier, bei Amelia, konnte man es erkennen. In diesem lebenslustigen Chaos herrschte die Ordnung eines kranken Geistes. Sams Finger kribbelten heftig.

»Komm, Shirin, wir fahren in die Oyster Bar.«

»Was ist los?«, fragte sie draußen. Ihr mintgrüner Hijab flatterte wie eine Flagge im Wind.

»Er hat sie«, sagte Sam.

»Sind Sie sich sicher?«

Sam nickte. »Ich erkläre es Ihnen im Auto«, versprach er.

Die Oyster Bar lag nur einen Steinwurf von Amelia Raynes Haus entfernt inmitten der historischen Altstadt an der Hauptstraße. Sam nahm die Holzstufen im Laufschritt und riss die Tür auf. Sie fanden sich in einem einfachen, aber durchaus schmucken Empfangsraum wieder. Nach links gelangte man in den komplett aus Holz gebauten Gastraum, nach rechts in die moderne Bar, an der Amelia laut Aussage des Deputys viermal die Woche gearbeitet hatte.

»Hallo?«, rief Sam.

»Kann ich Ihnen helfen?«, fragte eine mürrische Stimme aus dem Barbereich.

Sam und Shirin traten an den Edelstahltresen. Außer ihnen waren noch drei Männer anwesend, die offenbar aus dem Ort stammten und sich ein frühabendliches Bier schmecken ließen. Vermutlich sprachen sie über den Polizeieinsatz, der mittlerweile in der Stadt das Thema des Tages war.

»Er ist da unten«, sagte ein Mittvierziger in einem dunklen Pullover grinsend.

»Tatsächlich?«, fragte Shirin und versuchte, hinter der Bar etwas zu erkennen. Ein Baum von einem Mann, knapp zwei Meter groß, um die fünfzig und hundert Kilo schwer, erhob sich mit einem Ächzen. Er reichte Shirin die Hand: »Ich bin Sam«, sagte er.

»Er auch«, sagte Shirin und deutete nach links.

»Wie geht es Ihnen?«, sagte Sam und reichte seinem Namensvetter die Hand.

»Sie hatten ausgesagt, dass Amelia in den Urlaub gefahren ist?«, fragte Sam.

»Ja«, sagte der Barkeeper.

»Darf ich fragen, woher Sie das wissen?«

»Sie hat mich angerufen, dass sie die nächsten zwei Wochen nicht kommen kann.«

»Wann hat sie angerufen?«, fragte Sam Burke.

»Vorgestern Morgen«, sagte Sam, der Mann hinter der Bar.

»Und Sie selbst haben mit ihr gesprochen?«, hakte er noch einmal nach.

»Ja, genauso wie Trent.« Er deutete auf den Mann, der ihnen verraten hatte, wo sich Sam vor ihnen versteckt hatte.

»Ich habe sie ihr Auto packen gesehen«, sagte Trent und zwinkerte Shirin zu. »Und da habe ich kurz angehalten, um sie zu fragen, wo sie hinwill. Hat ja nichts gesagt, vorher.«

»Ist einfach weg, das Mädchen«, sagte der Mann neben Trent und griff zu seinem Bier.

»Sie kannten sie?«, fragte Sam.

»Natürlich«, sagte Trent. »Jeder hier kennt sie. Zumindest jeder, der die Oyster Bar kennt. Und das ist so ziemlich jeder.«

Die Männer lachten, auch der Barmann Sam fiel mit ein. Shirins Handy piepste. Kurz darauf lief sie hinaus.

»Und kannte sie einer von Ihnen besonders gut?«, fragte Sam. Mit dem würde ich mich nämlich gerne mal darüber unterhalten, wie wahrscheinlich es ist, dass Amelia einfach so abhaut, von einem Tag auf den anderen. Die Männer zuckten mit den Schultern.

»Sie ist halt das Mädchen hinter der Bar«, sagte der neben Trent.

Shirin trat neben Sam und zupfte an dem Ärmel seines Jacketts: »Sam!«, sagte sie.

»Gleich.«

»Nein, jetzt«, sagte Shirin und zog ihn von der Bar weg.

»Okay, danke erst mal«, sagte Sam.

»Möchten Sie ein Bier?«, fragte der andere Sam, aber sein Namensvetter winkte ab.

»Was ist los, Shirin?«, fragte er vor der Tür. Shirin öffnete die Beifahrertür ihres Autos und deutete auf ihren Laptop. Die Kamera war wieder online. Und sie zeigte ein Bild von Amelia. Ihrer Amelia. Dem Barmädchen aus Watch Hill. Der, nach der sie sich in dieser Sekunde erkundigten. Und sie war nicht im Urlaub. Sie lag auf einer ledernen Liege, sie hatte einen Knebel im Mund und starrte in die Kamera.

»Sie ist schon bei mir, Sam«, sagte Tom. Dann wurde der Bildschirm wieder schwarz.

## Kapitel 60

**Washington, D.C.**
Donnerstag, 18. Oktober

Pia Lindt war nervös. Sie saß neben Adrian im Fond des Vans, Thibault Stein auf dem Beifahrersitz, und Klara fuhr. Ihr Fahrstil trug wie immer nicht zu Pias Wohlbefinden bei, ebenso wenig wie das, was ihr bevorstand.

»Mach dir keine Sorgen, Pia«, hatte Klara gesagt. Natürlich machte sie sich Sorgen. Schließlich hatte sie so etwas noch nie zuvor gemacht. Und sie forderte einen der mächtigsten Männer des Landes heraus, womöglich den nächsten Präsidenten der Vereinigten Staaten.

Der Van hielt vor den dicken achteckigen Säulen des National Press Club in Downtown.

»Wir sind da«, sagte Klara.

»Und Ihr Freund nimmt mich mit?«, fragte Pia, an Thibault Stein gewandt.

»Wenn Sie versprechen, mich niemals zu fragen, was mich das gekostet hat …«, sagte dieser.

»Hier ist das Aufnahmegerät«, sagte Klara und drückte ihr einen kleinen Digitalrecorder in die Hand.

»Ich dachte, das brauchen wir erst später«, sagte Pia.

»Nur für alle Fälle«, meinte Klara.

»Und viel Glück«, fügte Adrian hinzu.

Pia küsste ihn zum Abschied, weil sie glaubte, dass es ihr Glück brachte, und öffnete die Seitentür des Vans. Sie blinzelte in die Abendsonne, bevor sie unter dem Vordach des Gebäudes verschwand.

In der Lobby steuerte sie auf den Empfangstresen zu.

»Wurde bei Ihnen etwas für Pia Lindt abgegeben?«, fragte sie, nachdem der junge Mann sein Telefonat beendet hatte. Der Portier zog ein dickes Bündel unter dem Tresen hervor, das von einem Gummiband zusammengehalten wurde. Er blätterte durch die Umschläge, bis er ihn gefunden hatte. Pia atmete ein, als sie ein Umhängeband mit einer laminierten Karte daran hervorzog: ihr Zugang zur Pressekonferenz des Gouverneurs. Sie blickte auf die Uhr. Ihr blieb eine halbe Stunde bis zur besten Sendezeit.

Der Veranstaltungsraum des National Press Club mit dem Podium und dem Eulen-Emblem dahinter, das laut einer Legende für die durchgearbeiteten Nächte der Hauptstadtjournalisten stand, war das Hektischste, was Pia jemals gesehen hatte. Wie ein Bienenschwarm kreisten die Journalisten umeinander, Fotografen suchten den besten Platz, Kabelträger liefen den Fernsehkameras hinterher, und beinah jeder telefonierte. Pia suchte sich einen Platz am äußersten Rand, die scheinbar besonders unbeliebt waren, denn selbst in den vorderen Reihen waren sie nur spärlich besetzt. Pia vermutete, dass sie von den Kameras, die neben dem Podium standen, nicht erfasst wurden. Ihr war nicht viel daran gelegen, dass ihr Konterfei im Bild festgehalten wurde. Sie machte sich so oder so zur Zielscheibe, auch wenn Thibault und Klara behauptet hatten, dass sie nirgends so sicher war wie auf einer öffentlichen Pressekonferenz, die live übertragen wurde.

Pia dachte an Enrigo Hernandez und seinen aufgeschnittenen Hals. Plötzlich fühlte sich ihre Kehle wie zugeschnürt an, und sie hatte das Gefühl zu ersticken. Ein Mann in einem blassgrauen Anzug trat auf die Bühne: »Fünf Minuten!« Nur wenige der anwesenden Journalisten nahmen daraufhin ihre Plätze ein.

Als der Gouverneur den Saal betrat, blitzten die Kameras, und die letzten Journalisten beendeten ihre Telefonate. Pia stockte der Atem, als sie den Mann erkannte, der hinter Allistair Awley die Bühne betrat. Er hatte einen kleinen Knopf aus durchsichtigem Plastik im Ohr, und ein kleines Kabel kräuselte sich in seinen Hemdkragen. Es war der Secret-Service-Agent, der Adrian und ihr vor der Limousinenfirma aufgelauert hatte. Sein professioneller Blick scannte die Reihen der Journalisten nach Gefahr für seinen Schützling ab. Als seine blauen Augen an ihr hängen blieben, lief Pia ein kalter Schauer den Rücken hinunter. Aber ihm blieb keine Zeit, Awley zu informieren. Kaum hatte der das Podium betreten, begann die Pressekonferenz. Es ging um Energiepolitik, und Awley vertrat wenig überraschend die Interessen der Ölindustrie. Pia hörte kaum zu, sie konzentrierte sich darauf, möglichst nicht mehr in Richtung des Secret-Service-Agenten zu schauen. Es gelang ihr bis zum Beginn der Fragerunde, den eine bekannte TV-Journalistin eröffnete.

»Gouverneur Awley, der Präsident lehnt den von Ihnen geforderten Kompromiss als halsbrecherisch ab. Was sagen Sie zu den Umweltrisiken?«

»Jane«, sagte Awley. »Die Unabhängigkeit Amerikas von arabischem Öl ist eine der wichtigsten Fragen unserer

Zeit. Und eine, der sich Präsident Teller einfach nicht stellt. Risiken gibt es immer. Bei der Mondlandung ebenso wie bei der Erforschung der Tiefsee. Wenn Präsident Teller meint, er könne die Risiken der Forschung nicht kalkulieren, dann ist das sein Problem.«

Awley ließ den Präsidenten aussehen wie einen Schuljungen, der sich davor drückt, den ersten Ball zu werfen. Pia wusste, warum seine Partei ihn aufgestellt hatte. Es war nicht nur das Geld von One Nation for America. Wobei Letzteres ihm schlussendlich die Präsidentschaft einbringen würde.

Pia hob die Hand. Die Pressereferentin deutete in die dritte Reihe. Der Secret-Service-Mann flüsterte ihr etwas ins Ohr, woraufhin die Pressesprecherin zu Pia herüberblickte. Damit war für Pia ihre Aufgabe gerade ein ganzes Stück schwieriger geworden, dachte sie. Und ihre Befürchtung sollte sich bewahrheiten. Bei jeder neuen Runde ignorierte die Pressereferentin Pias erhobene Hand und rief einen anderen Journalisten auf. Aber Pia hatte nicht vor, so einfach aufzugeben.

»Vielen Dank, meine Damen und Herren, wir sehen uns übermorgen«, sagte die Pressesprecherin schließlich. Die Journalisten erhoben sich, und das Zuklappen der vielen Laptops hörte sich beinah an wie verhaltener Applaus.

»Mr Awley«, rief Pia. »Gestatten Sie noch eine Frage?« Sie lief nach vorne. Hinter ihr begannen die Kameraleute, ihr Equipment einzupacken. Für das, was Pia vorhatte, brauchte sie die Kameras nicht. Sie stand jetzt direkt vor dem Pult, und Awley blickte über seine Schulter zu ihr zurück. Pia strahlte ihn an. Der Secret-Service-Agent wollte ihn von der Bühne schieben, und die Pressesprecherin sagte: »Die Pressekonferenz ist beendet, Sie können mir Ihre Frage schriftlich …«

Aber Allistair Awley drehte sich um. Es klappt, freute sich Pia. Sie trat noch einen Schritt näher an das Rednerpult.

»Miss …?«, fragte Awley.

»Pia Lindt, Gouverneur«, sagte Pia.

»Miss Lindt«, wiederholte Awley und schien einen Moment zu überlegen, wo er ihren Namen schon einmal gehört hatte. Pia gab ihm keine Gelegenheit dazu, es herauszufinden.

»Gouverneur Awley, es geht um eine Meldung der Cape Cod Times vom 23. Juni 2002, in dem …« Seine Miene verdunkelte sich bei dem Datum. Er wusste, worum es ging. Er hätte dieses Datum auch nach acht Jahren als Präsident noch nicht vergessen. Denn es war jenes, welches ihn ebenjene Präsidentschaft kosten könnte.

»Was wollen Sie?«, unterbrach Awley sie.

»Nichts. Jedenfalls nicht heute«, sagte Pia. Sie reichte ihm ein Kuvert, das sie seit dem Beginn der Konferenz in der Hand gehalten hatte. Die Ränder waren vom Schweiß ihrer Hände leicht durchgeweicht.

Der Gouverneur starrte sie an, als wollte sie ihn erpressen, was nicht ganz falsch war. Pia starrte zurück. Die Pressesprecherin giftete: »Wenn Sie etwas von Gouverneur Awley wollen, dann wenden Sie sich an das Pressebüro!« und griff nach dem Brief. Aber Allistair Awley presste das Kuvert dicht an seine Brust und ließ sich von seinen Bodyguards aus dem Raum begleiten. Pia lächelte leise und warf ihren Ausweis in den nächsten Papierkorb.

## Kapitel 61

**Highway 95, Connecticut**
Freitag, 19. Oktober

»Wir machen eine Pause«, entschied Sam. Er merkte, dass seine Augen müde wurden und die Lichtkegel vor ihm scheinbar immer länger.

»Aber meine Akkus halten locker bis Washington«, protestierte Shirin auf dem Beifahrersitz.

Sam lachte, trotz ihrer ausweglosen Situation: »Es geht nicht immer nur um die Laptopakkus, Shirin«, sagte er.

»Wirklich nicht?«, fragte sie.

»Nein«, sagte Sam. »Und außerdem ist das der letzte Five Guys vor New York.«

»Five Guys?«

»Meine Nussmischung ist alle«, antwortete Sam und lenkte den Wagen auf den Parkplatz der Burgerkette. Das Restaurant lag einsam an einer Zufahrtsstraße zur Autobahn. Es war kurz vor ein Uhr morgens, sie hatten es gerade noch geschafft.

»Ist das Ihr Ernst?«, fragte Shirin entgeistert. »Sie wollen einen Burger essen?«

Sam stellte den Motor ab: »Ohne Kalorien läuft mein Gehirn genauso wenig wie Bennetts Kiste ohne Sprit. Und außerdem muss ich nachdenken.«

»Aber wir haben gerade einmal vor anderthalb Stunden erfahren, dass er Amelia in seiner Gewalt hat.«

»Eben«, sagte Sam und stieg aus dem Wagen. Shirin rannte hinter ihm her. Wie immer trug sie ihren Laptop unter dem Arm.

Sam blieb stehen. »Schauen Sie, Shirin, die Suche nach ihr läuft auf Hochtouren. Ich kenne niemanden, der das besser koordinieren könnte als Bennett. Und es hat wenig Sinn, wenn wir wie zwei angeschossene Rehe nach Quantico flüchten. Wir wissen nicht, wo er ist. Punkt. Mein geografisches Profil ist viel zu weiträumig, darüber finden wir ihn nicht. Wir müssen nachdenken.«

Sam hielt ihr die Tür zum Five Guys auf wie ein Hotelpage und bat sie hinein. Shirin schaute ihn skeptisch an, aber trug ihren Laptop in Sams weiß-rot gekacheltes Wunderland.

»Machen Sie das«, sagte sie mit einem Blick zum Tresen.

Sam bestellte zwei Cheeseburger mit Bacon und Käse, Mayo, doppelt Senf, Gurken und Jalapeños.

»Sam?«, fragte Shirin von der Seite.

»Was ist los, Shirin?«

Sie tippte an ihren Hijab und grinste.

»Einmal ohne Bacon, bitte«, sagte Sam und griff in die große Box mit den kostenlosen Erdnüssen.

»Sie sollten das auch nicht essen«, sagte Shirin. »Schweine sind genetisch zu achtundneunzig Prozent mit uns identisch.«

»Und Erdnüsse?«, fragte Sam.

Shirin rollte mit den Augen: »Haben Sie eigentlich eine Ahnung, wie viele Kalorien die haben?«

Sam wollte es nicht wissen. Seine Batterien brauchten

neue Ladung, und es war ihm egal, ob ihn das ein halbes oder drei Kilogramm Körpergewicht kostete. Alles, was jetzt zählte, war Amelia. Und er musste nachdenken. Denn er hatte das dumpfe Gefühl, dass ihm etwas entging.

Sie aßen die Burger vor Shirins Bildschirm. Sie war mit dem FBI-Netzwerk verbunden, sodass sie jederzeit Zugriff auf alle Daten hatten. Auch in einem Fast-Food-Restaurant. Schon deshalb begriff Sam nicht, warum Shirin den Mitternachtssnack hatte auslassen wollen. Als Sam in den saftigen Burger biss und sich in seinem Mund der Senf mit dem Fleischsaft mischte, wusste er, warum er das gebraucht hatte. Shirin griff mechanisch nach den Pommes und klickte Fenster auf und zu. Sams Blick fokussierte etwas hinter dem Bildschirm.

»Hatten Sie eigentlich immer noch kein Glück mit dem Server?«, fragte Sam nach einem halben Burger. Shirin hatte ihren immer noch nicht angerührt.

»Das hat mit Glück nichts zu tun. Wir kommen da nicht rein, nur mit einem richterlichen Beschluss und …«

»Ich weiß, er steht in Namibia.« Sam biss in den Burger.

»Hören Sie, Sam, das mit dem Hacken ist nicht wie im Spielfilm, von wegen da will ich rein, und da komme ich jetzt rein«, verteidigte sich Shirin.

»Ich weiß«, seufzte Sam. »Wollen Sie Ihren Burger nicht?«

»Doch«, sagte sie und packte ihren Burger aus.

Noch lange nachdem er aufgegessen hatte, starrte Sam in sein Innerstes und versuchte, den Störfaktor zu finden. Immer wieder gingen ihm Toms Worte durch den Kopf:

»Wenn du ein Pokerspiel gewollt hättest, hättest du deinen Einsatz erhöhen müssen, Sam.« Er hatte den persönlichen Einsatz auf Klara bezogen. Aber Tom hatte gar nichts mit Klara zu tun gehabt. Er hatte gesagt, er habe von ihrem Tod aus der Zeitung erfahren. Was nicht unmöglich wäre. Der Dirigent konnte nicht bestimmen, ob jemand im Publikum eine Trompete blies. Es lag außerhalb seines Aktionsradius. Was, wenn es tatsächlich um seinen persönlichen Einsatz ging? Was, wenn Klara recht gehabt hätte und er sich immer noch nicht genug engagierte? Vor seinem inneren Auge sah Sam die Grafik, die Klara auf seinem Rechner Toms Profil hinzugefügt hatte. Die Grafik wandelte sich zu einem Orchester mit dem Dirigenten in der Mitte. Tom. Sams Blick wanderte zur ersten Geige. Sam Burke stand dort. Wen wählte ein erfahrener Dirigent als erste Geige? Den Besten, den er kriegen konnte. Aber würde er ihn aufgrund einer Zeitungskritik engagieren? Wohl kaum. Er würde ihn kennen. Er würde seinem Spiel gelauscht haben. Irgendwann. Er würde sich alle CDs von ihm besorgt haben, ihm stundenlang zugehört haben.

Sam sprang auf und riss das Tablett mit den Burgerpapieren vom Tisch.

»Wir müssen los«, sagte er.

Shirin schaute ihn verdutzt an: »Woher der Aktionismus?«

»Wir finden ihn nicht, indem wir weiter in die Kristallkugel starren, um in die Zukunft zu blicken«, sagte Sam und stürmte aus dem Lokal. Shirin stolperte hinter ihm her. Vor Bennetts Wagen rief Sam: »Sie fahren« und warf ihr die Autoschlüssel zu. Sie landeten auf dem Schotter des Parkplatzes.

»Was ist los, Sam?«, fragte Shirin, als sie endlich hinter das Steuer glitt.

»Sie fahren mich zum Flughafen und dann weiter nach Quantico. Unterstützen Sie Bennett, so gut Sie können«, sagte Sam und griff zum Telefon. Mit einem Blick auf die Uhr wählte er die Nummer der Flugbereitschaft anstatt einer regulären Airline. Er würde das FBI-Konto in den nächsten zwei Tagen nicht zu knapp belasten. Aber wenn er recht hatte und Tom Wort hielt, dass ihm diesmal mehr Zeit blieb, könnte es sich lohnen.

»Wohin fliegen Sie?«, fragte Shirin.

»In ein Kloster«, sagte Sam.

»Sie haben nicht alle Tassen im Schrank«, sagte Shirin.

»Doch. Und ich glaube, ich habe gerade die Letzte, die ich verloren hatte, wiedergefunden.«

---

Am nächsten Morgen setzte ihn ein Kollege vom Los Angeles Field Office in den Bergen hinter Santa Barbara an einer Landstraße ab. Niemand, der hier vorbeifuhr, hätte ahnen können, was sich am Ende des schmalen Trampelpfads, der steil den sandigen Berg hinaufführte, verbarg. Als Sam zwanzig Minuten gewandert war, erreichte er verschwitzt ein Plateau. Im Oktober war es in Kalifornien im Gegensatz zur Ostküste immer noch sommerlich warm, auch hier in den Bergen, und die Sonne über dem Pazifik tat ihr Übriges. Ein kleiner mit Steinen gesäumter Weg begrüßte den Neuankömmling und leitete ihn zu einer unscheinbaren Pforte aus Holz, die inmitten der Wildnis stand, ohne Zaun zu ihrer Rechten und Linken. Sam öffnete die Tür, obwohl er viel leichter hätte daran vorbeilaufen können. Es gehörte dazu. Der Mönch, der das kleine, nicht offiziell buddhistische Kloster betrieb, lebte seit den Sechzigerjahren hier. Er hatte es im Alter von fünfundzwanzig Jahren gegründet und war folglich heute weit über siebzig, was man ihm allerdings nicht ansah. Trotzdem war er ein ausgemachter Spinner, was Sam durchaus nicht störte. Und er kannte niemanden, der besser darin war, Menschen in ihre Vergangenheit zurückzuführen. Er hatte schon mehrfach mit ihm bei der Betreuung von Opfern gearbeitet, und der Hippie-Eremit erzielte phänomenale Ergebnisse. Als er auf das kleine Haus zulief, hörte er schon von Weitem die Windspiele auf der Veranda. Es sah nicht mehr so gepflegt aus wie früher, stellte Sam fest, als er sich näherte. Für einen kurzen Moment erfasste ihn die Sorge, dass Donyo gestorben war und er den Weg umsonst gemacht hatte. Donyo besaß kein Telefon und keinen Computer, der einzige Weg zu ihm führte über den kleinen Pfad durch das Tor. Eine Klingel hatte er ebenso wenig. Als Sam die Veranda erreicht hatte, wusste er, dass er den Weg nicht umsonst gemacht hatte. Wie immer standen auf dem Tisch und auf dem Boden jeweils eine Schale mit frischem Wasser und eine Kutte. Donyo erwartete von jedem Besucher, dass er sich wusch, die Robe anlegte und erst danach sein Haus betrat. Das Kloster hatte sonst keine festen Riten, natürlich war Donyo auch kein buddhistischer Mönch, aber er wollte sich für einen halten. Und es war Donyos

Haus, also bestimmte er die Regeln. Sam zog sich aus und wusch sich Gesicht, Hände und Füße. Dann legte er die Robe an und betrat das »Kloster«.

Im Inneren empfing den Besucher eine erstaunliche Kühle. Das Haus bestand aus einem einzigen Raum, Donyo bewohnte eine Hütte auf dem hinteren Teil des Grundstücks. Es roch nach Holz, und auf dem Boden lagen Teppiche, die Donyo nach seiner eigenen, speziellen Farblehre ausgelegt hatte. Aber der Mönch war nirgends zu sehen. Sam lief zur Rückseite des Hauses, und hätte er nicht gewusst, was ihn erwartete, wäre er wohl ebenso überwältigt gewesen wie jeder, der zum ersten Mal hierherkam. Denn hinter Donyos Kloster blühte ein grüner Garten mit einem Wasserlauf, der so perfekt und harmonisch angelegt war, wie es wohl nur jemand schaffte, der dreißig Jahre seines Lebens auf nichts anderes verwendete, als diesen Garten anzulegen. Er war der schönste, den Sam je gesehen hatte. Auf einer Seite verströmten Orangenbäume ihren herben Duft, auf der anderen blühten Herzblumen. Donyo arbeitete an seiner Hütte am anderen Ende, aber er hatte ihn schon bemerkt. Betont langsam lief Sam auf ihn zu.

»Sam Burke«, stellte Donyo fest.

»Namaste, Donyo«, sagte Sam.

»Es ist lange her«, sagte der Mönch.

»Zu lange«, sagte Sam.

»Was hast du auf dem Herzen, mein Freund?«, fragte Donyo, der vermutlich spürte, dass Sam in Zeitnot war. Sam erzählte es ihm.

## Kapitel 62

**Manhattan, New York**

Freitag, 19. Oktober

Sie warteten auf Allistair Awley. Klara stand auf der Balustrade des Grand Central Terminal direkt unter den großen Bogenfenstern und beobachtete die Pendler, die sich einen Stock tiefer zu ihren Zügen schoben. Stein und Pia, die neben ihr standen, würden das Gespräch führen, Adrian patrouillierte durch die Haupthalle. Klara war für die Sicherheit verantwortlich und hatte auch den alten Bahnhof ausgesucht. Ein öffentlicher Ort, der keinen Platz für Heckenschützen bot. Sie war sich der Tatsache bewusst, dass One Nation for America nicht zögern würde, sie zu ermorden, wenn sie ihrem Kandidaten im Weg standen. Seit der Pressekonferenz gestern Abend war keiner von ihnen mehr alleine zu Hause gewesen. Zu groß war die Gefahr, dass sie nachts von einem Auto überfahren wurden oder sie ein Einbrecher im Schlaf überraschte. Sie hatten unter falschen Namen in einem billigen Hotel eingecheckt, wo Stein und Pia auf der durchgesessenen Couch ihre »Anklageschrift« vorbereitet hatten – mit dem Material, das Klara in Cape Cod besorgt hatte. Natürlich würde es nicht für eine Verurteilung vor Gericht ausreichen, aber darum ging es ihnen auch gar nicht. Und laut Steins Gutachten könnte man ihn für die Tat, die sein damals minderjähriger Sohn beging, wohl auch gar nicht zur Verantwortung ziehen. Aber die Vertuschung der Straftat, dass ein Mädchen als vermisst gemeldet wurde und ihre Eltern somit nicht die Möglichkeit hatten, sie zu beerdigen und Abschied zu nehmen, das würden sie ihm nicht durchgehen lassen. Klara war gespannt, ob er tatsächlich auftauchen würde. Der Brief, den Pia ihm nach der Pressekonferenz übergeben hatte, enthielt genug Andeutungen, dass Awley klar werden musste, dass sie die Wahrheit kannten.

»Er kommt«, hörte sie Adrian sagen. Sie hielten ständigen Kontakt über ihre Handys. Klaras Blick wanderte zu den Eingängen auf der anderen Seite der Halle.

»Zwei Leute im Schlepptau«, sagte Adrian.

»Bleib ein bisschen zurück, und achte auf die kleinen Mikrofone in ihren Ohren«, sagte Klara, die wusste, dass Adrian so etwas noch nie gemacht hatte. »Sie könnten sich auch als Touristen verkleidet haben. Ich bin mir sicher, es gibt noch mehr.«

»Okay«, bestätigte Adrian. »Sie kommen auf euch zu.«

»Ich sehe sie«, sagte Klara. »Es geht los«, diesmal an Thibault Stein und Pia gerichtet. Sie griff unter ihre Jacke und entsicherte die Pistole.

Allistair Awley und seine Entourage erreichten die beiden Treppenaufgänge zum Obergeschoss etwa zwei Minuten später. Einige Passanten hatten ihn erkannt, und er schüttelte Hände, als wäre er sicher, auch morgen noch der Präsidentschaftskandidat der Grand Old Party zu sein. Klara fragte sich, ob er noch einen Trumpf im Ärmel hatte. Awley lächelte, als er auf sie zulief.

»Die Journalistin«, begrüßte er Pia. Der Secret-Service-

Mann behielt Klara genau im Auge, während sie ihm die Hand reichte.

»Sind Sie bewaffnet, Mam?«, fragte er.

»Sie etwa nicht?«, fragte Klara.

Er zog seine Pistole, aber Awley hielt ihn zurück: »Es ist schon gut, Pete. Wenn sie uns hätten umbringen wollen, hätten sie sich nicht den Grand Central ausgesucht.«

»Der legendäre Thibault Stein«, sagte Awley und schüttelte dem Anwalt als Letztem die Hand. »Wir haben uns noch nicht persönlich kennengelernt, aber ich habe viel von Ihnen gehört.«

»Wie ich von Ihnen, Mr Awley«, sagte Stein, seine Stimme klang klar und eisig.

Awley lächelte immer noch überaus präsidial: »Was in Gottes Namen wollen Sie von mir?«

»Ich denke, da Sie gekommen sind, wissen Sie das genau«, sagte Thibault Stein. »Aber ich kann es Ihnen auch noch einmal persönlich sagen. Morgen werden Sie Ihre Parteispitze darüber in Kenntnis setzen, dass Sie für eine Präsidentschaftskandidatur nicht mehr zur Verfügung stehen.«

Allistair Awley lachte: »Sie sind nicht bei Trost, Stein!«

»Am 22. Juni 2002 war Paula Macolovic zu Gast in Ihrer Villa auf Cape Cod, Mr Awley.«

»War das nicht das Mädchen, das verschwunden ist?«, fragte Awley. »Soweit ich weiß, war sie bei ihrem Klavierlehrer …«

»Der Name sagt Ihnen also etwas?«, fragte Stein.

»Nicht direkt«, sagte Awley. »Ich denke, ich kenne den Namen aus der Zeitung.«

»Ihr Sohn ist mit ihr zur Schule gegangen«, versuchte Pia nachzuhelfen.

»Schon möglich«, sagte Awley. Er wusste, wie man log, es lag ihm im Blut.

»Im Wohnzimmer Ihres Hauses geschah an diesem Tag eine schreckliche Tragödie«, fuhr Stein fort. »Denn Paula Macolovic war gar nicht bei ihrem Klavierlehrer, sondern in Ihrem Haus.«

»Woher wollen Sie das wissen?«, fragte Awley. Er lächelte immer noch.

»Zwei weitere Männer«, hörte Klara über ihren Ohrstöpsel. »Eine blaue Jacke mit Baseballcap und ein grauer Anzug.« Klara richtete ihren Blick nach unten zum Fuß der Treppe. Die beiden hatten sich in Position gebracht.

»Der mit der Baseballmütze ist der Agent von der Limousinenfirma, der auch auf der Pressekonferenz war«, flüsterte ihr Pia ins Ohr. Klara nickte kaum merklich. Der Kopf der Truppe und vermutlich derjenige, der auch Enrigo Hernandez umgebracht hatte. Die schmutzigen Dinge erledigte der Boss meistens selbst. Weniger Mitwisser bedeuteten weniger Probleme. Auf ihn würde sie besonders achten müssen.

»Ihr Sohn wollte das Mädchen küssen, aber sie weigerte sich. Er schlug sie und versuchte, sie festzuhalten, aber sie konnte sich losreißen. Dann griff Ihr Sohn zu Ihrer Pistole, die, wie er wusste, in der Schublade Ihres Wohnzimmerschranks lag. Er hielt sie ihr an den Kopf und versuchte er erneut.«

»Das ist die größte Märchenstunde, die ich je erlebt habe«, sagte Awley, an seine Leibwächter gewandt.

»In dem Gerangel löste sich ein Schuss. Und er traf Paula Macolovic in den Bauch.«

Klara beobachtete Awley, dessen Fassade trotz der Anschuldigungen immer noch nicht bröckelte.

»Doch anstatt einen Krankenwagen zu rufen, telefonierte Ihr Sohn mit Ihnen«, sagte Stein. »Und Sie brachen eine Kabinettssitzung ab, um mit dem Auto nach Cape Cod zu rasen, um Ihrem Sohn dabei zu helfen, einen Totschlag zu vertuschen.«

»Das ist ungeheuerlich!«, echauffierte sich Awley. Er drehte sich zu seinen Leibwächtern um: »Wir gehen!«, entschied er.

»Das«, sagte Stein leise, »würde ich Ihnen nicht raten.«

Awley drehte sich noch einmal zu ihnen um: »Und wieso nicht, wenn ich fragen darf?«

»Weil wir noch nicht fertig sind«, sagte Stein. »Und ich bin mir ganz sicher, dass Sie das, was wir Ihnen zu sagen haben, nicht morgen in der Zeitung lesen wollen. Wir haben ein Angebot, Ihnen die Medien zu ersparen, Mr Awley.«

## Kapitel 63

**Santa Barbara, Kalifornien**
Freitag, 19. Oktober

Sam Burke lag auf dem Boden von Donyos Tempel auf einem einfachen rot-grünen Teppich. Der Duft von verbranntem Sandelholz mischte sich mit dem der Blüten aus dem Garten und dem erdigen Geruch von Donyos Hand, die auf seiner Stirn ruhte.

»Du bist ein Kind, Sam. Vielleicht vier oder fünf Jahre alt. Such das Haus, das dir so vertraut ist wie kein anderes. Erinnerst du dich an das Bett, in dem du morgens aufgewacht bist? Erinnerst du dich an den Apfelkuchen, den deine Mutter zu deinem Geburtstag gebacken hat? Such deine erste bewusste Erinnerung, Sam. War es im Sommer, oder war es im Winter? Erzähl mir davon, Sam.«

Sam radelte auf einem roten Fahrrad den betonierten Fußweg entlang, vorbei an den Gärten der Nachbarn. Er war so schnell, so schnell wie keiner der anderen. Viel schneller als die Autos, viel schneller als der Wind, der ihm die langen Haare aus dem Gesicht fegte und ihn in seinem Nacken kitzelten. Es ging bergab, seine Lieblingsstrecke, weg von zu Hause. An den Bloomfields vorbei, an Smith' Garten, der verlockend verlottert aussah und in dem sie die Laubsuppe gekocht hatten. Sam sah seine Lehrer in der Schule und Claire, die immer der Medizinmann sein wollte und einen Beutel aus Hasenfell mit Steinen und einem kleinen Ast bei sich trug, von dem sie behauptete, er wüsste mehr als Mrs Winter, die alles wusste.

»Erzähl mir von der Laubsuppe, Sam. Wie alt warst du da?«

Mit acht Jahren lernte Sam John kennen. Er war ein Jahr älter als er, und Sam war überzeugt, dass er den alten Apfelbaum in ihrem Garten mit der bloßen Hand ausgraben könnte, wenn er nur wollte. John war auch schlauer als die anderen. Er konnte aus alten Zeitungen und ein paar Ästen ein riesiges Feuer machen, und er kannte das Rezept für Laubsuppe. Mr Smith mit dem verwunschenen Garten war in Urlaub, als John vorschlug, über den Zaun zu klettern. Das Feuer knisterte schon, als sie die ersten Steine in den Topf warfen. John behauptete, das sei wichtig, weil sich nur so ihr Aroma entfalten könne. Sam glaubte ihm auch, dass es wichtig war, den Lehm aus dem Wald zu besorgen statt aus Mr Smith' Garten. Und dass das Wasser aus dem Bach stammen musste, weil das aus den Plastikschläuchen keine ordentliche Laubsuppe ergibt. Als Sam die Suppe probierte, lachte John ihn aus und ließ ihn in dem Garten alleine. Sam hatte große Mühe, alles aufzuräumen und die Feuerstelle, so gut es ging, zu beseitigen.

»Erinnerst du dich an dein zweites Zuhause, Sam?«, fragte Donyo. Als er zwanzig war, zog es Sam zum Studium nach Stanford. Er wohnte auf dem Campus in einem Haus mit zwölf Studentenzimmern, einem gemeinsamen Wohnzimmer und einer Küche, in der es nach hart gekochten Eiern roch. Er hatte ein schlechtes Gewissen, weil seine Eltern sich das teure Studium vom Munde absparten, um ihm Stanford zu ermöglichen. Sam kochte Spaghetti mit Ralph, die schrecklich schmeckten, lernte mit dem aknegeplagten Marcus fürs Examen. Er schlief mit Esther in seinem kleinen Zimmer und lebte mit der steten Angst, dass eines Tages die Campuspolizei ihre Marihuanafarm an den Dachfenstern aushob. Er lief durch die Sonne auf der Suche nach dem perfekten Platz für ein Picknick auf dem Campus, und im Sommer arbeitete er in einer Bar in Palo Alto. Es war laut und dreckig, und er gab den Jungs Tequila aus und den Mädchen Amaro. Tito zeigte ihm, wie man die perfekte Margarita mixte und wie man es schaffte, die Mädchen von der Bar ins Bett zu kriegen.

Mit Donyos Hilfe traf Sam einen Menschen nach dem anderen, an den er sich nicht mehr erinnert hatte. Lebensphase für Lebensphase arbeitete Donyo mit ihm durch. Er führte ihn durch die vergessenen Pfade seines Unterbewusstseins. Es war ein erschöpfender Prozess. Schon vier Stunden lag Sam auf Donyos Teppich, und sie hatten gerade einmal die ersten fünfundzwanzig Jahre seines Lebens abgearbeitet.

»Erzähl mir, wie du zum FBI kamst, Sam«, sagte Donyo.

Nach anderthalb Jahren als Nachwuchslehrkraft erschien Sam sein Leben leerer als jemals zuvor. Terry war abgehauen, und er fragte sich, was er aus seinem Leben machen würde. Bis ans Ende aller Tage auf dem Campus versauern? Noten verteilen und drittklassige Arbeiten lesen? Er bewarb sich beim FBI, mehr aus einer Laune heraus denn als wirklichen Entschluss.

Sam wurde angenommen, Psychologie stand damals hoch im Kurs. Er ackerte an der Akademie, lernte leidlich schießen und hörte für ein halbes Jahr mit dem Rauchen auf, weil er die Zeitvorgabe für die fünf Meilen sonst niemals geschafft hätte. Er teilte sich ein Zimmer mit sieben anderen Rekruten, die Doppelstockbetten rochen nach Gallseife, und die Handtücher waren hart und rau wie Sandpapier.

Er hatte als Wunsch das New Yorker Büro angegeben, und tatsächlich bekam er den Posten. Er lebte in einer winzigen Wohnung in Queens, deren Dusche tropfte und die statt einer Küche nur ein Spülbecken und einen Wasserkocher besaß. Sam kam niemals dazu, die Dusche zu reparieren. Als Rekrut musste man alles machen, was unter der Würde der älteren Special Agents war. Sam erledigte Recherchen und erbte die ungeliebte Aufgabe der Schulungen. Weil er den Abschluss von Stanford hatte, sagten sie, sei er bestens qualifiziert dafür, durch die Gegend zu fliegen und jungen Medizinstudenten die allernötigsten Grundlagen von Ermittlungsarbeit beizubringen. Es waren Werbeveranstaltungen für einen Beruf, den kaum einer der jungen Medizinstudenten ergreifen wollte, doch das FBI benötigte dringend Ärzte. In seinen ersten beiden Jahren flog er quer durchs Land und hielt immer denselben Vortrag über VICAP, Profiling und die Wichtigkeit der Leichenschau und wie gut das FBI mit den Gerichtsmedizinern zusammenarbeitete. Wie ihnen die Todesursache half, einen Täter zu überführen. Es waren anstrengende Wochen, nicht selten kam er freitags erst nach Mitternacht zurück nach Queens und fiel in seiner Wohnung auf das harte Bett. Er flog nach Charlotte, nach Austin, nach Seattle und nach San Diego, sogar nach

Las Vegas, wo ihm nicht einmal Zeit blieb, eine Show zu besuchen.

Seattle. Ein Raum wie aus der Stanze für Mehrzweckräume, Regierungsvariante. Wackelige grüne Stühle, Tische mit Plastikplatten. Vierundzwanzig Rekruten, achtundvierzig Augen. San Diego. Ein Hörsaal an der Universität. Das steile Auditorium mit den Sitzreihen, von denen gerade einmal zwei gefüllt waren. Wenig Interesse an der Verbrechensbekämpfung in Kalifornien. Dunklere Gesichter als anderswo. Die Sonne und das Meer. Ein junger Mann in der ersten Reihe geriet in den Fokus, sein Gesicht schärfer als das der anderen. Er stellte Sam die meisten Fragen.

Sam öffnete die Augen und starrte an die Decke. Dann schob er Donyos Hand zur Seite. San Diego. Ein Kurs für angehende Gerichtsmediziner. Klara hatte sich nicht getäuscht. Tom hatte Sam nicht nur ausgesucht, weil er ein bekannter Profiler war. Tom hatte Sam schon einmal getroffen. Und von ihm gelernt. Sam hatte ihm bei seiner Ausbildung zum perfekten Verbrecher geholfen.

»Was ist los?«, fragte Donyo mit geschlossenen Augen.

»Ich weiß jetzt, wo ich suchen muss«, sagte Sam.

## Kapitel 64

**Manhattan, New York**
Freitag, 19. Oktober

Allistair Awley starrte Thibault Stein an: »Sie können nichts davon beweisen«, fauchte er. »Gar nichts.«

»Wenn Sie da so sicher sind, Mr Awley«, antwortete Thibault Stein, »warum sind Sie dann hier?«

Klara bemerkte, wie der Secret-Service-Agent am Fuß der Treppe seine Haltung veränderte. Hatte er wirklich vor, sich mitten in der Haupthalle eine Schießerei mit ihnen zu liefern? Vor Hunderten von Zeugen?

»Ich gehe keinem Konflikt aus dem Weg«, sagte Awley angriffslustig.

»Wollen Sie wissen, wie die Geschichte weitergeht?«, fragte Thibault Stein.

»Nur zu!«, sagte Awley.

»Nachdem Sie die Leiche von Paula Macolovic in Ihrem Haus entdeckt hatten, wurde Ihnen klar, was dieser Vorfall für Ihre Karriere bedeutete. Und Sie wussten, dass Sie Hilfe brauchen würden. Sie riefen einen guten Freund bei der Polizei an und baten ihn um Hilfe. Gemeinsam sorgten Sie dafür, dass Paulas Leiche verschwand, und erpressten den Klavierlehrer zu einer Falschaussage. Wenig verwunderlich ist die nachfolgende steile Karriere des Mannes, der damals Paula Macolovics Verschwinden untersuchte, denn er wurde in den Jahren darauf zweimal befördert.«

»Indizien!«, lachte Awley. »Nichts als Indizien. Wenn Sie mich damit fertigmachen wollen, brauchen Sie aber Beweise! BEWEISE!«

Klaras Blick ruhte auf der rechten Hand des Secret-Service-Mannes. Gleich war es so weit. Gleich würde sich entscheiden, wie das hier ausging.

»Sie meinen«, fuhr Stein fort, »außer dem Foto, das Sie auf der Party des neuen Polizeichefs von Hyannis Port zeigt? Keine drei Jahre nach dem Vorfall mit Paula Macolovic?«

»Er hat ein Foto!«, sagte Awley. »Er hat ein Foto von einer Party!«

»Und er hat das«, sagte Stein und griff in seine Jacketttasche. Awleys Leibwächter zog seine Pistole und zielte auf Steins Stirn.

»Keine Bewegung!«, sagte er.

Stein lächelte: »Es ist ein Diktiergerät«, sagte er und zog es langsam an den Fingerspitzen aus der Tasche.

»Jetzt, Adrian«, sagte Klara.

Stein drückte die Abspieltaste. Die Aufnahme rauschte, aber die Stimme war deutlich zu erkennen. Sie hatten das Gespräch gestern aufgenommen, per Telefon und mit provisorischer Technik. Schuld, wusste Klara, wiegt schwer auf den Herzen von Menschen, die etwas wirklich Schlimmes getan haben, ohne es zu wollen. Viele von ihnen sind erleichtert, endlich reden zu können, wenn ihnen jemand die Beweise für ihre eigene Tat vorgelegt hat. Und der rauschende Telefonmitschnitt war diesbezüglich keine Ausnahme. Und ihr letzter Trumpf.

»Der Tag, an dem Paula starb, war der schlimmste in

meinem Leben«, sagte die Stimme von Will Awley, seinem Sohn. Das Gesicht des Gouverneurs gefror in dem Moment, als acht Beamte des NYPD mit gezogenen Pistolen hinter die Secret-Service-Agenten am Fuß der Treppe traten. Vier von ihnen liefen weiter bis zu den anderen beiden.

»Und was für einen Deal bieten Sie mir an?«, fragte der Gouverneur schließlich.

»Sie treten zurück und entschädigen die Familie von Paula Macolovic. Dafür vertrete ich Ihren Sohn, wenn er sich vor Gericht für Totschlag verantworten muss, und wir geben nichts an die Presse weiter.«

Der Gouverneur schien nachzudenken.

»Und«, fügte Stein hinzu, »Sie sagen uns, warum Sie so viel Geld in die Lost Souls Foundation investiert haben.«

»Das war nur ein Gefallen für einen flüchtigen Bekannten«, sagte Awley, mittlerweile sichtlich verzweifelt. »Und ich hatte die ganzen Jahre etwas gutzumachen. Ihre Stiftung schien mir das Richtige zu tun.«

»Sie wollten sich mit Ihrer Investition in die Lost Souls Foundation reinwaschen? Und Sie wollen behaupten, dass Sie gar nichts davon gewusst haben, dass man uns einen Maulkorb anlegen wollte, was diesen alten Fall in Hyannis Port betrifft?« Thibault Stein klang beinah belustigt.

»Das hat alles Marcus Dwight ausgehandelt, damit hatte ich gar nichts zu tun!« Aus Awleys Gesicht war jede Farbe gewichen.

»Und wie genau heißt Ihr angeblich flüchtiger Bekannter?«, fragte Klara leise.

## Kapitel 65

**Quantico, Virginia**
Freitag, 19. Oktober

»Hast du die Namen?«, fragte Sam über das Bordtelefon.

»Man könnte tatsächlich meinen, dass es damals noch keine Computer gab. Offenbar sind die auf Datenbändern gespeichert, die erst eingelesen werden müssen. Aber ich dürfte sie in fünf Minuten haben, das hat mir zumindest der vom Archiv versprochen«, antwortete Shirin.

Sam hatte Shirin alle Teilnehmer seiner damaligen Seminare heraussuchen lassen. Der Zeitraum entsprach exakt Toms Studienjahren. Sam konzentrierte sich auf Kalifornien und die Zeit nach Charlenes Tod, also den Sommer 1991 bis Winter 1995.

Lass Amelia noch am Leben sein!, ertappte sich Sam beim Beten zu einer höheren Instanz, wer immer das sein mochte. Shirins Gott, sein Gott, Donyos Buddha, jede Hilfe war ihm recht. Tom hatte angekündigt, sich mehr Zeit zu lassen. Und er wich von seinem Muster ab, sie in ihren Wohnungen zu ermorden, was bedeutete, dass er sie vermutlich bei sich zu Hause festhielt. Das Tetrodotoxin, das er verwendete, würde nicht zum Tod führen, solange Amelia künstlich beatmet wurde. Sam vermutete, dass er sich Zeit ließ, bis sie starb. Er konnte nur ahnen, welche Qualen Amelia durchstehen musste, während Sam den Pfad der Erleuchtung ging, um sie zu finden. Aber es war der einzige Weg gewesen, ihr zu helfen, auch wenn das schwer zu verstehen war. Toms Fetisch war der Moment des Todes. Vermutlich führte er sie immer wieder bis an den Rand und holte sie zurück. Es musste das Schlimmste sein, was einem passieren konnte. Sam hatte sich oft gefragt, welcher seiner Klienten für die Opfer wohl der Grausamste gewesen war? Ein Schlächter wie Karel Snow, der einem mit dem Messer die Kehle aufschlitzte wie einem Schwein? Oder ein Sexualsadist wie Rascal Hill, der seine Opfer auf einen Pfahl gesetzt hatte, damit er sich langsam in ihre Eingeweide bohrte? Sam vermutete, dass ein mehrfacher Erstickungstod auf der Skala weit oben stand.

Der Ton, mit dem sein E-Mail-Programm eine neue Nachricht ankündigte, unterbrach seine Gedanken.

Sam rief die Datei auf, die Shirin ihm geschickt hatte. Er hatte noch zehn Minuten bis zur Landung. In der Meditation war sein Unterbewusstsein bei San Diego stutzig geworden. Sam wusste, zu was das Unterbewusstsein in der Lage war. Das Gehirn speichert viel mehr Informationen, als man regulär abrufen kann. Die Synapsen ordnen das Denken wie Straßen. Die viel befahrenen Highways gelten den Menschen, mit denen wir täglich zu tun haben. So vermeidet ein gesunder Geist, aufgrund der Informationsflut verrückt zu werden. Aber die Nebenstraßen existieren immer noch, auch die alten, auf denen man seit Jahrzehnten nicht mehr gefahren ist. Donyos Meditation hatte ihm dabei geholfen, die alten, längst vergessenen Pfade wiederzuentdecken. Einer davon führte zu einem Seminar in San Diego. Und das war die Liste, mit der er anfangen würde. Vierzig Namen. Sam wusste, wonach er suchen musste. Nach dem jungen Mann in der ersten Reihe. Er suchte nach einem Vornamen mit T, denn die Anfangsbuchstaben blieben bei Pseudonymen oft dieselben. Selbst die CIA wählte so die Decknamen ihrer Agenten, weil sich das Gehirn besser damit identifizieren kann und nicht so leicht Gefahr läuft, den echten Namen zu verwenden. Drei Namen. Thomas Wood, Terence Arco und Trent Bently. Thomas konnte er ausschließen. Während das Flugzeug sank und der Druck in seinen Ohren stieg, versuchte Sam, sich an Terence Arco und Trent Bently zu erinnern. Er versuchte, die Gasse wiederzufinden, die zu dem Seminar in San Diego führte. Er schloss die Augen. Ein vages Bild entstand in seinem Kopf. Terence Arco. Ein junger athletisch wirkender Mann mit einem sehr breiten Gesicht. Trent Bently, ein hübscher, schüchterner Junge mit einem kantigen Gesicht. Trent. Ein zweites Bild von Trents Gesicht schob sich in seinen Kopf. Eine Begegnung, die nur kurze Zeit zurücklag. »Natürlich kennen wir sie. Sie ist die Barkeeperin hier.« Er sprach von ihr im Präsenz. Er war nicht auf seine Falle hereingefallen. Der Dirigent war Trent Bently. »Hallo, Tom«, murmelte Sam und griff zum Telefon.

»Der verdammte Dreckskerl hat uns gegenübergesessen, Shirin!«, schrie Sam. »In dieser Oyster Bar. Kommt zum Flughafen! Sofort!«, sagte Sam. »Und findet sein Haus!«

# Kapitel 66

**Brooklyn, New York**
Freitag, 19. Oktober

Klara Swell stand vor ihrem Haus in Brooklyn. Die Lichter waren aus, Sam war nicht da, vermutlich in Quantico. Er hatte in der letzten Zeit weder mit Pia noch mit Stein gesprochen, er arbeitete rund um die Uhr an dem Fall, in den sie ihn genötigt hatte. Als sie die Haustür mit ihren Picks öffnete – ihre Schlüssel hatte sie bei ihrer Leiche lassen müssen –, fragte sie sich, ob es das wert gewesen war. Jetzt, da sie die Vorgänge in Hyannis Port aufgeklärt hatten und der Gouverneur zurücktreten würde, fühlte sie sich leer und einsam.

Sie vermisste Gandhi und ihre Wohnung, ein Glas Wein am Fenster, Hühnchen mit Curry aus Pappschachteln mit Sam. Sein Lachen, seine viel zu zynischen Witze. Zumindest Gandhi hatte ihr verziehen und erschien im Flur, um sich von ihr den Nacken kraulen zu lassen. Vielleicht sollte sie einfach hier auf Sam warten? Vielleicht kam er heute Abend zurück? Es war erst Viertel nach sechs, möglicherweise saß er schon im Zug. Und dann? Würde er ihr vergeben wie Gandhi und ihr um die Beine schleichen, als wäre nichts gewesen? Nein, Sam durfte sie nicht sehen. Noch nicht. Nicht bevor er Tom gefasst hatte. Was sollte sie tun? Zurück in ihr Hotel? Ihr wurde schlecht bei dem Gedanken an eine weitere Nacht in dem anonymen Kasten mit den langen Fluren und dem Kabelfernsehen. Sie musste arbeiten, sonst würde sie noch verrückt werden. Und in ihrem Fall gab es nur noch ein loses Ende, das sie bisher nicht verknoten konnten: den Mann hinter der Geldspritze für die Stiftung. Der Awley um diese Spende gebeten hatte. Offenbar hatte er nichts mit Adrians Eltern zu tun, was Pias erste Vermutung gewesen war. Dass sie ihn doch unterstützten, aber über einen Mittelsmann. Aber Adrian hatte den Namen noch nie zuvor gehört. Laut dem Gouverneur ein Investmentbanker aus Watch Hill, den er bei einem Marcus Dwight, dem Direktor von One Nation for America, auf einer Gartenparty kennengelernt hatte und mit dem er über die Jahre in flüchtigem Kontakt gestanden hatte. Offenbar hatte er ihn auch nicht direkt um die Spende ersucht, sondern ihn nur darum gebeten, sich die Lost Souls Foundation einmal anzuschauen. Den Rest hatte Marcus Dwight erledigt. Klara beschloss, den letzten losen Faden dieses Falls noch heute Abend zu vernähen. Sie stand auf und schüttete etwas Futter in Gandhis Napf. Dann schloss sie leise die Tür und lief zu ihrem Auto. Trent Bently, wer bist du?

## Kapitel 67

**Interstate 95, Connecticut**
Freitag, 19. Oktober

Die Fahrzeugkolonne raste mit Blaulicht, aber ohne Sirenen über den nächtlichen Highway an der Atlantikküste entlang gen Norden. Im vordersten Wagen Bennett, Shirin, Sam und der Leiter des SWAT-Teams, auf den Bennett bestanden hatte. Sie stritten über das richtige Vorgehen, seit Sam am Flughafen zugestiegen war.

»Ich denke nach wie vor, es ist ein Fehler, die Kollegen außen vor zu lassen«, sagte Bennett.

»Wenn jemand anderes reingeht als ich, ist Amelia verloren«, sagte Sam. »Er hat mich ausgesucht für sein Spiel. Und ich muss es zu Ende bringen.«

»Sie wären längst da, Sam«, gab Bennett zum fünften Mal zu bedenken.

»Ich weiß«, sagte Sam. »Aber wir haben keine Wahl. Amelia hat keine Wahl.«

Der Leiter des SWAT-Teams schwieg. Wie die meisten Profis seiner Zunft war er kein Mann vieler Worte. Sam war sich sicher, dass sich das ändern würde, wenn er erfuhr, dass sein Team nicht mit in Trents Haus gehen würde. Er hatte noch eine Stunde, um ihn zu überzeugen. Und er würde ihm keine Wahl lassen. Wie Trent ihm keine Wahl ließ.

»Wir halten hier«, sagte Sam fünfhundert Meter von Trents Haus entfernt. Bennett ließ den Wagen ausrollen und stellte die Automatik auf Parken.

»Ich habe kein gutes Gefühl«, sagte er.

»Gefühle spielen keine Rolle«, sagte Sam. Er wusste selbst, dass es riskant war. Aber er war überzeugt, dass Trent Amelia das Gift schon verabreicht hatte. Dass sie auf einer Liege lag, unfähig, sich zu bewegen, von der Maschine am Leben gehalten zu Trents Amüsement. Wenn sie Glück hatten. Wenn sie Pech hatten, kamen sie zu spät, und Amelia war schon tot. Und Trent verschwunden, wie er es angekündigt hatte. Bisher hatte er alles eingehalten, was er versprochen hatte.

Das Haus lag dunkel auf der Düne, direkt dahinter schlug die Brandung gegen die Felsen. Kein Licht, kein Leben? Sam fragte sich, ob er eine Chance hatte, das hier heil zu überstehen, wenn Trent wirklich noch da war. Er wusste es nicht, aber das Seltsame war, dass es ihm gleichgültig war. Klara war tot. Wenn er starb, wartete sie auf ihn. Sam öffnete die Tür des Wagens und stieg aus.

»Viel Glück, Sam«, sagte Bennett. Sam nickte ihm zu und schloss leise die Tür.

Dichte Wolken hingen am Himmel, der Mond war kaum zu sehen, als Sam auf die Villa zulief. Am Hang gebaut, war der Eingangsbereich flach und einstöckig, der Großteil der Fassade lag in Richtung des Ozeans. Sam zog die Pistole, die er zusammen mit seiner FBI-Marke zurückbekommen hatte, und rannte geduckt bis zur Eingangstür. Wie erwartet, fand er sie verschlossen. An der Tür stand

Trents richtiger Name. Trent Bently. Er presste sein Ohr gegen die Tür und lauschte, aber aus dem Inneren des Hauses war nichts zu hören. Er schlich um die Fassade herum bis zur Rückseite. Auf seinen glatten Ledersohlen stolperte er den steilen Hügel hinunter. Die beiden oberen Stockwerke waren beinah komplett verglast und mussten einen atemberaubenden Blick auf den Ozean bieten. Von außen spiegelte sich an ihnen der nächtliche Himmel mit seinen bedrohlichen Wolken. Sam stand unter dem Haus am Strand, auf einer Art Terrasse mit einem lackierten Betonboden und einer Sitzgruppe aus dunklem Holz. Dicke Säulen stützten das Gebäude über ihm, Sam konnte den Ozean hören, wie ein hungriges Tier. Die Tür zum Treppenhaus schlug im Wind. Sie stand offen. Trent hatte damit gerechnet, dass er kommen könnte. Die faire Chance. Aber würde sie wirklich so fair ausfallen? Sam war sich sicher, dass sich der Dirigent für das große Finale etwas ganz Besonderes aufgehoben hatte. Er entsicherte die Glock und betrat das Haus. Eine schmale Treppe führte hinauf in den ersten Stock. Unter seinem Gewicht knarzte das Holz bei jedem Schritt. Als Sam mit dem Lauf der Pistole voran auf der letzten Stufe angelangt war, hörte er das Pumpen einer Maschine. Amelia. Sie lebte. Er hatte ihr das Gift gespritzt, aber er hielt sie am Leben. Die faire Chance?

»Hallo, Sam«, sagte Trent.

Sam suchte mit dem Lauf der Pistole nach einem Ziel. Er sah die große weiße Couch, einen Esstisch mit einem Früchtekorb in der Mitte. Weiter links ein riesiges Aquarium. Das mit dem tödlichen Oktopus. Es trennte den hinteren Teil des Raums von dem vorderen, in dem Sam immer noch stand. Das Licht des Korallenriffs tauchte den Tisch und die Couch in bläuliches, schummriges Hell. Tom war nicht da. Sam vermutete ihn irgendwo im rückwärtigen Teil des Raums. Er versuchte, zwischen dem bunten Treiben etwas zu erkennen, aber die Wände waren dick wie Panzerglas. Sam atmete ein und lauschte auf das gleichmäßige Pumpen.

»Hallo, Trent«, sagte Sam mit einem Blick auf die Pistole. Seine Rückversicherung.

»Bist du gekommen, um mich aufzuhalten, Sam?«

Er musste direkt hinter dem Aquarium sitzen, so nah erschien Sam seine Stimme.

»Ich komme Amelias wegen «, sagte Sam. »Nicht deinetwegen.«

Trent lachte. Und Sam überlegte fieberhaft, welchen Trumpf Trent in der Hand halten könnte. Ihm war klar, dass es nicht reichen würde, mit der Pistole in der Hand vor ihm zu stehen. Trent würde nicht aufgeben. Entweder er wollte, dass er von Sam erschossen wurde, oder er hatte einen Plan. Und Sam war überzeugt, dass sein eigener Tod nicht auf Trents Wunschliste stand. Aber hatte er eine Wahl? Langsam lief Sam um das Aquarium herum. Der Oktopus lag unter einem Stein, und seine Ringe leuchteten blau und gelb. Er war wütend. Wie Sam.

»Du hattest mich gefragt, wie du vom Zauber des Lebens schreiben kannst, Trent.«

Sam hatte das Aquarium beinahe umrundet. Es fehlte nicht mehr viel.

»Ich denke«, fuhr Sam fort, »das kannst du nicht. Du hast kein Recht dazu.«

»Ich weiß«, sagte Trent und schaltete seine Schreibtischlampe ein.

Als er plötzlich vor seinem Widersacher stand, stockte ihm der Atem. Trent saß auf einem Stuhl an seinem Schreibtisch, neben sich ein Glas Wein. Wie an einem ganz normalen Freitagabend. Wenn die Spritze neben dem Weinglas nicht wäre und die Pistole in seiner Hand. Und die Liege hinter ihm, auf der Amelia lag. Ihre Haare bildeten einen braunen Teppich auf dem schwarzen Leder. Sie regte sich nicht. In ihrem Mund steckte ein Schlauch und pumpte Sauerstoff in ihre nicht funktionierenden Lungen. Trent lächelte.

»Wie hast du mich gefunden?«, fragte er.

Was wäre, wenn er einfach abdrückte, fragte sich Sam. Aber er wusste, dass er das nicht konnte. Er hatte es noch nie gekonnt. Sollte Bennett recht behalten? Wäre das SWAT-Team die bessere Lösung gewesen?

»Das Seminar«, sagte Sam.

»Natürlich«, sagte Trent.

Vielleicht hatte er Sam auch unter diesem Aspekt ausgewählt? Weil Trent wusste, dass er ihn nicht erschießen konnte, selbst wenn ihm klar wurde, dass es die bessere Option war?

»Ich habe auch eine Frage an dich, Trent.«

»Stell deine Frage, Sam. Wenn du sie selbst nicht beantworten kannst, muss es eine gute sein.«

»Warum?«

Tom alias Trent nahm einen Schluck Weißwein so beiläufig, als erzählte er seinen Enkelkindern eine lauschige Geschichte vor dem prasselnden Kaminfeuer. Sam konnte den Blick nicht von Amelias Augen lassen, die stumm um Hilfe schrien.

»Hinter dem Haus hatte mein Vater eine Regentonne aufgebaut. Jeden Sonntag nahm er uns in der Garage hinter einem Vorhang die Beichte ab. Mir und meinem Bruder.«

Sam schluckte. Hinter jedem Serienmörder steckte am Ende eine traurige Geschichte, auch wenn wir nur die Grausamkeit der Taten sehen.

»Als ich vier Jahre alt war«, fuhr Trent fort, »drückte er mich das erste Mal in die Tonne. Weil ich mit einem Stift einen Fleck auf seinem Sessel hinterlassen hatte. Für einen Fleck gab es zehn Sekunden. Je älter ich wurde, desto schlimmer wurde es.«

Sam wusste, dass Tom die Wahrheit sagte. Bettys Tod war der Auslöser gewesen, aber Toms Konflikt lag viel tiefer.

»Was willst du jetzt machen, Sam?«, fragte Trent.

Noch vor einem Jahr hätte ich dich einfach erschossen, dachte Sam. Aber jetzt war es auf einmal eine gute Frage. Und wenn Trent zuerst schoss? Sam glaubte nicht, dass er ihn töten wollte. Bei Amelia sah das allerdings anders aus. Was war sein Plan? Was sagte ihm das Profil? Irgendwo in seinen Aufzeichnungen lag die Lösung zu ihrer Pattsituation. Es war nur die Frage, wer von ihnen beiden schneller darauf kommen würde.

»Du wirst deine Pistole runternehmen und sie ganz langsam zu mir herüberschieben«, sagte Sam.

Trent lachte erneut: »Glaubst du das wirklich, Sam?«

»Nein«, gab Sam zu.

Trent stand auf. Ohne den Blick und die Pistole von Sam abzuwenden, ging er hinüber zu der Liege und streichelte Amelias Haar.

»Ist sie nicht wunderschön?«, fragte Trent.

»Du wirst Betty nicht umbringen«, sagte Sam. Seine einzige Chance lag darin, Trent an die einzige Liebe seines Lebens zu erinnern.

»Du hast recht«, sagte Tom. »Betty würde ich niemals umbringen. Wäre der Unfall mit Betty nicht gewesen, hätte alles anders kommen können.«

Sein Blick sah beinah ein wenig wehmütig aus.

»Dann lass sie gehen«, sagte Sam.

»Sie kann nicht gehen, Sam«, sagte Trent.

»Aber wenn das Tetrodotoxin nachlässt, dann wird sie wieder gehen können. Und dann wirst du das Richtige getan haben.«

Sam ließ die Waffe sinken und legte sie auf den Tisch. Er wusste, dass Trent recht hatte. Er würde nicht schießen. Seine einzige Chance waren Betty und ein letzter zündender Funke in Toms Gerechtigkeitsempfinden. Sam ging einen Schritt auf ihn zu.

»Du hast von einer fairen Chance gesprochen, Trent.«

Trent nickte, während er immer noch Amelias Haar streichelte. Ihre Augen starrten Sam von der Liege aus an. Aus der reglosen Maske ihres gelähmten Gesichts. Sie flehte um den Rest Leben, den sie noch besaß.

»Ich habe dich gefunden. Es ist vorbei.«

»Nichts ist vorbei, Sam.«

Seine Hand wanderte zu dem Schalter an der Pumpe, die Amelia am Leben hielt.

»Kennst du die Geschichte von dem Mann, der dem Teufel sein Leben versprach, wenn er ihn nur reich machte?«

Sam ging noch einen Schritt auf ihn zu. Er stand jetzt kaum drei Meter von Trent entfernt. Sam schüttelte den Kopf.

»Als er fünfzig war, kam der Teufel zu ihm, um seinen Teil ihres Geschäfts einzufordern, aber der Mann weigerte sich zu sterben. Er sagte: Teufel, du hast dein Versprechen auch nicht gehalten. Du hast mir Gold gegeben und Pferde, aber das Leben ist der wahre Reichtum. Es tut mir leid, Sam, aber ich kann meinen Teil unseres Geschäfts nicht einhalten.«

»Du willst wirklich gehen?«, fragte Sam ungläubig. »Glaubst du, ich bin alleine gekommen?«

Die vage Andeutung eines Lächelns umspielte Trents Züge, als er, ohne eine Antwort zu geben, das Licht ausschaltete. Sam hörte noch, wie die Pumpe, die Amelia am Leben hielt, aufhörte zu arbeiten. Dann krachte ein Schuss, und die Hölle brach los. Trent hatte die Lösung des letzten Rätsels schneller gefunden als Sam. Und seine Wahl getroffen.

Das Glas des Aquariums zersplitterte direkt über Sams Kopf, und Tausende Liter Wasser stürzten auf ihn ein. Die Pumpe. Amelia. Er spürte, wie ihm eine Koralle gegen den Kopf schlug, mitgerissen von den Wassermassen. Und etwas Weiches, das seinen Arm streifte. Wo war Trent? Er suchte ihn, aber er war verschwunden. Er blickte an seinem Körper herunter. Der Oktopus lag zu seinen Füßen. Die Ringe strahlten in fluoreszierendem Blau. Gefahr!

Das Gift! Hatte er das Tier berührt? Er schaute auf seine Hand. Ein roter Striemen bewies, dass er sich nicht getäuscht hatte. Er musste die Pumpe erreichen, bevor die Wirkung des Giftes einsetzte. Aber er spürte, wie seine Beine nachgaben. Er zog das Handy aus der Tasche, um Bennett anzurufen. Aber seine Gliedmaßen reagierten nur langsam. Er schaffte es, das Gerät aufzuklappen. Dann brach er zusammen. Die Pumpe. Amelia. Wenigstens Amelia musste es schaffen. Und was war mit Trent? Warum hatte er gelächelt? Vielleicht gab es einen Steg mit einem Boot! Er musste Bennett sagen, dass sie die Hubschrauber brauchten.

Er lag in einem Meer aus Glassplittern und Wasser. Und er dachte an Klara. Ich komme zu dir!, flüsterte Sam. Und er sah, wie sie sich über ihn beugte und ihn küsste. Und ihm Luft in die Lungen blies, während er sterben wollte. Sie versuchte, ihn am Leben zu halten. Dabei war sie selbst schon tot. Und da wusste Sam, dass sie dort, wo sie war, auf ihn warten würde. Dann schloss er die Augen.

## Kapitel 68

**Watch Hill, Rhode Island**
Freitag, 19. Oktober 2012

Klara Swell beobachtete, wie die Notärzte Sam und Amelia aus dem Haus trugen und wie Michael Marin mit großen Gesten die Suchaktion nach Trent Bently koordinierte. Natürlich war der große Michael Marin vor Ort, wenn es Lorbeeren zu ernten galt, und hatte Bennett das Zepter aus der Hand genommen. Fast hoffte Klara, dass sie Trent nicht fanden. Über ihren Köpfen flog ein Polizeihubschrauber gen Osten, seine Suchscheinwerfer auf die tosende See gerichtet. Sie lief durch den kalten Regen zu Bennetts Wagen, ihr Haar klebte am Kopf, und sie roch immer noch den künstlich abgestandenen Muff des Aquariumwassers, das ihr in die Nase stieg, als sie Sam beatmet hatte, bis der Rettungswagen eintraf. Kurz darauf hatte sie sich im größten Tumult verzogen, es hatte wenig Sinn, dass sie auf die Ankunft von Michael Marin wartete, der über ihre Auferstehung mit Sicherheit nicht eben glücklich wäre. Bennett telefonierte im Wagen, seine junge Kollegin stand an die Seitenscheibe gelehnt und starrte auf den Atlantik.

»Haben sie ihn gefunden?«, fragte Klara.

Shirin schüttelte den Kopf: »Nein. Sie haben vier Hubschrauber im Einsatz, aber offenbar lag ein Boot an seinem privaten Steg.«

»Sie werden doch wohl ein Boot finden können, oder nicht?«

»Vielleicht war es ein schnelles Boot?«, mutmaßte die Muslima.

»Sie haben ein führerlos treibendes Boot vor Newport gesichtet«, sagte Bennett. Er lief um den Wagen herum und erstarrte. Starrte Klara ungläubig ins Gesicht.

»Heilige Scheiße!«, sagte er schließlich und schloss sie in die Arme.

»Ich hab Mist gebaut, Bennett«, sagte Klara.

»Kann man wohl sagen«, stimmte ihr der doppelt so große Kollege zu, in dessen Armen es sich so vertraut anfühlte. Klara dachte an Sam. Sie wussten, welches Gift er abbekommen hatte, seine Chancen waren gut, ebenso wie die von Amelia. Sie hatten ein Leben gerettet, auch wenn sie Trent nicht erwischt hatten. Noch nicht, denn schon morgen würde die halbe Ostküste hinter ihm her sein.

»Sie sehen ziemlich gut aus für ein Verbrennungsopfer«, bemerkte Shirin trocken. »Etwas nass möglicherweise, aber das geht vorbei.«

Klara lächelte.

»Glaubst du, Sam wird mir jemals vergeben?«, fragte Klara Bennett, der Sam besser kannte als die meisten anderen.

»An den Scherben erkennt man den Topf«, antwortete Shirin. »Altes persisches Sprichwort.«

An den Scherben erkennt man den Topf, sinnierte Klara. Sie wusste nicht, wie sie es überhaupt anstellen sollte, Sam unter die Augen zu treten.

# Epilog

**Brooklyn, New York**
Samstag, 04. November 2012

Die Weihnachtsfeier im Traiff fand bereits Anfang November statt, weil die Firmen das Lokal in den letzten beiden Monaten des Jahres mit Reservierungen überrannt hatten und Adrian es sich nicht leisten konnte, auf den Umsatz zu verzichten. Pia hatte Sam eingeladen, angeblich weil er der Stiftung geholfen hatte, als er Trent Bently überführt hatte, aber er wusste es besser. Pia wollte nicht, dass er alleine feierte und sich in einem Meer aus Alkohol und Tränen ertränkte. Dabei wäre das nicht nötig gewesen, er war bei seinen Studenten und Gandhi gut aufgehoben. Nur seine Illusion in jener Nacht konnte er nicht vergessen. Er hatte Klara ganz deutlich gesehen. Er hatte sie gespürt. Und sie gerochen. Es hatte so real gewirkt. Erst seitdem wusste Sam, wie realistisch Nahtoderfahrungen sein konnten. Und dass die Berichte von Menschen, die dem Tod von der Schippe gesprungen waren, nicht gelogen waren. Man traf seine Liebsten, die im Himmel auf einen warteten. Seltsamerweise hatte ihn die Erfahrung ein Stück weit versöhnt. Weil er wusste, dass er seine Klara wiedersehen würde. Irgendwann, wenn seine Zeit gekommen war. Und so vermisste er Klara natürlich immer noch, als er die Tür des weihnachtlich geschmückten Traiff öffnete, aber er freute sich auf den schlitzohrigen alten Anwalt, Pia, Adrian und seine Küchencrew.

Erst zum Dessert kam das Gespräch auf Trent und ihren Fall, was Sam insgeheim wunderte.

»Sie suchen ihn immer noch, aber wenn ihr mich fragt, ist er längst über alle Berge.«

Thibault Stein kratzte sich an der knolligen Nase, und Pia schlürfte einen doppelten Espresso.

Sam zog eine Postkarte aus der Innentasche seines Jacketts: »Die habe ich vorgestern bekommen.« Er legte sie in die Mitte des Tisches neben den Zuckerstreuer. Es war eine Karte aus Cancún, Mexiko. Alpha und Omega. Trent war zum Anfang zurückgekehrt, davon war Sam überzeugt, auch wenn auf der Karte kein Absender und auch kein Text gestanden hatten. Der Dirigent hatte seine Premiere gespielt und gewonnen.

Adrian pfiff durch die Zähne.

»Marin hat versucht, Bennett dafür hinzuhängen, dass Trent entkommen ist. Und dabei hat er selbst das größte Schlamassel an diesem Abend verursacht.«

»Ist er damit durchgekommen?«, fragte Thibault.

»Er wäre es, aber da ich ohnehin nicht bei dem Verein bleiben wollte, haben wir eine bessere Lösung gefunden.«

»Du hast es auf dich genommen«, stellte Adrian fest und reichte zum zweiten Mal die Dessertplatte herum.

Sam nickte: »Und was ist aus eurem kleinen Totschläger geworden?«, fragte Sam. »Vertretet ihr ihn? Oder hat sich das mit dem Autounfall erledigt?«

Der Gouverneur hatte drei Tage nach seinem Treffen

mit Thibault und Pia einen tödlichen Autounfall gehabt. Direkt unter den Augen des Secret Service, was Sams verschwörungstheoretisch geschultem Verstand nur logisch vorkam.

»Ich vertrete ihn, wie ich es ihm versprochen habe«, sagte Thibault.

»Natürlich«, sagte Sam und griff nach einem Vanillehörnchen. »Von wem kam eigentlich das Stiftungskapital? Habt ihr das abschließend klären können? Und müsst ihr es zurückzahlen? Da gab es doch eine Klausel, oder nicht?«

»Also, manchmal glaube ich, Sie kennen mich nicht«, sagte Thibault Stein und grinste.

»Da haben Sie natürlich auch wieder recht«, meinte Sam und hob das Glas.

»Das Geld kam von Allistair Awley«, sagte Pia. »Aber du hattest trotzdem recht mit dem Meisterdirigenten. Er ist nämlich nur auf uns aufmerksam geworden, nachdem er Bently bei einem dieser Sommerfestivals an der Küste kennengelernt hatte.«

»Also hat Trent das von Awleys Sohn gewusst, und das hat Awley die perfekte Gelegenheit geboten, sein Gewissen mit einem dicken Batzen Geld ein wenig zu beruhigen«, murmelte Sam und griff nach einem weiteren Stück Gebäck. Das bedeutete, dass Trent ihn von Anfang an im Visier gehabt hatte. Und Klara. Er hatte gewollt, dass ihn das beste Team des FBI jagte. Sam und Klara. Und Trent hatte gewonnen. Auf ganzer Linie. Und sie hatten versagt.

Sam schluckte und biss in das Hörnchen, um sich abzulenken. Er wollte heute nicht an die Zukunft denken. Oder an die Vergangenheit.

Um Viertel vor zwölf trat er auf die Straße. Seine Augen tränten in der Kälte und vom vielen Wein. Er zog seinen Mantel etwas linkisch über das Jackett und trottete in Richtung ihres Hauses. Seines Hauses, korrigierte er sich. Dann sah er sie. Sie lehnte an einem knallorangefarbenen Mustang Boss mit Chromfelgen und sah aus wie immer. Sam schloss die Augen, verscheuchte die Geister aus seinem alkoholbenebelten Kopf und öffnete sie erst, als er sich sicher war, dass es vorbei war. Aber da stand Klara immer noch. Mit ihrem leicht spöttischen Blick und ihrem Lockenkopf. Sam starrte. Ein Wagen hupte, als er die Straßenseite wechselte, und brauste dann so nah an ihm vorbei, dass er den Luftzug spüren konnte.

»Hallo, Sam«, sagte die Illusion.

»Hallo, Klara«, sagte Sam. Was sollte man auch sagen. Dann trat sie ihm entgegen, und er schloss sie in die Arme. Sam wunderte sich zum zweiten Mal in zwei Wochen darüber, dass Illusionen den Geruchssinn an der Nase herumführen können.

»Was machst du hier?«, fragte Sam.

»Ich habe auf dich gewartet«, sagte Klara.

»Die ganze Zeit?«, fragte Sam das Trugbild.

»Nein, erst seit fünf Minuten. Pia hat mich angerufen.«

Das klang sehr nach seiner Klara Swell. Fast zu sehr, um ein Trugbild zu sein. Er roch an ihrem Locken. Sie dufteten vertraut, nach ihrem Shampoo und ihrer Lederjacke.

»Sam«, sagte Klara leise.

Sam schwieg, um das Trugbild nicht zu verscheuchen. Er wollte wissen, was sie zu sagen hatte.

»Es tut mir leid.«

Das war einmal ein Satz, dachte Sam und taumelte ein Stück rückwärts. Er rieb sich mit den Handflächen durchs Gesicht. Es tat ihr leid. Sie stand hier, und es tat ihr leid. Klara machte einen Schritt auf ihn zu. Einfach so? Zurück aus dem Jenseits, als wenn nichts gewesen wäre.

»Bringst du mich nach Hause?«, fragte Klara.

In Sams Kopf drehten sich die Urne und der Wein und das brennende Autowrack umeinander wie Planeten in einem viel zu komplizieren Sonnensystem. Erst langsam ordneten sich ihre Bahnen zu einem logischen Zusammenspiel aus Anziehung und Fliehkraft. Sam wusste nicht, ob die Ordnung jemals in ihr System zurückkehren würde. Aber er wollte wissen, was sie zu sagen hatte.

# TY!

Das zweite Buch ist das Schwerste, sagt man gemeinhin. Glücklicherweise hatte ich tatkräftige Unterstützung. Danke an: meine Kollegen und Freunde Anne, Deborah, Lalit, Martin, Susan und Will. Casey vom Little Café für ebenjenen, Renzo für die schönen Anekdoten über Harvard und dafür, dass er mir seinen Campus gezeigt hat und all die absurden Rückfragen beantwortete, die nur ein Autor stellen kann, dem Mitarbeiter der Amtrak Station Boston, der mich den Acela inspizieren ließ, den zahllosen Stopps auf meinen Rechercherereisen, die allesamt für sich alleine den Trip wert wären, von Brooklyn bis Cape Cod, natürlich dem Team vom Piper Verlag für das Vertrauen und die professionelle Unterstützung. Und zu guter Letzt – wie immer – meinen Leserinnen und Lesern, eure positiven (aber auch kritischen) Rückmeldungen sind die beste Motivation!

Herzlich,
Euer Ben Berkeley
im Frühjahr 2013